Das Buch

Constanze Graf, 38, führt eigentlich ein ganz normales Leben: Sie schmeißt den Haushalt, ist die persönliche Bedienstete ihrer zwei Töchter und betreibt nebenbei auch noch einen kleinen Catering-Service. Wenn sie bei all dem Trubel mal eine ruhige Minute hat, nimmt sie sich ein Buch und träumt sich in die Zeit Augusts des Starken, des barocken Sonnenkönigs aus Sachsen, der Constanze völlig fasziniert: Der war noch ein richtiger Mann mit Ausstrahlung, wie man ihn heute gar nicht mehr findet! Da hat sie es mit ihrem Richard doch ganz gut getroffen. Auch nach vielen Jahren Ehe ist sie immer noch ganz glücklich und zufrieden. Im Gegensatz zu ihm offenbar, denn der Kerl hat sich doch tatsächlich eine junge, knackige Geliebte zugelegt! Erbost folgt Constanze den beiden nach Dresden. Dort steht sie plötzlich vor dem Goldenen Reiter, dem Denkmal Augusts des Starken, und auf einmal wird ihr schwindlig. Als sie wieder zu sich kommt, findet sie sich in der Gestalt der Gräfin Anna Constantia von Cosel wieder – der Frau, die August leidenschaftlich liebte …

Die Autorin

Evelyn Holst hat dreizehn Jahre für den *Stern* gearbeitet, davon fünf als Korrespondentin in New York. Seit über zehn Jahren schreibt sie vorwiegend Romane und Drehbücher. Sie ist verheiratet, hat zwei Kinder und lebt in Hamburg.

In unserem Hause sind von Evelyn Holst bereits erschienen:

Dann geh doch
Der Mann auf der Bettkante
Ein Mann aus Samt und Seide
Ein Mann für gewisse Sekunden
Das Verlangen

Evelyn Holst

August und ich

Roman

Ullstein

Besuchen Sie uns im Internet:
www.ullstein-taschenbuch.de

Umwelthinweis:
Dieses Buch wurde auf chlor- und säurefreiem Papier gedruckt.

Originalausgabe im Ullstein Taschenbuch
1. Auflage April 2006

Umschlaggestaltung: Büro Hamburg
Titelabbildung: © Paul Burley / photonica
Gesetzt aus der Aldus bei Pinkuin Satz und Datentechnik, Berlin
Druck und Bindearbeiten: Ebner & Spiegel, Ulm
Printed in Germany
ISBN-13: 978-3-548-26354-0
ISBN-10: 3-548-26354-2

Dieses Buch ist Raimund gewidmet.

»Schönheit liebe ich, Charakter widert mich an.«
August der Starke

Prolog

Woran erkennt eine Frau, dass sie geliebt wird? Woran merkt sie, dass sie betrogen wird? Ich glaube nämlich nicht an das Klischee mit den Lippenstiftspuren auf dem Hemd. Welcher Mann ist schon so blöd, sich von seiner Geliebten aufs Hemd küssen zu lassen? Klar, als Geliebte hinterlässt man natürlich gern eine kleine, fiese Duftmarke: »Sieh mal her, du ahnungslose Ehefrau, genau dahin hab ich deinen Mann geküsst, und nicht nur dahin.«

Wenn ich ein Mann wäre (Gott behüte!), der seine Frau betrügt (undenkbar), dann wäre ich hoffentlich ein schlauer Fremdgänger, der die Regeln beherrscht. Also – beim Seitensprung nur schwarze Oberhemden, darauf sieht man keinen Lippenstift. Im Hotel und Restaurant ausschließlich bar bezahlen, Kino-, Theater-, Operntickets immer sofort wegwerfen. Nach dem Schäferstündchen duschen, aber nicht zu lange, denn riecht ein Mann nach einem langen Arbeitstag und einem »Hat leider bis Mitternacht gedauert, Schatz«-Meeting wie eine Rose, werden schlaue Frauen misstrauisch. Also merke: Vor dem Nachhausegehen stets in eine Knoblauchzehe beißen, Seitenspringer haben nämlich garantiert keine Knoblauchfahne. Die allerwichtigste und allergemeinste Regel allerdings heißt: Männer, die fremdgehen, müssen ganz besonders nett zu ihren Frauen sein, dann merken sie nichts! Denn sooo schlau sind Frauen leider doch nicht!

Wenn wir richtig lieben, sind wir blöd. Total blöd.

Hamburg, 22. September 2005

An diesem Tag war die Welt für mich noch total in Ordnung. Da wachte ich, Constanze Graf, genannt Connie, achtunddreißig Jahre alt und an diesem späten, wunderbar sonnigen Septembermorgen leider trotzdem keine Sekunde jünger aussehend – aber das konnte natürlich auch am grellen Licht liegen –, neben meinem Mann Richard auf, grinste zufrieden vor mich hin, drehte mich zu dem noch schlafenden Murmeltier neben mir, küsste den Leberfleck auf seiner linken Schulter und ahnte nicht im Traum, was vergangene Nacht vorgefallen war.

Ich war wie immer früh schlafen gegangen und wusste nicht, dass er sich erst im Morgengrauen auf Zehenspitzen ins Schlafzimmer und mit angehaltenem Atem ins Ehebett geschlichen hatte.

Ob er noch einen Blick auf mich geworfen hatte, wie ich da so arglos in mein Kopfkissen schnorchelte, oder ob er schlaflos neben mir wach gelegen und nachgedacht hatte? Wie ich meinen Richard kannte, war er vermutlich sofort eingeschlafen. Das tat er gern nach einer körperlichen Anstrengung. Bei mir jedenfalls. Vier Sekunden nach seinem Orgasmus, spätestens, lag er mit so weit geöffnetem Mund, dass man theoretisch bis zum Zäpfchen gucken könnte, auf dem Rücken und war im Lummerland.

Selbstverständlich fand ich ihn niedlich, wenn er so ganz wehrlos und ungeschützt neben mir ruhte. Außerdem: Ein Mann, der aussieht wie ein schlaffer Karpfen, ist schließlich ein Mann, der einem ganz allein gehört, oder? Keine Frage, im wachen Zustand sah Richard keineswegs wie ein seekranker Fisch aus, ganz im Gegenteil. Er war durchaus eine männliche Augenweide. Er war groß, hatte breite Schultern und nur einen klitzekleinen Bauchansatz. Seine blonden Haare waren zwar schon etwas ausgedünnt, aber da er sie ratzekurz trug, fiel das nicht so auf. Dafür waren seine Hände genau so, wie Männerhände sein sollen: breite Handflächen mit langen, kräftigen Fingern, die in unserer Anfangszeit auf meinem Körper ganze Flächenbrände entfacht hatten. Tja, auch das hatte deutlich nachgelassen im Laufe der Jahre. Alles in allem hatte ich jedoch Glück mit meinem besten Stück.

Das dachte ich zumindest an diesem Morgen, als ich mich auf leisen Sohlen aus dem Schlafzimmer schlich und die Welt für mich noch in Ordnung war. Ich war eine ganz normale, manchmal einen Hauch gelangweilte, aber im Grunde mit ihrem Leben zufriedene Ehefrau. Dass ich außerdem das ahnungsloseste Schaf auf Gottes weiter Weide war, hatte zwei Gründe: Erstens hatte ich einen festen Schlaf, und zweitens war ich eine Frau, die zu sehr liebte.

Meinen Richard liebte ich, seitdem ich mit vierzehn Jahren im Sportunterricht ganz überraschend meine erste Regel bekommen und er mir in der großen Pause Cameliabinden gekauft hatte. Von seinem Taschengeld und obwohl er zwei Klassen über mir war. »Hier«, sagte er und warf mir die Packung zu. Alle lachten ihn aus, aber ich war ihm wichtiger als sein Männerstolz.

Sein Einsatz hatte sich gelohnt, denn seitdem gehörte ihm mein Herz, inzwischen immerhin vierundzwanzig Jahre. Klar, es pochte längst nicht mehr WUMM, wenn ich nur an ihn dachte, es pochte eher wümmchen, wenn ich mit ihm schlief, aber war das nicht normal? Mein Richard war noch nie das gewesen, was er selbst bei anderen Männern ein wenig abfällig »einen Gefühlskasper« nannte, und als der liebe Gott die Romantik verteilte, hatte er alle anderen vorgelassen. »Tut mir leid, ich habe nur noch ein paar Krümel«, hatte der lie-

be Gott bedauert, und mein Süßer hatte vermutlich gesagt: »Macht nichts, für meine Frau reicht es.«
Deswegen hatte ich ihm auch, als ich langsam ungeduldig wurde, einen Heiratsantrag gemacht. (»Willst du mich, Richard?« – »Aber klar doch, meine Süße!«) Die Ringe hatte ich ohne ihn ausgesucht, die Hochzeitsnacht verbrachten wir auf einer Parkbank, weil die kleine Vertreterabsteige im Sauerland, in der wir ein Zimmer gebucht hatten, nach Mitternacht bereits geschlossen war. Ein frühes Warnsignal für spätere romantikdürre Zeiten?
Vielleicht. Aber ich war zu beschäftigt, um es zu merken. Ich bekam zwei Töchter, Friederike und Alexa. Die achtjährige Alexa war ein echter kleiner Sonnenschein und (noch) völlig unkompliziert. Für meine Älteste dagegen müsste der Begriff »Pubertätshorror« neu definiert werden. Eigentlich hatte sie mit ihren inzwischen sechzehn Jahren nur noch einen einzigen Gesichtsausdruck. Den des absoluten Überdrusses, was Schule, Eltern, das Leben überhaupt anging, sofern es sich nicht um ihre Clique oder um Klamotten handelte. Auch ihr Sprachschatz war proportional zu ihrem Hormonüberschuss drastisch geschrumpft und bestand eigentlich nur noch aus drei Sätzen: »Nein, ich hab keine Schularbeiten auf. Kannst du mir mal ein bisschen Geld geben? Mein Gott, bist du peinlich, Mama.«
Sie war also im Augenblick, um dies einfach einmal deutlich zu sagen, kein Kind, das ein Mutterherz erwärmte. Ich konnte sie nur aushalten, indem ich tief durchatmete und mir, wenn's richtig schlimm wurde, ihre alten Babyfotos ansah. Dann staunte ich immer, wie niedlich sie mal gewesen war, bevor sie über Nacht zum Schreckensteenie wurde!
Kleines Beispiel: Am Vorabend fand ich eine halb leere Zigarettenschachtel und ein Kondom in einem ihrer Turnschuhe. Eine Sekunde lang zögerte ich, ob ich das Corpus Delicti nicht einfach in den Müll werfen sollte, doch dann siegte mein pädagogischer Ehrgeiz. Ich ignorierte das Schild an ih-

rer Tür (»Eltern müssen draußen bleiben«) und trat ohne anzuklopfen in das halb verdunkelte Absolutchaos, das einmal ein nettes Jungmädchenzimmer gewesen war.
Erklärung bitte, junge Dame. Die gehörten ihr nicht, behauptete sie dreist. Wer hat sie in deinen Turnschuh gelegt? Keine Ahnung. Hältst du mich für total bescheuert? Die Antwort lag so deutlich in ihren Augen, dass ich ihr entweder eine Ohrfeige geben oder versuchen konnte, mit einer wachsweichen Drohung einen Hauch von Restwürde zu wahren: »Ich werde mit deinem Vater darüber reden.« – »Ja, tu das, Mami«, lächelte sie, und für einen klitzekleinen Moment verspürte ich den innigen, mörderischen Wunsch ... Gab es eigentlich so etwas wie einen Elternunlustmord?
Egal, ich unterdrückte ihn und knallte die Tür zu.
Da Richard noch schlief, konnte ich leider nicht sofort mit ihm darüber reden, und so grillte ich erst mal meine Tochter weiter, nachdem ich sie aus dem Bett gescheucht hatte.
»Woher kommen die Zigaretten? Wozu brauchst du in deinem Alter Kondome?«
Wie immer änderte sie die Taktik und appellierte an mein Bedürfnis, eine coole Mami zu sein. »Ich bewahr das alles doch nur für eine Freundin auf, deren schrecklich spießige Eltern total ausrasten würden. Bitte Mami, ich hab dich auch ganz doll lieb. Du bist die Allerbeste.«
Ich bin generell eine weiche Mami, und an diesem Morgen war ich sowieso viel zu schwach für Krieg, weil ich bereits seit halb fünf Uhr wach war, um mit Alexa Diktat zu üben. Die drei Stunden bis zum Abmarsch Richtung Schule hatten hoffentlich gereicht, um ihr endlich begreiflich zu machen, dass man Wonne mit zwei n schreibt und wohnen nur mit einem, dafür mit Dehnungs-h.
»Vor doppelten Konsonanten kommt immer ein kurzer Vokal, lang ist er nur, wenn du ihn verdoppelst oder ein h dranhängst, mein Mäusezahn«, knirschte ich um Viertel vor sechs zum achten Mal, schenkte mir die dritte Tasse Tee ein

und versuchte, dafür dankbar zu sein, dass sie bis auf diese hartnäckige Rechtschreibschwäche, die sie übrigens nicht von mir hatte, erfreulicherweise noch ein nicht pubertierendes, verschmustes Mädchen war. Eines, das bis vor einem Jahr noch an den Weihnachtsmann geglaubt hatte und sich bisher nicht wie ihre ältere Schwester den Bauchnabel piercen und das Schamhaar herzförmig ausrasieren musste.

Natürlich tat Friederike das alles heimlich, und ich entdeckte es nur, weil sie das Badezimmer nicht abgeschlossen hatte und unser Duschvorhang durchsichtig war.

Heimlichkeit schien bei uns in der Familie zu liegen. Bloß ich hatte keine Geheimnisse, ich breitete mein Innerstes vor den anderen aus wie ein offenes Buch. Alle wussten, dass ich bei Kitschfilmen heulte, zum Frühstück gern Käsebrot mit Marmelade aß, vor großen Hunden Angst hatte, seit mich beim Zeitungsaustragen mal ein Schäferhund gebissen hatte, morgens, bevor ich im Bad war, die Eier abschrecken könnte, wie meine Älteste gern so nett formulierte, und dass ich an den lieben Gott glaubte, den ich mir als alten Mann mit weißem Bart vorstellte, so ähnlich wie den Weihnachtsmann.

Außerdem glaubte ich an die Seelenwanderung, weil ich mir nicht vorstellen konnte, dass etwas so Kostbares wie unsere Seele nur ein Leben hat. Ich wusste, sie wiegt einundzwanzig Gramm, weil amerikanische Wissenschaftler Menschen direkt vor und direkt nach ihrem Tod gewogen hatten und der Unterschied bei jedem genau einundzwanzig Gramm betrug. Ich war davon überzeugt, dass die Seele, wenn wir sterben, unseren Körper verlässt und sich einen neuen sucht. Nicht heute und nicht morgen, sondern irgendwann, wenn sie einen sieht, in den sie gern hineinschlüpfen möchte. Und da die Seele das, was sie bis dahin gelernt hat, nicht verschwenden will, sucht sie sich jemanden aus, dem sie noch etwas beibringen und den sie verbessern kann. Wenn man also Glück hatte, bekam man eine Seele, die schon viel wusste und einen richtig schlau machte.

Ich dachte oft darüber nach, in welchem Körper meine Seele wohl in einem früheren Leben gesteckt hatte und was sie mir in meinem jetzigen beibringen wollte. Ehrlich gesagt, ich hatte keine Ahnung, doch ich war sicher, ich würde es irgendwann erfahren.

Aber das war an diesem Septembermorgen nicht mein Thema. Sondern mein Ehemann Richard, der auch nach dem dritten Weckversuch nur »Lass mich« murmelte und sich tiefer ins Kopfkissen grub, weil er zu der Spezies der »Bismittagsbinichimkoma«-Menschen gehörte.
Der Morgen hatte mich bereits leicht erschöpft, also setzte ich mich auf die Bettkante und betrachtete meinen Schatz. Er sah gut aus, auch mit seinem leicht geöffneten Karpfenmund, aus dem nachts oft so unglaubliche Urwaldtöne drangen, dass ich ihn entweder zweimal kurz und kräftig in die Nase kneifen (Tipp von meinem HNO-Arzt) oder genervt auf dem Sofa schlafen musste. »Guten Morgen, mein Schnurzel«, flüsterte ich, beugte mich über sein zerknautschtes Gesicht, küsste seine noch schlafwarmen Lippen und stutzte. »Hast du dich gebissen?«, fragte ich dann und fuhr mit dem Zeigefinger ganz vorsichtig über die kleine Wunde auf seiner Unterlippe, auf der sich bereits ein dünner Schorf gebildet hatte.
Dabei war mein Mann gar kein Nassrasierer, dem die Klinge ausgerutscht sein könnte, und so nervös, dass er sich die Unterlippe blutig biss, war er eigentlich auch nicht.
»Sind die Kinder weg?«, murmelte er, und als ich »Seit einer Minute« sagte, grinste er und schlug mit geschlossenen Augen die Bettdecke zurück. »Komm, mein Zuckerapfel«, sagte er, und ich kam.
Eine Viertelstunde später standen wir beide unter der Dusche, wohlig entspannt, mit der Welt im Einklang. Ich war es jedenfalls.
»Ich liebe dich, Richard«, flüsterte ich, aber er hörte mich nicht, weil wir einen neuen Duschkopf mit Powerstrahl

hatten, der meine kleine Liebeserklärung verschluckte. »Ich liebe dich mehr als mein Leben.« Stimmt das eigentlich?, dachte ich, während ich uns beide mit Badeschaum einrieb. Würde ich für diesen Mann mein Leben geben? Wenn der Arzt zu mir sagen würde: »Ihr Mann wird nur überleben, wenn Sie ihm Ihr Herz spenden«, würde ich dann tatsächlich »Nimm mein Herz, Geliebter!« flüstern und es mir aus dem Leibe reißen?

Eher weniger. Ich würde ihm natürlich eine Niere spenden, aber ich hatte ja auch zwei davon.

»Ich muss übrigens heute nach Berlin«, sagte Richard. »Und ich hab überhaupt keine Lust. Ich würde viel lieber bei dir bleiben.«

Ich küsste ihn und fand diesen Morgen ganz wunderbar. Es beflügelte mich jedes Mal, wenn ich mit meinem Mann schlief. Ich fühlte mich dann jung, begehrenswert, sexy. Wir sollten es viel häufiger tun, dachte ich oft, es tut uns gut. Sex macht jung, schön und attraktiv, auch mit einem Partner, der gelegentlich »Kannst du mir bitte mal neues Klopapier bringen?« aus dem Badezimmer ruft.

Aber dann vergaß ich das Thema wieder, ich war abends müde oder er war auf Dienstreise, als Pharmareferent war er viel unterwegs, und schwupps war wieder ein Monat um. Oder zwei.

An diesem so trügerisch schönen Septembermorgen setzte ich mich, nachdem ich meinen Mann mit einem sanften Kuss auf die Wange verabschiedet hatte, an unseren Küchentisch, um ihm noch ein paar Momente hinterherzuträumen. Klingt irgendwie komisch für eine alte Ehefrau, aber es war so. Nicht immer, doch immer mal wieder überfiel mich dieses Gefühl von absoluter Liebe zu meinem eigenen Mann. Dann vermisste ich ihn richtig, wenn er weg war. Dann hatte ich richtige Sehnsucht nach ihm. Ach ja!

Sehnsucht nach mir hatte er jedenfalls noch nie gehabt. Ging auch gar nicht. Ich war schließlich immer da. Zuverlässig,

treu, lieb. Ich war keine Frau, nach der man Sehnsucht haben konnte. Und Richard war kein Mann, der dieses Gefühl zumindest ansatzweise kannte. Alles, was auch nur entfernt mit Romantik zu tun hatte, nannte er »Seelenblähung«. So war er eben, mein Gemahl. Zuverlässig wie eine Schweizer Uhr. Aber kein Mensch, der Sehnsucht kennt.
Dachte ich jedenfalls.
Was sollte ich auch anderes denken über einen Mann, der auf die Frage »Liebst du mich noch?« leise seufzend »Wäre ich sonst mit dir verheiratet, Schatz?« antwortete. Der mir zum Hochzeitstag einen Akkubohrer schenkte, weil er selbst jedes Mal, wenn er ein Bild aufhängen wollte, die Wand zum Schweizer Käse machte? Ein Mann, der zwar keine Ahnung hatte, wie Frauen ticken, der mir jedoch, sofern ich darauf bestand, die Füße massierte, auch wenn ich den ganzen Tag in Turnschuhen herumgelaufen war.
So ein Mann ist eine sichere Bank, glaubt man als Frau. Ich glaubte es jedenfalls. War es überhaupt erstrebenswert, wenn man alles wusste? Lebte es sich nicht sehr viel besser, wenn man die Welt für unschuldiger hielt, als sie war? War Eva nicht viel glücklicher, als sie noch nicht vom Apfel der Erkenntnis genascht hatte?
Fragen, die für mich an diesem Morgen ferner lagen als der Mond, denn ich schwelgte gerade in meinem kleinen Privatparadies, als das Telefon klingelte.
An ihrer hektischen, immer einen Tick zu lauten Stimme hörte ich, dass meine Nachbarin und beste Freundin Bettina Gärtner, die ich immer »Gutelaunekugel« nannte, was sowohl optisch als auch vom Charakter her passte, da sie klein und niedlich war und rote Kringellöckchen hatte, schon ihre erste Krise auslebte. »Wieso bist du noch nicht hier und gehst das Menü mit mir durch?«
Oje, ganz vergessen. »Weil ich gerade aus dem Bett komme«, antwortete ich mit einer Prise Schuldgefühl.
»Aus dem Bett, um diese Zeit?«, rief sie.

»Richard war bis eben noch da«, sagte ich.
Kleine Pause. »Der Monat ist doch noch gar nicht um«, sagte sie lachend, und ich hörte eine Spur Neid heraus. »Hat es sich denn gelohnt? Auf einer Skala von eins bis zehn, was war's?«
»Sieben plus«, erwiderte ich.
Sie schwieg. Dann: »Mein letztes Mal war höchstens eine drei.« Sie lachte: »Christoph hat eben andere Qualitäten. Abgesehen davon wird er übermorgen vierzig, und die Menüfrage ist noch ungeklärt. Also, was hast du dir Schönes ausgedacht? Ich höre und staune hoffentlich.«
Da ich wirklich gut kochte und sonst nichts Entscheidendes gelernt hatte, lag es nahe, dass ich mit meinem bescheidenen Talent nicht nur meine undankbare Familie beglückte, sondern auch ein bisschen dazuverdiente. Richard war nach abgebrochenem Medizinstudium (Faulheit, zu viele Partys, vielleicht auch ein paar Gehirnzellen zu wenig?) und Friederikes Geburt Pharmareferent geworden, und dass die fetten Jahre vorbei waren, der Kuchen immer kleiner wurde und Ärzte und Apotheker von Jahr zu Jahr schwieriger, hörte ich fast täglich von ihm.
»Früher haben sie mir den roten Teppich ausgerollt, Mäuschen«, erklärte er mit traurigem Blick. »Ich brauchte nur den Bestellblock zu zücken und aufzuschreiben.«
Jetzt saß er oft stundenlang in Wartezimmern herum, die Sprechstundenhilfen vertrösteten ihn, und wenn er endlich vorgelassen wurde, waren die Ärzte und vor allem die Apotheker genervt, weil sie unter der Schraubzwinge einer chaotischen Gesundheitsreform ächzten und die Medikamente immer billiger wurden. Trotzdem musste mein Süßer lächeln und ihnen schon wieder ein neues cholesterinsenkendes Wundermittel anpreisen, auch wenn er selbst ganz genau wusste, dass es um keinen Deut besser war als das alte.
Das Thema nervte und beunruhigte mich. In letzter Zeit

kam Richard oft derart schlecht gelaunt nach Hause, dass ich manchmal befürchtete, er würde einfach alles hinwerfen, denn Anfälle von Spontaneität waren ihm nicht fremd. Erst drei Monate zuvor hatte er für 2,50 Euro im Internet ein Grundstück ersteigert, jedoch erst viele Anwaltsbriefe später begriffen, dass es sich um einen schlechten Scherz gehandelt hatte.
Tatsache war: Der Rubel im Hause Graf saß nicht mehr so locker wie früher, deswegen hatte ich kürzlich ein kleines Catering Business namens »Constanzes Kost« eröffnet. Nichts Großes, aber ich kochte jetzt nicht nur umsonst für Freunde, sondern gelegentlich auch für Kunden, die mich dafür bezahlten. Das Geschäft lief gut, was vermutlich daran lag, dass ich extrem billig war. Mehr oder weniger Lady Nulltarif. Aber das würde sich ändern. Bald.
»Hallöchen, bist du noch dran?«, riss mich Bettinas Stimme aus meinen Betrachtungen. »Was passt denn kulinarisch zu vierzig? Steak für starke Kerle oder Kartoffelbrei für die drohenden dritten Zähne?«, kicherte sie.
»Was hältst du von Truthahnpastete als Vorspeise, Ochsenschwanz mit Petersiliensauce und gelben Rüben als Hauptgericht und zum Nachtisch Eierkuchen mit Parmesan gefüllt?«, schlug ich vor, während ich in meinem neuen Lieblingskochbuch *Der kulinarische König* mit wunderbaren spätbarocken Rezepten blätterte.
Sie schwieg, ich wartete. »Ein bisschen sehr deftig.« Ihre Stimme klang skeptisch. »Ungewöhnliche Zusammenstellung. Woher hast du das?«
»Aus einem neuen Kochbuch«, erwiderte ich und war ein wenig enttäuscht von ihrer Reaktion. »Von August dem Starken. Der hat als Vorspeise einmal 144 Austern gegessen, danach dann Lerchen, Kalbsaugen und Schnepfendreck.«
»Klingt ja superlecker«, sagte Bettina ohne jegliche Begeisterung. »Da kann ich ja noch froh sein, dass du das nicht als Geburtstagsmenü vorschlägst.«

Ich fühlte mich beleidigt. Warum eigentlich? Weil sie keinen Schnepfendreck mochte? »Mach dich bitte nicht über August den Starken lustig«, sagte ich.
Sie fing an zu lachen und steckte mich an. »Sorry, Schatzeline, aber ich hab echt keine Ahnung, wer das ist. Ein Bodybuilder oder ein Freak aus dem Dschungelcamp?«
Ich holte tief Luft. »Das ist echt eine Bildungslücke, meine Liebe. August der Starke war ein Sachsenkönig aus dem 17. Jahrhundert, der mindestens zweihundertfünfzig Kinder hatte«, klärte ich sie auf. »Er war dicker als Ottfried Fischer, sein Ego war größer als das von Dieter Bohlen und er hatte mehr Frauen als Udo Jürgens.« Ich ließ dabei wohlweislich unerwähnt, dass er in allen Büchern als »schön wie Apollo, stark wie Herkules, geil wie ein Satyr und gefährlich wie Jupiter« beschrieben wurde, sonst würde sie ihn nur wieder mit Christoph vergleichen und sofort schlechte Laune bekommen.
Bettina war deshalb nicht beeindruckt. »Klingt ziemlich krank, der Gute. Wieso interessierst du dich auf einmal für den?«
Ich zögerte. »Weil er …«, fing ich an und wusste plötzlich nicht mehr weiter. »Weil er einfach ein toller Mann gewesen ist. Und weil es solche Männer wie ihn nicht mehr gibt.«
»So einen Freak findest du toll?« Ich hörte, wie sie die Musik lauter stellte, ihre Lieblingsgruppe Rosenstolz sang: »Die Liebe ist tot.« Dann sagte sie: »Ich finde, dein August klingt wie ein übersexualisiertes Dummtier, das sein Leben nur mit Fressen und Ficken, Tschuldigung, verbracht hat. So viele Kinder! Der Potenzprotz des Spätbarocks!« Sie lachte.
Aus mir selbst unerklärlichen Gründen wurde ich mit einem Mal richtig wütend. »Wenn du in der Schule ein bisschen besser in Geschichte aufgepasst hättest, dann wüsstest du, dass August der Starke sowohl den Zwinger als auch diverse Schlösser gebaut hat, dass er die Künste und Wissenschaften gefördert …«

»Schon gut, meine Süße, wieso regst du dich denn so auf? Hör mal hin, meine Lieblingsstelle.« Sie drehte Rosenstolz lauter. »Ich bin noch da, meine Liebe ist noch längst nicht tot, noch längst nicht tot …«

Ich saß an meinem Küchentisch und trank meinen kalt gewordenen Tee. Ohne jede Vorwarnung überschwemmte mich ein Gefühl von großer, tiefer Wehmut. So stark war es, dass ich den Hörer an mein Ohr presste und dem Text lauschte: »Meine Liebe ist noch längst nicht tot, noch längst nicht tot …«

Liebe. Ich spürte sie wie eine heiße Welle, vom Kopf bis zu den Zehenspitzen, es war ein fremdes, ein überwältigendes Gefühl, das mir Angst machte. Weil ich eines plötzlich wusste – so heiß, so leidenschaftlich hatte ich noch nie geliebt. Jedenfalls nicht in diesem Leben. Jedenfalls nicht den Mann, der dieses Leben mit mir teilte. Für diesen Mann in diesem Leben war das Gefühl, das mich gerade durchströmte, ein paar Nummern zu groß. Meine Liebe zu Richard war wie eine Pfütze, und was ich gerade empfand, war wie ein Ozean.

Ein Gedanke schwirrte mir im Kopf herum: Liebte ich meinen Mann zu wenig? War ich trotzdem zu einer Liebe fähig, die ich gar nicht nutzte?

Die ich vielleicht früher genutzt hatte? In einem anderen Leben?

»Alles wird wieder gut, ich bin noch da«, sang Rosenstolz.

»Bist du noch dran?«, fragte Bettina, ihre Stimme kam wie aus einer anderen Welt.

»Dreh mal bitte die Musik leiser«, sagte ich. »Sonst kann ich mich nicht auf das Menü konzentrieren.«

»Ich komm vorbei«, sagte sie. »Du klingst so merkwürdig. Außerdem ist mir gerade langweilig.«

Ich legte auf und versuchte, dieses seltsame Gefühl von Sehnsucht in mir abzuschütteln, das sich da auf einmal in mir festgebissen hatte. Das konnte ich jetzt überhaupt nicht

gebrauchen. Aber ich war so versunken und mit mir selbst beschäftigt, dass ich, was selten vorkam, keinen Gedanken an meine Familie verschwendete. Was gut war, denn hätte ich in diesem Moment hellsehen können, wäre ich vermutlich ausgerastet.
Doch ich ahnte nicht, dass genau in diesem Moment mein Mann alles andere als mit mir beschäftigt war, Friederike in der Raucherecke ihrer Schule ihre dritte Zigarette rauchte und meine Jüngste gerade ihr Diktat verpatzte, weil sie Wahrheit ohne h schrieb.
Wenig später riss ich das Küchenfenster auf und lächelte Bettina zu, die mir entgegenkam. Sie grinste und hielt eine Pralinenschachtel in der Hand, die ich sofort wiedererkannte, weil ich sie ihr selbst zum letzten Muttertag geschenkt hatte. Sogar die Schleife war noch unversehrt.
»Haben wir beide uns eigentlich vorhin über einen Mann gestritten, der bereits 1733 gestorben ist und der seine Geliebte Constantia … Mensch, die heißt ja wie du! So ein Zufall.«
Ja, stimmte ich zu, wirklich ein Zufall. Über den ich mir allerdings noch nie Gedanken gemacht hatte. »Woher weißt du das plötzlich alles?«, fragte ich stattdessen.
»Hast eben meine Neugierde geweckt. Wann schwärmst du denn schon mal von einem anderen Mann als deinem Richard? Also hab ich kurz im Internet nachgesehen«, berichtete Bettina stolz. »Wollte wissen, was mir entgeht. Ein geiler Typ, dein August. Davon könnte sich mein Christoph ruhig mal eine Scheibe abschneiden.«
»Ja, August war ein wunderbarer Mann«, sagte ich, und da war es auf einmal wieder, dieses unbeschreibliche Gefühl, das ich mir nicht erklären konnte. Es war, als würde ganz tief in mir drin eine kleine Glocke klingeln. Hörst du mich? Bist du bereit? Ich will dir etwas Wichtiges sagen. Etwas, das dein Leben verändern wird.
Wollte ich es hören?
»Geil, aber grausam«, grinste Bettina. «Schließlich hat er

diese Constantia fünfzig Jahre in ein Burgverlies gesperrt und sie dort verrecken lassen.«

»Neunundvierzig Jahre«, korrigierte ich, so als wäre es wichtig, dieses eine Jahr weniger. Doch ich hatte das Bedürfnis, den Bösewicht, den ich nicht böse fand, zu entlasten.

»Na gut, dann eben neunundvierzig Jahre. Das reicht ja wohl, oder? Was für ein Mensch war sie überhaupt, diese Gräfin Cosel? Klingt ein bisschen nach Frau, die zu sehr liebt, oder?« Bettina schnaubte, denn sie gehörte ganz sicher nicht zu diesen Frauen. Dazu war sie viel zu praktisch. Das war die Cosel allerdings auch. Für die damalige Zeit war sie ein richtiges Superweib. Ihre Mutter Anna Margerethe hatte ihr Branntweinbrennen, Bierbrauen und Kräuterkunde beigebracht, mit vierzehn Jahren war sie bereits so reif, dass man sie an den Königshof schicken konnte, damit sie dort »die feine Lebensart« erlernte. Als Hoffräulein auf Gut Gottorf wusste sie die zickige Prinzessin Sophie Amalie bei Laune zu halten. Sie überwachte die Kammerzofen, sorgte dafür, dass die Hofschneider die prunkvollen Gewänder in Ordnung hielten, das Silbergeschirr immer blank geputzt war und die Speisen in der richtigen Reihenfolge serviert wurden. Dazwischen hatte die junge Constantia viel Zeit, um zu reiten, zu fechten und den jungen Männern den Kopf zu verdrehen. Tja, und dann blieb auf einmal ihr »monatliches Blut« weg, wie man es damals schamhaft ausdrückte, ihr Bauch wölbte sich, der Hof tuschelte, wer war wohl der Vater?

»Connie, wo bist du?« Bettina wedelte mir mit den Händen vorm Gesicht herum. »Vergiss jetzt mal die Gräfin, die muss wirklich schwer einen an der Waffel gehabt haben. Zum Glück ist das nicht unser Problem.« Sie lachte und reichte mir die Pralinenschachtel. »Statt Honorar, mein Herz, ganz frisch aus der Schokoladenfabrik.«

Ich sagte erst mal nichts, weil ich sie nicht in Verlegenheit bringen wollte, dann konnte ich mir die beiläufige Bemer-

kung »Witzig, genau so eine hab ich dir zum letzten Muttertag geschenkt« doch nicht verkneifen.
Sie verzog keine Miene. »Und dieser August muss ein Herz aus Stein gehabt haben«, lenkte sie schnell ab.
»Er wird schon seine Gründe gehabt haben«, entflutschte es mir zu meinem eigenen Erstaunen. Ich verspürte tatsächlich Verständnis dafür, dass er die große Liebe seines Lebens einfach eingekerkert hatte. »Sie hat ihn ja auch aufs äußerste provoziert.«
»Ist sie fremdgegangen?«, wollte Bettina wissen.
»Sie hat nie einen anderen Mann auch nur angesehen«, sagte ich. »Aber sie hat ihm nicht gehorcht. Sie war einfach zu aufmüpfig.«
»Das ist ja wohl kein Grund, eine Frau lebenslänglich hinter Kerkermauern dahinvegetieren zu lassen«, regte Bettina sich auf. »Ich denke, du bist emanzipiert. Dabei bist du vermutlich nur ein Königsgroupie, das auf eine goldene Krone und ein paar Glitzersteine abfährt. Ein Weib, das gern an der Macht schnuppert. Gib es zu.« Sie grinste.
Sicher meinte sie es nicht so, doch ihre Bemerkung ärgerte mich. Ich wusste, dass sie dieses Thema nicht ernst nahm, aber für mich war es auf eine Weise wichtig, die ich leider nicht mit ihr teilen konnte. Tatsache ist, ich war der totale Geschichtsfan, seit meiner Schulzeit war ich von vergangenen Zeiten fasziniert, und seit ein paar Monaten begeisterte mich vor allem der Spätbarock.
»Mami schwelgt wieder in Gold und Glitzer«, frotzelten meine Töchter immer, wenn ich mich wieder mal in einen alten Geschichtsschmöker vertieft hatte.
»Vermutlich, weil ich die Gegenwart nicht besonders glanzvoll finde«, antwortete ich dann. »Oder habt ihr ausnahmsweise mal selbst eure Zimmer aufgeräumt?« Was an meinen wohlerzogenen Töchtern natürlich abperlte wie Öl von der Regenhaut.
»Ich gebe gar nichts zu«, erwiderte ich deshalb so heftig, dass

mich Bettina ganz erstaunt ansah. »Weil du keine Ahnung hast, was für eine tolle Zeit der Spätbarock gewesen ist.«

»Schon gut, ich glaub dir ja«, sagte sie beschwichtigend. »Reg dich bloß nicht auf. Dein August war der Größte.«

»Und ob er das war, meine Liebe. Er war der Sonnenkönig von Sachsen und Warschau, von 1670 bis 1733 der absolute Superstar, Brad Pitt und Robbie Williams in einer Person. Er lebte in vierundzwanzig Schlössern, feierte rauschende Feste mit seinem Volk. Er hatte ein Prunkbett mit einem Baldachin, der aus zwei Millionen kostbaren Federn bestand. Kein Mann der kleinen Gesten, kein Ehemann mit Reihenhaus, kein Korinthenkacker.«

»Willst du damit etwa auf meinen Herrn Gemahl anspielen, nur weil er unseren Hochzeitstag vergessen hat?«, seufzte Bettina.

Ich beschloss, das Thema zu wechseln. Was ging uns August der Starke an? »Ich kann dir natürlich auch ein italienisches Buffet zaubern«, sagte ich und stopfte mir eine Praline in den Mund, wobei ich unerwähnt ließ, dass die Schokolade inzwischen hellgrau geworden war. »Oder ein syrisches. Ich habe nur das Lieblingsessen von August dem Starken für etwas ganz Besonderes gehalten. So besonders wie dein Christoph. Natürlich trotzdem in keiner Weise vergleichbar.« Schleim, schleim.

Bettina schüttelte den Kopf. »Du bist ja richtig besessen von diesem Mann. Hast du mal was mit dem gehabt, in einem anderen Leben vielleicht – Constantia?« Sie kannte natürlich mein Faible für das Thema Seelenwanderung und hatte mich schon oft damit aufgezogen. »Was war ich denn früher, Meerschweinchen oder Kleopatra?«, frotzelte sie gern.

Ich verzichtete inzwischen darauf, ihr immer wieder zu erklären, dass die Seelenwanderung laut Lehrbuch meistens eine Kurve nach oben nimmt, also von Mücke zu Pferd zu Mensch zu König wandert und nicht umgekehrt. Ich hielt es in dieser Frage mit dem Hinduismus und glaubte, dass alles, was ich tat, und jeder Gedanke Spuren auf meiner Seele hinterließ. Böse Menschen haben deshalb schwarze Seelen, gute Menschen weiße. Meine Seelenfarbe schätzte ich auf mittel- bis dunkelgrau, je nach Tagesform. In Indien würde man meine Leiche nach Puri bringen, einem Wallfahrtsort am Meer, wo Tag und Nacht Bestattungsfeuer lodern. Falls Richard mein trauernder Witwer wäre, würde er Holz aufschichten, mich darauf betten und anzünden. Meine Asche würde zum Kosmos zurückkehren – der Körper zur Erde, das Blut zum Wasser, der Atem zum Wind, das Sehvermögen zur Sonne, der Verstand zum Mond.

Ich fand, das klang wunderschön.

Wenn die Hitze groß genug wäre, würde mein Schädel platzen und meine Seele freigeben. Falls nicht, würde ihr Richard mit einem kleinen Beil zur Freiheit verhelfen. Und wohin sie dann flog, meine Seele, hatte ich im Grunde selbst in der Hand. War mein Leben gut und richtig, so suchte sie sich ein höheres Wesen aus oder einen (noch) besseren Menschen, war es schlecht, so landete sie in einem Warzenschwein oder in einem Kaktus und müsste sich wieder hocharbeiten. Ich glaubte daran, dass jeder sein künftiges Schicksal beeinflussen und für eine gute Wiedergeburt sorgen konnte. Deswegen bemühte ich mich, in diesem Leben besonders nett zu sein. Nichts gegen Warzenschweine, aber Mensch zu sein war einfach spannender, als sich im Wildpark »Schwarze Berge« von den Besuchern mit Trockenfutter voll stopfen zu lassen.

Leider wusste man nicht, wer man früher einmal gewesen war oder später einmal sein würde. Die Seele befand sich im Hier und Jetzt und verriet weder, woher sie kam, noch wohin sie ging.

»Vielleicht hatte ich tatsächlich mal eine Affäre mit August dem Starken«, sinnierte ich, und je länger ich darüber nachdachte, desto anregender erschien mir diese Vorstellung. Mein Typ wäre er durchaus gewesen. Ich mochte Männer, die wie echte Kerle aussahen. Metrosexuell war bereits ein Schimpfwort für mich, als sich David Beckham noch mit blonden Strähnchen und Lipgloss auf dem Fußballplatz wälzte. Ich war nun mal altmodisch und mochte es lieber, wenn ein Mann nach frischem Schweiß duftete und nicht nach Faltencreme und Haarwuchsmittel. Und August war so richtig nach meinem Frauenherzen. Ein Mannsbild durch und durch: groß, breitschultrig und – ganz wichtig – er trug keine dieser schrecklichen Lockenperücken, die zu seiner Zeit so beliebt waren und jeden Mann aussehen ließen wie einen albernen Pudel. Sein Haar, so zeigte jedes Gemälde von ihm, war dunkelbraun, dicht und lockig, die Augenbrauen kräftig, das Kinn markant. Deswegen hieß er ja auch August der Starke und nicht August die Trichterbrust.

»Also, von der Bettkante geschubst hätte ich ihn mit Sicherheit nicht«, sagte ich. »Meiner Meinung nach hat er was. Ganz eindeutig. Was denkst du?«

Bettina lachte. »Nee, nicht mein Fall. Ich mag diese schwule spätbarocke Mode nicht. Ein Mann in Seidenstrümpfen und Schnallenschuhen ist nichts für mich. Ein Kerl muss die Hosen anhaben.«

Wir lachten.

Wir liebten es, zu sündigen, wild und verrucht zu sein – natürlich nur in unserer Phantasie.

Vor ein paar Tagen hatten wir uns ausgemalt, wie es wohl in einem Harem wäre. Ein großer Palast, in jedem Zimmer eine Frau und am Abend kommt der Scheich vorbei und wählt sich eine Gefährtin für die Nacht.

»Würdest du mit August fremdgehen, wenn er heutzutage leben würde?«, fragte Bettina an diesem unschuldigen Septembermorgen, griff sich eine Praline und spuckte sie diskret in ihr Taschentuch, das sie anschließend auf meiner Küchenbank vergessen würde. »Wenn er jetzt vor dir stehen und dich auf seinen starken Armen ins Schlafzimmer tragen ...«

»Hör auf! Ja, vielleicht.« Ich musste grinsen. »Ich bin sicher, dass er ein guter Liebhaber war. Sieh dir nur mal seine dicke, lange Nase an, die sagt doch alles.«

»Glaubst du, dass August ein besserer Liebhaber war als Richard?«

Ich überlegte.

Besser als mein Ehemann? Der leider schon eine klitzekleine Tendenz zur Drittelglatze hatte? Eine Zeit lang kämmte er sein Resthaar sogar quer, bis ich es ihm strikt verbot. Aber immer wenn ich überlegte: »Na ja, so ganz der Traumprinz ist er auch nicht mehr«, dann dachte ich weiter: Bin ich denn noch die Prinzessin? Teile ich noch das Rote Meer, wenn ich ein Restaurant betrete? Habe ich es je geteilt? Na also. Sei dankbar, dass du ihn hast, meine Liebe, rief ich mich dann zur Besinnung. Jede zweite Frau über vierzig hat keinen Mann, kriegt scharfe Frustfalten um den Mund und knutscht ihre Katze.

»Männer wie August den Starken gibt es nicht mehr, die sind genauso ausgestorben wie Frottee, Trockenpulver und Laufmaschendienste«, beendete ich das Thema. »Was also soll ich denn nun für Christoph, den zweitbesten aller Ehemänner, kochen: italienisch oder syrisch?«

»Italienisch«, beschloss Bettina. »Wie du weißt, ist Christoph auf kulinarischem Gebiet ein bisschen konservativ. Leider nicht nur da«, fügte sie schnell hinzu, vermutlich, weil ihr wieder einfiel, dass sie mir mal erzählt hatte, er halte Oralsex für Sex mit Zahnpasta. »Und mach die Antipasti nicht zu fettig. Wir kommen langsam in das Alter, in dem wir auf unsere Gesundheit achten müssen.«

»Antipasti ohne Öl ist wie Apfelkuchen ohne Sahne«, widersprach ich. »Fang jetzt bloß nicht auch noch mit diesem neumodischen Gesundheitsgefasel an. Im Spätbarock haben die Leute auch gegessen, was ihnen geschmeckt hat. Da gab es noch gar kein Cholesterin.«

»Dafür lagen sie spätestens mit fünfzig in der Kiste«, lachte Bettina. »Hab ich auch aus dem Internet. Und dein August ist zwar dreiundsechzig geworden, aber der Gute war zum Schluss so zuckerkrank, dass er kaum noch laufen konnte. Ein paar Zehen …«

»… mussten ihm amputiert werden, das weiß ich doch«, fiel ich ihr, schärfer als nötig, ins Wort, was wahrscheinlich daran lag, dass ich diese Vorstellung unappetitlich fand und das Gespräch jetzt ganz dringend beenden wollte. Der Wochenmarkt rief, ich musste Gemüse für die Antipasti und Wein einkaufen, Mittagessen für die Kinder kochen, Wäsche bügeln. Der Tag brüllte mir ein lautes »Komm in Wallung, Constanze« entgegen.

»Vielen Dank für die Pralinen«, sagte ich deshalb und schob meine Freundin zur Tür hinaus. »Beim nächsten Mal will ich dann aber ein paar Scheinchen sehen.«

Ich sah ihr nach und stellte fest, dass der Himmel noch immer unverschämt blau war. Sogar ein paar Schäfchenwolken glaubte ich zu erspähen. Ein richtig schöner Tag, dabei war gar nichts Besonderes passiert. Nur ein bisschen Sex mit dem eigenen Ehemann. Doch es reichte, um meine Laune zu heben. Nicht die heiße Nummer machte mich glücklich, denn so heiß war sie nicht gewesen, sondern das Gefühl von Sicherheit und Geborgenheit, das nur Richard in mir auslösen konnte. Bevor mein zärtliches Gefühl für ihn nachließ, rief ich ihn an und sprach auf seine Mailbox: »Es war sehr schön mit dir, mein Schatz, ich wünsche dir einen wunderbaren Tag in Berlin. Ruf mich an, wenn du im Hotel bist.« Zum Abschluss setzte ich noch ein kicherndes »Tu nichts, was ich nicht auch tun würde« hinzu.

Zehn Stunden später, kurz vor Mitternacht

Himmlische Ruhe. Keine dröhnenden »Suckmydickcunt«-Rapbässe aus Friederikes, kein Jeanette-Biedermann-Gedudel aus Alexas Zimmer. Die schönste Zeit des Tages. Meine Töchter lagen im Bett, Alexa schlief, Fiete telefonierte noch und würde am nächsten Morgen, wenn ich sie wecken wollte, im Koma liegen und sich weigern aufzustehen. Sicher würde sie wieder zu spät in die Schule kommen und ich müsste einen ärgerlichen Brief ihres Klassenlehrers unterschreiben. Auf jeden Fall würde sie, nachdem sie aus dem Bett getaumelt war, und zwar egal, wie spät es schon wäre, zum Föhn greifen und sich die Haare kaputtföhnen. Sie hatte dicke, dunkle Locken, wollte aber lieber wie Jenny Elvers-Elbertzhagen aussehen. Danach würde sie, egal, wie kalt es draußen war, halb nackt das Haus verlassen wollen. Und ich würde etwas von »Nierenbeckenentzündung, wenn du so weitermachst« zetern, und sie würde »Mama, ich weiß, was ich tue« zurückzetern und damit wäre die Diskussion dann beendet.
Der liebe Gott hatte mich nun einmal friedlich konzipiert, denn als er Streitsucht und Aggression verteilte, schubste mich jemand aus der Schlange. Vermutlich war ich in meinem letzten Leben eine bisexuelle Meuchelmörderin und sollte in diesem für meine Sünden büßen.
Ich lächelte und holte das abgegriffene Gedichtbändchen des Mystikers Djalal al Din Rumi aus dem dreizehnten Jahrhundert heraus. Seit Wochen trug ich es in meiner Handtasche neben losen Tampons, Lippenstiften und Zitronendrops mit mir herum. Nun schlug ich es auf und las darin:

Ich starb als Stein und wurde eine Pflanze.
Ich starb als Tier und ward ein Mensch.
Warum sollte ich mich fürchten?
Hat der Tod mich je vermindert?

Einmal noch als Mensch werde ich sterben,
um emporzufliegen
mit den seligen Engeln; sogar das Engelhafte
werde ich aber verlassen müssen.
Alles vergeht außer Gott.
Wenn ich meine Engelsseele geopfert habe,
werde ich das werden, was kein Mensch je erkannt hat.
Oh, lass mich nicht sein! Denn Nichtsein verkündet:
Zu ihm werden wir zurückkehren!

Es war eins meiner Lieblingsgedichte, ich fand es sehr tröstlich und schön. Und ich glaubte jedes Wort.
Das Telefon riss mich aus meinen Gedanken.
»Hallo, mein Schatz, keine Panik, aber ich hatte einen kleinen Blechunfall ...«
Als ich drei Minuten später auflegte, musste ich lächeln, denn weil Richard so flüsterte, hatte ich »Brechdurchfall« verstanden und ihm warme Cola aus der Minibar empfohlen. Er war fast beleidigt, weil er dachte, ich veräppele ihn. Also entschuldigte ich mich und flüsterte: »Hab dich lieb, mein Schnulli« – mein üblicher Telefonabschied.
Eigentlich sagte er dann immer: »Ich dich auch, mein ebenfalls Schnulli.« Das Wort Liebe ging ihm irgendwie ganz schlecht über die Lippen. Aber ich wusste ja auch so, dass er es tat. An diesem Abend murmelte er jedoch nur: »Hmmm, okay. Schlaf gut«, und legte auf.
Ich schlüpfte in mein Bett, das ich am Morgen frisch bezogen hatte, weil es für mich nichts Schöneres gab, als an einem Kopfkissen zu schnüffeln, das nach Wäschesteife und Waschpulver riecht. Frische Bettwäsche ist die Erotik der müden Hausfrau. Außerdem ist sie total beruhigend, wenn man alleine schläft. Was ich gern tat. Und Richard nie sagen würde, denn er hielt getrennte Schlafzimmer für den Anfang vom Ende. Warum eigentlich? Keiner schnarchte, keiner schwitzte, keiner fühlte sich gestört, wenn ich mit meinen Büchern

raschelte, denn ohne zu lesen konnte ich nicht einschlafen. Ich verschlang fast alles, was sich zwischen zwei Buchdeckel pressen lässt: Kitschromane, Krimis, Biographien.
Im Augenblick war ich völlig hingerissen von dem historischen Roman *Gräfin Cosel* über meine Namensschwester Anna Constantia von Brockdorff, die von 1680 bis 1765 gelebt hatte. Was für ein Leben, was für eine Liebe, was für ein Schicksal!
Dagegen war mein eigenes kleines Leben so langweilig wie ein Wartezimmer ohne Lesemappe. Reihenhaus, Ehemann, Urlaub immer auf Mallorca oder in Dänemark. Doch die Cosel!
Sie heiratete blitzschnell einen alten, fiesen, aber reichen Knacker, verliebte sich in August, ließ sich für ihn scheiden und wurde seine »Königin zur Linken«, wie man damals die königlichen Mätressen nannte. Er überhäufte sie mit Geld, Gold und Grundbesitz, acht Jahre lang, bis er sie unter Hausarrest stellte, auf der Flucht abfing und in den feuchten Turm der Burg Stolpen einschloss. Weil sie zu aufmüpfig wurde und ihr Liebster sie irgendwann zu anstrengend fand. Außerdem hatte er natürlich längst eine Neue. Die natürlich jünger, blonder und blöder war als sie.
Aber Constantia hatte nie aufgehört, ihn zu lieben. Als ihr Liebster zweiunddreißig Jahre vor ihr starb, ohne sie ein einziges Mal in ihrem Turm besucht zu haben, da trug sie Witwenkleidung. Liebe oder Schwachsinn?
Wenn Richard mich auch nur eine Stunde in unseren Keller sperren würde, wären wir geschiedene Leute. Andere Zeiten, andere Lieben, dachte ich, sank in meine nach Pfirsich-Weichspülung duftenden Kissen zurück und fing an zu lesen:
Anna starrte ihn an und fand keine Worte. »Hört zu, Gnädigste«, fuhr August fort und warf den Sack Gold mit solchem Schwung hin, dass er aufplatzte und die Dukaten klirrend über den Fußboden rollten. »Ich kann Euch mit Gold überhäufen, mit Würden und Titeln.« Dabei zog er zwei Hufeisen

hervor, brach sie in den Händen auseinander und schleuderte die Stückchen auf den Goldhaufen. »Ich kann aber das«, fügte er hinzu, »was sich mir widersetzt, zermalmen wie dieses Eisen.«

Ich klappte das Buch zu und schlug die Bettdecke zurück. Warm wurde mir auf einmal, richtig heiß. Mir war, als würden mir die Gefühle aus dem Buch direkt unter die Haut schlüpfen. Was für eine Wucht, was für eine Leidenschaft! Mein Körper kribbelte, wie von tausend Schmetterlingsflügeln berührt.

Auf meinem Nachttisch klingelte das Telefon. Ich griff danach und stellte fest, dass ich eine Gänsehaut auf den Armen hatte.

»Warum flüsterst du?«, fragte ich, als ich die krächzige Stimme meines Mannes erkannte. »Geht's dir wieder besser?«

Als ich nach ein paar Minuten auflegte, schickte ich ihm zärtliche Gedanken durch die Leitung. Er hatte mir nur noch einmal Gute Nacht sagen wollen. Was für ein lieber Mann! Kein starker August, kein Mann, der Hufeisen zerbrechen oder mich mit Gold überhäufen konnte, aber einer, der nachts in seinem Hotelbett keine Pornos anschaute, sondern seine Ehefrau anrief. Einer, der mir nicht die Sterne vom Himmel holte, dafür jedoch die Selterskisten aus dem Keller. Jedenfalls, wenn ich lange genug nervte. Oder mit Sexentzug drohte.

Mit einem Lächeln auf den Lippen schlief ich ein.

Hamburg, 24. September 2005

»Was ist los, mein Schatz? Kopfschmerzen nach dem Blechunfall?« Ich war ganz die liebevoll besorgte Ehefrau, als ich meinem Göttergatten die obere Brötchenhälfte mit Butter und Honig bestrich und ihm den Teller direkt unter die Nase schob. Die untere Hälfte aß ich selbst, obwohl ich die obere auch lieber mochte, doch er sah so gramzerfurcht aus an diesem Morgen, dass ich ihm dieses kleine Opfer gern brachte. »Ich muss am Wochenende ganz überraschend nach Dresden«, seufzte er. »Ein Kongress, den ich leider nicht absagen kann.«
»Das ist doch super«, freute ich mich. »Um die Mädchen kann sich Mami kümmern, dann komme ich mit und absolviere das Damenprogramm. Und abends lassen wir beide es dann mal so richtig krachen. Sex im Hotel macht mich immer besonders scharf.«
Stille. Mein Süßer räusperte sich und zog die Stirn in Dackelfalten, während sein Kiefer malmte, wie immer, wenn er nachzudenken schien. Er fühlte sich offensichtlich unwohl, nur warum? War es ihm peinlich, dass ich am Frühstückstisch von Sex sprach? Aber dafür war seine Reaktion ein bisschen heftig. Sein Gesicht glühte, leichter Schweiß trat ihm auf die Stirn, zu allem Elend verschluckte er sich auch noch und prustete halbnasse Honigbrötchenkrümel über den Tisch. Einer traf unsere Älteste am Hals.
»Igitt, Papa, voll der Ekel«, kreischte Fieti, während sie über den Tisch zu dem Käsebrötchen griff, das ich ihr gerade in Butterbrotpapier einwickeln wollte. »Hat hier mal jemand am Tisch ein paar Euro für eine arme Schülerin? Ich brauche dringend neue Ohrringe.«

Sie trug genau das, was ich ihr streng verboten hatte. Rock in höchstens Gürtellänge, Bauchregion total nackt, dafür geschminkt bis unter die Haarwurzeln. Sie ahnte nicht, wie sehr mir die Hand juckte. Ich musste sie richtig festhalten, damit sie mir nicht ausrutschte und als fette Backpfeife in ihrem Gesicht landete. Reste meiner alten Seele als Meuchelmörderin? Eher normaler Mutterfrust.

»Geht's noch ein bisschen langsamer?«, sagte sie, während sie das Brötchen wieder auswickelte und mit einem genervten »Von dem Käse krieg ich Pickel« auf den Tisch zurücklegte.

Ich hielt meine Hand so fest, dass es wehtat.

Richard, der seine Tochter wie die meisten Väter noch immer für eine kleine, süße Prinzessin hielt, griff in die Hosentasche und holte einen Zehneuroschein heraus.

Blitzschnell schnappte sie ihm den Schein aus den Fingern.

»Danke, mein allerliebster Papi, der allerbeste von der ganzen Welt«, flötete sie, und ohne mich auch nur eines Blickes zu würdigen, verschwand sie. Ihre Hormone, die man regelrecht dampfen sah, schwebten wie eine rosa Wolke hinter ihr her.

»Weißt du noch, wie niedlich sie mal war?« Meine Stimme klang genauso nostalgisch, wie ich mich fühlte.

»Das ist sie doch immer noch«, meinte Richard. »Ich weiß wirklich nicht, warum du immer so zickig bist.«

Ich schwieg. Jedes Wort von mir war jetzt sinnlos.

»Also, was Dresden angeht«, fuhr er fort. »Ich hätte dich natürlich sehr gern dabei, das weißt du, aber es gibt diesmal kein Damenprogramm, ein Vortrag jagt den anderen, langweilig wird's werden. Komm lieber beim nächsten Mal mit.«

Ehe ich erwidern konnte, dass ich mich sehr gut allein in Dresden zu beschäftigen wisse, klingelte das Telefon.

»Familie Graf«, meldete ich mich, obwohl ich, wie meine oberschlaue älteste Tochter mir jedes Mal erklärte, ja gar keine Familie war, sondern nur eine Einzelperson, aber ich fand es netter so. »Familie Graf«, wiederholte ich, weil ich

nichts hörte. Klack, aufgelegt. »Deine Geliebte«, grinste ich, »du sollst sie zurückrufen.«
»Zu witzig«, sagte er, und seine Stimme klang leicht genervt.
»Verstehst du denn keinen Spaß?«, fragte ich.
»Doch«, murmelte er. »Sagt eine Frau zum Gynäkologen: ›Ich hab einen Knoten in der Brust.‹ – ›Wer tut denn so was?‹, erwidert der Arzt. Komisch, oder?«
»Darüber macht man keine Witze«, fauchte ich.
Eine Sekunde später läutete es wieder. Ich nahm den Hörer ab und sagte nichts. Irgendwie fühlte ich Richards Blick, und ich hätte schwören können, dass er etwas Lauerndes hatte. Ich sah Gespenster, aber welche?
»Wer ist denn da?« Bettinas Stimme klang supergestresst, im Hintergrund hörte ich die streitenden Quietschstimmen ihrer sechsjährigen Zwillinge, die sie der Einfachheit halber Lea und Leander genannt hatte. Wenn sie also »Lea, Lea, sofort aufhören!« kreischte, dann fühlten sich stets beide angesprochen.
»Ganz ruhig, Bettina.« Es war so laut, dass ich den Hörer auf Abstand hielt. »Deine Geburtstagsplatten sind so gut wie fertig, dein Wein wird geliefert, alles easy, entspann dich. Wie fühlt es sich denn an, mit einem alten Sack von vierzig das Ehebett zu teilen? Was hast du ihm geschenkt?«
Wie die meisten Ehemänner ist nämlich auch Christoph extrem schwierig zu beschenken. SOS – Socken, Oberhemden, Schlipse – kaufte Bettina ihm sowieso, sonst würde er vermutlich nur noch in Cordhosen und Holzfällerhemden herumlaufen. Seine Spielsachen für den spätberufenen Heimwerker (Bohrer, Kreissäge) besorgte er dagegen selbst, um sie dann doch nie zu benutzen. Aber er saß gern vor männlichen Geräten, nahm sie auseinander und streichelte sie. Bücher las er grundsätzlich nicht, obwohl, als sie sich kennen lernten, »Die Entdeckung der Langsamkeit« von Sten Nadolny auf seinem Nachttisch lag und das Lesezeichen irgendwo im

ersten Kapitel steckte. Da steckte es dann zehn Jahre später immer noch.

»Ich schenke ihm ein Romantikwochenende auf Rügen«, seufzte sie. »Wenn wir jemanden finden, der uns die Brut abnimmt.« Sie schwieg bedeutungsschwer, doch ich reagierte nicht.

Lealea war eine extrem anstrengende Combo, und wenn sie zu Besuch waren, blieb kein Auge trocken und kein Stein auf dem anderen. »Monsterduo« nannte ich sie heimlich, nachdem die beiden mir in einem unbeobachteten Moment alle Lippenstifte abgeknickt hatten und ich ihnen dafür leider nicht die Hälse umdrehen konnte.

»Meine Mutter ist zur Kur«, sagte Bettina, »und meine Schwiegermutter kennst du ja.«

O ja, eine enkelungeeignetere Oma als die lebenslustige Gertrud Gärtner, die nach dem Tod ihres Mannes jeden Tag mehr aufblühte, war undenkbar.

»Neuer Lover?«, fragte ich und schwor mir, nicht weich zu werden.

»Ist es nicht unglaublich?«, seufzte Bettina.

»Wie viele Jahre jünger diesmal?«

»So um die dreißig«, sagte sie. »Deshalb hat sie sich wieder Fett absaugen lassen und jetzt geht es ihr nicht so gut.«

»Hat sie doch schon dreimal.« Ich konnte es nicht fassen, Gertrud war zweiundsiebzig.

»Sie ist süchtig nach ihrem früheren Selbst«, seufzte Bettina. »Danach will sie ihre Implantate auswechseln lassen. Eine Nummer größer. Bitte, Connie, bitte, bitte, bitte.«

»Nein«, sagte ich, »auf keinen Fall.«

Als ich auflegte, hatte sie ihre Satanszwillinge für eins der nächsten Wochenenden auf mich abgewälzt, außerdem hatte ich ihr versprochen, bereits am Nachmittag zu kommen, um ihr bei den Vorbereitungen für die Geburtstagsparty zu helfen. War ich denn bescheuert? Ja, eindeutig. Dabei war es erst 7.45 Uhr.

»Mama, ist mein Nutellabrötchen fertig?« Das war Alexa, und ehe ihr Vater sich darüber aufregen konnte, dass sie frühmorgens nicht an einer Tofusprosse kaute, biss sie ins Brötchen, warf uns eine Kusshand zu und war verschwunden.

»Wissen unsere Kinder eigentlich, was Vitamine sind?«, fragte Richard, und als ich ihn gerade darauf hinweisen wollte, dass er selbst auch lieber Schokoladeneis mit Sahne als getrocknete Apfelringe mit Hirseflocken aß, klingelte sein Handy. Und klingelte. Ein vorwurfsvolles Klingeln.

Er blickte auf sein Display, runzelte leicht die Stirn und steckte es in die Tasche.

»Willst du nicht rangehen?«, fragte ich erstaunt. »Es könnte doch ein Kunde sein. Ein Millionenauftrag könnte dir durch die Lappen gehen.«

»Nee, das ist nur dieser nervige Apotheker aus Hannover«, sagte er lässig. »Bekomme ich noch einen Kaffee, mein Zuckerapfel?«

Ich mochte es, wenn er mir blöde Kosenamen gab, Mäuseschnäuzchen war mein Favorit. Daher fragte ich nicht weiter nach, sondern griff zur Kaffeekanne und bediente ihn.

»Bettina schenkt Christoph ein Romantikwochenende auf Rügen«, verkündete ich und biss in den kleinen Brötchenrest, den meine Familie mir übrig gelassen hatte. »Wäre doch auch für uns eine gute Idee.«

Mein Süßer grummelte in die Zeitung und sagte nichts, vermutlich gruselte es ihn hinterm Sportteil.

»Wir könnten einen Tag eher nach Dresden fahren«, schlug ich vor. »Nur wir beide. Wie früher. Was meinst du?«

Er meinte gar nichts, legte die Zeitung weg und stand auf. Seine Körpersprache war irgendwie verdächtig.

Sein abgewandter Blick, als er aufstand und an mir vorbei aus der Küche ging. Sein gemurmeltes »Nun sei nicht sauer, Tintenfischchen, beim nächsten Mal nehm ich dich wieder mit«, als er seine Aktentasche unter den Arm klemmte. Es konnte

ihm auf einmal gar nicht schnell genug gehen. Stress im Job, Beginn der männlichen Menopause? Denkbar war alles.
Tintenfischchen war neu, vermutlich lenkte mich das ab und stimmte mich wieder so sanft, dass ich ihn zur Wohnungstür begleitete, mich auf die Zehenspitzen reckte (Richard war 1,88 Meter lang, ich war eine Lineallänge kürzer), ihn auf die Wange küsste, ihm »Sei heute Abend bitte pünktlich, die Feier fängt um sieben an« mit auf den Weg gab und mich dann mit dem Schlachtruf »Na, du Schlampe, jetzt wirst du aufgeräumt« meinem Haus widmete. Das glich nach dem Verlassen meiner Lieben nämlich einer Verkehrskreuzung, auf der es zu einer Massenkarambolage gekommen war.
Während ich also meiner Familie liebevolle Gedanken hinterherschickte, vermutlich, weil sie mich in den nächsten Stunden nicht ärgern konnte, klingelte das Telefon zum dritten Mal an diesem Morgen. Ich stolperte über das Staubsaugerkabel, knallte auf die Tischkante, riss den Hörer hoch, hörte wieder Atmen und brüllte: »Falls dies ein schweinischer Anruf ist, dann nehmen Sie bitte zur Kenntnis, dass ich erstens sehr glücklich verheiratet bin und deshalb zweitens sexuell nicht unbefriedigt. Bitte rufen Sie doch woanders an, wenn Sie einen Triebstau haben.«
Ich knallte den Hörer auf und war hochzufrieden mit mir. Das hatte gesessen!
Ich legte eine Reggae-CD von Bob Marley auf. »I wanna love you and treat you right, every day and every night.« Mit Schwung tanzte ich durch die Wohnung, hob Fietis herumliegende BHs und Tangas vom Boden auf, stellte in Alexas Kinderzimmer alle Plüschtiere auf ihrem Hochbett in Positur, leerte sämtliche Hosen- und Jackentaschen meines Mannes und wunderte mich kurz, dass sie bis auf ein Taschentuch alle leer waren.
Normalerweise fischte ich immer haufenweise Parktickets und Lokalrechnungen heraus, mein Mann war offensichtlich auf seine alten Tage ordentlich geworden, wie schön.

Nachdem das Haus wieder bewohnbar aussah, holte ich die Platten für die Antipasti zu Christophs vierzigstem Geburtstag aus dem Keller. Sie waren mir wirklich besonders gut gelungen, stellte ich zufrieden fest, nachdem ich alles vom Auberginenpüree bis zum Vitello Tonnato einmal durchprobiert hatte. Die eingelegten Paprika mit Frischkäsefüllung schmeckten wahrhaft köstlich, aber die Lachsrouladen mit Pesto waren auch nicht von schlechten Eltern.
Ich liebte Essen, ganz besonders mein selbstgekochtes. Vielleicht sollte ich es auch mal mit Fettabsaugen probieren, das Röllchen um meine Taille war mir irgendwie ein bisschen zu anhänglich geworden. War mein Körper nicht in der letzten Zeit, ohne meine Einwilligung, zu einer Art birnenförmigem Wäschesack mutiert? Immer weiter südwärts gewandert, ohne meine Einwilligung? Aber Richard liebte jedes Pfund an mir, das hatte er mir jedenfalls glaubhaft versichert, als er mich bei meiner letzten kritischen Bestandsaufnahme vor dem Spiegel erwischt hatte. Und wer, wenn nicht mein eigener Ehemann, konnte das schließlich beurteilen?

12.15 Uhr

Mein Haus sah aus wie neu, ein Zustand, der sich, eine Minute nachdem meine Töchter nach Hause gekommen wären, blitzschnell ins Gegenteil verwandeln würde. Aber noch waren die Zimmer jungfräulich, die Stille umfing mich wie ein Streicheln, und ich beschloss, mich mit einem halben Lesestündchen zu belohnen.
Dazu gönnte ich mir einen Milchkaffee mit fettarmer Milch und Süßstofftablette, ein Getränk mit so gut wie Minuskalorien, weshalb ich mir dazu ein Stückchen Pflaumenkuchen aufwärmte, weil Obst auch so gut wie keine Kalorien hat. Die Gräfin Cosel lockte. Ich schlug das Buch auf, suchte meine Seite, lehnte mich zurück und versank in einer fernen Welt:

»Ihre Bindung zum König wurde umso fester, als zwei Töchter zur Welt kamen. Selbstbewusst meinte die Dame, eine ihresgleichen fände August nie und nimmer. Sie allein sei imstande, alle seine Freuden zu teilen und weder vor Schüssen, waghalsigen Ritten noch vor Zeltlagern zurückzuschrecken. Und dennoch hatte das Herz sie während ihres Warschauer Aufenthaltes nicht umsonst gewarnt, betrogen zu werden. Der König war, unter Vorwänden ihr fernbleibend, mit der Tochter einer französischen Geschäftsfrau ein Verhältnis eingegangen, in deren Laden die Offiziere Wein trinken kamen. Als sie davon erfuhr, drohte ihm Anna mit der Pistole. Der König lachte dazu, küsste ihr die Hand und erwirkte Vergebung. Und er mochte sie trotz seiner Seitensprünge wahrhaftig, von allen Mätressen war sie ihm die liebste, sie allein wusste ihn immer wieder aufzurichten, mit ihr allein war er glücklich.«

Ich klappte das Buch zu und war auf einmal so tief enttäuscht von August, dass ich meine Verärgerung bis in die Haarwurzeln spürte. Warum regte ich mich so auf? Vermutlich war es seinerzeit völlig normal, wenn Männer permanent fremdgingen. Alice Schwarzer hatte damals ja noch gar nicht gelebt, um die Frauen daran zu erinnern, dass sie auch ein paar Rechte hatten.
Außerdem war August der Starke der absolute Superstar des Spätbarocks. Zar Peter, der schwedische Karl XII., Friedrich der Große – alle waren sie Waisenknaben gegen ihn, kein anderer Monarch konnte ihm, was Kriegs- und Abenteuerlust, was Charme und Sexappeal anging, das Wasser reichen. Klar, dass er viele Groupies hatte. Klar, dass er sich die Frauen nahm, wie sie sich ihm anboten. Hätte ich sicher auch gemacht, wenn ich in einem meiner letzten Leben August gewesen wäre.
Trotzdem war mir auf einmal die Lust am Weiterlesen vergangen. Ich fühlte mich so traurig, als hätte er *mich* betro-

gen. Mit einem Mal spürte ich die Verzweiflung der Gräfin, ihre wütende Ohnmacht bis in den hintersten Winkel meiner Seele. Ein grauenhaftes Gefühl von Verrat, von dem Mann, den man liebte und der einen wiederliebte, betrogen zu werden.

Warum braucht er andere Frauen, wir sind doch so glücklich, dachte ich. Reiche ich dir nicht, August? Bin ich nicht die Schönste und auch Klügste im ganzen Land?

Ich zuckte zusammen. Mein Arm war feucht. Ich hatte die Kaffeetasse beim Lesen schräg gehalten und die lauwarme Brühe war über meinen Arm geschwappt. Der Alltag hatte mich wieder, ich rief mich zur Ordnung.

Was ging mich der Beziehungsstress anderer Leute an, besonders von solchen, die schon knapp dreihundert Jahre tot waren? Spielte mir mein Name auf einmal einen Streich? Ich mochte wie die Cosel Constanze heißen, doch damit hörten die Gemeinsamkeiten auch schlagartig auf. Denn ich war leider nicht die schönste Kurtisane des Spätbarocks, sondern eine stinknormale Hausfrau, die an diesem Morgen schon wieder ein lästiges Haar aus ihrem Hals gerupft hatte. Wo kamen die bloß immer her? Mein Mann baute auch keine prunkvollen Schlösser, sondern reiste durch die Lande und verkaufte Medikamente gegen Potenzstörungen und verklebte Arterien.

Tja, dachte ich, während ich die Kaffeeflecken auf meinem Ärmel wegputzte, mein Leben ist ein paar Nummern kleiner und piefiger als das meiner Namensvetterin, und mein Gefährte ist es ebenfalls. Aber, kleiner Lichtblick, dafür betrügt er mich auch nicht und verstreut sein königliches Sperma nicht im ganzen Land.

Um mich abzulenken, ging ich wieder in die Küche und überlegte, was meine Kinder gern essen und wie ich ihren Hunger auf alles, was fett und süß ist, mit einem Minimum an gesunden Vitaminen vereinbaren konnte. Pizza mit Petersilienkrümeln? Spaghetti Bolognese mit frischen Tomaten?

Ich entschied mich für Pfannkuchen mit Äpfeln, halb gesund und trotzdem kinderfreundlich.
Ich stellte einen Oldiesender ein, weil Musik, bei der deutlich ältere Leute als ich herumgeknutscht hatten, mich meistens fröhlich machte.
Manuela sang: »Schuld war nur der Bossanova, was kann ich dafür, schuld war nur der Bossanova, bitte glaube mir. Denn wenn einer Bossanova tanzen kann, dann fängt für mich die große Liebe an …«
Womit wir bei einem Thema waren, das ich noch immer nicht ergründet hatte. Bei der Unterschiedlichkeit von männlicher und weiblicher Liebe. Wenn eine Frau liebt, dann ist ihre Liebe total, dann stirbt sie für ihn, enthaart sich Beine und Schritt mit heißem Wachs und heuchelt ihm den perfekten Orgasmus vor, damit er sich für den Allergrößten hält. Wenn ein Mann liebt, dann guckt er Fußball, während sie in ihrem neuesten Push-up-BH an ihm vorbeistolziert, dann rülpst er bei Tisch, wenn ihre Eltern zu Besuch sind, dann schläft er mit anderen Frauen. Und das tut *seiner* Liebe überhaupt keinen Abbruch. Eine Frau liebt vierundzwanzig Stunden lang, ein Mann so ein bisschen zwischendurch. Ein Mann sagt: »Klar liebe ich dich«, und denkt dabei: Jetzt zieh dich endlich aus und komm ins Bett, Mäuschen. Eine Frau sagt: »Ich liebe dich«, und denkt: Soll ich meinen Namen behalten oder klingt ein Doppelname besser?
Und beide nennen es Liebe.
So war es auch schon im Spätbarock. Die Frau will sich binden, der Mann weicht aus. Als August der Starke die Gräfin Cosel begehrte, wollte er Sex und sie lebenslängliche Treue. Was sagte er also zu ihr?
»Was kann ich denn dafür, dass ich nie einem Herzen begegnet bin, einem Gemüt, einer Schönheit, die mich für immer an sich zu fesseln vermocht hätte? Nicht ich bin treulos, man betrügt mich. Tagtäglich fällt von diesen Gottheiten eine Hülle ab, Tag für Tag erlischt ein Reiz, entpuppt sich ein

Wunder als gewöhnlicher Flitter, bricht einem Engel der Flügel ab, und ich entdecke im Herzen statt Liebe Gefallsucht und Lauheit. Was kann ich dafür?«
War er nicht raffiniert, der gute August? Er konnte sich nicht binden, nicht treu sein, weil er die Frau noch nicht gefunden hatte, die seiner Treue wert war! Dabei würde er ja so gern!
»Glaubt mir, meine Gnädigste, ich suche jemand, dem ich mein Lebtag gehören könnte, dem ich die Treue halten möchte. Fände ich ein solches Herz, eine solche Frau, ich opferte mich ihr ganz.«
Warum bloß sind die meisten Frauen mit einem Mann völlig zufrieden, während die meisten Männer ständig neue Frauen brauchen?, überlegte ich weiter und rührte hauchdünne Apfelschnitze – immerhin eine Andeutung von Obst, die meine Kinder hoffentlich nicht bemerkten – in den Pfannkuchenteig. Vielleicht haben Männer neben ihrem vermickerten X-Chromosom auch noch eine Art sexuelles Zappelphilipp-Gen und brauchen deshalb ständig neue Frauenreize. Vielleicht sind wir Frauen einfach zu liebessehnsüchtig und beziehungsbescheuert und machen es ihnen zu leicht. Man bekommt immer das geboten, was man sich bieten lässt, zitierte meine Mutter gern. Leicht gesagt bei einem Mann, der sie die dreiundvierzig Jahre ihrer glücklichen Ehe auf Händen getragen hatte, bis er vor drei Jahren überraschend an einem Gehirnschlag starb, mitten in der Nacht. Als meine Mutter morgens aufwachte, war er tot. Aber er lächelte noch.
Sie trauerte ein Jahr intensiv um ihn und gab dann eine Kontaktanzeige auf: »Witwe (65) möchte vor ihrem 66. Geburtstag einen Mann kennen lernen, der noch Spaß am Leben und am Sex hat.«
Sie erhielt sechsundvierzig Zuschriften und entschied sich für Karl (69), auch Witwer, weil er der Einzige war, der die »Lebensregel« von Goethe auswendig kannte, ein Gedicht, das sie in der Schule lieben gelernt hatte und jeden Morgen nach dem Zähneputzen aufsagte:

Willst du dir ein hübsch Leben zimmern,
Musst dich ums Vergangne nicht bekümmern,
Das Wenigste muss dich verdrießen,
Musst stets die Gegenwart genießen,
Besonders keinen Menschen hassen
Und die Zukunft Gott überlassen.
Willst du dich deines Wertes freuen,
So musst der Welt du Wert verleihen.

So weit meine Mutter, die mit Männern einfach ein glückliches Händchen hatte, denn auch Karl betete sie an. Und meine Kinder liebten sie abgöttisch. Sie verlieh der Welt Wert, meine Mutter. Tat ich das auch? Verlieh ich der Welt Wert durch meine Anwesenheit? Zumindest meiner Familie? Meiner Ehe? War ich die beste aller möglichen Mütter, die beste aller möglichen Ehefrauen? Ich gab mir jedenfalls Mühe.

Zumindest war ich die beste aller möglichen Freundinnen, denn vier Stunden später stand ich in Bettinas Küche und höhlte Riesenchampignons mit einem spitzen Messer aus, die ich anschließend mit einer Kräuterfarce füllte.

»Schmeckt denn so was, Connie?« Bettinas Stimme klang misstrauisch.

Ich fand das ja leicht unverschämt, angesichts der Tatsache, dass sie am Küchentisch saß und rauchte, während mir gerade das Kartoffelschälmesser in die rechte Hand gerutscht war und sie nur ein »Pflaster ist im Bad« für mich übrig hatte. War ich blöd? Ja, eindeutig. »Wie wär's, wenn du selbst mal Hand anlegst?«, sagte ich deshalb etwas spitz, drückte ihr das Messer in die Hand und ging ins Bad, wo ich blitzschnell das tat, was ich in fremden Badezimmern immer tue. Ich öffnete den Spiegelschrank über dem Waschbecken und spionierte ein bisschen. Klar ist das unmöglich, deshalb tue ich es ja auch nur, wenn mich keiner beobachtet und »Sag mal, spinnst du?« rufen kann.

Hm, hatte sie beim letzten Mal auch schon diese Hämorrhoidensalbe? Das Zeug stank ganz schön, also schraubte ich die Tube schnell wieder zu. Ich nahm ihren neuen Lippenstift und tupfte ihn mir gerade auf die Lippen, da rief sie auch schon.

»Spielst du wieder Schnüffelschwein oder bist du auf der Klobrille festgewachsen?«

Peinlich, sie hatte mich erwischt! Um sie von meiner Unschuld zu überzeugen, knallte ich den Klodeckel extralaut auf die Brille, wusch mir die Hände, holte das Pflaster heraus und ging wieder in die Küche.

»Mein Lippenstift steht dir nicht«, sagte Bettina, während sie wieder auflegte. Ihre Stimmung stand auf Weltuntergang, war das etwa meine Schuld?

»Tut mir leid, ich hab doch nur …«, stammelte ich mit schlechtem Gewissen, aber sie wischte meine Worte weg.

»Das ist mir doch scheißegal«, sagte sie. Da in ihrer Kleinkindfamilie dieses Wort bei Todesstrafe verboten war – selbst wenn ihr Mann nur mit »Sch…« anfing, weil er eigentlich »Scheibenputzmittel« oder so was ähnliches sagen wollte, rief sie schon: »Nicht dieses Wort, Liebling« –, war mir klar, dass etwas Schlimmes vorgefallen sein musste. Ich setzte mich wieder an den Tisch und griff mir zur Beruhigung einen dicken Champignon.

»Was ist passiert, als ich im Badezimmer war?«, fragte ich so harmlos wie möglich. »Hat der Briefträger dich geärgert, haben sie dein Lieblingslied »Liebe ist alles« von Rosenstolz nicht gespielt, hast du in der Klinge vom Kartoffelschälmesser eine neue Falte entdeckt?«

»Was, wo?«, rief sie und hielt sich die Klinge vors Gesicht. »Meinst du diese fiese im rechten Mundwinkel?«

Ich riss ihr das Messer weg, damit sie nicht auf noch dümmere Gedanken kam. »Quatsch, dein Gesicht sieht aus wie ein Babypopo«, beruhigte ich sie. »Also, spuck's aus, welche Laus ist dir über die Leber gelaufen? Ich zerquetsche sie auf der Stelle.« Sie funkelte mich an. Oje, dachte ich, das sieht ja gar nicht gut aus.

»Eben hat Dr. Melderis angerufen«, schniefte sie, »und den Termin für die Spritze um eine Stunde verschoben. Unerwarteter Andrang, sagt er.«

»Ja und?«, fragte ich ratlos. »Gehst du eben eine Stunde später hin. Welche Spritze überhaupt?«

»Nicht *meinen* Termin«, erwiderte sie. »*Seinen*. Für eine Botoxspritze. Mein Mann lässt sich die Falten wegspritzen und ich habe keine Ahnung davon. Außerdem finde ich es pervers, wenn er weniger Falten hat als ich. Ich bin todsicher, dass eine Frau dahintersteckt.«

»Glaubst du es oder weißt du es?«, fragte ich erschrocken.

»Ich glaube, ich weiß es«, flüsterte sie. »Aber ich habe keine Ahnung, wie ich damit umgehen soll.« Unvermittelt sackte ihr Kopf auf den Tisch und sie fing an zu weinen.

Ich war so verblüfft, dass ich ein paar Augenblicke lang wie erstarrt neben ihr sitzen blieb und meine Pilze weiter aushöhlte, weil ich es gar nicht fassen konnte, was sie da gesagt hatte. Christoph war der netteste Ehemann, den ich mir vorstellen konnte. Morgens stand er als Erster auf, um ihr einen Milchkaffee auf den Nachttisch zu stellen, die Milch schäumte er mit einem Schneebesen auf, auch ihre Süßstofftablette vergaß er nie, abends massierte er sie beim Fernsehen, und zwar richtig. Nicht wie mein Richard, der auf Drängeln und Bitten von mir »Na gut« seufzte, drei Sekunden lustlos an mir herumknetete, dann »So, das reicht jetzt erst mal« sagte und erleichtert davonschlich. Wenn Christoph seine Frau massierte, dann mindestens eine halbe Stunde lang. Bettina war ein Glückspilz.

»Wie kommst du darauf?«, hakte ich nach. »Wegen dieser lächerlichen Spritze? Das machen doch alle. Dein Mann wird vierzig, der nuckelt an der Midlifecrisis.«

»Es sind ja nicht nur die Stirnfalten«, seufzte sie. »Er hat sich einfach total verändert. Die klassische Nummer – er joggt auf einmal wie verrückt, er geht zur Pediküre …«

»Er geht zur Fußpflege?«, fiel ich ihr entgeistert ins Wort. »Wie affig von ihm. Färbt er sich etwa auch die Haare? Die sind in letzter Zeit so verdächtig naturbraun?«
»Er färbt sie nicht, er nimmt Renature«, erklärte sie, so als würde das die Sache besser machen.
»Warum sagen Männer, wenn sie klein und dick sind und sich die Haare färben wie Christoph, nicht einfach die Wahrheit?«
»Weil Renature nicht färbt, sondern der Haarwurzel ihre natürliche Farbe zurückgibt, oder so.« Bettina war aufgestanden und ging ruhelos in der Küche auf und ab. »Das sagt Christoph jedenfalls, und bisher habe ich ihm geglaubt, aber damit ist es jetzt vorbei. Ein Mann, der sich Botox spritzen lässt, bekennt sich nicht zu seinem Alter, weil er jüngeren Frauen gefallen will. Ganz bestimmt nicht seiner eigenen Ehefrau.«
Sie hatte sich so in Rage geredet, dass ich insgeheim befürchtete, sie wolle die Party absagen und mich mit meinen Antipasti für vierzig Personen sitzen lassen. Wie immer, wenn ich von den Fremdgehereien anderer Ehemänner hörte, machte ich ein tiefbetroffenes Gesicht und schickte ein kleines, stilles Stoßgebet zum Himmel: »Lieber Gott, ich danke dir, dass mein Mann nicht so ist wie die anderen Kerle. Und weil ich so dankbar bin, will ich auch nie wieder an ihm herummeckern. Amen.«
»Warum grinst du so blöd?« Bettina hackte einen Pilz kurz und klein und starrte mich böse an. »Machst du dich lustig über mich? Kein Mann ist gegen die Versuchung gefeit, das sage ich dir.«
Da ich keinen Streit wollte, versuchte ich sie abzulenken. »Weißt du, warum Männer keine Zellulitis bekommen?« Sie starrte mich noch immer böse an. »Weil's scheiße aussieht«, beendete ich den Witz, über den ich mich vor ein paar Tagen noch kringelig gelacht hatte. Aber der Ausdruck in ihren Augen war mörderisch und ließ mich sofort das Thema wechseln. Ich legte so viel Baldrian wie nur möglich in meine

Stimme und redete auf sie ein wie Pastor Fliege. »Also, wenn du mich fragst, Botoxspritze und Pediküre, damit würdest du vor Gericht nicht durchkommen. Wahrscheinlich ist es die ganz normale Alterspanik, vierzig wird ja keiner von uns gern. Er will eben jung und schön sein für dich.«
Bettina war nicht überzeugt. »Diese blöde Botoxspritze war ja nur der Tropfen, der das Fass zum Überlaufen gebracht hat«, sagte sie und zerstückelte die restlichen Pilze, während ich fieberhaft überlegte, wofür ich die noch verwenden konnte – Sauce, Mousse, Deko? »Aber es gibt ja längst andere Verdachtsmomente. Das Telefon klingelt, und wenn ich rangehe, ist keiner dran. Ständig dubiose Fortbildungen. Seit wann müssen sich Lehrer fortbilden? Vor einer Woche war er zur Körpertherapie in Bad Nauheim. Na, wenn das nicht verdächtig klingt.«
Ich kam kurz ins Grübeln. Anrufe, bei denen sich keiner meldete, Dienstreisen? Ganz tief in mir regte sich das böse Pflänzchen Misstrauen, doch ich schob es sofort in den Mutterboden meiner Liebe. Ein schönes Bild, kein schönes Gefühl. Auf keinen Fall wollte ich mich von Bettinas Paranoia auch nur ansatzweise anstecken lassen.
»Wenn sich mein Verdacht bestätigt, hole ich mein stumpfstes Kartoffelschälmesser und schneide ihm den Schniedel in dünne Scheiben.« Bettina stand vor dem offenen Kühlschrank und biss in ein Stück Appenzeller; das tat sie immer, wenn sie frustriert war. Käse ist Nervennahrung, davon war sie überzeugt. »Und jetzt kein Wort mehr davon. Morgen sagst du mir dann, ob ich spinne oder nicht.«
Mit diesen Worten wickelte sie den angebissenen Käse wieder ein und schlug die Kühlschranktür zu.
Fluchtartig verließ ich den Tatort.

Acht Stunden später

Wie schön, dass es nicht meine Party ist, dachte ich und schlug einem Nachbarn auf die Hand, der gerade seine Zigarettenkippe in einem Blumentopf ausdrücken wollte.

»Machst du das zu Hause auch, du Ferkel?«, zischte ich. »Such dir gefälligst einen Aschenbecher.«

Es war laut in der Reihenhaushälfte, knallvoll, die Gäste schoben sich durch die Zimmer, Sektkorken knallten, die Stimmung wurde immer heißer.

Ich saß mit Richard auf der Fensterbank und warf ein Auge auf das Geburtstagskind, entdeckte allerdings nichts Verdächtiges. Wenn man einmal davon absah, dass er als »frauenaffiner Ehemann« (Selbstbeschreibung) ständig wechselnde Ehefrauen abknutschte, aber das hatte er schon vor seiner Botoxspritze getan.

»Lach mal«, hatte ich fieserweise zu ihm gesagt, als ich ihm zum Geburtstag gratulierte. »Kannst du das überhaupt noch zu Beginn deines fünften Lebensjahrzehnts?« Während er mich gequält angrinste, achtete ich genau auf seine Stirn. Es bewegte sich tatsächlich nichts! Seine Stirn blieb glatt, nur um seine Augen tanzten tausend Schweinekringel. Sah komisch aus.

»Könntest du dir vorstellen, dass Christoph fremdgeht?«, fragte ich meinen Mann, der sich gerade das dritte Glas bis zum Rand mit Rotwein füllte und bei meinen Worten leicht zusammenzuckte.

»Warum sollte er?«, meinte er dann, und einen kurzen Moment hielt ich seine Antwort für genial.

In der Tat, warum sollte er? Womit wir wieder beim Thema wären. Warum gingen Ehemänner fremd, wenn sie nicht gerade mit Cruella de Ville verheiratet waren? »Würde er denn mit dir darüber reden?«, bohrte ich trotzdem weiter.

»Er hat ja keinen Grund.«

Wie raffiniert mein Angetrauter sein konnte, wenn ihm ein

Thema nicht passte, wie geschickt er sich wegschleichen konnte, um sich einen meiner gefüllten Champignons in den Mund zu stopfen, der auf einem der Tabletts noch übrig geblieben war. Mein italienisches Buffet war ein voller Erfolg, die Gäste hatten sich auf meine Antipasti gestürzt wie die Verhungernden, Leute, die später kamen, mussten sich mit den Brotkörben begnügen.

»Man sollte meinen, wir hätten Krieg«, flüsterte mir Bettina zu und stellte sich zu mir. Es war mir nicht ganz klar, ob sie zufrieden oder genervt über den Appetit der Eingeladenen war. »Schöne Party, meine Süße«, erwiderte ich. »Dein Mann kann stolz auf dich sein.«

»Er hat anscheinend Besseres zu tun«, meinte sie spitz. »Guck ihn dir an. Ganz der Gockel.«

Christoph stand am offenen Fenster und rauchte, neben ihm sah ich Richard mit einem Glas in der Hand und eine junge, blonde, sehr attraktive Frau, die offensichtlich gerade erst gekommen war.

»Wer ist das denn?«, fragte ich. »Die ist mir ja noch nie untergekommen. Sieht jedenfalls richtig scheiße aus.«

»Keine Ahnung, wer die mitgebracht hat«, meinte Bettina. »Sie hat sich mir nämlich auch noch nicht vorgestellt. Ich geh mal hin und klär das.«

In diesem Moment blickte die junge Frau zu mir herüber, in ihren Augen lag ein undeutbarer Ausdruck. Ich wusste, dass ich ihr noch nie begegnet war, doch irgendwie wirkte sie, als würde sie mich kennen. Aber woher? Unwillkürlich zog ich die Schultern zusammen, als würde ich frösteln. Ich zwang mich, ihren Blick möglichst unbeteiligt zu erwidern, nur warum kam es mir so vor, als kreuzten wir die Klingen miteinander? Woher kam dieses intensive Gefühl der Abneigung, das mich wie ein Feuerschwert von oben bis unten durchstieß? War sie in einem früheren Leben meine schlimmste Feindin gewesen? Sie die Häsin und ich die Füchsin, die sie getötet und verspeist hatte? Hatte ich ihr den Mann geklaut?

Unwillkürlich musste ich grinsen, und sie wandte sich ab, weil Bettina jetzt auf sie einredete. An dem Rücken meiner besten Freundin erkannte ich, dass die Gute angespannt war wie eine Feder und kurz vor einer gefährlichen Explosion stand.

Leicht beklommen ging ich in die Küche, um aus den kümmerlichen Resten eine Käseplatte zu zaubern, die Gäste waren immer noch oder schon wieder hungrig, wir hatten zu wenig vorbereitet – ein kleiner Alptraum, mit dem ich als Bettinas unentgeltlicher Partyservice allein fertig werden musste. Wie die Speisung der Fünftausend, nur umgekehrt. Ich legte gerade ein paar leicht angetrocknete Käsestangen, die ich in der Speisekammer gefunden hatte, zwischen einen Kümmelkäse und einen Gouda, steckte schmutziges Geschirr in die Spülmaschine und nährte dabei ein klitzekleines Aschenputtel-Feeling, als Bettina die Tür aufriss und hereinstürmte.

»Die Brut will gefüttert werden. Ist noch etwas da?«

Ich deutete auf die Käseplatte, mehr Deko als Käse, und sah noch einmal im Kühlschrank nach. Er war leer, bis auf ein paar Fruchtzwerge und ein Riesenglas Apfelchutney vom letzten Weihnachtsmarkt. »Ich könnte noch einen Dip machen«, schlug ich vor und hielt die Platte hoch. »Wer danach noch Hunger hat, den schicken wir einfach zu McDoof. Hast du herausgefunden, wer Blondie ist?«

Sie nahm mir die Platte aus der Hand und schnappte sich eine Käsestange. »Die sind mindestens drei Jahre alt. Wo hast du die denn gefunden?«

»Ist doch egal«, erwiderte ich leicht gereizt. »Deine Gäste sind eh alle besoffen.«

Bettina lachte. »Da hast du völlig Recht, mein Engel, und um deine Frage zu beantworten, Blondie ist neu in unseren Fitnessclub und hat mit unseren Männern Squash gespielt. Weißt du, wie sie heißt? Maria Magdalena Meyer. Wie die Sünderin aus der Bibel, die Jesus die Füße wäscht.«

Kopfschüttelnd verließ ich die Küche. Maria Magdalena.

Maria Mutter Gottes Magdalena, von der kein Bibelforscher wusste, wer sie wirklich war. Die treue Jüngerin, die Jesus unterm Kreuz beweinte? Seine geheime Gefährtin, die ihm sogar Kinder schenkte? Eine Prinzessin? Eine Hure? Dann fiel mir ein, dass es auch der Name der Frau war, deretwegen Gräfin Cosel im Jahre 1712 verstoßen worden war.
»Maria Magdalena«, murmelte ich leise vor mich hin. Ein ungutes Gefühl stieg in mir hoch, das ich sofort unterdrückte.
Maria Magdalena und dann Meyer. Na ja. MMM. Schön wie die Sünde. Cool wie Madonna. Und Richard hatte mit ihr Squash gespielt. Was ja nicht verboten war. Nur merkwürdig, weil er sonst ausschließlich mit Männern spielte. Ich spürte einen winzigen Druck, da, wo mein Herz schlug, den Flügelschlag eines Zweifels, und um mich abzulenken, verließ ich die Küche mit einem Joghurt-Apfelchutney-Dip und stürzte mich wieder ins Getümmel.
Das große Wohnzimmer und die darin feiernden Gäste befanden sich inzwischen in einem Zustand alkoholseliger Auflösung. Christophs Schulfreund Anton lag quer über dem Sofa, halb auf ihm eine üppige Rothaarige, die jedoch nicht seine Frau war, die wiederum hing über der Kloschüssel des Gästebades und spuckte sich die Seele aus dem Leib. Die Party, das merkte ich sofort, war irgendwie aus dem Ruder gelaufen und hatte etwas studentenhaft Verludertes bekommen, sehr ungewöhnlich für unsere Kreise. Die meisten von uns waren verheiratet, hatten Kinder und gingen spätestens um elf Uhr ins Bett. Vielleicht lag es am Geburtstagskind, das an seinem Vierzigsten außer Rand und Band schien. Alles an ihm war in Bewegung, seine Beine tanzten, seine Arme umarmten, sein Mund lächelte. Nur seine Stirn blieb so ruhig wie der Mond. Ich fühlte mich auf einmal unwohl und wäre gern gegangen, aber Christoph hatte seine Geburtstagsrede noch nicht gehalten und Bettina würde mir nie verzeihen, wenn ich mich vorher verkrümelte. Da ich am nächsten Tag um halb sieben

wieder aufstehen musste, nahm ich das Geburtstagskind beiseite und flüsterte ihm ein energisches »Halt jetzt bitte mal deine Rede, damit wir nach Hause gehen können« ins Ohr.
Er hielt mich fest und drückte mich an sich, ein bisschen zu fest für meinen Geschmack. Aber wenn er etwas getrunken hatte, wurde er sehr anhänglich. »Meinst du, meine Gäste sind noch aufnahmefähig?«, grinste er. Als ich mich umdrehte, um genau das herauszufinden, traf mich wieder dieser ruhige, prüfende Blick der blonden Göttin. In welchem Leben ihre Seele wohl früher gesteckt hatte? Kleopatra? Mata Hari? Geierwally?
Sie sah so selbstverständlich schön aus, dass ich sie für einen kurzen Moment aus tiefster Seele hasste, weil mich bei ihrem Anblick dieses Minderwertigkeitsgefühl beschlich, das ich sofort bekam, wenn ich mich einer anderen Frau unterlegen fühlte. Was bei mir leider nicht schwer war, weil ein zu ausgeprägtes Selbstwertgefühl nicht zu meinen Charakterschwächen gehörte. Ein hartes Wort, ein schiefer Blick, ein jüngeres Gesicht, solche Kleinigkeiten genügten manchmal, um mich völlig zu verunsichern.
Leider fand ich mich weder besonders schön noch besonders witzig, was mich zwar selten bei Männern, aber leicht bei Frauen in die Defensive trieb.
»Wuchere doch mal ein bisschen mit deinen Pfunden«, hatte meine Mutter kürzlich zu mir gesagt und es nur gut gemeint, aber ich nahm es wörtlich, und da ich mich zu dick fand, redete ich drei Tage nicht mit ihr. Bis Richard mich eines Abends aufklärte, dass sie nicht auf meine Fettpolster angespielt hatte, sondern auf meine ständig lauernde Bereitschaft, mich klein, mies und unansehnlich zu finden.
»Kopf hoch, Brust raus, Rücken gerade, Constanze Graf«, so der Ratschlag meiner Mutter, die noch nie an sich gezweifelt hatte. »Glaub an dich selbst, dann glaubt dir Gott.«
Schöner Satz, Mami.

Christoph hatte bereits mehrfach an sein Glas geschlagen, und als keiner reagierte, brüllte er einfach los. »Ruhe, Leute, seid mal still, ich will eine Rede auf mich halten.« Als er sich endlich Gehör verschafft hatte, sah ich aus den Augenwinkeln, dass das blonde Gift, wie ich sie bereits getauft hatte, meinen Mann am Ärmel packte und aus dem Zimmer zog. Ein beklemmendes Gefühl stieg in mir hoch, aber ich konnte den beiden nicht folgen, weil ich direkt vor dem Geburtstagskind stand, dessen Ehefrau ihren Arm um mich gelegt hatte. »Hast du gesehen, wie er sich benommen hat?«, raunte sie mir ins Ohr. »Mit welcher, glaubst du, betrügt er mich? Mit seiner neuen Squashpartnerin?«
Ich schüttelte den Kopf, doch ihre Hand verkrampfte sich schmerzhaft in meinem Arm.
»Ich bin sicher, sie ist es«, raunte sie, »ich weiß es einfach. Diese Frau bedeutet Unheil.« Sie sah mich an, ihre Augen blitzten. »Ich bin so richtig in Stimmung für eine schöne Szene«, sagte sie. »Ein falsches Wort, ein falscher Blick, und ich geh hoch wie eine Rakete.« Genauso sah sie auch aus. Wie eine fleischgewordene Tellermine.
Endlich wurde es ruhig und alle Augen richteten sich auf Christoph – bis auf die von Richard und MMM. Wo waren die beiden? Eigenartig, wie eng sich mein Brustkorb auf einmal anfühlte, so als brauchte mein Herz plötzlich mehr Platz.
»Liebe Gäste, ich will es kurz machen«, begann der Jubilar, und alle seufzten erleichtert auf, obwohl auf so eine Ankündigung meistens eine besonders lange Rede folgt.
Ich konnte nur hoffen, dass Christoph sein Versprechen hielt, denn Richard und seine Bekannte waren noch immer verschwunden. Christoph blickte in die Runde. »Ich bin heute vierzig geworden, aber wer so gut aussieht und im Bett noch so viel bringt wie ich, was meine Frau euch sicher gern bestätigen wird …«
O Gott, dachte ich, während die Gäste grölten und Bettina Mordlust im Blick hatte, als sie leicht gequält in die Runde

grinste, sich allerdings jeden Kommentar verkniff. Ob es einen einzigen Mann auf der Welt gab, der sich für einen schlechten Liebhaber hielt? Der wusste, dass er horizontal keine Granate, sondern eine Gurke war? Die Antwort musste NEIN lauten, denn könnte man ihnen sonst so leicht einen Orgasmus vorhecheln?

»Kleiner Scherz, ich bin leider die absolute Niete im Bett, doch meine Frau ist zum Glück bescheiden, sie liebt mich trotzdem …« Umtost vom Gelächter der Gäste ging Christoph auf Bettina zu und nahm ihre Hand, die sie am liebsten weggezogen hätte. Doch sie beherrschte sich und machte gute Miene zum bösen Spiel. »Liebe Bettina«, Christoph senkte die Stimme, was den Effekt hatte, dass jetzt alle die Ohren spitzten, um nur ja keine Sekunde einer möglichen Ehekrise zu verpassen, und auch ich war kurzfristig abgelenkt. »Liebe Bettina«, wiederholte Christoph, als er sich vergewissert hatte, dass sein Publikum ihm die volle Aufmerksamkeit schenkte, »ich möchte dir für diese wunderschöne Feier danken und dafür, dass du es so lange mit mir altem Mann ausgehalten hast, der heute vierzig wird und es dir nicht immer leicht gemacht hat. Dafür hast du mich mit deinem Lachen, deiner Liebe und mit deiner Lebenslust zum glücklichsten Menschen der Welt gemacht.«

Er legte eine kleine Kunstpause ein, grinste breit und wartete ab, bis die weiblichen Gäste gerührt ihre Taschentücher gezückt hatten und Bettina ihn mit feucht glänzenden Augen ansah. Alle bösen Ahnungen waren vom Winde verweht. Nur noch Liebe lag in ihrem Blick.

Dann brach ihre Stimme über uns alle herein wie ein Donnerwetter. »Sag mal, willst du mich veräppeln? Glaubst du denn, ich weiß nicht, was hier gespielt wird? Dass du mit dieser, mit dieser …« Ihr Blick schweifte über die Gäste, die vor Schreck wie erstarrt waren. »Mit dieser …« Ihre Stimme versagte, sie schniefte und wie immer hatte sie kein Taschentuch dabei.

»Ich hol dir eins«, flüsterte ich und hastete aus dem Wohnzimmer. O Gott, der eheliche Supergau! Ich wusste genau, welche unserer Nachbarn jetzt innerlich freudig erregt eine betroffene Miene vortäuschten und welche genauso besorgt waren wie ich. Die erste Gruppe war deutlich größer als die zweite.

Im Flur wäre ich fast über eine leere Bierkiste gestolpert, aber ich fing mich gerade rechtzeitig, um aus dem gegenüberliegenden Schlafzimmer eine Stimme zu erkennen, die sehr genervt klang. Die Stimme von Richard! Ich schob die Kiste mit dem Fuß zur Seite und ging weiter.

»Warum bist du hier?« Ich zuckte zusammen. »Was versprichst du dir davon?« Ich erstarrte. Das klang irgendwie gar nicht gut. Mit wem duzte er sich? Und warum war er so gereizt?

»Weil ich Lust hatte, du Depp.« Die groben Worte klangen zärtlich, wie eine Liebkosung. »Weil ich mal sehen wollte, wie ihr so lebt, ihr verheirateten Männer.« Sie kicherte, mehr als leicht beschwipst. »Reihenhaus, nette Gattin, das ganze Paket.«

»Ich möchte nicht, dass du …« Das war wieder er, diesmal in der gehetzten Variante.

Was war das denn jetzt? Eine Unverschämtheit! Die Tür war halb offen, ich stieß sie ganz auf. Plötzlich hatte ich eine Ahnung, wie Bettina sich gefühlt haben musste. Hass macht stark. Zumindest vorübergehend. »Darf ich fragen, was hier los ist?« Ein wirklich saublöder Einstieg, und leider krächzte ich dabei auch noch. Ich fühlte mich wie eine rasende Furie, aber vermutlich sah ich aus wie eine lahme Übelkrähe. »Störe ich?«, schleuderte ich in zwei sprachlose Gesichter. Warum fühlte ich mich bloß wie eine kleine Pfütze?

»Wir besprechen gerade das nächste Squashturnier«, fiel meinem Süßen ein, und ich wusste nicht, ob ich ihn wegen seiner Schlagfertigkeit bewundern oder einfach nur erwürgen sollte.

Dabei sah er mich genauso treuherzig an wie meine Tochter Friederike, als ich in ihrer Jeanstasche einen gefälschten Führerschein aus Florida gefunden hatte, der sie drei Jahre älter machte. »Wahrscheinlich hat jemand im Sportunterricht die Jeans verwechselt, Mami.« Ich wusste nicht immer, wann ich verschaukelt wurde. Aber jetzt wurde ich.
Die Situation war auf peinliche Weise eindeutig.
»Tschuldigung.« Ohne mich anzusehen, drängte sich MMM an mir vorbei, ein paar Sekunden später hörten wir die Haustür klappen, sie war geflüchtet. Wir waren allein, ein Mann, der sich ganz weit weg wünschte, und eine Frau, die wütend auf ihn war. Sehr, sehr wütend.
»Wollen wir gehen, mein Zuckerschnäuzchen?« Richard klang so sanft wie ein Wärter, der mit der Zwangsjacke in der Hand vor seinem Patienten steht.
»Ich will nicht gehen, ich will hören, Richard.« Ich machte einen Schritt auf ihn zu, er wich zurück. »Ich will hören, was du im Schlafzimmer unserer Freunde mit einer fremden Frau zu suchen hast.« Ich war gespannt auf seine Antwort, zugleich fürchtete ich sie.
Und was tat er? Er lächelte! Ich war so verblüfft, dass ich fast zurückgelächelt hätte. Gerade noch rechtzeitig riss ich mich zusammen. »Wer ist diese Dummbutze?« Ein Ausdruck, den ich normalerweise hasse, aber hier passte er.
»Eine Journalistin, mit der ich manchmal zusammenarbeite«, sagte er. »Sie ist spezialisiert auf medizinische Themen und soll eine große Geschichte über unser neues cholesterinsenkendes Mittel schreiben. Wenn das klappt, wäre das unheimlich wichtig für mich.« Er strahlte mich an, ganz die verfolgte Unschuld.
»Du hast also nichts mit ihr?« So bescheuert kann auch nur eine Frau fragen, die geradezu belogen werden will! Bin ich so eine Frau? Eigentlich nicht, doch irgendwie schaffte Richard es, mich zu verunsichern, und meine Wut ließ nach. Eine Spur von Erleichterung schlich sich in meine Gedanken.

»Aber Mäusezahn, traust du mir das etwa zu?«
Ja, das tue ich, hätte ich ihn anschreien müssen, aber wir befanden uns in einem fremden Schlafzimmer, draußen hielt meine beste Freundin ihren Mann für den Geliebten der Schlange, die ich gerade mit meinem Mann – erwischt hatte? Zwar nicht direkt in flagranti, doch so merkwürdig, dass es nicht wirklich gänzlich unverfänglich war. Auf jeden Fall eine für alle Beteiligten lächerliche Situation.
Trotzdem wiederholte ich noch einmal: »Du hast also nichts mit ihr?«, und gab ihm damit das richtige Stichwort für den Fluchtweg.
»Warum sollte ich?« Wieder diese trügerisch einfache Gegenfrage, auf die mir vielleicht trotzdem eine Antwort eingefallen wäre, wenn nicht in dieser Sekunde ein markerschütternder Schrei durch das ganze Haus gehallt wäre.
»Ich glaub es ja wohl nicht, ich flippe total aus!«
Das war Bettina, und ich stürzte aus dem Zimmer, um nachzusehen, was los war. Meine Freundin stand auf der Straße vor einem knallroten Cabriolet, um das eine dicke gelbe Schleife so gewickelt war, dass es aussah wie ein riesiges Osterei.
Christoph stand neben der geöffneten Fahrertür und hielt ihr einen Schlüssel hin. »Nicht wieder verlieren, mein Schatz«, grinste er. »Viel Spaß damit.« Dann stiegen sie ein und brausten davon, während die auf die Straße geströmten Gäste ihnen begeistert hinterherklatschten.
»Ein Mann, der seiner Frau zu seinem vierzigsten Geburtstag ein Auto schenkt, so was gibt's doch nur in kitschigen Frauenromanen«, sagte eine weibliche Stimme in der Dunkelheit. »Meiner bringt noch nicht mal den Müll raus.«
Ich stand fröstelnd auf der Bordsteinkante und war ganz überrascht, wie tiefgrün der Neid war, den ich auf einmal verspürte. Freu dich doch, dass die Ehe deiner Freundin so glücklich ist, durchfuhr es mich. Freu dich, dass Bettina auf der falschen Fährte war. Schön und gut, aber was machte

mein Mann? Womit überraschte er mich? Wann war er das letzte Mal mit Blumen nach Haus gekommen? Was hatte er mir zum letzten Geburtstag geschenkt? Schon verdrängt? Genau, einen neuen Kühlschrank! Den er bei Ebay für 99,99 Euro ersteigert hatte und der nach drei Monaten den Geist aufgab. Mein Auto war zwölf Jahre alt, ein Erbstück meiner Mutter, die sich auf ihre alten Tage einen Jeep gekauft hatte. Tja, dachte ich, das sind eben die Unterschiede, die eine fährt ein Cabrio, die andere eine rostfleckenbetupfte Blechkiste, die sie Dagobert nennt. Die eine wird geliebt und verwöhnt, die andere ist froh, wenn sie nicht betrogen und verlassen wird. War ich eine Frau, die ihre Glückserwartung schon so weit reduziert hatte, dass sie, wie es so schön heißt, »über jeden Mann froh war, auch wenn er auf dem Bett saß und hustete«?

Ich steigerte mich so sehr in meine trüben Gedanken hinein, dass es mich nicht gewundert hätte, wenn ich einfach geschmolzen und als kleiner Wachsfleck auf die Straße getropft wäre. »Honigbärchen, wo steckst du denn?« Ich spürte die warmen Arme meines Mannes um meine Taille und auf einmal war alles wieder gut. Ich hatte ein Gespenst gesehen.

»Wenn Dagobert den Geist aufgibt, dann kauf ich dir auch ein neues Auto«, flüsterte er mir ins Ohr, und ich vergaß all meine bösen Gedanken.

»Noch lebt er ja«, flüsterte ich zurück, fast ein bisschen gekränkt, wie leichtfertig er etwas entsorgen konnte, dem ich immerhin einen schönen Namen gegeben hatte.

»Dann soll er bei dir sein Gnadenbrot genießen, bis er auf den Schrottplatz kommt«, sagte Richard besänftigend und fand damit die richtigen Worte.

Ich ging ins Haus zurück und spülte meine Platten. Die Küche sah wie eine umgekippte Mülltonne aus, aber ich widerstand dem Impuls, sie aufzuräumen. Sonst half ich Bettina gern, doch an diesem Abend war sie genug beschenkt worden. Mehr als genug, fand ich und wollte nicht so neidisch sein, wie ich leider in dem Moment war. Dennoch konnte ich es nicht ändern. Wieder beschlich mich dieses blöde Aschenputtel-Feeling, dieses Gefühl, ein irgendwie zu kleines, zu unbeachtetes Leben zu führen, und diese Ahnung, dass ich irgendwann einmal ein viel größeres geführt hatte. Ich trat ans Küchenfenster und sah in die Nacht hinaus.

Mein Gesicht spiegelte sich in der Scheibe, ein mondhelles Oval mit traurigen Augen. Ich hatte ein ausgeschnittenes T-Shirt an, das unter den Armen etwas durchgeschwitzt war und sich jetzt feucht und klebrig anfühlte. Warum trägst du eigentlich keinen Schmuck?, dachte ich plötzlich und umfing meinen Hals mit beiden Händen, unter denen es leise anfing zu pochen. Ich schloss die Augen und fühlte auf einmal schweres, kühles Gold auf meiner Haut. Meine Rubinkette, dachte ich, die mit den funkelnden schweren Steinen, die dir Au… Ich öffnete die Augen und war sekundenlang irritiert, dass ich nackt und ungeschmückt war.

»Was ist los, Liebling?«, fragte Richard, der in diesem Moment in die Küche gekommen war. »Hast du Halsschmerzen?«

Ich sah ihn an und war sekundenlang verwirrt.

Was machte dieser Mann hier? Was tat ich in dieser kleinen Küche? Wo war ich? »Ich habe viel zu wenig Schmuck«, sagte ich stattdessen. »Bin ich nicht schön genug dafür?«

»Was ist mit den schönen Ohrringen, die ich dir im letzten Ibizaurlaub geschenkt habe?«, fragte Richard leicht beleidigt. »Und die Perlenkette, die …«

»Modeschmuck«, winkte ich ab. »Und die Ohrringe waren vom Hippiemarkt. Ich will echten Schmuck. Ich will Gold und Edelsteine.« Ich hörte selbst, wie trotzig meine Stimme klang.

»So wie deine Gräfin?«, fragte Richard, der sich Abend für Abend über meine Bettlektüre lustig machte. »Ich bin leider nicht August der Starke, der seine Bauern bis aufs Blut ausbeuten lässt, damit er seine zahlreichen Geliebten mit Geschmeide überhäufen kann. Ich bin nur ein hart arbeitender

Pharmareferent, der sich die Füße platt läuft, damit er seine Familie versorgen kann. Sorry.« Er lachte.
Es stimmte, ich war ungerecht, also lachte ich mit und überreichte ihm die Porzellanplatten, die ich Bettina geliehen und inzwischen abgewaschen hatte.
»Nicht fallen lassen, August«, scherzte ich. »Ein schöner Männername übrigens, findest du nicht?«
Richard grinste. »Willst du dich nicht endlich mal vom Spätbarock verabschieden, mein Engel? Dieser starke August spukt nun schon wie lange in deinem Kopf herum?«
»Schon immer«, wäre es mir fast herausgerutscht. »Schon mein ganzes Leben.« Natürlich sagte ich das nicht, obwohl ich mir auf einmal sicher war, dass es stimmte. Vielleicht war ich auch nur ein bisschen verrückt an diesem Abend. Oder ein bisschen betrunken.
»Ich schenk dir eine Biographie über Napoleon«, sagte Richard. »Dann kannst du Joséphine heißen.«
»Oder Kleopatra«, lachte ich, »dann bist du mein Cäsar.«
Wir verließen die Feier, ohne uns zu verabschieden, und gingen nach Hause. Ins Bett. Ich hörte noch, wie er sagte: »Ich liebe dich, Constanze.«
Das waren Worte, die ich von meinem Mann schon sehr lange nicht mehr gehört hatte. Mindestens dreihundert Jahre nicht.

Hamburg, 25. September 2005

Ich verabschiedete Richard sehr zärtlich an diesem Morgen. MMM hatte sich erst einmal in Luft aufgelöst.
Wir waren beide mehr als ein bisschen verkatert, weshalb er sein Salamibrötchen angewidert wegschob und nur einen Kaffee trank, als sein Handy sich bemerkbar machte. Er ging nicht ran, hatte es eilig, war in Gedanken schon weit weg, als er sich in der Haustür noch einmal umdrehte und mir einen Kuss zum Abschied gab. Sogar mit Zunge, was mich erstaunte und beglückte, denn wie jede langjährige Ehefrau aus Erfahrung weiß: Zungenküsse hören zuerst auf, lange vor dem Oralverkehr.
Man zungenküsst nun mal keinen Mund, der einem in allen Geruchsvariationen übervertraut ist, kalter Knoblauch, kalter Kaffee, kalte Zigaretten inbegriffen. Auch Richard und ich küssten uns, wenn überhaupt, mit trockenem *Peck* auf Lippen oder Wangen, deswegen war es eine süße Überraschung, als ich an diesem Morgen plötzlich seine Zunge in meinem Mund fühlte. Leider war er noch halb voll, was den Kuss etwas abkürzte, aber immerhin.
»Schade, dass du nicht mitkommst«, sagte Richard und küsste meinen Hals. Sofort bekam ich eine lustvolle Gänsehaut. »Aber Dresden hätte dir sowieso nicht gefallen.«
Ich verzichtete auf Gegenargumente, weil ich viel zu guter Laune war. »Viel Spaß, mein Schatz«, lächelte ich ihn an. »Erleg ein Bärenfell für mich.«
Er warf mir eine Kusshand zu, ich warf eine zurück und ging beschwingt ins Haus.
Wo meine älteste Tochter wie ein lebender Vorwurf im Flur

stand, mit dem Zeigefinger im Nutellaglas. »Muss das sein, in eurem Alter?«, grinste sie mit braunverschmiertem Mund. Während ich nach einer witzigen Replik suchte und keine fand, schob sie sich an mir vorbei, und ich sah, dass ihre Körpermitte – Busen bis Schamhaargrenze – schon wieder so weiß und nackt wie ein Vollmond glänzte. In ihrem Bauchnabel, der zu ihrem Bedauern leider klein und knubbelig war, steckte ein zweieurogroßer Fliegenpilz, offensichtlich ein neues, natürlich streng verbotenes Piercing. »Nimm das Ding raus und zieh dir einen Pullover an«, forderte ich strenger, als mir zumute war. Doch es war kühl an diesem Morgen, etwa zwölf Grad, und ich wusste, wie schmerzhaft eine Nierenbeckenentzündung sein kann. Schließlich war ich auch mal jung und blöd gewesen und hatte Klamotten geliebt, in denen ich wie eine schwangere Bratwurst aussah. Ich war nicht immer die uncoole Giftspritze gewesen, für die mich meine Tochter Friederike nur dann nicht hielt, wenn sie Geld von mir wollte. Was zum Glück sehr oft vorkam.

»Mensch Mama.« Sie schleuderte mir einen ihrer »Womit hab ich nur diese blödeste aller Mütter verdient?«-Blicke zu, den ich mit einem »Ich bleibe eisenhart, auch wenn du mich zur Hölle wünschst«-Blick konterte.

Ein paar Sekunden kämpften wir, dann sagte ich: »Du gehst zur Schule, nicht in den Puff.« Derbe Worte, aber immerhin zog sie sich maulend um, und drei Minuten später war sie wortlos verschwunden. Ihr durchgedrückter Rücken, an dem ein blauer Rucksack baumelte, drückte abgrundtiefe Verachtung für die mütterliche Spießigkeit aus.

Da Alexa bei ihrer Freundin Marie übernachtet hatte, lag der Vormittag jungfräulich vor mir. Ich wartete auf Bettina, um mit ihr die Party durchzuhecheln, doch vermutlich küsste sie noch ihr neues Cabrio und versetzte mich, was ich insofern verzeihlich fand, als ich dadurch mehr Zeit für mich und das totale Constanze-Graf-Verwöhn-Programm hatte.

Ich ging ins Badezimmer und ließ mir ein Schaumbad ein,

machte mir einen Milchkaffee mit einem großen Schuss Eierlikör und lag kurz darauf bis zur Nasenspitze im Schaum und träumte einfach so vor mich hin, ein Luxus, den ich mir nur sehr selten erlauben konnte. Mein Frust vom Vortag war verweht, denn ich war nicht nachtragend, sondern lebte lieber in Harmonie. Du kannst mit deinem Leben wirklich zufrieden sein, dachte ich und ließ etwas warmes Wasser nachlaufen. Du hast einen Mann, der dich noch begehrt, von dem du sogar weißt, wie sich seine Zunge anfühlt, rau, warm, Kaffeegeschmack. Ist das nicht ein kleines blaues Wunder? Also – Ehe stimmt, Geld stimmt, Kinder stimmen mehr oder weniger. Fazit: Dein Leben stimmt, Constanze.

Ich tauchte unter und als Schaumnixe wieder auf und hatte plötzlich ganz große Sehnsucht nach Richard. Am liebsten hätte ich ihn auf der Stelle vernascht, schnell, ohne Umstände, so wie früher, als Sex für uns so normal war wie Luft holen. Dieses Gefühl wollte ich ihm sofort mitteilen, bevor es sich wieder verflüchtigte. »Schatz, ich bin so scharf auf dich, ich könnte platzen« – wäre das nicht genau der Satz, an den ein jeder Ehemann gern dachte, wenn er in einem langweiligen Meeting saß und über die Vermarktung von potenzsteigernden Mitteln diskutierte?

Ich stand auf, trocknete mich flüchtig ab, und während ich seine Büronummer wählte und mir einfiel, dass er ja auf dem Weg nach Dresden war, klingelte es im Schlafzimmer. Da Friederike ständig unsere Klingeltöne auswechselte, merkte ich erst, als ich es in der Hand hielt, dass Richard sein Handy vergessen hatte. Eine mittlere Katastrophe für ihn, ich wusste, wie hilflos er ohne seine elektronische Nabelschnur war, mit der er sogar aufs Klo ging. Zu allem Unglück hatte er kein Autotelefon, ich konnte also nicht nachfragen, in welchem Hotel er in Dresden absteigen wollte.

Das Klingeln hörte auf. Vielleicht hatte er es längst gemerkt und war bereits auf dem Weg zurück. Ich hoffte es sehr, weil ich es hasste, wenn ich ihn nicht erreichen konnte. Vor

meinem inneren Auge lag er dann immer im Straßengraben, blutend, hilflos …! Da klingelte es wieder. Schlauer Kerl, dachte ich, er ruft sich selbst an, damit ich sein Handy finde. Schnell drückte ich auf die grüne Taste.
Noch bevor ich mich melden konnte, sagte eine weibliche Stimme: »Hallo, Schatz, Magdalena hier, ich hab mich einen Tick verspätet. Warte bitte an der Tankstelle, wie immer. Freu mich sehr auf dich. Ciao.« Klack, aufgelegt.
Ich warf das Handy aufs Bett, als hätten mich glühende Kohlen versengt.
Dann stand ich da und konnte mich nicht mehr bewegen. Alle Kraft war weg, ich fühlte mich so schwach und hilflos wie noch nie. Ich setzte mich aufs Bett, und es war, als sei auf einmal meine gesamte Lebenskraft in die Matratze geflossen, als wäre ich an ihr festgeklebt. Ich konnte nicht aufstehen, ich konnte nicht atmen, ich konnte nur dasitzen und die Ahnung zulassen, dass der richtige Schmerz, der bohrende, wühlende, alles betäubende Schmerz erst noch kommen würde. Mein Lieblingsgedicht fiel mir ein. Richard hasste es, was sicher daran lag, dass er es mir nach unserer ersten Nacht aufs Kopfkissen gelegt und so getan hatte, als hätte er es selbst geschrieben. Peinlich nur, dass er leider eins der bekanntesten Gedichte von Erich Fried ausgesucht hatte, um mich zu beeindrucken. Leise, um mich zu beruhigen, murmelte ich die Zeilen vor mich hin:

Ich habe dich so lieb
Dass ich nicht mehr weiß
Ob ich dich so lieb habe
Oder ob ich mich fürchte

Ob ich mich fürchte zu sehen
Was ohne dich
Von meinem Leben
Noch am Leben bliebe …

Das Telefon klingelte. Ich ignorierte es, denn ich traute meiner Stimme nicht und wollte jetzt mit niemandem sprechen. Der Anrufbeantworter sprang an, meine fröhliche Stimme ertönte. »Hier ist die Familie Graf, leider nur elektronisch, aber wenn Sie uns eine Nachricht hinterlassen, am liebsten eine gute, dann rufen wir gern zurück. Und tschüs.«
»Hallo, mein Schatz …« Richard. Seine Stimme zu hören war wie ein Schock. Sie klang so … so fies normal, so als wäre nicht gerade meine Welt untergegangen. »Schade, dass du nicht da bist, ich hab nämlich blöderweise mein Handy vergessen, und jetzt kannst du mich ganz schlecht erreichen. Ich melde mich dann heute Abend. Mach's gut.« Und tschüs.
Die Stille, die seinen Worten folgte, war so laut, dass ich sie nicht eine Sekunde länger ertragen konnte. Ruhelos ging ich durch das Haus, auf und ab, in den Garten, auf die Straße, ich wusste einfach nicht, wohin mit mir. Es war der absolut schlimmste Tag meines Lebens, viel schlimmer als die drei Tage Wehen, bevor Friederike sich endlich bequemt hatte, aus meinem Bauch zu schlüpfen und brüllend auf die Welt zu kommen. Viel schlimmer als mein Blinddarmdurchbruch mit fünfzehn, denn das waren zwar höllische Schmerzen, aber die hatte mir wenigstens mein eigener Körper eingebrockt.
Diese Schmerzen hier hatte mir dagegen ein Mensch zugefügt, den ich liebte und dem ich vertraute. Ein Satz fiel mir ein, den ein Freund der Gräfin Cosel einmal zu ihr gesagt hatte: »Die Leidenschaft verhindert, dass man die Menschen kennt, die man liebt.«
Nun empfand ich zwar für Richard keine Leidenschaft mehr, doch ich war genauso naiv, genauso blind wie meine Namensvetterin damals. Auch sie hatte sorglos gelacht, auch sie hatte sich geliebt und sicher gefühlt, auch sie war betrogen worden.
Ich stand vor unserem Badezimmerspiegelschrank, den Richard wie immer offen gelassen hatte, und während ich seine Rasierschaumtube (verknickt, ohne Verschluss) und ein halb

aufgerissenes Kondom mit Schweinefüßchen betrachtete, ein Mitbringsel aus Ibiza, spürte ich mit einer gewissen Erleichterung, wie der harte Schmerz, der mein Herz zusammenschnürte wie ein kleines Paket, langsam heißer, befreiender Wut wich.
Ich war so wütend, ich hätte Bäume ausreißen können. Schade, dass ich jetzt nicht aus der Motorhaube von Richards Auto springen und die beiden zu Tode erschrecken konnte. Über sein blödes Gesicht hätte ich mich sicher amüsiert. Hallo, mein Schatz, ÜBERRASCHUNG!
Ich trank meinen kalt gewordenen Milchkaffee und griff zum Telefon. Als sich die Sekretärin meldete, die sich die Pharmavertreter von Richards Arbeitgeber Europharm teilten, war ich die Liebenswürdigkeit selbst. »Frau Donner, Constanze Graf hier, würden Sie mir bitte sagen, wo mein Mann heute in Dresden übernachtet?« Als ich auflegte, fühlte ich mich wieder wie ein angepikster Ballon, schlaff und immer schlaffer. Mein Aufbruchsgefühl war verpufft, denn Frau Donner hatte mir nicht helfen können. Leider wisse sie es nicht, er habe diesmal gar nichts gesagt. Ich solle ihn doch anrufen, schlug sie mir vor und klang dabei so vorsichtig, dass ich überzeugt war, sie sei eingeweiht und mache sich heimlich über mich lustig. »Die Ehefrau merkt es eben immer zuletzt«, würde sie lachen. Bis es auch sie erwischen würde.
Erschöpft und ratlos stand ich am Küchenfenster und blickte auf die Straße hinaus. Meine Nachbarin, die alleinerziehende Mutter Beate Kluge, von uns nur »die Klugscheißerin« genannt, weil sie, wie Richard so gern sagte, »zu jedem Scheiß eine kluge Meinung hatte«, ging an meinem Fenster vorbei und winkte mir mit ihrem leeren Jutebeutel zu. Ihr oberschlauer Sohn Albert war ein Mitschüler von Alex.
Da man in einer Reihenhaussiedlung alles über seine Nachbarn erfährt, wusste ich, dass sie auf dem Weg zum Wochenmarkt war, und ich wusste sogar, was sie dort kaufen würde. Bioobst und -gemüse im Angebot und dazu Schafskäse, der

so grau war wie der kratzige Schafwollpulli des Bauern, der ihn verkaufte. Sie ernährte sich und ihren Sohn so gesund, dass beide richtig krank aussahen.
Ich winkte zurück und war heilfroh, dass sie nicht einmal ahnte, wie schlecht es mir gerade ging, denn seit ihr Bernd sie wegen einer türkischen Schlampe (leider sexy) verlassen hatte, waren ihr alle Männer »ein Dorn im Fleisch«, wie sie es immer formulierte, besonders die noch verheirateten. Ich ahnte, sie lauerte nur darauf, dass sie nicht die Einzige mit diesem Schicksal blieb. »Siehst du, so sind sie, die Ehemänner«, hätte sie mit funkelnden Augen verkündet. »Das Herz in der Hose, bis der Sargdeckel klappert.«
Ich sah ihr nach: eine große, dürre Frau mit einem kleinen, dicken Kind, das sich vermutlich zur nächsten Pommesbude schlich, sobald sie mal nicht hinguckte. Dabei war ich so in meine trübsinnigen Gedanken vertieft, dass ich richtig zusammenzuckte, als meine Haustür, die ich nie abschloss, aufgerissen wurde und mich Bettina mit einem »Los, mitkommen, Auto knutschen« auf die Straße zerrte.
Da stand ihr Prunkstück, mitten auf dem Gehweg, sie schubste mich einfach auf den Beifahrersitz und fuhr los. Ihre gesamte Erscheinung leuchtete wie ein Weihnachtsbaum, sie glühte richtig vor Lebensfreude. Sofort fühlte ich mich noch mieser. Gern hätte ich sie ein bisschen gehasst, aber es ging leider nicht. Trotz meiner Misere freute ich mich mit ihr.
»Superfest gestern«, grinste sie. »Vielen Dank für deine Hilfe.« Schwungvoll bog sie in den Kreisverkehr ein, fast hätte sie einen Radfahrer mitgenommen, der sich in letzter Sekunde retten konnte und uns wütend den Stinkefinger zeigte. Bettina lachte nur und zeigte ihren zurück. »Ich hab doch tatsächlich gedacht, mein Honigbär betrügt mich, dabei war er monatelang damit beschäftigt, mir dieses Wahnsinnsteil zu beschaffen. Ich lieb ihn so, ich könnte platzen!«
Da ich lange nicht mit ihr gefahren war, hatte ich ihren wilden Fahrstil verdrängt, sie heizte durch die Gegend wie eine

verhinderte Rennfahrerin, mit so abrupten Stopps, dass mir bald speiübel war.
»Kotz mir bitte nicht auf die neuen Lederpolster«, meinte sie ungerührt, als sie mein totenbleiches Gesicht bemerkte. »So eine Kiste muss man einfach schnell fahren.«
Ich ließ die Scheibe herunter, beugte mich weit hinaus und ließ mich richtig durchpusten. Der kalte Fahrtwind zerzauste meine Frisur und trieb mir die Tränen in die Augen. Mein Leben war richtig scheiße im Moment, trotzdem war ich auf einmal ganz ruhig. Weil mir klar wurde, dass ich etwas tun musste. Ich konnte nicht untätig zusehen, wie mein Leben in Scherben vor mir lag. Langsam zog ich den Kopf zurück und ließ das Fenster wieder hoch.
»Bring mich bitte zum Hauptbahnhof«, sagte ich. »Ich muss nach Dresden.«

Dresden, 25. September 2005, 20 Uhr

Richard hat gelogen, Dresden ist eine wunderbare Stadt, dachte ich, als der Zug in den Bahnhof einfuhr. Ich hatte mich für die letzte Verbindung entschieden, war stundenlang um die Alster gelaufen, um mich wieder abzureagieren, um dieses erdrückende Gefühl loszuwerden, dass mein Leben vor einem Abgrund stand.

Ich hatte zwei Möglichkeiten. Ins Unbekannte zu springen oder angstvoll ins Dunkle zu starren. Während der Fahrt hatte ich mich mit einem Reiseführer abgelenkt, den ich mir noch schnell gekauft hatte. Und mit jeder Zeile wuchs meine Begeisterung. Diese Stadt hatte einfach alles – Schlösser, Kunstsammlungen, Wunderwerke aus Sandstein, Semperoper, Frauenkirche, kilometerlanges Elbufer. Außerdem war August der Starke hier geboren, am 12. Mai 1670 gegen »halb-viertel uff 9 Uhr«, so steht es jedenfalls im Hoftagebuch geschrieben. Zum ersten Mal betrat ich also die Stadt, in der er vor 336 Jahren mit seiner großen Liebe, der Gräfin Constantia von Cosel, gelebt hatte. Ich war so aufgeregt, dass ich fast den eigentlichen Zweck meiner Reise vergessen hatte – meinen Mann in flagranti zu erwischen und ihn zu einer Entscheidung zu zwingen. SIE oder ICH! Weiter hatte ich nicht gedacht, als ich am späten Abend in Hamburg in den Zug gesprungen war.

Nach dem Aussteigen war ich sofort überwältigt. Das hatte ich nicht erwartet: Der Bahnhof war ein riesiges Shopping-Center! Ich ging vorbei an den glitzernden Geschäften, an den mit Reisenden prall gefüllten Imbissständen, ganz Dresden schien an einer Currywurst zu lutschen. Benommen folgte ich dem Taxizeichen nach draußen und fühlte mich wie in einer völlig anderen Welt. Hamburg war Lichtjahre entfernt, obwohl es nur knapp fünfhundert Kilometer nordwestlich von hier lag. Mein Leben hatte auf einmal eine ganz schräge Kurve gekratzt. Alles war möglich. Das war bei allem Stress und allem Ehekummer richtig aufregend.

Ich stieg ins Taxi und fühlte mich sehr abenteuerlustig.

»Wo soll's denn hingehen, junge Frau?« Der Fahrer sächselte leicht, was ich ganz wunderbar fand, denn aus unerfindlichen Gründen liebte ich den sächsischen Akzent, schaute mir gern die alten DEFA-Filme und die Talkshow *Riverboat* auf MDR an. »Zum Taschenberg-Palais«, sagte ich und dachte: Komisch, du warst noch nie in Dresden, und trotzdem hört es sich so normal an wie »Bitte in den Mindermannsweg« in Hamburg.

»Mensch, junge Frau, da haben Sie sich aber was ganz Feines ausgesucht.« Der Fahrer grinste. »Hoffentlich wartet da auch jemand Nettes auf Sie.«

»Man wird sehen«, lächelte ich ihn an, erfreut, dass er mich ganz offensichtlich nicht einordnen konnte.

War ich eine reiche Gattin, die ihrem Mann auf Geschäftsreise folgte? Wohl kaum, ich hatte gar kein Gepäck dabei, meine Louis-Vuitton-Köfferchen fehlten. War ich vielleicht eine supererfolgreiche Geschäftsfrau, die ihre Koffer mit ihrem jungen, allzeit bereiten Assistenten vorausgeschickt hatte? Dazu fehlte mir leider die gnadenlose Karriereaura mit dem dazugehörigen gebleachten Gebiss. Oder war ich eine langjährige Geliebte, die nur für eine Nacht einschwebte und ihr Ersatzhöschen plus Zahnbürste in der großen Prada-Handtasche dabeihatte?

Die unglamouröse Wahrheit – Ehefrau reist ihrem treulosen Gatten nach – sah man mir zum Glück nicht an.

»Wie finden Sie denn unser schönes Dräsdn?«, fragte der Fahrer im Plauderton und musterte mich im Rückspiegel. »Für uns ist es auf jeden Fall die beste Stadt der Welt!«

Ich blickte aus dem Fenster in die Nacht, die Luft flimmerte, als würden Millionen Glühwürmchen darin tanzen, in der Ferne blitzte die neue Kupferkuppel der Frauenkirche wie eine stolze Königin. Dann holte ich tief Luft. »Ich könnte mir keine schönere Stadt vorstellen«, sagte ich voller Überzeugung. »Sie sind ein Glückspilz, dass Sie hier leben dürfen.«
»Da könnten Sie Recht haben, junge Frau«, erwiderte er stolz. »Falls Sie es nicht wissen – dort, wo Sie heute übernachten, wurde 1216 die erste Siedlung gebaut, da steht also sozusagen die Wiege Dresdens. Und jetzt sind wir da.«
»Wow«, flüsterte ich beeindruckt, während ein livrierter Portier die Autotür aufriss und »Guten Abend, gnädige Frau. Willkommen im Taschenberg-Palais« sagte.
Meine kleine Flucht hatte Stil, ohne Frage. Warum war ich nicht schon viel öfter geflüchtet?
In Hamburg als verlassene Ehefrau abgefahren, in Dresden als Frau von Welt angekommen, das sollte mir erst mal jemand nachmachen. In dieser Sekunde waren Richard und seine Blödmaus eine Million Lichtjahre entfernt, unwichtige Parasiten in meinem glitzernden Universum. Ich stieg aus, lächelte, breitete die Arme aus und rief: »Es ist so schön, wieder zu Hause zu sein.« Verwirrt biss ich mir auf die Lippen. Was redete ich denn da für einen Mist? Ich hatte dieses Hotel noch nie betreten, auch wenn ich schon viel darüber gelesen hatte.
Es war ein magischer Ort, voller Gefühle, voller Leidenschaften! Die berühmt-berüchtigte Gräfin Cosel hatte »ihr Hauß aufm Taschenberge«, wie im Hofkalender vermerkt ist, 1705 von August dem Starken geschenkt bekommen, insgesamt 31450 Taler hatte er für das Palais hingeblättert, ein stolzes Sümmchen damals. Es war das schönste Haus am Platz, gebaut für die schönste Liebe des Königs. Ein Ort für königliche Bälle, für politische Dramen, für menschliche Schicksale. Und jetzt eines der edelsten Hotels in Deutschland.
Warum hatte ich mir ausgerechnet diese teure Unterkunft

ausgesucht, die ich mir im normalen Leben überhaupt nicht leisten konnte? Um meinen Mann zu ärgern? Das Wellness-Programm für die betrogene Gattin? Ich hatte keine Ahnung. Aber als ich hinter Hamburg-Bergedorf in meinem Reiseführer geblättert und in der Spalte »Übernachten« den Namen »Kempinski-Hotel Taschenberg-Palais Dresden« gelesen hatte, da geschah etwas Merkwürdiges. Ich hatte mir gerade ein preiswertes Dreisternehotel ausgesucht, da wurde mir plötzlich ganz schwindelig. Ich versuchte, das Fenster zu öffnen, was nicht möglich war, taumelte auf meinen Sitz zurück und wartete mit geschlossenen Augen, bis der Anfall vorüber war. Dann las ich weiter: »Fünfsternehotel inmitten aller wichtigen Sehenswürdigkeiten hinter der historisch getreu nachgebauten Fassade von 1712«, und auf einmal fingen die Buchstaben vor meinen Augen an zu tanzen, so als wollten sie mich locken: »Komm her, besuch uns mal wieder, es wird Zeit. Wir haben dich vermisst, Constantia.«

Wer ruft mich da?, dachte ich verwirrt, und genau in diesem Moment klingelte mein Handy. Ich war noch immer ganz weit weg und fragte mich, was für eine Musikkapelle denn hier im Zug spiele, bis eine Mitreisende leicht genervt auf meine Handtasche zeigte und »Wollen Sie nicht rangehen?« zischte.

Wie aus einem wilden Traum hochgeschreckt, wühlte ich in meiner Tasche und fand mein Handy wie immer beim allerletzten Klingelton. »Hallo?«, krächzte ich.

»Hallo, Mäuschen, wo steckst du denn? Zu Hause nimmt keiner ab.«

Es war merkwürdig, hier im Nichtraucherabteil, Fensterplatz mit Tisch, die Stimme von Richard zu hören. Ich wollte nicht mit ihm sprechen und so tun, als wäre alles ganz normal. Ich wollte eine Riesenszene und eine Riesenversöhnung, ich wollte Dramatik und Leidenschaft, allerdings nicht hier, nicht jetzt.

»Ich verstehe dich nicht«, rief er. »Hörst du mich?«

Ich räusperte mich. »Ich bin unterwegs«, erwiderte ich bewusst vage. »Sag doch mal, in welchem Hotel steckst du eigentlich? Falls ich dich erreichen möchte. Auf dem Handy kann ich dich ja nicht anr...«
Es summte und surrte, da war es wieder, das gute alte Funkloch. Die Bahnstrecke Hamburg-Berlin ist voll davon und muss der Traum aller Ehemänner sein. Wie viele von ihnen sagen wohl jeden Tag zu ihrer Frau: »Schatz, ich versteh dich so schlecht, ich melde mich später noch mal«, um anschließend erleichtert aufzulegen. Stress vertagt, Gott sei Dank. Und wie viele Geliebte haben wohl schon daneben gesessen und sich den Mut gewünscht, das Handy zu ergreifen und »Das Funkloch bin ich« hineinzurufen.

Kurz vor Mitternacht

Ich betrat die Hotellobby des königsgelb getönten Taschenberg-Palais, und eine Wohligkeit durchströmte mich, die ich sonst nur von meiner eigenen rosa Badewanne in meinem Reihenhaus in Hamburg-Osdorf kannte. Schaum bis zum Hals, auf dem Wannenrand ein Becher mit Kakao, einem Spritzer Cointreau und ganz viel Schlagsahne. So fühlte ich mich, als ich durch die Empfangshalle schritt (ja, unwillkürlich schritt ich und latschte nicht wie sonst über meine beiden großen Zehen), mich mit durchgedrücktem Kreuz vor dem dunkelbraun gebeizten Empfangstresen aufbaute und »Constanze Cosel, ich hatte reserviert« sagte.
»Tut mir leid, ich finde hier nichts«, meinte die blutjunge echtblonde Rezeptionistin und starrte ratlos in den Computer.
»Natürlich habe ich reserviert, und zwar auf den Namen ...« Ich stockte, lächelte entschuldigend über den Tresen und sagte: »Sorry, ist nicht mein Tag heute. Haben Sie trotzdem ein Zimmer für mich? Constanze Cosel.«

»Schreiben Sie Cosel mit C oder mit K?«, fragte die junge Frau. Fast hätte ich gekichert, wie immer, wenn meine Nerven sich wie gespannte Drahtseile anfühlen.
»So ein Blödsinn, mein Name ist Constanze Graf.«
»Dann heißen Sie ja genauso wie die Gräfin Cosel«, rief die junge Frau. »Kein Wunder, dass Sie die Nachnamen verwechselt haben.« Ein höfliches Mädchen. Vermutlich hielt sie mich für verrückt, doch sie ließ sich nichts anmerken. Dann runzelte sie die Stirn. »Ich fürchte, wir haben ein kleines Problem«, murmelte sie und tippte wie wild auf ihrer Tastatur herum. »Unsere Zimmer sind leider alle ausgebucht.«
Ich war zu erschöpft, um irgendetwas anderes zu tun, als auf dem dicken Teppich festzuwachsen. Ich schwieg, sah sie nur an. Nichts würde mich in dieser Nacht vertreiben können, das wusste ich. Einmal ist es ihnen gelungen, nicht ein zweites Mal, durchfuhr es mich wütend, ich dulde nicht, dass sich hier eine andere breit macht. Ein blitzschnelles Gefühl, das genauso blitzschnell wieder verschwand. Es konnte nur die totale Erschöpfung sein, die mir so wirre Gedanken durch mein müdes Hirn schickte. Tief Luft holen, Frau Graf, dachte ich, niemand hat dich vertrieben und niemand vertreibt dich jetzt. Deine Nerven sind ein bisschen überreizt, das ist alles. Wahrscheinlich fühlst du dich, und das leider zu Recht, ein bisschen fehl an diesem vornehmen Platz. Also, reiß dich zusammen und tu so, als gehörtest du hierher. Bleib cool und guck hochherrschaftlich, damit du zum Ambiente passt.
Ich versuchte es, aber wie guckte man hochherrschaftlich? Cool, leicht hochgezogene Augenbrauen, fester Mund? Ich versuchte, so auszusehen wie die Gräfin auf einem Bild von 1765, da war sie schon sechzig, hatte über zwanzig Jahre Kerker hinter sich und wirkte trotzdem noch immer stolz, unbesiegbar, königlich.
Die junge Rezeptionistin telefonierte mit leicht gestresstem Blick auf mich. Ich schielte an mir hinunter, und erst jetzt

wurde mir bewusst, wie ich auf sie wirken musste. Unter meinem dünnen Regenmantel trug ich meine alte Jogginghose, meine Füße steckten in meinen Lieblingsturnschuhen, knallrot mit weißen Herzen drauf, ein Mitbringsel aus Ibiza. Ich mochte Graf heißen, aber ich sah absolut nicht gräflich aus. Ich sah aus wie Mutti auf der Flucht. Was ja nicht ganz unrichtig war. Vermutlich hielt mich die Hotelangestellte für eine Landstreicherin, die sich ein Zimmer erschleichen wollte, und überlegte, ob sie die Polizei holen sollte. Das fehlte gerade noch, dass man mich in Handschellen abführte, womöglich an einem hell erleuchteten Lokalfenster vorbei, hinter dem mein betrügerischer Gatte mit seinem blonden Giftzahn gerade einen letzten Absacker vor dem Beischlaf trank.

»Schatz, was macht denn diese Obdachlose hier?«

»Ach, das ist nur meine Frau, die vergessen hat, sich umzuziehen.«

Hilfe! Gerade wollte ich mich verschämt davonschleichen, als mich die junge Rezeptionistin so nett anlächelte, als sei ich Gräfin Cosel persönlich. »Wir haben eine Lösung«, strahlte sie. »Die Kronprinzensuite ist noch frei. Wenn es Ihnen nichts ausmacht …«

»Nicht das Geringste«, erwiderte ich, dankbar, aber nicht demütig. Ich trug zwar Turnschuhe mit Herzchen drauf, doch ich war trotzdem eine Frau, die vierhundert Euro für eine Nacht ausgeben würde. Das Taschenberg-Palais war kein Ort, an dem ich mich klein und schäbig fühlen wollte.

Während ich unsere gemeinsame Kreditkarte über den Mahagonitresen reichte, stieg in mir die Vorfreude über Richards Entsetzen hoch, wenn er am Monatsende die Abrechnung sehen würde. Er war in der letzten Zeit mit Geld ein bisschen zickig geworden, hatte immer wieder etwas von »der Firma geht's nicht mehr so gut, die Zeiten werden schwieriger« gemurmelt. Ich beschloss, mir an diesem Abend keine Gedanken über Geld zu machen. Nach mir die Sintflut. Mein Mann betrog mich und ich räumte sein Konto leer. So einfach konnte das Leben sein. Außerdem wusste ich, dass auch die Gräfin Cosel die Goldstücke ihres königlichen Geliebten mit vollen Händen zum Fenster hinausgeworfen hatte. Was sie konnte, das konnte ich schon lange.

Da ich kein Gepäck dabeihatte, ging ich die breite Treppe zur Kronprinzensuite allein hoch. Als ich die Tür aufschloss und eintrat, war es wieder da, dieses merkwürdige Gefühl von Schwindel und Vertrautheit.

Ich spürte mit absoluter Sicherheit, dass ich in diesen Räumen schon einmal gewesen war. Mir war völlig klar, dass das Taschenberg-Palais im Jahr 1945 eine Ruine gewesen war, die man erst nach der Wende wieder aufgebaut hatte. Aber irgendwann vorher war ich hier gewesen. War meine Seele hier gewesen. Nur wann, nur in welchem Körper? »Sag es mir«, flüsterte ich, »ich platze vor Neugier.« Doch meine Seele schwieg. Sie würde mir antworten, das wusste ich, allerdings zu ihrer Zeit, nicht zu meiner. Seelen lassen sich nicht zwingen. Das macht sie unsterblich.

Ich ging durch die Räume, deren Fenster von schweren rotgoldenen Vorhängen verdunkelt waren, ich strich über das senfgoldene Dreisitzersofa, ich setzte mich an den schmalen Mahagonischreibtisch, und alles in mir war auf einmal Ruhe und Klarheit und Nachhausekommen. Ein wenig wunderte ich mich über diese Sicherheit und über die kribbelnde Vorfreude, die ich empfand. Richard war plötzlich nebensächlich. Ich hatte Spaß gehabt in diesen Räumen, war verliebt gewesen, aber auch eifersüchtig, enttäuscht, rasend vor Wut. In diesem Raum, in dem ich durch Zufall – durch Zufall? – gelandet war, hatte sich das ganze Leben abgespielt, waren alle Emotionen hochgekocht, das spürte ich vom Kopf bis in die Zehenspitzen. Nur wann, mit wem? Wer war ich? Ich bekam keine Antwort.

Erschöpft legte ich mich aufs Bett, und es war mir, als würde ich von tausend Händen gestreichelt. Komm, lockten die schneeweißen Daunen, versinke in uns, vergiss alles, was dich bedrückt. Ich versuchte es, doch leider musste ich in diesem Moment wieder an Richard denken. Obwohl ich todmüde war, machte mich der Gedanke an ihn und seine blonde Blödmaus sofort wieder hellwach. Ich hatte ungeheure Lust auf einen kleinen Racheakt, ich war sicher, dass ich mich danach besser fühlen würde. Ob ich mich in die Hotelgarage schleichen und mit meinem Schlüssel einmal um seinen Dienstwagen ratschen sollte? Zu harmlos. Ein bisschen Telefonterror? Zu einfallslos. Nein, ich musste mir etwas Besseres einfallen lassen.

Ich stand wieder auf und ging zum Fenster, der Nachthimmel war klar und sternenübersät. Vor 13,7 Milliarden Jahren entstand das Universum, seit fünf Milliarden Jahren gibt es Sterne, danach kam die Sonne, und dann erst, ganz zum Schluss, wurde unsere Erde geboren. Sie ist nicht viel mehr als ein Staubkorn im Weltall, in dem Billionen von Planeten existieren, und auf gerade mal ein paar tausend von ihnen gibt es auch Leben. Man sollte sein kleines Leben also nicht überbewerten, weil es nur ein winzig kleiner Funke auf einem von Billionen von Planeten ist.

Ob meine Seele vor vier Milliarden Jahren auch schon existiert hat?, fragte ich mich. In einem Dinosaurier vielleicht?

Aber das waren müßige Spekulationen, im Hier und Jetzt war ich in Dresden, um mir Klarheit zu verschaffen über meine Ehe. Und vielleicht auch über mich. War ich wirklich die liebe Connie Graf, die nette Nachbarin, die treusorgende Mutter und Ehefrau? So aufgezählt klang das furchtbar langweilig. Grauenhaft spießig. Das kleine, überschaubare Leben einer mittelalterlichen grauen Maus. Das konnte ja nur besser werden. Das würde es auch!

Und zwar noch in dieser Sekunde. Auf in den Kampf, graue Maus! Ich griff zu meinem Handy, weil ich nicht als Hotelgast erkannt werden wollte, und wählte die Nummer des Empfangs. Peinlich, wenn die Ehefrau an der Rezeption nachfragt, ob ihr Mann im selben Hotel abgestiegen ist.

Diesmal eine freundliche Männerstimme. »Kempinski-Hotel Taschenberg-Palais Dresden. Was kann ich für Sie tun?«
Wie immer, wenn ich nervös bin, räusperte ich mich erst einmal.
»Guten Abend, Frau Lügmichel hier. Ist bei Ihnen ein Richard Graf abgestiegen? Ich bin seine Sekretärin, es geht um eine Terminänderung.« Wie gut ich schwindeln konnte! Ich war ganz beeindruckt von mir. Dann fiel mein Blick auf die Uhr und mein Stolz war dahin. Welche Sekretärin rief nach Mitternacht an, um einen Termin durchzugeben?
»Einen Moment bitte.« Die Männerstimme ließ sich jedenfalls nicht anmerken, ob sie mich durchschaute. Vermutlich bekamen die Hotelangestellten jede Nacht solche lässig vorgetäuschten Anrufe von eifersüchtigen Ehefrauen. »Ja, Sie haben Glück, Frau Lügmichel, er ist hier. Soll ich Sie gleich durchstellen?«
Bingo! Ich war so erschrocken, dass ich mein Handy fallen ließ wie eine heiße Kartoffel. Ich starrte auf den Boden und fühlte richtig, wie mir eine Glutwelle den Körper emporkroch, hob es auf und schaltete es aus. Eine Unverschämtheit, mein eheliches Sparbrötchen nächtigte also tatsächlich mit seiner Geliebten in diesem sündhaft teuren Hotel, und zu Hause regte er sich darüber auf, wenn ich die Schulbrote meiner Kinder zu dick mit Käse belegte. Zu Hause hielt er mir seine Mutter als leuchtendes Beispiel vor, die jedes zerknitterte Geschenkpapier bügelte. Zu Hause hielt er vierlagiges Klopapier für eine unnötige Geldverschwendung.
Warum muss Rache immer raffiniert sein? Warum nicht mal der volle Kracher?
Am liebsten hätte ich auf der Stelle vor seiner Zimmertür ein Spektakel sondergleichen veranstaltet. Geklopft wie eine Verrückte, mich, wenn er die Tür vorsichtig einen Spalt aufgemacht hätte, blitzschnell an ihm vorbeigequetscht. »Guten Abend, allerseits«, hätte ich gern gerufen und seiner Blödmaus die Bettdecke weggerissen, die sie sich voller Schre-

cken bis zum leider noch nicht faltigen Hals gezogen hätte. »Ich würde gern ein bisschen mitspielen.« Dann hätte ich das getan, was ich bisher immer nur im Fernsehen gesehen habe: Ich wäre ausgerastet und hätte das ganze Zimmer verwüstet. Vorhänge zerfetzt, sämtliches Glas und Porzellan zertrümmert, die Federbetten aufgeschlitzt, die Hotelkunst von der Wand gerissen. Zum krönenden Abschied hätte ich »Viel Spaß noch, Tintenfischchen« gesagt, wieder ganz die Ruhe und Gelassenheit, und wäre hinausgegangen. Und zwar ohne Türenknallen.

So einen Auftritt hatte ich mir immer gewünscht. Und jetzt wäre der ideale Moment dafür gewesen. Denn wann immer mir sonst danach gewesen war, wann immer ich mich über meine Familie so richtig blutrauschmäßig geärgert hatte, wusste ich: Wenn ich mein Porzellan zerdeppere, muss ich die Scherben auch wieder zusammenfegen. Jetzt war ich jedoch im Taschenberg-Palais, und da gab es sicher Personal für so etwas. Deswegen trat ich einmal gegen das Bett, schrie »autsch« und rief meine Freundin Bettina an. Die längst im Bett lag mit einer Feuchtigkeitsmaske im Gesicht, wie sie mir sogleich mitteilte.

»Du hast eine Suite?«, kreischte sie. »Neid, Neid, Neid! Aber da bleibst du jetzt auch und machst dich nicht lächerlich. Finde heraus, in welchem Zimmer er fremdgeht, gönn dir ein bisschen Telefonterror, und morgen stehst du ganz früh auf und begrüßt die beiden im Frühstücksraum. Natürlich nicht ungeschminkt, als betrogene Ehefrau musst du gut aussehen, motz dich auf, Wimperntusche und Lippenstift hast du hoffentlich dabei. Viel Glück, und ruf mich sofort an. Ich verlasse das Haus erst, wenn ich von dir gehört habe. Deinen Kindern geht's gut, falls es dich interessiert.«

Wie immer beruhigte mich ihre warme, stets etwas zu laute Stimme. Ich wusste, dass sie liebevoll auf meine Mädchen aufpassen würde, weil sie meine beste Freundin war und ich außerdem noch etwas bei ihr guthatte, da sie dank meiner

Hilfe ohne schlechtes Gewissen mit Christoph nach Rügen fahren konnte. »Eure Mami will euren Papi überraschen und ist ihm einfach nachgereist«, so hatte sie es Fiete und Alexa erklärt, die zum Glück keine Ahnung hatten, auf welch familienfeindlichen Spuren ihr geliebter Daddy gerade lustwandelte. Von mir würden sie es auch nicht erfahren. Es reichte, wenn ich ihn für ein Riesenarschloch hielt.

»Wenn einer von euch den anderen betrügt, dann rede ich nie wieder mit dem«, hatte Fiete erst vor kurzem verkündet, als sich die Eltern ihrer besten Freundin Trixi scheiden ließen.

Und Richard hatte daraufhin seine Älteste angelächelt und gesagt: »Mach dir keine Sorgen, mein Spätzchen, deine Eltern bleiben zusammen, bis dass der Tod sie scheidet.«

Friederike meinte nur: »Also bis Mami dich umbringt, weil du immer deine schmutzigen Unterhosen vor und nie in den Wäschepuff wirfst und ständig deine abgeschnittenen Fußnägel auf dem Badewannenrand vergisst.«

Was hatten wir vier gelacht. Ich am lautesten, wenn ich mich richtig erinnere.

Nach dem Gespräch mit Bettina legte ich mich in mein viel zu breites Hotelbett und versuchte, nicht daran zu denken, was sich jetzt in einem anderen Zimmer, in einem anderen Doppelbett dieses Hauses abspielte. Sollte ich Bettinas Rat mit dem Telefonterror befolgen und »Ich hoffe, er fault dir scheibchenweise ab, du mieser, fieser Fremdgänger« in sein Handy flüstern? Mach ich alles morgen, dachte ich. Meine Glieder waren wie aus Blei, wurden schwerer und schwerer. Ich fühlte mich sehr wohl in meinem Bett, wie auf Federn, auf Tausenden von Federn. Ein Zimmer fiel mir ein, ein Baldachin, unter dem ich gelegen hatte mit einem Mann, den ich mehr liebte als mein Leben.

Was für ein schöner Traum! Mit einem Lächeln schlief ich ein.

Dresden, 26. September 2005

»Tut mir leid, das Frühstücksbuffet ist schon abgeräumt«, bedauerte ein junger Mann, der in seiner Kellnerkluft wie ein freundlicher Pinguin aussah. »Wir decken jetzt für das Mittagessen ein.«

Ich war nach dem langen Tag so müde gewesen, dass ich erst um 11 Uhr hochschreckte, als ich von draußen die schweren Glockenklänge der Frauenkirche hörte. Verwirrt stürzte ich ans Fenster und fühlte mich wie in einem Film. Was machten diese Massen von Japanern vor meinem Fenster, alle mit klitzekleinen Digitalkameras vor der Nase. Wieso strömten sie wie die Lemminge auf den Eingang der Frauenkirche zu?

Seltsam, diese Menschen. Was für eine merkwürdige Kleidung sie trugen, und auch ihre gelbgetönten Gesichter waren mir ganz fremd.

Ich war mir sicher, dass beim letzten Mal, als ich aus diesem Fenster auf die Straße hinausgeschaut hatte, die Menschen völlig anders ausgesehen hatten. Die Frauen hatten Hauben getragen und lange Kleider, die Männer …

Mein Blick fiel auf das Bild über dem Hotelbett. Es zeigte ein höfisches Paar aus dem Spätbarock, beide mit silbernen Lockenperücken und üppig bestickten Kleidern. Offensichtlich hatte ich wild geträumt und war noch nicht richtig aufgewacht.

Da hatte ich mich nach einer langen Dusche fit für meine Mission gefühlt, und nun das. Zu spät! Die Vögelchen waren schon entfleucht. So ein Mist! Ich hatte meinen großen Auftritt verpennt!

»Kann ich denn wenigstens einen Kaffee bekommen?«, fragte ich den Pinguin, der die letzten Überreste der anderen Gäste abräumte und mich verwundert musterte.
»Einen Moment«, sagte er und verschwand in der Küche.
Plötzlich sah ich ihn! Er war braun und kuschelig und sehr teuer gewesen und hing über einem Stuhlrücken. Richards Lieblingspullover, ein Geschenk von mir, sündhaft teuer, obwohl ich ihn bei einem Lagerverkauf erstanden hatte.
»So ein Zufall«, murmelte ich und ging zu dem Tisch, der noch nicht abgeräumt war.
Zwei Gedecke, was hatte ich anderes erwartet? Trotzdem war sie wie ein Schock, diese zweite Tasse mit Kakaorändern, ganz offensichtlich nicht seine, denn er bestand morgens auf Kaffee. Seine Tasse war noch halb voll, eine schlechte Angewohnheit, er trank immer nur die obere Kaffeehälfte, weil er die untere zu koffeinhaltig fand. Diese Schnapsidee hatte ich ihm in all den Ehejahren nicht ausreden können. Während ihr Teller völlig unbenutzt wirkte, weil sie vermutlich magersüchtig und auch sonst durch und durch neurotisch war, sah sein Teller genauso verwüstet aus wie zu Hause: Krümel, zermatschte Butterstückchen, ein angenagtes Spiegelei.
Richard war ein unordentlicher Esser, der sich so viel wie möglich auf den Teller häufte und an allem ein bisschen herumnagte. Sollte sich diese Angewohnheit etwa auch auf sein Sexleben übertragen haben? Überall ein bisschen nippen? Was war ich dann? Einer der Krümel am Tellerrand?
»Entschuldigen Sie, wir müssen abräumen.«
Ich spürte den verwunderten Blick des Kellners, der mit einer Kaffeetasse vor mir stand, und erst jetzt fiel mir auf, dass ich mich einfach an den Tisch gesetzt hatte. »Verzeihung«, sagte ich schnell, und ehe er mich davon abhalten konnte, griff ich mir den Pullover und verließ das Hotel.
Auf der Straße atmete ich erst mal tief durch. Ich kaufte mir eine Tageszeitung, und unter der Rubrik »Neuigkeiten aus aller Welt« las ich Folgendes:

Eine Schlafwandlerin in Australien hat nach eigenen Angaben nichts davon gemerkt, dass sie nachts regelmäßig Sex mit fremden Männern hatte, die zufällig vorbeikamen. Ihr Psychiater sagte der Zeitung Morning Herald *in Sydney, diese Art der Störung werde in jüngster Zeit verstärkt diagnostiziert und laufe unter der Bezeichnung »Sexualität im Zustand des Schlafes«. Die Frau habe absolut nichts von ihren nächtlichen Abenteuern gemerkt – bis ihr Ehemann sie dabei überrascht habe. Er war stutzig geworden, weil rings um das Haus immer mehr Kondome lagen.*

Den letzten Satz fand ich ganz besonders komisch. Wo kamen die Kondome her? Hatten die »zufällig« vorbeischlendernden Männer sie in der Hosentasche? Das würde meine jüngste Vermutung bestätigen, dass Männer immer für einen kleinen Beischlaf nebenbei präpariert waren. Früher wurden sie von ihren Mamis gefragt: »Taschentuch dabei, mein Schatz?« Heute erinnerten sie sich selbst: »Kondome dabei?« Denn eine schlafwandelnde Frau würde wohl kaum daran denken, oder?

Vielleicht würde sich Richard auch demnächst in unseren kleinen Garten legen, in der Hoffnung, zufällig vorbeikommende Frauen würden mit ihm Sex haben.

Ach ja, einmal im Leben ein Mann sein! Am liebsten so einer wie August der Starke. Gold, Diamanten, Schlösser, Frauen, alles bis zum Abwinken. Zwischendurch ein paar Kriege geführt – was für ein Leben! Meins dagegen war wie ein Gedicht von Eugen Roth:

Ein Mensch, der hinnahm Streich um Streich,
sprach zu sich selbst: »Ich bin zu weich!
Ab heut entfalt ich Kraft und Witz:
Ich werde hart, ich werde spitz!«
Doch mußt er an sich selbst verzagen:
Schon war er wieder breitgeschlagen!

Der Morgen war großartig, der Himmel blau mit kleinen Schäfchenwolken, die Sonne hatte sich noch einmal aufgerafft und sorgte für fast sommerliche Temperaturen. Ich wickelte mir Richards Pullover um die Taille, kaufte mir im Bahnhof frische Wäsche und eine Zahnbürste und marschierte los. Aber nicht, um den vorgealterten Fremdgänger, der sich noch mein Mann nennen durfte, mit seiner hängebrüstigen (hoffentlich!) Geliebten aufzuspüren, denn komischerweise kam mir, seit ich hier war, meine Ehekrise zunehmend unwichtig vor. Mir schien, als wäre ich auf einer ganz anderen Reise, einer, die viel mehr mit mir als mit Richard zu tun hatte.
Ein immer stärker werdender Sog ergriff mich, als ich anfing, die Stadt zu erkunden. Ein Gefühl von Euphorie und Entspanntheit, so als käme ich endlich wieder zurück an diesen wunderschönen Ort, und nicht zum allerersten Mal. Es war ein unbegreifliches, sehr intensives Gefühl, es versprach Liebe und Begehren und nicht Betrogenwerden und Stress. Die Luft schien zu duften wie ein bestickter Seidenmantel, die Blätter an den Bäumen und Büschen schienen mir zärtliche Worte zuzuflüstern. Dresden war zu schön, um wegen meiner Ehelappalie ignoriert zu werden.
Ich stand vor der Frauenkirche und legte den Kopf weit in den Nacken, um die Kupferkuppel zu bestaunen, die erst seit zwei Jahren wieder die Turmspitze bedeckte. Spendengelder aus aller Welt, viele Millionen Euro, hatten den Wiederaufbau des Gotteshauses finanziert. Als ich die Kirche betrat, war mir richtig feierlich zumute. Erneut fühlte ich diese geheimnisvollen, sanften Schwingungen, der barocke Altar, die venezianische Kuppelmalerei, die riesige Orgel waren atemberaubend. Ich verharrte reglos, staunte, vergaß Ort und Zeit. Ewig hätte ich hier bleiben können. Ich war glücklich.
Wieder draußen kaufte ich mir ein Eis, Vanille und Zitrone, und wanderte zum Zwinger, dem größten europäischen Fest-

platz unter freiem Himmel. Was mussten das früher für tolle Partys gewesen sein! Bisschen luxuriöser als in meinem handtuchgroßen Garten. Mein starker August war bekannt für die rauschenden Feste, die er für sein Volk gegeben hatte – Karneval, Ringelpiez, Schweine am Spieß, Bärenjagden. Ich hatte schon viel darüber gelesen und jedes Mal gedacht: Mensch, da wäre ich gern dabei gewesen! In einer goldenen Kutsche als Diana verkleidet und August als mein Kriegsgott Mars. Darf ich bitten, gnädigste Gräfin? Aber ja doch, mein Herr und Gebieter. Ich bin ganz die Eure. Für immer und ewig.
Ich stellte mich unter die zwiebelförmige Kuppel des Eingangstores, auf der vier goldene Adler das Königswappen trugen, und warf einen Blick auf den riesigen Platz, der von prunkvollen Bauten umkränzt war. Vor mir marschierte eine Seniorengruppe hinter einer energischen Fremdenführerin mit hennarot gefärbtem Pferdeschwanz her. Ein Rentner hatte sogar einen kleinen Notizblock dabei, auf dem er eifrig herumkritzelte.
»Der Name Zwinger geht auf die frühere Zwing-Anlage zurück.« Ihr Hochdeutsch klang irgendwie angestrengt, warum sächselte sie nicht einfach? »August der Starke wählte das Gelände für eine Orange aus.«
»Orangerie«, verbesserte der Notizblockrentner.
Sie achtete jedoch nicht auf ihn und sprach weiter: »Mit dem Bau dieser Orange wurde der berühmte Architekt Matthäus Daniel Pöppelmann beauftragt. Im Jahr 1710 entstanden die Galerien und Pavillons an der Wallseite …«
Aus Erfahrung wusste ich, dass ich mir solche Details sowieso nicht merken konnte, und offensichtlich ging es mir nicht allein so, denn als ich die Gruppe überholte, sah ich, dass alle Rentner zwar eifrig nickten, aber glasige Augen hatten.
Ich schlenderte weiter, und als ein kühler Wind aufkam, zog ich mir den braunen Kaschmirpullover über. Kein guter Gedanke, weil er so intensiv nach Richard roch und ich gerade

unter dem gemalten Fürstenzug an der Fassade des alten Stallhofs, direkt vor meinem starken August, stehen geblieben war. Was für ein netter Zufall! Er saß hoch zu Ross, den Blick starr nach vorn gerichtet, trotzdem glaubte ich, dass seine Augen vorwurfsvoll auf mir ruhten.

»Du hast auch schon bessere Tage gehabt, Constanze«, schienen sie zu sagen. »Vor allen Dingen elegantere. Wie siehst du denn aus, seit wann trägst du Männerkleidung? Lass dich nicht so gehen, nur weil du betrogen wirst. Du bist im Recht, also nimm es dir. Hol dir deine Ehre zurück.«

Hatte er wirklich Ehre gesagt? Was für ein altmodisches Wort. Wer benutzte es überhaupt noch? Wer hatte so etwas überhaupt noch? Früher war Ehre das Wichtigste und sie zu verlieren schlimmer als der Tod. Im Besitz von Ehre zu sein, so hatte ich es in einem meiner schlauen Bücher über das Spätbarock gelesen, war mit Lust erfüllt. Und Lust war natürlich, also der Wille Gottes. Deshalb musste Ehre das Ziel des Lebens sein.

Ziemlich verworren, das Ganze, dachte ich und wandte mich ab. Außerdem – wer verlor eigentlich seine Ehre, der Betrüger oder die Betrogene?

Ich blickte noch einmal zu August hoch und kuschelte mich tiefer in Richards Pullover. Meine Ehre war mir ziemlich egal, aber mir war kalt. »Mach's gut, August«, rief ich der bemalten Fassade zu. »Wir sehen uns wieder.«

Ich ging den Fürstenzug entlang Richtung Semperoper und drehte mich am Ende noch einmal um. Mein Rücken fühlte sich heiß an, und ich hatte das ganz merkwürdige Gefühl, dass es nicht der Kaschmirpullover war, der mich wärmte, sondern die Augen von August. Hatte er mir nachgesehen? Wollte er mir etwas sagen?

In meiner Tasche klingelte es dumpf, während ich mich in die lange Touristenschlange vor der Semperoper einreihte. Ich sah viele Paare, manche sahen sogar richtig glücklich aus. »Ja«, sagte ich und zuckte nicht zusammen, als ich die wohlvertraute Stimme hörte. »Hallo ...« Fast hätte ich mein Schatz gesagt. »Wo ich gerade bin? Ich bin – auf dem Wochenmarkt und kaufe gerade ein Stück Käse. Den Appenzeller, den du so gern magst. Und wie geht es dir?« Plötzlich musste ich kichern. Was er wohl für Augen machen würde, wenn er mich jetzt sehen könnte!

»Du musst noch etwas länger bleiben? Schade, wir vermissen dich, mein Schatz. Rufst du aus der Telefonzelle an?« Ich wartete in Ruhe ab, bis ihm eine Ausrede eingefallen war, was bei Männern ja bekanntlich mindestens doppelt so lange dauert wie bei Frauen. Und bei Richard noch länger.

»Was ist los, wo steckst du?«, fragte ich, als er schon wieder genau das tat, was Ehefrauen in aller Welt sofort misstrauisch macht.

Er stammelte »Du, ich höre dich gar nicht mehr. Hallo ... hallo« ins Handy und legte einfach auf.

Da war es wieder, mein geliebtes Funkloch, und ich fühlte, wie eine mörderische Wut in mir hochstieg. Für wie blöd hielt mich eigentlich der Mann, der mich betrog?

Genau in diesem Moment sah ich die beiden. Sie standen vor mir in der Schlange, nur wenige Meter entfernt, und wirkten selbst von hinten wie ein frisch verliebtes Paar. Er hatte den Arm um ihre Taille gelegt, sie den Kopf an seine Schulter geschmiegt. Ich beobachtete, wie er ihr das Handy zurückreichte und sie es in ihre Manteltasche steckte. Sie drehte sich ihm zu und lächelte ihn an, und selbst im Halbprofil sah sie so wunderschön aus, dass ich auf der Stelle zu einem hässlichen, ranzigen Fettfleck wurde. Es war ein Gefühl, das ich meiner ärgsten Feindin nicht gönnte, ein bodenloses, auswegloses Gefühl von Minderwertigkeit, gewürzt mit ohnmächtiger Wut und abgrundtiefer Verzweiflung. Ein richtiges Scheißgefühl.

Natürlich war mir schon die ganze Zeit über klar gewesen, dass Richard auf ehelichen Abwegen wandelte, aber in meinem vertrauensvollen Frauenherzen hatte bisher noch immer ein Rest von Hoffnung und Zweifel gekeimt. Vielleicht war alles ein ganz blödes Missverständnis? Vielleicht verband die beiden wirklich nur ein rein berufliches Interesse? Derartige Gedanken waren mir bei meinem Rundgang durch Dresden immer wieder durch den Kopf geschwirrt. Doch jetzt, in der Schlange vor der Semperoper, stand die Wahrheit direkt vor mir und schrie mir ins Gesicht: Ja, dein Mann betrügt dich! Vor allen Leuten! Mitten in Dresden! Was tat man als Frau in einem solchen Augenblick? Ich hatte die Qual der Wahl. Ich konnte eine Riesenszene machen, richtig Dampf ablassen, nur was hatte ich davon? Er würde mich anlügen und sie würde uns beide beobachten wie die Katze vor der Sahneschüssel. In diesem Spiel zu dritt hätte ich die undankbarste Rolle, die der gehörnten Ehefrau, und ich weigerte mich, sie zu übernehmen. Meine Reaktion sollte raffinierter sein, souveräner. Etwas Psychoterror gefällig?

Ich holte mein Handy heraus, während mir die Wut wie heiße Lava durch die Adern schoss und mein Herz so rasend klopfte, dass es mir in den Ohren rauschte. Ich lächelte, als sie in ihre Tasche griff und sich ihr Telefon ans Ohr hielt. »Viel Spaß mit meinem Mann, aber meine Rache wird gnadenlos sein«, sagte ich, weil es das Erste war, was mir einfiel, und legte sofort auf.

Sie steckte das Handy wieder zurück und flüsterte meinem Mann etwas ins Ohr.

Ich wartete angespannt. Wie würde er sich verhalten? Als ich sah, dass er lachte, griff ich wieder zu meinem Handy. Und sie zu ihrem. Diesmal sagte ich nur einen Satz: »Ich finde Ihren Mantel einfach potthässlich.«

»Was, wie …?«, rief sie und drehte sich um; da hatte ich allerdings schon aufgelegt, war aus der Schlange ausgeschert und ging weiter.

Mein Herz hatte sich etwas beruhigt, ich fühlte mich den Umständen entsprechend auf angenehme Weise überlegen. Das Blatt, das mir Richard bei diesem Liebesspiel zu dritt ge-

geben hatte, war lausig, doch jetzt hatte ich unverhofft einen Joker ausgespielt.
Am Abend, da war ich mir jetzt ganz sicher, würde ich die beiden an der Bar überraschen. Aber vorher würde ich mir noch ein Kleid kaufen, superteuer und die totale Sünde.
»Du kannst ihn haben«, würde ich zu ihr sagen. »Mach ihn so unglücklich wie er dich.« Danach würde ich auf hohen Hacken (das musste ich allerdings noch üben!) kehrtmachen und den Nachtzug nach Hamburg nehmen.
Und mir dann zur Beruhigung auf seine Kosten die beste Scheidungsanwältin der Stadt nehmen.
Als ich mich doch noch einmal umdrehte, wurden die beiden Turteltäubchen gerade von der Semperoper verschluckt. Ich hoffte innig, dass mein Anruf ihnen den Tag verdorben hatte. Aber vielleicht hatte sie ihm auch gar nichts gesagt? Wenn ich Geliebte wäre, würde ich die Ehefrau einfach total ignorieren. Ich hätte an ihrer Stelle ohne mit der Wimper zu zucken »Falsche Nummer« gesagt und das Handy ausgestellt.
Während ich am Residenzschloss vorbei auf die Elbterrassen zuschlenderte, überlegte ich, wie die Menschheit eigentlich fremdgegangen war, als es noch keine so seitensprungerleichternden Dinge wie Handys und E-Mails gegeben hatte. Als es pro Familie nur einen Telefonapparat gab, der im Wohnzimmer stand. Meine Tante hatte mir von postlagernden Briefen erzählt, auch so ein ausgestorbenes Wort. Die hatte sie ihrem Freund geschrieben, als der auf dem Priesterseminar und eigentlich im Zölibat war. Inzwischen ist er trotzdem Priester und sie zum dritten Mal geschieden.
Wie war zum Beispiel mein starker August fremdgegangen? Da er nachweislich über zweihundertfünfzig Kinder hatte, aber nur einmal verheiratet gewesen war, durfte man ihn ohne Übertreibung einen Marathonseitenspringer nennen. Ob er sich die Frauen, auf die sein kurfürstliches Auge fiel, einfach so am Wegesrand gepflückt hatte? Ein Blick aus der Kutsche oder vom Pferd und dann ein »Die zweite von

rechts« zu seinem Leibdiener? Wahrscheinlicher war, dass sich ihm die Frauen an den Hals geworfen hatten. Die Erotik der Macht.

Dann klingelte doch tatsächlich mein Handy noch einmal, und mein Mann fragte mich, ob ich noch auf dem Markt sei.

»Wieso willst du das wissen?«, fragte ich unschuldig zurück. »Soll ich dir etwas mitbringen. Hast du einen Wunsch, mein Engel?« Die Situation war so absurd, dass ich fast gelacht hätte.

Und er sagte tatsächlich: »Ja, den Taleggio vom letzten Mal.«

Kurz darauf stand ich vor dem Grünen Gewölbe, einer der größten Kunstsammlungen der Welt. Grün deshalb, weil der Raum des Schlosses grün gestrichen war, in dem August der Starke seine Schätze zu Lebzeiten angehäuft und ausgestellt hatte. Es war das erste öffentliche Kunstmuseum und damals eine ebensolche Attraktion wie heute.

Ich drängelte mich mit unzähligen schwitzenden Touristen durch das Gewölbe, gaffte und staunte: über tausend Pokale, Vasen, Prunkgeschirre aus Gold, Silber, Edelsteinen. Vor dem Pokal mit der Mohrin, der teilweise aus Rhinozeroshorn besteht, blieb ich ebenso stehen wie vor dem Kaffeegeschirr aus purem Gold, aus dem August, der Lustmolch, der Mann meiner Träume, seinen pechschwarzen Kaffee getrunken hatte. Ich hauchte einen Kuss in Richtung Kaffeetasse. Ich gestattete mir diese kleine Vertraulichkeit, schließlich knutschte mein Mann gerade in der Semperoper fremd, da durfte ich doch wohl einen Mann, der seit 1733 in einem Kupfersarg im Krakauer Dom lag, mit einem Kuss bedenken. Mir war einfach danach. Ach ja, mein liebster August. Ich hätte im Augenblick richtig Lust, mit dir fremdzugehen. Ich nehme dich mit auf mein Zimmer im Taschenberg-Palais und vernasche dich in meinem Daunenbett. Geiler spätbarocker Sex. Danach schenkst du mir zum Abschied die Mohrin.

Warum hatte ich eigentlich nicht so schönes goldenes Porzellan zu Hause, sondern nur das überall angestoßene Geschirr von IKEA? Warum war mein Leben so glanzlos? Das fiel mir hier im Grünen Gewölbe ganz besonders unangenehm auf. Und während ich gedanklich so vor mich hin ins Nichts nörgelte, spürte ich ihn wieder, diesen unwiderstehlichen Sog, der in den Füßen anfing und langsam immer höher stieg, bis ich mich fühlte wie von innen angeknipst. Es war, als bewege sich jemand in mir, der nach draußen drängt, ans Licht. Es war, als stünde ich kurz vor einer Art Geburt. Oder vor einem Vulkanausbruch.

All diese Kostbarkeiten hatte ich schon einmal gesehen und berührt, da war ich mir sicher, und zwar mit einem Mann, den ich liebte. Mit einem Mann, der mich anlächelte und sagte: »Nimm dir, was du brauchst, meine Schöne. Du verdienst alle Schätze dieser Welt.«

Ob ich je erfuhr, welche Wanderungen meine umtriebige Seele schon hinter sich und welche sie noch vor sich hatte? Es war sicher kein Zufall, dass sie sich gerade jetzt so bemerkbar machte. Ich verspürte Angst und eine Art Lampenfieber. Der Vorhang war noch geschlossen, aber bald würde er aufgehen. Bald.

Die Menschenmasse drängte mich weiter, und dann stand ich plötzlich vor ihr und hätte fast laut aufgeschrien vor Glück und Wiedersehensfreude. Meine Daphne! Wie lange hatte ich sie nicht gesehen, zehn Jahre, hundert, tausend? Eine Flussnymphe als Trinkgefäß aus Gold und Silber, auf dem Kopf ein riesiges Geweih aus Korallen. Ich streckte die Hand aus, um sie zu berühren, als mich eine dicke Wärterin mit den Worten »Nicht anfassen, bitte« so scharf zurückriss, dass sie mir fast das Schultergelenk ausgekugelt hätte.

»Sie ist wunderschön«, flüsterte ich. »Stammt sie auch aus dem Besitz Augusts des Starken?«

Die Wärterin nickte. »Ja, wie fast alles hier. Er hat sie verschenkt, aber dann wieder zurückgenommen.«

»Wissen Sie, wem er die Daphne geschenkt hat?« Unwillkürlich hielt ich den Atem an.

»Vermutlich einer seiner Geliebten, er hatte ja so viele, dass er sie selbst nicht mehr auseinander halten konnte«, sagte sie. »Aber nach seinem Tod ist das gute Stück durch viele Hände gewandert, sogar die Russen hatten sie mal in Verwahrung, damals nach der Bombennacht.«

Die Daphne gehört mir, hätte ich fast gerufen, die will ich mit nach Hause nehmen und in meine Schrankwand stellen. Zum Glück behielt ich es für mich. »Welche Geliebte könnte es denn gewesen sein? Vielleicht die Gräfin Cosel?«

Die dicke Wärterin grunzte nur. »Gut möglich«, sagte sie. »Die konnte ja den Hals nicht voll kriegen, die Hure.« Ein verächtlicher Blick, sie ging weiter.

Wumms, das hatte gesessen! Auf meiner rechten Wange brannte ihre Antwort wie eine Ohrfeige. Ich fühlte mich persönlich angegriffen, und es dauerte ein paar Sekunden, bevor mir die Albernheit meiner Gefühle klar wurde. Was ging es mich an, was irgendeine Museumstussi über die Gräfin von Cosel dachte? Absolut rein gar nichts. Warum war ich nur so empfindlich? Blöde Frage – weil ich in derselben Stadt war, in der mich mein Mann mit einer anderen Frau betrog. War das nicht Grund genug?

Ich verließ das Grüne Gewölbe mit klopfendem Herzen und lief planlos durch die Stadt. Luft brauchte ich, ganz viel frische Luft. Ich hatte mir zu viel vorgenommen, das war mir jetzt klar, ich hatte die Szene unterschätzt, der ich nachgelaufen war, ich hatte mich überschätzt. Natürlich war ich nicht die obercoole Rachegöttin, sondern nur die kleine Connie Graf, die ihren Mann liebte. Ich wollte kein Drama, sondern ihn einfach wieder zurück, basta. Ich wollte endlich aufwachen aus diesem Alptraum, und er sollte neben mir liegen und meinetwegen auch leise vor sich hin schnarchen, und ich würde denken: alles meins, der ganze Mann. Mit diesem guten Gefühl wollte ich ganz ruhig und friedlich wieder einschlafen. Gleichzeitig hasste ich ihn und hätte ihn am liebsten mit dem Kopf voran ins Klo gespült, mitten in die Jauche

hinein. Meine Gefühle wechselten so schnell, dass es mich richtig schwindelig machte.
Ich wurde gerade von meinem Mann betrogen, und auch wenn ich wusste, dass ich dieses Schicksal mit Milliarden anderer Frauen weltweit teilte, so fühlte ich mich doch an diesem Septembermorgen wie der einsamste Mensch der Welt. Wie ein Stück Blech unter lauter Daphnes.
Mist, jetzt fing ich auch noch an zu weinen, mitten in der Dresdner Altstadt.
»Na, junge Frau, Liebeskummer oder Probleme mit den Kontaktlinsen?«, rief jemand, und ich griff in meine Hosentasche. Kein Taschentuch, also schnäuzte ich in Richards Pulloverärmel. Ich hörte dabei richtig, wie jeder einzelne Kaschmirfaden angeekelt aufjaulte, aber es war mir egal.
Nachdem ich mich beruhigt hatte, ging ich die breiten Stufen der Elbpromenade hinunter zum Fluss. Endlich konnte ich ihn riechen und atmete ihn tief ein, diesen Geruch von moorigem Wasser, Fischen und leichtem Moder.
»Hallo, Elbe«, flüsterte ich. »Da bin ich, hast du mich vermisst?« Sofort war es wieder da, dieses Gefühl von Heimat und Vertrautheit. Natürlich kannte ich die Elbe in Hamburg, im Sommer grillten wir oft am Strand, im Winter gingen wir an ihrem Ufer spazieren, doch im Norden ist der Fluss breit und träge, von den Menschen begradigt, befestigt, bereinigt. Ein gezähmtes Biest. Hier in Dresden ist sie eine dicke, glitzernde Schlange, sie hat Auen, feinen Sandstrand und Wiesen, hier ist sie romantisch.
»Ich liebe dich«, flüsterte ich und kam mir dabei kein bisschen albern vor. Warum sollte man keinen Fluss lieben können?
Ich rief Bettina an. Der Lärm, als sie sich mit einem erschöpften »Wer will denn jetzt schon wieder was von mir?« meldete, war ohrenbetäubend, und sofort erwachte mein schlechtes Gewissen.
»Soll ich den nächsten Zug nach Hamburg nehmen?« Fast hätte es mich erleichtert, wenn sie ja gesagt hätte. Seit ich

in Dresden war, war mein Adrenalinspiegel unangenehm erhöht, spielten mir meine Gefühle ständig Streiche.
Doch sie schrie: »Spinnst du? Das schaffe ich schon, wozu bin ich deine beste Freundin?« Als ich ihr kurz von meinen Fast-Begegnungen erzählte, lachte sie so laut, dass ich das Handy auf Abstand halten musste, sonst hätte sie glatt mein Trommelfell perforiert. »Vielleicht wäre es besser, du sammelst alle Indizien, fährst wieder zurück und konfrontierst Richard in Hamburg damit. Der kriegt einen Herzinfarkt, der Schlechte.«
Ich versprach ihr einen dicken Dresdner Stollen als Dankeschön und spürte plötzlich, dass mein Magen böse vor sich hin knurrte. Mein Frühstück war ja auch sehr spärlich ausgefallen.
»Wo kann man hier gut essen?«, fragte ich einen der wenigen Männer, dem keine Kamera vom Arm baumelte und der auch keinen Stadtführer dabeihatte.
»Darf ich Ihnen etwas über unsere wunderbare sächsische Küche erzählen?«, fragte er zurück, und ehe ich mich wehren konnte, erfuhr ich mehr, als mir lieb war. Die Sachsen lieben es deftig, das wusste ich jetzt. Außerdem vermischen sie rohe Kartoffeln und Buttermilch und backen sie mit zerlassenem Speck. Das Ganze hieß »Buttermilchgetzen« und sollte richtig lecker schmecken. Wessen Arterien nach all diesem Fett noch eine Restverstopfung zuließen, bestellte sich eine »Fettbemme«, ein leckeres Schwarzbrot mit Griebenschmalz, Apfel und Majoran.
Ich bedankte mich und landete in der Pfunds-Molkerei, dem Käseladen mit den schönsten Jugendstilkacheln der Welt.
»Was möschten Sie?«, fragte mich ein junger, sehr hübscher Kellner.
»Sind Sie aus Polen?«, erkundigte ich mich, weil Bettinas Putzfrau denselben Akzent hatte. Er nickte und ich bestellte Biokartoffeln mit Käse und ein Bier.
Als er mir das Glas brachte, lächelte er mich an und mur-

melte: »*Jestes bardzo ladny. Dzy masz ochote na sex?*« Ich verstand nur Bahnhof. Er lächelte intensiver. Was meinte er bloß?

»Können Sie das bitte auf Deutsch sagen?« Ein kleiner Flirt, dachte ich beglückt, wie nett.

»*Jestes bardzo ladny. Dzy masz ochote na sex?*«, wiederholte er, und plötzlich wusste ich genau, was er gesagt hatte, obwohl ich kein Wort verstanden hatte. »Du bist schön. Hast du Lust auf Sex?« Woher wusste ich das? Ich konnte doch gar kein Polnisch. Dennoch war ich sicher, dass ich richtig lag. Der Kellner brachte mir die dampfenden Biokartoffeln, lächelte mir ein letztes Mal zu und verschwand.

Als ich die Rechnung bezahlen wollte, kam seine Kollegin an meinen Tisch. »Schichtwechsel«, sagte sie.

»Haben Sie auch Lust auf Sex?«, fragte ich sie und lachte mich kaputt. Mein Leben erlaubte im Moment eine kleine Prise Wahnsinn. Sie musterte mich wortlos.

»Darf ich mich einen Moment setzen?«, fragte sie anstelle einer Antwort.

Ich stutzte, musterte sie etwas genauer. Sie war jung und sehr attraktiv. »Natürlich«, erwiderte ich, »Sie haben vermutlich ganz schön dicke Füße, oder? Kellnerinnenkrankheit, das kenne ich aus meiner Studentenzeit.«

Sie lächelte und sagte nichts, sah mich nur an.

»Ist irgendwas?«, fragte ich. »Steckt mir ein Stück Petersilie zwischen den Zähnen?«

Sie schüttelte den Kopf. »Ich heiße Maria Louise«, sagte sie dann, »und ich weiß, dass Sie auf einer Reise sind.«

Wie bitte, dachte ich verblüfft, woher weiß sie das? Doch in Dresden ist vermutlich jeder zweite Mensch ein Tourist, insofern war ihre richtige Vermutung keine Hellseherei. »Auf einer kleinen«, stimmte ich zu.

»Nein, auf einer sehr großen«, erwiderte sie. »Auf der größten Ihres Lebens.«

Unsere Blicke kreuzten sich. Ihre Augen waren tiefblau wie

ein Büschel Enzian. Ich kannte diese Augen. »Sind wir uns schon einmal begegnet?«, fragte ich und fühlte diesen Sog wieder, ahnte den Strudel, in den er mich reißen könnte.
Sie lächelte wieder. »Ja, sind wir«, erwiderte sie.
»Wo denn bloß?«, fragte ich ratlos. »Sie hatten doch hoffentlich nichts mit meinem Mann? Das wäre jetzt ein bisschen viel auf einmal.«
Sie griff in ihre Schürzentasche und holte etwas heraus, etwas Rundes, Hartes, das sie mir mit den Worten »Ein Geschenk für die Reise« in die Hand drückte.
»Was soll ich damit?« Kritisch betrachtete ich den dünnen Silberreif auf meiner Handfläche. »Der müsste aber erst mal richtig geputzt werden.«
»Den hat mir vor vielen Jahren jemand geschenkt« – diese Augen, wann hatte ich diese Augen zuletzt gesehen? – »und er hat mich auf vielen Reisen begleitet. Jetzt bin ich reisemüde, und da ich weiß, dass Sie ihn brauchen werden, schenke ich Ihnen den Armreif. Wenn Ihre Reise vorbei ist, dürfen Sie ihn ebenfalls weiterschenken.« Mit diesen Worten griff sie nach dem Reif und streifte ihn mir übers linke Handgelenk. Er saß so eng, dass ich ihn nicht abschütteln konnte.
»Eigentlich will ich im Moment nur nach Hamburg zurückfahren«, begann ich und wunderte mich ein bisschen, dass diese merkwürdige Kellnerin so lange an einem Gästetisch sitzen bleiben durfte und ihre Chefin sie nicht zur Arbeit rief. Vielleicht war sie auch gar keine Kellnerin, sondern eine verkleidete Zigeunerin, die mir ein Stück Blech für hundert Euro verkaufen wollte.
»Sie werden nicht nach Hamburg fahren«, sagte die Frau. »Sie werden hier bleiben. Und trotzdem weiter reisen als bis nach Hamburg. Viel weiter. Ihre Seele wird wandern, dahin, wo sie vorher schon war.«
Jaaaaaa, jubilierte ich innerlich und wurde ganz still. Es war so weit. Endlich! »Was ist mit mir, wenn meine Seele zurückwandert?«

»Ihr Körper bleibt hier«, erwiderte sie.
»Dann habe ich also keine Seele mehr?« Ein etwas verwirrender Gedanke, obwohl … »Dann könnte ich zum Beispiel ohne schlechtes Gewissen meinen Mann umbringen?«
Maria Louise lächelte. »Die Seele kann alles«, sagte sie. »Sie kann wandern, sie kann sich teilen, sie kann zur gleichen Zeit lieben und hassen und an mehreren Orten sein.«
Sie bestätigte mir nur, was ich eigentlich schon wusste, aber so konkret vor dem Ziel, so dicht vor dem Beginn meiner schon so lang ersehnten eigenen Wanderung hatte ich noch viele Fragen. »Ich weiß also im Jetzt nicht, ob ich gerade in der Steinzeit oder die Geliebte Napoleons bin?«
Maria Louise lächelte. »Jede Seele ist anders«, sagte sie. »Lassen Sie sich doch einfach überraschen.«
Das Spiel fing an, mir Spaß zu machen. »Darf ich denn den Zeitpunkt meiner Reise selbst bestimmen? Man hat schließlich nicht immer Lust auf eine Seelenwanderung.«
Sie nahm mein linkes Handgelenk und legte ihre Hand über den Reif. »Wenn du bereit bist, Constanze, dann musst du ihn reiben«, sagte sie so leise, dass ich mich zu ihr hinüberbeugen musste, um sie zu verstehen. »Damit klopfst du bei deiner Seele an. Wenn auch sie bereit ist, wird sie antworten. Falls nicht …« Sie erhob sich und strich sich die Schürze glatt.
»Was, falls nicht?«, fragte ich.
»Dann hast du wenigstens ein blankgeputztes Armband. Du kannst aber nur den Beginn deiner Reise festlegen, das Ende bestimmt deine Seele selbst. Ich wünsche dir ein wunderbare Reise.«
Sie ging, ich blickte ihr nach. Unwillkürlich tupfte ich ein bisschen an meinem neuen Reif und überlegte, in welche Zeit ich gern reisen würde. Steinzeit? Zu ungemütlich. Mittelalter? Zu viel Pest und Cholera.
Plötzlich fiel mir ein, dass ich noch gar nicht bezahlt hatte. Ich hielt einen Kellner am Ärmel fest: »Könnten Sie bitte

Ihrer Kollegin Maria Louise Bescheid sagen? Ich möchte gern bezahlen.«
Er sah mich stirnrunzelnd an. »Gibt es hier nicht. Hat es hier nie gegeben. Aber ich kassiere auch.«
»Ich habe doch eben noch …«, wollte ich einwenden, da war er schon verschwunden. Tolles Betriebsklima, dachte ich und griff nach meinem Handy.
»Bettina, ich bin's. Stell dir vor, was mir eben passiert ist …«

Kurz darauf stand ich in der Bautzner Straße in der Äußeren Neustadt, dem angesagtesten Szeneviertel Dresdens. Allerdings hatte ich keine Lust auf Tattoo-Salons und schräge Läden, ich brauchte Bewegung. Mein Kopf war total verknäult, dabei musste er klar sein für meinen abendlichen Auftritt. Ein Kleid brauchte ich auch noch! Und superhohe Pumps!
Langsam taten mir die Füße weh. Ich ging Richtung Neustädter Markt und grübelte über meine Seele nach, in meinen Fingern juckte es, den Reif zu streicheln. Ich glaubte zwar nicht im Ernst, dass etwas passieren würde, wollte aber vorsichtshalber allein in meinem Hotelzimmer sein, falls doch. Als ich mich umdrehte, sah ich sie wieder! Mein Schreckenspärchen. Wie aus dem Nichts aufgetaucht, schlenderten sie vor mir her, Hand in Hand! So vertieft in ihr ehebrecherisches Liebesglück, dass sie blind und taub waren für ihre Umgebung. Keine Ahnung hatten sie, dass ich immer näher kam, nur noch dreihundert Meter, zweihundert, einhundert … Gleich würde die Welt untergehen, gleich! Was sollte ich tun? Was sagen?
Meine Schritte wurden schneller, ich stieß meinen Atem vor mir her wie eine kleine Dampfwolke, aber auf einmal war ich bereit. Für alles. Ich fühlte, wie meine Haut anfing zu glühen, wie sich meine Pupillen weiteten, ich spürte jedes einzelne Haar auf meiner Kopfhaut – von Ferne blinkte es golden, das war der Goldene Reiter, August der Starke, hoch zu Ross stand er mitten auf dem Neustädter Markt und ritt in

Richtung Osten auf sein Königreich Polen zu. Ich hatte mir den goldenen August als Höhepunkt meiner kleinen Reise aufgespart. Der Tag dämmerte in einen Sonnenuntergang, August schimmerte glutrot und blutorange. Mir schien, als hielte er den Atem an, als wartete er auf mich. Komm, Geliebte, komm! Mein Mann und sein sündiges Verhältnis standen jetzt direkt vor dem Goldenen Reiter, ich hörte, wie er aus seinem Reiseführer vorlas: »Eine von Ludwig Wiedemann ausgeführte Kupfertreibarbeit, deren Oberfläche mit Blattgold versehen ist. 1736 wurde es aufgestellt, 1965 neu vergoldet.«
Sie standen hinter der linken Flanke des Reiters, ich hinter der rechten. Sie konnten mich nicht sehen, aber ich verstand jedes Wort. Es war ein durch und durch lächerlicher Augenblick.
Nun hörte ich ihre Stimme: »Ich liebe dich, Richard, aber ich eigne mich nicht zur Geliebten. Ich will deine Frau sein. Ich will, dass du mir gehörst.«
Meine Welt blieb stehen. Ich hielt die Luft an. Meine Schuhe drückten wie die Hölle. Mein Herz schmerzte wie verrückt.
Dann geschah alles gleichzeitig. Mein Handy vibrierte, es war Alexa, die weinte: »Ich hab schon wieder eine Vier im Diktat, Mami, bitte nicht böse sein.«
Ich trat einen Schritt zur Seite, um sie zu trösten, doch es kam mir auf einmal total unwichtig vor, ob meine Tochter die Rechtschreibregeln beherrschte. Als ich gerade »Schatz, es gibt wirklich Schlimmeres als eine Vier im Diktat« sagte und mein Handy zusammenklappte, sah ich aus den Augenwinkeln, wie mein Mann seine Freundin küsste. Es war ein sehr inniger Kuss, der nicht aufhören wollte. Genau das war der Moment, in dem ich ausrastete.
Mit einem Wutschrei wollte ich mich auf sie stürzen, aber ich stolperte und konnte mich nicht mehr auffangen, es blitzte an meiner linken Hand, unwillkürlich griff ich danach … Blut rauschte in meinen Ohren, ich sah Sterne, viele Sterne,

und eine glühende Sonne, die gerade in den Abendhimmel tauchte. Von ganz weit weg hörte ich eine männliche Stimme, lockend, zärtlich ... Was rief sie? Eine süße Schwäche durchströmte mich, und während ich langsam zu Boden sank, ging vor meinen Augen die Sonne unter und ich verlöschte.

Dresden, 4. März 1704

»Ich verlange von dir, dass du dich von dieser Frau trennst!« Ich bin so wütend, so verletzt, dass es mir egal ist, ob mich das ganze Personal hört. Mit großen Schritten gehe ich in meinem Schlafzimmer auf und ab und würdige den Mann, der auf meinem Bett sitzt und sich konzentriert die langen Nägel messerspitz feilt, keines Blickes.
»Verehrteste, dieser Ton ist Eurer ganz und gar nicht würdig«, sagt er endlich. »Ihr wusstet doch vor unserer Eheschließung, dass ich eine Mätresse habe, warum macht Ihr jetzt so ein Geschrei darum?«
Eine unverschämte Frechheit, denke ich und bleibe stehen. »Ich hatte keine Ahnung, was du mir zumuten würdest, sonst hätte ich dich ganz bestimmt nicht geheiratet, du Widerling«, höre ich mich kreischen und weiß selbst, wie wenig meine schrille Waschweibstimme zu meinem eleganten goldgelben Morgenmantel passt. Ich blicke an mir hinunter und bin verwirrt. Was trage ich denn da? Wo ist mein weites, kuscheliges, leicht angegrautes T-Shirt mit der Aufschrift Sexy Mami? So einen Morgenmantel habe ich nie besessen, er ist aus echter Seide, wie ich kurz mit einem prüfenden Griff feststelle. Ein Traum? Ein Alptraum? Eine Wahnvorstellung? Hat meine Reise etwa schon begonnen? Da donnert der Mann, den ich gerade anschreie, einen so lauten Furz los, dass ich zusammenzucke. Das kann kein Traum sein, in Träumen furzt niemand.
»Du bist kein Kavalier«, zische ich und gehe auf den Mann zu, der mit dem Rücken zu mir jetzt seine spitz gefeilten Nägel betrachtet und mich ignoriert. »Rede mit mir«, sage

ich. »Sonst kann ich ziemlich ungemütlich werd...« In diesem Moment dreht er sich um und ich hätte fast laut gekichert. Wer ist denn diese mir völlig unbekannte Witzfigur in der rubinroten Kniebundhose mit weißen Strümpfen und Schnallenschuhen? »Ist heute Fasching?«, frage ich. »In welchem Film bin ich hier eigentlich gelandet?«
»Ihr redet wirr, meine Liebe«, sagt der fremde Mann. »Es bekommt einer Dame Eures Standes nicht, wenn sie zu viel trinkt. Zügelt Euch bitte in Zukunft, wenn Alkohol serviert wird.«
»Wer bist du, dass du so mit mir zu sprechen wagst?« Ich zittere vor Wut. Am liebsten hätte ich ihm seine alberne Silberlockenperücke vom Kopf gerissen. Ich habe die Hand schon erhoben, um sie in seinen Haaren zu verkrallen, doch er hält sie fest und biegt sie schmerzhaft am Handgelenk zurück. »Lass mich los!«, schreie ich. »Und sag mir endlich, wer du bist!«
Er lässt mich tatsächlich los und stößt mich rückwärts aufs Bett. »Wollt Ihr Euch lustig machen über mich, Constantia?«, droht er mit leiser Stimme. »Über mich, Euren Gatten?«
»Meinen was?«, erschrocken trete ich einen Schritt zurück. »Wir beide sind verheiratet?« Das kann nur ein ganz übler Scherz sein. Innig sehne ich in diesem Moment meinen Richard herbei. Ich finde es schrecklich hier, ich will wieder nach Hause! In mein Bett, zu meinem Mann. Wo ist der verdammte Reif? Tatsächlich, da ist er, an meinem linken Handgelenk, doch nicht länger fleckig und angelaufen, sondern strahlend silbern. Ich reibe ihn, heftig und heftiger, fluche leise, dann immer lauter vor mich hin. Nichts passiert. Du kannst den Beginn deiner Reise bestimmen, aber nicht deren Ende. Wer hat das noch zu mir gesagt? »Ich würde so einen Idioten wie dich niemals heiraten«, sage ich bestimmt. »Du siehst aus wie ein alberner Lackaffe.«
Der Mann lächelt mit schmalen Lippen. »Ihr müsst wieder heimlich trinken, anders ist Euer Verhalten nicht zu erklären, Liebste. Treibt Ihr etwa ein Spiel mit mir?«

Ich sehe ihn an und durchlebe einen Moment herzinfarktträchtiger Panik. »Bitte sag mir, was los ist«, flehe ich mit klitzekleiner Stimme. »Eben war ich doch noch in Dresden …«

»Da seid Ihr immer noch, Verehrteste«, sagt der Mann. Mein Mann? Das kann doch wohl bitte nicht wahr sein, ich will sofort zu Richard! Egal, ob er mich gerade betrügt oder jeden Abend seine Unterwäsche als Knäuel vor den Wäschekorb wirft – alles besser als dieses Wesen. Jetzt grinst er auch noch und in seiner Mundhöhle erkenne ich jeden schwarzgelben Zahnstumpf einzeln! Der absolute Grusel! Tief Luft holen, Connie, gleich wirst du aufwachen, neben dir schnarcht dein Richard, und alles wird wieder gut.

»Beantworte mir doch bitte eine Frage.« Meine Stimme klingt gelassen. »Wenn du mein Mann sein willst, ich dich jedoch noch nie gesehen habe, wer soll ich dann sein?« Der Reif an meinem Handgelenk glitzert mich höhnisch an. Na, du leicht übergewichtige, begriffsstutzige Blödmaus, kommst du langsam drauf, was hier läuft? Doch mein betäubtes Gehirn weigert sich, meine Gedanken sind wie ein dichter Nebel. Meine Seele scheint gewandert zu sein, so viel begreife ich, doch der Rest von mir steckt zwischen meinen Leben fest. Ein irres Gefühl.

Kopfschüttelnd geht der Fremde auf eine kleine, feinziselierte Kommode zu, auf der ein silberner Handspiegel liegt. »Seht am besten selbst in Euer dummes, hoffärtiges Gesicht«, meint er kühl und mustert mich aus schmalen, missbilligenden Augen. »Dann wisst Ihr, wer Ihr seid.« Mit großen Schritten verlässt er mein Gemach.

Was für einen dummen, arroganten Fiesling du geheiratet hast, denke ich und bin zu verblüfft, um mich zu ärgern, du bist eben keine Traumfrau mehr, liebe Constanze. Erinnerst du dich an diesen Morgen vor ein paar Wochen, als du in der Stadt an einem Ganzkörperspiegel vorbeigegangen bist und gedacht hast: Wer ist denn diese alte, faltige Tussi neben mir? Und diese fiesen kleinen Fettröllchen, die du seit Alexas

Geburt nicht mehr losgeworden bist … Ich will mich gerade selbst kneifen, um mir zu bestätigen, dass alles noch dran ist an mir, als mich eine leise, schüchterne Stimme davon abhält.

»Ist es mir erlaubt, Euch etwas zu bringen, Gnädigste?«

Ich habe das große, kräftige Zimmermädchen mit dem Spitzenhäubchen gar nicht gehört, das jetzt still und mit besorgtem Blick an meinem Bett steht. Gnädigste! Das Wort habe ich lange nicht mehr gehört. Offensichtlich gibt es Personal in meinem neuen Leben – super! Ich hole tief Luft, was meinen Kopf leider nicht klarer macht. »Was geht hier eigentlich vor sich?«, frage ich und starre sie an. Sie hat blonde Haare und ihre Augen leuchten in einem tiefen Blau. »Maria Louise?«, rufe ich dann. »Das gibt's doch nicht, was machst du denn hier?«

Sie erwidert meinen Blick, doch es liegt kein Erkennen darin, nur höfliche Anteilnahme.

»Erkennst du mich denn nicht?«, frage ich. »Du hast mich doch gerade noch in Pfunds Molkerei bedient? Du hast mir diesen Armreif geschenkt, hier, sieh ihn dir an.« Ich halte ihr den Reif vors Gesicht, jetzt wirkt sie völlig verschreckt und weicht einen Schritt zurück.

»Ich vermag wirklich nicht zu sagen, wovon Ihr sprecht, Gnädigste.« Sie haucht nur noch. »Ich habe Euren Armreif noch nie gesehen.«

Mein Leben fühlt sich an wie eine Achterbahnfahrt, ich sause in die Tiefe, ohne jede Ahnung, wohin, ohne Kontrolle, und mein Herz klopft so heftig, dass ich jeden Schlag einzeln spüre. So muss es sich anfühlen, wenn man den Verstand verliert, wenn man wahnsinnig wird.

»Du heißt doch Maria Louise?«, frage ich das verschüchterte Bündel, das mit gebeugtem Kopf noch immer an meinem Bettende wartet.

»Ja, dem ist so, Gnädigste«, flüstert das Mädchen und versinkt in einem Knicks, den ich zuletzt bei einer Fernsehüber-

tragung über Lady Diana gesehen habe. »Ich stehe seit Eurer Hochzeit in Euren Diensten.«
»Wann habe ich denn geheiratet?« Sie hält mich sowieso für verrückt, insofern kann es mir egal sein, was sie von mir denkt. Ich muss jetzt alles wissen.
»Am 2. Juno dieses Jahres, Gnädigste«, antwortet sie, und ich bemerke das leise Erstaunen in ihrer Stimme. »Ihr wart eine wunderschöne Braut.«
»Und wie heißt noch mal der Mann, den ich geheiratet habe?«
Sie schweigt, hält mich nun endgültig für total verrückt. »Ihr wisst nicht mehr, wen Ihr geheiratet habt, Gnädigste?«, fragt sie vorsichtig, so als habe sie Angst, ich könnte jederzeit meinen Hexenbesen aus dem Ärmel meines seidenen Bademantels hervorholen und mit ihr ins Höllenreich reiten.
Bedauernd schüttele ich den Kopf und spüre, wie sich tausend Nadeln auf meinem Kopf bewegen. Ich greife mir ins Haar und zucke zurück. Wo ist meine praktische Kurzhaarfrisur geblieben? Das hier ist eindeutig ein Vogelnest. »Nein«, sage ich zögerlich, »ich habe keinen blassen Schimmer, wen ich geheiratet habe.«
Einen Augenblick versinken unsere Blicke ineinander. Ganz unten, auf dem Grund ihrer enzianblauen Augen, glaube ich, einen Funken von Belustigung zu erkennen. Mir scheint, als zwinkere sie mir zu. Von Frau zu Frau. Von Seele zu Seele?
»Adolph Magnus von Hoym«, erwidert sie endlich. »Ist es mir nun erlaubt zu gehen?« Ohne sich noch einmal umzusehen, verlässt sie den Raum.
Wieder allein, gehe ich wie in Trance auf den Spiegel zu. Ganz langsam fange ich an zu begreifen und die Erkenntnis macht mich atemlos. Es ist passiert. Mein Wunsch ist in Erfüllung gegangen. Meine Seele ist gewandert, und zwar in den Spätbarock. Ganze dreihundert Jahre zurück.
Will sie mir einen Gefallen tun, weil sie weiß, wie aufregend ich diese Epoche finde? Will sie mir zeigen, wie leidenschaft-

lich und mutig meine Namensvetterin gelebt hat und wie langweilig und feige ich mein Dasein friste? Ich ahne, dass gerade die aufregendste Reise meines Lebens begonnen hat. Ohne Kompass, ohne Rückfahrticket und ohne Spielregeln. Auf geht's, Connie, schnall dich an!

Ich nehme den Spiegel, halte ihn mir vors Gesicht und betrachte mich lange. »Da bist du ja, Anna Constantia«, flüstere ich. »Nie hätte ich geglaubt, dass wir beide uns einmal begegnen würden. Es ist mir eine Ehre und ein Vergnügen, dass meine Seele jetzt in diesem Körper steckt.«

Ich bin so schön, dass ich meinen eigenen Anblick kaum ertragen kann – viel schöner als in meinem jetzigen, pardon, früheren Leben. Während ich mich in meine neue Schönheit vertiefe, spüre ich, wie meine Seele immer weiter wandert. Wie sie sich in meinem neuen Körper niederlässt, wie ich mein altes Ich Hülle um Hülle abstreife, wie Constanze Graf ein immer schwächerer Schatten wird – wie Gräfin Cosel von mir Besitz ergreift.

Ich betrachte mich lange, um mich mit meinem neuen Gesicht vertraut zu machen. Ich kenne es von vielen Bildern, habe die Schönheit und Eleganz oft bewundert und nie geahnt, dass es mir einmal gehören wird.

Mit einem Mal verstehe ich auch meine unerklärliche Sehnsucht, meine Begeisterung, mein Gefühl von Nachhausekommen. Ich bin schließlich wieder zu Hause! Ich bin wieder in Dresden, der Stadt meiner Träume. Was für ein Geschenk mir meine Seele da macht! Sie ist zurückgewandert für mich, hat auf dem Weg ins ewige Paradies einen Umweg gemacht. Das tut eine Seele nur aus ganz besonderen Gründen, etwa wenn sie wirklich in Gefahr ist, sich zu verlieren, sich aufzugeben. Dann wandert sie in ein altes Leben zurück, damit die jeweilige Person daraus lernen und etwas ändern kann. Wobei, und das ist das Besondere an der rückwärtigen Seelenwanderung, trotzdem niemand in die Zukunft zu sehen vermag. Die Seele lebt immer in der Gegenwart. Nur manchmal ahnt sie im Leben von heute, wie sie in dem von gestern war und in dem von morgen sein wird, und dann schickt sie kleine Botschaften. Aber man muss ganz Ohr sein, um sie zu vernehmen.

»Willkommen, Constantia von Hoym«, flüstere ich mir zu. »Hast du eine Ahnung, warum wir uns auf diese Weise begegnen?« Ich lausche in mich hinein. Nichts. Schweigen. Meine Seele, das wird mir klar, hält sich wohl nicht an die gängigen Spielregeln der Seelenwanderung. Sie ist offensichtlich sehr experimentierfreudig und einen Sinn für Humor hat sie auch. Denn den Ausflug, den sie gerade unternimmt, von der Reihenhausmutti zur Geliebten eines Barockfürsten, den soll uns erst einmal jemand nachmachen.

Plötzlich regt sich ganz tief in mir ein Gefühl, das ich als Heimweh wiedererkenne. Die grauen Schatten meines alten Lebens bekommen wieder Farbe, ich denke an meine Familie in Hamburg, die noch gar nicht geboren ist, und verspüre eine tiefe Sehnsucht nach ihr. Dass mein zukünftiger Mann mich nach fast zwanzig Jahren Ehe betrügen wird, ist in diesem Moment so weit weg wie der Mond. Aber Bettina möchte ich gern anrufen: »Süße, es wird ein bisschen später. Ich bin gerade auf einer Zeitreise, melde mich in dreihundert Jahren wieder. Ciao.«

Unwillkürlich greife ich in die Tasche meines goldgelben Morgenmantels, aber natürlich finde ich kein Handy darin. Wenn ich jetzt mit Bettina sprechen wollte, müsste ich vermutlich drei Wochen in einer harten Kutsche verbringen, ganz schön unbequem, die gute alte Zeit. Wie gut, dass sie vorbei ist. Aber sie ist ja gar nicht vorbei, ich bin wieder mittendrin!

So versunken bin ich in meine Betrachtungen, so beschäftigt damit, meine alte Seele in meinem neuen Körper wiederzuentdecken, dass ich zusammenzucke, als mich ein kalter Luftzug mit einem Ruck wieder in die Vergangenheit, besser gesagt: in die Gegenwart bringt. In meine Gegenwart jedenfalls.

»Na, habt Ihr Euch ein wenig besonnen, meine Schöne?« Mit großen Schritten kommt Adolph Magnus auf mich zu, unter den dichten, schwarzen Brauen glitzern seine Augen diabolisch. »Dann weiß ich jetzt ein hübsches Spielchen für uns.«
So schnell, dass ich mich nicht wehren kann, wirft er mich brutal aufs Bett zurück, es raschelt, es knistert, und kurz nachdem er stumm in mich eingedrungen ist, ein kurzes, unangenehmes Gefühl, ist es auch schon wieder vorbei. »Es war mir ein ganz besonderes Vergnügen«, murmelt mein Gatte, zieht seine seidene Kniebundhose wieder hoch, rückt seine Lockenperücke zurecht und verlässt mein Schlafgemach. Verdutzt blicke ich ihm nach. Sieht so die spätbarocke Ehe aus? Rein, raus, rein, raus, fertig ist der kleine August?
Warum habe ich diesen Idioten bloß geheiratet?, denke ich, eine attraktive, junge Frau wie ich. Gab es denn nichts Besseres auf dem Heiratsmarkt?
Während ich langsam zurück in mein spätbarockes Leben schlüpfe, fällt es mir Stück für Stück wieder ein. Theoretisch kenne ich es natürlich aus den vielen Büchern, die ich gelesen habe, aber jetzt lese ich nicht über mich, jetzt BIN ich, und das ist ein Riesenunterschied. Nun muss ich körperlich begreifen, was es heißt, Constantia Gräfin Cosel zu sein. Muss verstehen, warum ich einen Mann geheiratet habe, der nicht nur aussieht wie ein schlecht gelaunter Mops, sondern der zu allem Elend, wie ich bereits am eigenen Leibe erfahren durfte, auch ein schlechter, rücksichtsloser Liebhaber ist.
Vielleicht ist das die spätbarocke Liebestechnik, vielleicht schläft man so mit seiner Ehefrau und bewahrt sich seine sexuelle Raffinesse für die Geliebte auf? Dann hätte sich ja in all den Jahren wenig geändert.
Ich rufe nach Maria Louise und bestelle eine Tasse Schokolade, weil mir dunkel dämmert, dass Constantia von Cosel damals ganz verrückt danach gewesen ist. Nicht damals, korrigiere ich mich, ich bin jetzt verrückt darauf. Aber es geht

nun mal nicht so schnell, die Vergangenheit als Gegenwart zu fühlen und umgekehrt, die Seele wandert schnell, doch Herz, Gehirn und Körper brauchen länger. Abgesehen davon war ich noch nie die Schnellste.
»Wieso servierst du mir die Schokolade im Silberbecher?«, frage ich deshalb erstaunt, als meine Kammerzofe mit einem silbernen Tablett wieder vor mir steht. »Haben wir kein normales Geschirr im Haus?«
Sie schüttelt den Kopf und sieht mich an, wie es meine älteste Tochter ungefähr zehnmal am Tag tut – oder tat. Erstaunt, dass so viel Dummheit möglich ist.
»Ich weiß nicht, wovon Ihr sprecht, Gnädigste«, sagt sie verwirrt, bevor sie wieder geht.
Erschöpft setze ich mich auf einen Stuhl, der am Fenster steht, und sehe hinaus auf die Straße. Sie heißt Kreuzgasse, wie ein Schild auf der gegenüberliegenden Straßenseite an einem Pfosten besagt. Ein Junge, der einen Holzkarren voller Fässer zieht, geht an meinem Fenster vorbei und hebt grüßend die Mütze. Hinter ihm schlendern drei Mägde in weißen Kopfhauben, an ihren Armen baumeln große Körbe.
Während ich den heißen, zuckersüßen Kakao in kleinen Schlucken trinke und dabei angestrengt in mich hineinhorche, fällt mir Stück für Stück auch der Rest meines Lebens wieder ein. Ach du meine Güte, fast hätte ich mich verschluckt, was für ein Chaos! Da hätte ich ja gleich in der Gegenwart bleiben können. Mein Leben ist die reinste Katastrophe! Schon wieder! Womit habe ich das nur verdient? Wieso bin ich mit einem alten Mann verheiratet, der mich anwidert? Was ist denn hier schief gelaufen?
Diese blöde ungewollte Schwangerschaft, damit hat mein Elend begonnen.
Mit diesem grauen Frühlingstag 1703, als ich unter einem blühenden Apfelbaum in Ohnmacht gefallen und ohne Kind wieder aufgewacht bin. Ich werde nie erfahren, wohin sie mein Baby gebracht haben, und es wird mich auch nie

besonders interessieren. Zu meiner Entschuldigung kann ich nur anführen, dass es eine harte Zeit ist und ich eine junge, schöne Frau bin, die das Leben noch vor sich hat und nicht auf dem Landgut ihrer Eltern versauern will. Ich habe große Pläne und noch größere Träume, ich will ganz hoch hinaus!

Wenn mir jemand erzählen würde, dass ich mehrere hundert Jahre später in einem Reihenhaus glücklich sein und als Mutter und schlecht bezahlte Partyköchin mein unbedeutendes Dasein fristen, dass ich seit Jahren mit meiner Familie die Sommerferien sehr zufrieden im immer gleichen Ferienhaus in Ibiza verbringen würde, ich hätte ihn für verrückt erklärt. Bin ich im Spätbarock glücklicher als in der Neuzeit? Zumindest erwarte ich mehr vom Leben. Viel mehr.

So wie es sich in der ersten Etappe meiner Seelenwanderung anfühlt, bin ich außerdem wesentlich skrupelloser. Oder muss eine Frau so sein, wenn sie ein erfülltes Leben haben will? Gibt es keine andere Möglichkeit, als reich zu heiraten, egal wen? Frei nach dem Motto des ausgehenden Jahrtausends: Hauptsache wohlhabend, auch wenn er aus dem Hals stinkt wie eine verwesende Kröte?

Meine erste und einzige Ehe legt diese Vermutung nahe, denn kurz darauf lerne ich einen fetten, schmuddeligen alten Mann von Mitte dreißig kennen: Adolph Magnus von Hoym.

Ein Mann, der mich gleichermaßen anzieht und abstößt, ein Herrscher mit einem Ruf wie ein Donnerhall, der immer mehrere Geliebte gleichzeitig und unzählige Bastarde hat.

Seine Ehefrau Christiane Eberhardine habe ich noch nie gesehen, aber man klatscht, sie soll dick, fromm und langweilig sein. Angeblich hat er nach ihrer ersten Schwangerschaft nie wieder in ihren Gemächern übernachtet. Was in dieser Zeit keineswegs ungewöhnlich ist, man heiratet, um versorgt zu sein und seine Macht zu vergrößern, doch nie aus Liebe. Hoym, wie ich meinen hartnäckigen Verehrer nenne, macht mir den Hof, überschüttet mich mit Geschenken und hält bei meinen Eltern um meine Hand an.

»Du hast keine Wahl, mein Kind«, sagt meine Mutter streng, als ich protestiere. »Entweder du wirst eine Ehefrau von Stand, oder du isst dein Gnadenbrot bei uns. Bis du alt und grau bist.« Sie hat Recht. Die Nüchternheit habe ich von ihr. Ich habe zwar schon viele Männerherzen gebrochen, aber mein eigenes kennt die Liebe noch nicht. Ich weiß, wie ich einen Mann verrückt mache, wie ich ihm den Kopf verdrehe, ich selbst bin jedoch immer kühl geblieben. Insofern weiß ich, dass von Hoym in meiner prekären Situation eine gute Partie ist. Er ist Geheimer Rat und Direktor des General-Accis-Collegiums am Hofe von August dem Starken, ein fulminanter Titel, den man schlichter und gemeiner auch mit »fieser, mieser Steuereintreiber« übersetzen könnte. Darauf ist er auch noch stolz.

»Der Kurfürst verdankt einzig und allein mir die polnische Königskrone«, flüsterte er mir bei unserem ersten Treffen im Salon meiner Eltern ins Ohr, und ich gestehe, ich war anfangs beeindruckt.

»Erklären Sie es einer dummen, kleinen Frau«, lächelte ich kokett zurück und beobachtete aus den Augenwinkeln, dass meine Eltern erleichterte Blicke austauschten.

Sie ließen uns allein, und weil ich wusste, was ich unserer durch mich angeschlagenen Familienehre schuldig war, erlaubte ich von Hoyms großer, feuchter Hand, länger auf meinem Knie zu verweilen, als es schicklich war.

»Wollen Sie es wirklich wissen?« Er spreizte seine dicken Finger, und ich musste stark an mich halten, um sie nicht zu verscheuchen wie eine lästige Fliege.

»Ich brenne darauf, von Ihren Heldentaten zu erfahren«, seufzte ich, obwohl mich nichts mehr langweilte. »Erzählen Sie, und lassen Sie keine Einzelheit aus.« Männer sind wirklich schlichte Wesen, dachte ich, als sein teigiges Gesicht aufleuchtete und so nah an mich heranrückte, dass mir sein

Kampfergeruch penetrant in die Nase stieg. Er roch wie eine Mottenkugel, doch ich nahm mich zusammen und lächelte ihn aufmunternd an.
»Der katholische Adel in Polen wollte keinen evangelischen König«, erklärte er.
Obwohl ich die Geschichte längst kannte, setzte ich meine Unschuldsmiene auf und wählte den dummen, bewundernden Blick, den Männer an Frauen so lieben. »Wie interessant, mein Herr«, murmelte ich. »Fahren Sie fort.« Dabei kreuzte ich die Beine so geschickt, dass ich seine schwitzige Hand endlich abschütteln konnte, und gähnte verstohlen in meinen Seidenfächer, mit dem ich mir den Kampfergeruch vom Gesicht wegzuwedeln versuchte.
Er lächelte geschmeichelt und schwadronierte weiter über die neue Umsatzsteuer auf alle Nahrungsmittel und Getränke, die er eingeführt habe, und wie viele Tausend Reichstaler er dadurch für die polnischen Adligen habe abzweigen können, mit denen der Kurfürst sich dann die Königskrone erkaufen konnte. »Natürlich musste er dafür zum katholischen Glauben übertreten«, fügte er hinzu.
Ich ließ seine Worte an mir vorbeiwehen wie einen warmen Wind und wurde ganz ruhig dabei. Weil sich in diesem Moment meine Zukunft entschied.
Dieser Hoym ist es also nun geworden. Er ist alles andere als der Mann meiner Träume, wobei ich ehrlich zugeben muss, dass ich noch nie von einem Mann geträumt habe. Ich habe ihn geheiratet, obwohl ich ihn nicht liebe, weil ich nicht wählerisch sein durfte. Ich habe ein langweiliges Leben, bin aber gut versorgt, und vielleicht habe ich ja Glück und ein gnädiger Gott rafft ihn vorzeitig dahin und lässt mich als reiche Witwe zurück.
Da mein Hoym ein wohlhabender Mann ist, darf meine Mitgift von 10000 Talern im elterlichen Gut bleiben, mein geliebter Vater zahlt nur einen jährlichen Zins von vier Prozent, und wenn meine beiden Brüder ohne Erben sterben,

erhalte ich später alles. Für eine mittellose Frau wie mich, die Geld nur von Männern bekommen kann, ein sehr beruhigendes Gefühl.

Ich weiß nicht, ob ich mir gefallen soll. Wer bin ich? Ein Luder, das aufs Gold schielt, oder eine realistische Geschäftsfrau? Ein herzloses Biest oder eine frühemanzipierte Frau des Spätbarocks?

Mein Silberbecher ist leer, meine Lippen schmecken nach Schokolade, ich rufe Maria Louise und bestelle eine frische Kanne. »Tut mir leid, wenn ich dich vorhin erschreckt habe«, entschuldige ich mich, als sie erneut mit dem Tablett vor mir steht. »Ich musste mich erst daran gewöhnen, wieder ich zu sein.«

»Sehr wohl, Madame«, flüstert sie, den Blick zu Boden gewandt.

»Bin ich eigentlich eine gute Chefin?«, frage ich.

»Ich verstehe nicht, was Gnädigste meinen«, erwidert sie, und ihre Stimme klingt verzweifelt.

Ist sie blöd oder will sie mich ärgern? »Ich will nur wissen, ob ich eine gute Chefin bin, so schwer ist diese Frage doch nicht. Ja oder nein?« Mit einem Mal hätte ich fast laut gelacht, denn natürlich kennt sie das Wort Chefin nicht. Wahrscheinlich gibt es diesen Begriff im 18. Jahrhundert deswegen nicht, weil Frauen keine Chefinnen sind, sondern entweder frustrierte, vernachlässigte Ehefrauen oder mit Juwelen geschmückte Geliebte. »Bin ich sehr streng zu dir, Maria Louise?«, versuche ich es noch einmal.

»Ja, das seid Ihr, Gnädigste, bitte verzeiht meine Offenheit«, haucht die Ärmste, knickst und ist in Windeseile verschwunden.

Ich blicke ihr nach und verschlucke mich an meinem Kakao.

Die Frage ist noch nicht beantwortet: Wer bin ich?

Beauty oder Beast?

Ich vermute, beides.

Schließlich bin ich eine Frau.

Ich denke an unsere Hochzeitsnacht zurück, die unwesentlich war und vor allem schnell vorbei. Mein Ehemann kam hastig und ohne Umwege zur Sache, was eine Gemahlin empfindet, ist ihm völlig gleichgültig. Ein paar Schnaufer seinerseits, dann erhob er sich und ging in sein Schlafgemach; zum Glück schlafen wir getrennt, wie es im Spätbarock bei reichen Leuten üblich ist. Als ich am nächsten Morgen allein aufwachte, fühlte ich mich leer, aber auch erleichtert.
Ich weiß inzwischen, womit ich rechnen muss. Mit einem lieblosen Mann, dem meine Gefühle egal sind. Ich bin seine Trophäe, die Frau, mit der er bei Hofe angeben will. Er nutzt mich aus, ich nutze ihn aus. Das ist nicht schön, jedoch keine Katastrophe. Ich habe vor der Ehe genug erlebt, vielleicht ist mein Kontingent an Lust und Leidenschaft damit erschöpft. Außerdem brauche ich keine Liebe, um glücklich zu sein.
Ich habe keine Ahnung, wie sich Liebe anfühlt. Vermutlich nur anstrengend.
Dafür weiß ich eines: Dresden macht mir Spaß! Mein Leben als verheiratete, von ihrem Gatten vernachlässigte und dadurch sehr freie Frau macht mir unerwartet viel Spaß! Ich genieße meine neue Heimatstadt, und während mein Mann seine Steuern eintreibt oder, wie ich später erfahren werde, seine Geliebte besucht, die mich so lange nicht stört, wie er sie nicht in unserem Haus einquartiert, unternehme ich ausgedehnte Spaziergänge. Morgens um sechs, wenn die Reveille das militärische Wecksignal geschlagen hat und der Stadtmajor die Mauerpforten öffnet, bin ich bereits unterwegs. Ich liebe den breiten Fluss, dessen träge Schleifen in der Sonne glänzen, und sitze oft an seinem Ufer. 21 298 Menschen leben in Dresden, eine unvorstellbar große Anzahl. Die Bürgerhäuser sind schon vier Stockwerke hoch gebaut, aber nur die Reichen, darunter auch wir, haben eine private Wasserleitung, die bis ins Haus reicht. Die anderen müssen sich das kostbare Nass mit Eimern aus einem der öffentlichen Brunnen holen. Zum Glück ist die Kreuzgasse mit dicken Steinen gepflastert

und die Exkremente fließen nicht wie in ärmeren Gegenden als stinkender Bach mitten auf die Straße. Am allerliebsten bin ich auf dem Altmarkt, zu dem ich oft selbst gehe, weil ich schnell gemerkt habe, dass die Köchin viel zu teuer einkauft und immer wieder Haushaltsgeld für sich selbst abzweigt.
Ich fühle mich auf Märkten sehr wohl, eine Vorliebe, die ich offensichtlich über die Jahrhunderte gerettet habe, denn auch als Osdorfer Hausfrau gehe ich zweimal die Woche auf unseren Wochenmarkt. Der Korb, den ich dabei benutze, sieht im übrigen noch fast genauso aus wie der vor dreihundert Jahren. Witzig, manches bleibt uns eben erhalten: Tisch bleibt Tisch, Apfel bleibt Apfel, Mann bleibt Mann, der Rest ändert sich ständig.
Bei meinem ersten Gang durch die Gewölbe des neuerbauten Rathauses, wo die Bauern aus der Umgebung stehen und ihre Waren verkaufen, betrachtete ich erstaunt die großen Tafeln, auf denen die Warensteuern geschrieben standen. Sie waren so unverschämt hoch, dass ich mich sofort nach meiner Rückkehr bei meinem Mann darüber beschwerte.
»Das kann ja kein Mensch bezahlen«, empörte ich mich. Aber er lachte nur. »Der König braucht Geld«, sagte er. »Für seine Soldaten, für seine Schlösser und für seine Mätressen.«
»Dein König widert mich an«, entgegnete ich. »Ein Mann, der seine Bürger auspresst und den Glauben wechselt, nur um die polnische Krone zu erlangen, der ist für mich ein Mann ohne Ehrgefühl.«
»Rede nicht über Dinge, von denen du nichts verstehst«, sagte mein Gatte. »Der König ist außer seinem Gott niemandem Rechenschaft schuldig, das sollte selbst eine Frau wissen.«
Männer halten immer zusammen, besonders wenn sie etwas angestellt haben.
Ich seufze tief, lasse den Morgenmantel an mir hinabgleiten und blicke neugierig zum ersten Mal, nachdem meine Seele gewandert ist, etwas gründlicher an mir hinunter. Ich bin positiv überrascht, um nicht zu sagen: schwer begeistert. Meine

Beine sind endlos, meine Schenkel fest wie Stahl, mein Bauch flach wie ein Brett. Ich habe eine Superfigur.
Mir fällt auf, dass mein Sprachschatz noch nicht zum Spätbarock passt, dass er noch viel zu flapsig und modern ist. Auch die Anrede in der dritten Person, dieses »Kann Sie mir bitte den Reißverschluss ... falsch! ... die Knopfleiste öffnen«, fällt mir so schwer, dass ich beim Du bleiben werde. Gar nicht so einfach, diese Seelenwanderung. Was man da alles bedenken muss, wenn die Seele in einen anderen Körper schlüpft!
Mal sehen, wie sich mein Busen anfühlt. Ich fasse hin und habe einen perfekten Apfel in der Hand. Herrje, was sehe ich gut aus. Gelte ich nicht als die schönste Frau in Sachsen? Ist nicht sogar der König in mich verliebt? Meine Seele verrät mir meine Zukunft nicht, jedenfalls nicht die unmittelbare. Ich weiß also nicht, wie mein Leben im Jahre 1706 aussehen wird, dafür weiß ich, wer ich im Jahre 2005 sein werde. Mit anderen Worten: Es herrscht mal wieder Chaos in meinem Leben. Und ich habe erneut einen Ehemann, der mich betrügt.
Nur warum rege ich mich in diesem Leben darüber auf? Ich liebe ihn ja nicht und sollte deshalb froh sein, wenn er mich nachts meistens in Ruhe lässt und sich nicht übel riechend in mich hineinwühlt. Aber wir schreiben nicht das Jahr 2005, sondern 1704, und ich fühle mich zwar durchaus den Männern gleichberechtigt, in vielen Fällen sogar weit überlegen, doch als kluge Frau darf ich das niemanden spüren lassen. Meine Ziele kann ich nur mit vorgetäuschter Dummheit, mit liebreizender Blödheit erreichen.
Wenn ich also eine angesehene Frau von Stand bleiben will, dann darf mich mein Gatte nicht öffentlich bloßstellen. Ich will seine Liebe nicht, aber ich verlange seinen Respekt. Und mit einer schlampigen Mätresse, die obendrein noch schwanger ist und die er in aller Öffentlichkeit liebkost, demütigt er mich und macht mich lächerlich.

Deswegen tobe ich so an diesem Märzmorgen des Jahres 1704, und deswegen steht er wieder vor mir und sagt: »Ich habe Euch ausschließlich Eurer Schönheit wegen geheiratet, Constantia. Seht zu, dass Ihr sie nie verliert. Denn dann werde ich Euch sofort verlassen.«
Mit diesen Worten geht er, um sich nach ein paar Schritten noch einmal umzudrehen. Ich senke blitzschnell die Augen, so sieht er den Hass nicht, den ich ihm entgegenschleudere. »Wenn Ihr Euch wie eine Dame von Stand und nicht länger wie ein unerzogenes Mädchen benehmt, werde ich Euch heute Abend der Königin vorstellen.«
Ohne ein Lächeln verlässt er mich, dafür vollführe ich einen kleinen Freudentanz, als er die Tür hinter sich schließt. Endlich ist es so weit! Endlich werde ich bei Hofe vorgestellt! Mir fällt wieder ein, dass ich mehrfach darum gebettelt habe, immer hat er mich abgewimmelt! Aus Eifersucht? Ich bin, ohne falsche Bescheidenheit sei es vermerkt, schließlich wesentlich attraktiver als die anderen Damen bei Hofe. Er wird Eindruck machen mit mir, die anderen Männer werden ihn beneiden. Ob ihn das freut oder ärgert? Ob der König ebenfalls anwesend sein wird? Ich bin sehr neugierig auf ihn, und ich weiß, dass er schöne Frauen liebt. Ob ich wohl schön genug bin für ihn? Ein bisschen männliche Bewunderung wird mir gut tun in dieser freudlosen Ehe.
Ich klatsche in die Hände, woraufhin meine Kammerzofe Maria Louise erscheint und knickst. »Bring mir mein schönstes Kleid«, sage ich. »Heute Abend werde ich die Königin kennen lernen.«

Zehn Stunden später

Ich liege todmüde im Bett, doch ich kann nicht einschlafen. Mein Herz klopft wie verrückt, obwohl ich ganz allein bin; Hoym hat die berüchtigte Herrenrunde im Schloss unserem

ehelichen Schlafzimmer vorgezogen und wird vermutlich in den frühen Morgenstunden so lange betrunken auf der Straße randalieren, bis sich einer seiner Diener erbarmt und ihn ins Bett schleift. Aber das ist völlig unwichtig. Ebenso wie die Tatsache, dass mein Hausdiener vergessen hat, ein paar Holzscheite in den Kamin zu legen, und mein Gemach jetzt so kalt ist wie die Kühlkammern hinter der Küche.
Ich friere nicht, ich glühe, und zwar so sehr, dass ich meine Daunendecke zurückschlage und mit bloßen Füßen zum Fenster gehe. Wehmütig blicke ich in den Nachthimmel, der schwarz und voller Sterne ist, und in mir ist nur ein einziger Gedanke, eine einzige Sehnsucht: August. Ich flüstere seinen Namen, erst leise, dann immer drängender. August! AugUST! AUGUST!
Endlich weiß ich, wie sich Liebe anfühlt: wie eine Himmelsgewalt. Sie hat mich getroffen wie ein Blitzschlag, wie ein Fieber. Ich bin wehrlos und stark zugleich. Es ist Wahnsinn, es ist ein Orkan, es ist stärker als ich. Ich liebe, zum ersten Mal in meinem Leben, ich liebe, ich liebe!

ER kam, meines Wissens wie immer, als Letzter, während die livrierten Diener die Nachspeisen, Eierkuchen mit Parmesanfüllung, Schokoladenmousse und Vanillecreme auftischten und die männlichen Gäste laut und genüsslich um die Wette rülpsten. Zuerst war ich entsetzt, dann erinnerte ich mich, dass dies im Spätbarock völlig normal und ein Zeichen dafür war, dass es geschmeckt hatte. Die anwesenden Damen hätten sich sicher auch gern erleichtert, doch sie waren so stark geschnürt, dass sie kaum etwas essen, geschweige denn aufstoßen konnten. Da ich eine kleine Naschkatze bin, hatte ich mich zur Feier des Tages etwas lockerer schnüren lassen und war deshalb das einzige weibliche Wesen am Tisch, das herzhaft zugriff.
»Ihr verzehrt sehr viel für eine Dame«, flüsterte mir mein Nachbar zur Linken ins Ohr, ein polnischer Graf, dessen

jaucheartiger Mundgeruch mir zum Glück nicht den Appetit verderben konnte.
»Ihr auch, Herr Graf«, erwiderte ich. »Und Ihr seid dabei deutlich beleibter als ich.«
Beleidigt wandte er sich ab und sprach kein Wort mehr mit mir. Warum sind die meisten Männer nur so humorlos, wenn sie einer schlagfertigen Frau begegnen?, dachte ich. Ob es auf dieser Welt wohl einen Mann gibt, der mir gewachsen ist?
Ich war zum ersten Mal im Dresdner Schloss, und obwohl ich mir nichts anmerken ließ, war ich schockiert und entsetzt, denn der königliche Palast war in keinem guten Zustand. Kein Vergleich mit unserem gepflegten Hamburger Rathaus. Der Putz bröckelte, zahllose Fenster waren kaputt und die Beete in dem vernachlässigten Park voller Unkraut. Offensichtlich gab der König seine Steuergelder anderweitig aus.
Innerhalb der brüchigen Gemäuer hatte sich seine Dienerschaft mehr Mühe gegeben. Die meterlangen Wände des riesigen Speisesaals waren mit Spiegeln geschmückt, Hunderte von Kerzen waren davor aufgestellt, die ein funkelndes Licht verbreiteten und alle Frauen, auch die unscheinbarsten, wie strahlende Sterne leuchten ließen.
Königin Christiane Eberhardine hatte mir etwa zwei Stunden zuvor eine weiche Hand gereicht, als ich vor ihr in einem perfekten Hofknicks versank, obwohl es gar nicht so einfach war, ihn graziös hinzulegen und dabei nicht über die hochgeschnürten Schuhe zu stolpern. Meine Königin war von dieser blonden, etwas zu üppigen Hübschheit, die andere Frauen für sie einnimmt, Männer dagegen leicht langweilt. Ihre eigentlich schönen blauen Augen traten leider immer dann aus den Höhlen, wenn sie sich über den König aufregte. Sie ist eigentlich viel zu nett für eine Ehefrau, deren Mann sie ständig betrügt, dachte ich. Aber dass Schönheit und Freundlichkeit nun mal nichts mit Treue zu tun haben, weiß ich schließlich selbst am besten, im Gegenteil: je hässlicher der Hahn, desto geschäftiger.

Deswegen lebt die Königin männer- und geliebtenlos auf ihren beiden Schlössern in Torgau und Pretzsch mit einem Hofstaat von insgesamt neunzig Dienstboten, darunter sieben Hofdamen, sieben Pagen, sechs Oboisten und einem Leibkammerzwerg namens Hans Tramm. Von ihm wird gemunkelt, dass er seine Kleinwüchsigkeit an anderer Stelle wieder wettmache und in puncto Frauen dem König in nichts nachstehe. Aber das sind wilde Gerüchte.

»Ihr seid bezaubernd, eine wahre Bereicherung für den Hof«, sagte die Königin mit leiser Stimme, als mich ihre bis zum Ellenbogen behandschuhte Hand aus dem tiefen Hofknicks wieder hochzog.

»Danke, Majestät«, murmelte ich leicht gequält, weil diese halb hockende Position leider sehr unbequem für die Kniegelenke ist.

»Seht mir bitte in die Augen, Dame von Hoym«, befahl sie, und als ich ihrem Befehl gehorchte, war ich erstaunt, wie klug und gelassen ihre blassen Augen waren. »Ihr seid eine starke Frau, das sehe ich«, fuhr sie fort, während sie, was bei Hofe unüblich ist, meine Hand festhielt. »Bleibt so, denn Schwäche nutzen die Männer nur aus.«

»Ich weiß, Majestät«, sagte ich. Wir lächelten uns an, von Frau zu Frau. Es war ein völlig unerwarteter, aber sehr inniger Moment.

Sie beugte sich vor, ihr Mund dicht an meinem Ohr. »Wir Frauen müssten zusammenhalten, wenn unsere Männer uns betrügen, aber wir tun es nicht, weil wir schwach sind, wir kratzen uns gegenseitig die Augen aus. Tut es nicht, wenn auch Eure Zeit gekommen ist.« Kühle Worte, wie beiläufig hingeworfen, sie ließ meine Hand fallen und begrüßte den nächsten Gast.

Was meinte sie damit? Meine armselige Ehe? Ihre armselige Ehe?

Sie wirkte keineswegs unglücklich, obwohl ich wusste, dass sie ihren Mann noch liebte und die Hoffnung nicht aufgegeben hatte, ihn eines fernen Tages ganz für sich allein zu haben. Diese Hoffnung, das wussten wir beide, würde sich nie erfüllen, denn Staatsehen sind keine Liebesehen, sondern rein politisches Kalkül. Und trotzdem dauern sie, bis dass der Tod sie scheidet, denn eine Scheidung vor Gericht gibt es nicht.

Es wird getuschelt, dass die verlassene Königin nach ihrem 1696 geborenen Stammhalter Friedrich August sehr gern noch weitere Kinder gehabt hätte, obwohl gerade mal elf Tage später der kleine Moritz von Königsmarck, ein weiterer Sohn ihres Mannes, auf die Welt kam. Dessen Mutter Maria Aurora war die erste offizielle Geliebte am Hof, viele weitere würden vermutlich folgen.

»Ich brauche zu meinem Glück eigentlich zwei Frauen«, hatte August der Starke sich angeblich vor kurzem vor seinen Ministern gebrüstet. »Eine offizielle und dazu immer eine inoffizielle.« Mich schockierte diese Bemerkung nicht, er war der König, er verdiente alles, was ihn glücklich machte, und dass Männer nicht treu sind, hielt ich für den Willen eines männlichen Gottes und insofern für ein Naturgesetz.

Ich saß also neben dem beleidigten polnischen Grafen und fragte mich: Wo blieb ER nur? Alle warteten, alle lauschten zur Straße hin, wo das laute Klappern der Pferdehufe die königliche Kutsche ankündigen würde.

Wenn ich auch nur geahnt hätte, wie das Ganze ausging, ich hätte mich an diesem 4. März 1704 auf dem Absatz umgedreht und wäre wieder nach Hause gegangen. Ich wäre in der Kreuzgasse geblieben und eine ganz normale unglückliche Gattin geworden. Hoym war ein Langweiler und ein Schurke, aber in seiner Begrenztheit berechenbar, außerdem versorgte er mich gut. Und war das nicht das Allerwichtigste für eine Frau?

Doch ich hatte, genauso wie Jahrhunderte später, nicht den geringsten Hauch einer Vorahnung, als ich die üppige Tafel verließ, um draußen im Schlossgarten ein bisschen frische

Luft zu schnappen. Mir war heiß von den vielen Kerzen, außerdem war ich pappsatt von den zwölf Gängen, die bei einem königlichen Abendessen kulinarische Pflicht waren. Ich versuchte, tief Luft zu holen, und schnürte mich ein wenig auf, was gar nicht so einfach war ohne die Hilfe einer Zofe. Ganze fünfundsechzig Knöpfe und Schnallen hatte Maria Louise mir vorgezählt, eindeutig zu viel, aber die spätbarocke Mode wollte es leider so. War das alles unbequem! Ich freute mich auf mein weites Nachthemd aus goldgewirkter Seide und auf mein Bett, das ich heute ganz sicher nicht mit Hoym teilen würde. Sollte er doch bei seiner Hure schlafen!

Schade, dass du den König verpasst hast, dachte ich, während ich im Dunkel des Schlossgartens stand und etwas ungeschickt an meiner engen Schnürbrust herumfummelte. Da hörte ich Schritte näher kommen. Und mein Herz fing an zu rasen. Ein Dieb? Ein Unhold? »Wer ist da?«, rief ich. Keine Antwort. »Wer ist da, verdammt?«, rief ich noch einmal. Ein Männerlachen, leise, amüsiert. »Sag, wer du bist, du Schuft«, drohte ich mit zitternder Stimme. »Oder ich rufe die Palastwache.«

»Ich liebe es, wenn Damen böse werden«, sagte der Unbekannte und kam langsam näher. »Sie sind dann meistens ganz besonders aufregend.«

Ich wusste, wie er aussah, hatte auf vielen Ölgemälden seinen stattlichen Körper, seine dunkelbraune Lockenpracht und seine buschigen Augenbrauen bewundert, trotzdem traf mich seine männliche Attraktivität, die sich langsam aus der Finsternis schälte, wie ein Schock.

»Darf ich mich vorstellen, meine Schöne …« Später würde ich mich darüber ärgern, dass er von der Magd bis zur Hofdame wirklich jede Frau in seiner Umgebung »meine Schöne« nannte, doch jetzt, als ich ihn erkannte, fühlte ich mich einer Ohnmacht nahe. O mein Gott! »Ich bin …«

»Ich weiß, wer Sie sind, königliche Hoheit«, flüsterte ich und versank in dem tiefsten Hofknicks, der mir mit meinem halb

geöffneten Brustmieder möglich war. »Verzeihen Sie mir vielmals, aber ich …« Hoffentlich kann er mir aus dieser Perspektive nicht ins Dekolleté gucken, dachte ich, als ich ächzend in die Knie sank und mir dabei ziemlich lächerlich vorkam.
»Einer schönen Dame wie Euch verzeihe ich alles.« Ich blickte auf, sah auf seine ausgestreckte Hand, ringgeschmückt und kräftig, ergriff sie und ließ mich hochziehen. »Ihr dürft Eurem König ruhig in die Augen sehen«, sagte er leise, und als ich den Kopf hob und ihn ansah, durchschnitt mich eine Hitze wie ein glühendes Messer. Das Gefühl war so unerwartet, so intensiv, dass ich trotz meines inzwischen fast gänzlich aufgeplatzten Mieders und des kühlen Nachtwindes kaum atmen konnte. Dafür glotzte ich ihn an wie eine Kuh beim Kalben. »Gefällt Euch, was Ihr seht?«, fragte er.
Ich versuchte, mein flatterndes Herz zu beschwichtigen, und holte Luft. Was für eine Frage! »Sie sind sehr schön, mein Herr.« Es war mir entschlüpft, ehe ich es verhindern konnte. O Gott, was hatte ich da nur gesagt! Meine Unverfrorenheit war unverzeihlich. Beschämt senkte ich wieder den Kopf. Aber es stimmte, ich hatte noch nie einen schöneren Mann gesehen. Er war einfach vollkommen. Einen Kopf größer als ich, mit breiten Schultern und schmalen Hüften, sogar im Dunkeln konnte ich erkennen, dass die Kniebundhosen und Schnallenschuhe an ihm nicht so weibisch wirkten wie bei meinem Ehemann, im Gegenteil. Sie unterstrichen seine kräftigen Beine, betonten seinen, wie mir sofort auffiel, wohlgeformten kurfürstlichen Po. Ich liebe es, wenn Männer einen schönen Po haben.
Plötzlich musste ich lächeln. Was für eine Situation! Was würde der alte Hoym wohl dazu sagen? Mich loben, weil ich dem König schmeichelte, oder mich verfluchen, weil ich mit ihm flirtete? Aber tat ich das denn? Es fühlte sich jedenfalls so an. Wunderbar war dieses Gefühl und aufregend, mit einem Mal begann mir die Sache Vergnügen zu bereiten.
»Sie sind ein schöner Mann, mein König«, wiederholte ich

keck. »Und ich bin sicher, dass Sie das auch ganz genau wissen und für Ihre Zwecke auszunutzen verstehen.«
Er lachte. »Dafür seid Ihr nicht nur eine schöne, sondern eine sehr unterhaltsame Dame, eine seltene Kombination bei Eurem Geschlecht, das man wohl nicht zu Unrecht das schwache nennt.«
»Ich bin nicht schwach«, entgegnete ich und sah, wie seine braunen Augen blitzten. »Da täuschen Sie sich, Majestät«, sagte ich fest. »Ich kann genauso stark sein, wie Sie schwach sein können.«
»Wie hat der alte Hoym es nur geschafft, Euch zur Ehe zu überreden? Seine Schönheit wird es kaum gewesen sein. Erlaubt Ihr mir zu raten? Sein Geld vielleicht?«
»Sie kennen … Sie wissen …«, stammelte ich und ärgerte mich über meine Unsicherheit. Sonst war ich doch auch nicht so unbeholfen und schüchtern. Ich war es gewohnt, dass mich Männer umschwärmten und in meiner Gegenwart zu tollpatschigen Buben wurden, eine vor dem Herrn bebende Jungfrau war ich weiß Gott nicht mehr. Aber dieser Mann setzte alle Regeln außer Kraft, alles, was vorher gegolten hatte, war plötzlich ohne Bedeutung. Er überwältigte mich, mit einem Handschlag wischte er alles beiseite, was noch vor fünf Minuten mein Leben ausgemacht hatte. Ich wusste dies mit untrüglicher Sicherheit und es machte mir große Angst.
August dagegen schien völlig unberührt von den Stürmen, die in mir tobten. Er lachte, laut und unbeschwert. »Ich weiß alles und kenne jeden«, sagte er. »Was in Eurem Fall übrigens nicht schwierig ist, Ihr seid nun mal in aller Munde in ganz Dresden, Gnädigste.«
Wir sahen uns an, und während unsere Augen ineinander versanken und all die Wonnen vorwegnahmen, die uns noch bevorstanden, war ich auf einmal ganz ruhig. Damals war mir nicht klar, woher diese plötzliche Gelassenheit kam, inzwischen weiß ich es: Ich hatte meine andere Seelenhälfte gefunden.

»Dann haben wir ja etwas gemeinsam.« Ich vermied diesmal die Anrede, weil ich plötzlich unsicher war und mich fragte, wie man seinen Landesfürsten wohl anredet, wenn man mit ihm flirtet. Mein König? Ehrwürdiger Kurfürst? Einfach nur August? »Auch Ihnen müssten die Ohren klingen, wenn Sie wüssten, was alles über Sie geredet wird.« Erschrocken hielt ich inne.

Das war jetzt genau der Satz zu viel, der dir und deinem Mann, der immerhin für den König arbeitet, schwer schaden könnte, du dummes Huhn, schalt ich mich. Schnell presste ich die Lippen aufeinander, um mich daran zu hindern, weiter so ungehörig mit meinem König zu plaudern. Doch da hörte ich ihn wieder lachen und stieß erleichtert die Luft aus. Ich amüsierte ihn offensichtlich und er nahm mich nicht richtig ernst – was mich trotz aller Erleichterung auch ein bisschen ärgerte. Ich wollte schließlich ernst genommen werden, wollte nicht das schwache Weib sein, das ihn amüsierte.

»Ihr seid wahrlich furchtlos, Gnädigste«, sagte er. »Das gefällt mir. Das gefällt mir sogar sehr.«

»Ihnen gefällt viel, das ist bekannt«, erwiderte ich. »Sie sind ein Mann, der sich nimmt, was er begehrt.«

»Und Ihr seid eine Dame, die den falschen Herrn geheiratet hat.« Er grinste unverschämt und seine weißen Augäpfel leuchteten in der Dunkelheit. »Seid ehrlich – gab es denn keinen besseren Kandidaten?«

»Sie haben völlig Recht, mein König«, erwiderte ich unverblümt. »Adolph Magnus von Hoym war der Einzige, der es mir erlaubt hat, meine Mitgift im elterlichen Hof zu belassen. Sonst wären meine Eltern auf ihre alten Tage heimatlos geworden.« Mein Kind verschwieg ich ihm wohlweislich.

»Ihr habt Euch also geopfert«, stellte August fest, und ich glaubte, einen Unterton von Bewunderung herauszuhören, der mich für einen kurzen Moment sogar beschämte. »Ihr teilt Euer Lager mit einem hässlichen, dicken Mann, damit Eure Eltern ein Dach über dem Kopf haben.«

»Darf ich Sie bitten, sich über meine Ehe keine Gedanken zu machen, verehrter Kurfürst«, entgegnete ich kühl und konnte nicht verhindern, dass meine Stimme ein bisschen zitterte. Mich ärgerte, wie schnell er mich durchschaute, denn ich war es gewohnt, für die Männer ein Rätsel zu sein, ein Geheimnis. Ich war es gewohnt, mich ihnen überlegen zu fühlen und ihnen gleichzeitig zu vermitteln, sie wären es. Bei diesem Mann, das spürte ich deutlich, galten meine Spielregeln nicht.

»Jetzt weiß ich alles über Euch, Gnädigste«, sagte er. »Jedenfalls das Wichtigste. Und was wisst Ihr über mich?«

Wir sahen uns an. Er zog die rechte Augenbraue hoch und wartete. Die Spannung zwischen uns war jetzt so groß, dass ich sie kaum ertragen konnte. Ich will dich küssen, dachte ich wild, will deine Lippen spüren und deine Hände, will dich verschlingen und nie wieder loslassen!

»Was ich von Ihnen weiß, Majestät?« Ich war froh, dass er meiner Stimme nicht anhören konnte, wie sehr mein Blut raste. »Zum Beispiel, dass Sie auf Ihrer Kavalierstour in Spanien bei einem Stierkampf dem Stier mit einem Schlag den Kopf vom Rumpf geschlagen haben. Und dass Sie bei einem Ringkampf mit einem Bären dem Tier die Zunge aus dem Maul reißen wollten und dabei einen Finger einbüßten.«

Er lachte und ließ eine Reihe perlweißer Zähne blitzen. »Genau so war es, meine Schöne. Außerdem rolle ich silberne Teller zusammen wie ein Blatt Papier.«

»Ein Kurfürst also, der vor roher Gewalt nicht zurückschreckt«, blitzte ich ihn an. »Man darf nur hoffen, dass Sie mit Frauen etwas sanfter umgehen, sonst würden wir, die von Ihnen glücklich Erwählten, eine Liebesnacht mit Ihnen nicht überleben.«

»Wir?« Seine tiefe Stimme glich rotem Samt. »Schließt Ihr Euch da mit ein, meine Schöne?«

Ja, ja, ja, schrie es in mir, nimm mich, ich will dein sein, für

immer und ewig. »Sie belieben zu scherzen«, sagte ich stattdessen. »Wie Sie wissen, bin ich eine verheiratete Frau.«
Er lachte, laut und unbekümmert. »Die sind mir die liebsten. Spaß ohne Reue, wenn Ihr versteht, was ich meine.«
»Ich verstehe durchaus, mein Kurfürst.« Meine Stimme klang so eisig, wie ich mich nach seinen Worten fühlte. »Genau das ist auch der Grund, warum ich …«
»Euch gern wiedersehen will«, unterbrach er mich. »Obwohl ich mir nicht sicher bin, ob ich den Spaß mit Euch nicht irgendwann sehr bereuen werde. Aber Ihr wärt mir dieses Risiko wert.«
Träge ließ er seinen Blick über mich schweifen, und plötzlich wurde mir siedend heiß bewusst, dass ich noch immer halb entblößt vor meinem König stand. Mit fliegenden Fingern versuchte ich, mein Mieder wieder zuzuknöpfen, ein Knopf sprang ab, mein hochgeschnürter Busen lag jetzt wie eine Einladung vor dem Mann, der hoffentlich nicht die geringste Ahnung hatte, wie willenlos, wie nahe einer Ohnmacht ich mich fühlte.
»Darf ich Euch behilflich sein?« Ehe ich protestieren konnte, lagen seine warmen, festen Finger auf meinem Mieder. Es fühlte sich so gut, so richtig an, ich war absolut wehrlos. Ich konnte nur hoffen, dass ich nicht völlig den Verstand verlor, allerdings war ich ganz, ganz dicht davor.
»Warum ihr Weibsvolk nur immer so viele Knöpfe braucht«, flüsterte August, während er mit geschickten Fingern einen Knopf nach dem anderen in die gestickten Knopflöcher drückte und ich den Atem anhielt. »Ich nehme an, ihr tut es, um die Erwartung der Männer anzustacheln, die diese wieder öffnen dürfen …«
Das Gefühl, das seine warmen Finger auf meiner nachtkühlen Haut hervorriefen, war so stark, so intensiv, dass ich es nicht länger aushielt. Nach dem dritten Knopf war mir so schwül, so schwindelig, dass ich mich zwang, tief Luft zu holen und einen Schritt zurückzutreten. Ich war derart außer mir vor

Erregung, dass ich kaum sprechen konnte. »Ich glaube, wir werden erwartet«, presste ich mühsam hervor. »Außerdem möchte ich noch tanzen.«

»Das möchte ich auch«, sagte August. »Wie schön, dass wir beide dasselbe wollen. Ein vielversprechender Anfang.« Er trat einen Schritt auf mich zu, aber ich wich erneut zurück.

»Ich muss gehen, mein Gatte wird mich schon vermissen.« Mit diesen Worten drehte ich ihm den Rücken zu und eilte auf die hell erleuchteten Schlossfenster zu, während seine Blicke in meinem Rücken brannten wie Fackeln. Als ich seinen Atem hinter mir hörte, schritt ich noch schneller aus und übersah dabei einen Stein. Ich stolperte, und er fing mich auf, bevor ich fallen konnte, sein Gesicht dicht über mir. Er hat doch tatsächlich ein Grübchen, dachte ich, und dann, endlich, endlich, spürte ich seine Lippen, weich und warm. Ich küsse einen König, jubilierte ich, bevor mir die Sinne schwanden, und er küsst königlich. Absolut königlich. Nur seine heiße, raue Zunge könnte etwas …

Dresden, 26. September 2005

Moment mal, dachte ich panisch, was ist denn hier los? Wer wischt dir denn da mit diesem rauen Waschlappen übers Gesicht? Ich öffnete die Augen und schrie auf. Über mir hing eine riesige Hundezunge, von der glitzernde Speicheltröpfchen auf mich herunterrollten.

»Raubautz, komm sofort zu Herrchen! Was fällt dir denn ein?« Ein dicker Mann im fliederfarbenen Jogginganzug war aufgetaucht und zog die Zunge weg, die zu einem fast kalbsgroßen Hund gehörte, der von allen Rassen ein bisschen hatte. Das Fell war Pudel, der Schwanz Dackel, die Beine Schäferhund. »Tut mir wirklich leid«, sagte der Mann, während ich mich mühsam erhob und verwirrt um mich blickte.

Es dauerte ein paar Sekunden, dann hatte mich das Leben wieder. Ich war in Dresden, vor dem Goldenen Reiter, und mein Mann und seine Geliebte hatten sich aus dem Staub gemacht. »Keine Ursache.« Ich schaffte es sogar, zu lächeln und Raubautz den flauschigen Rücken zu tätscheln. »Mein Kreislauf, das passiert mir manchmal.«

Der Mann musterte mich prüfend und hielt mich wahrscheinlich für eine Pennerin auf Entzug. »Komm, Raubautz, wir gehen.« Ein kurzes Nicken in meine Richtung. »Gute Besserung, junge Frau.«

Ich sah den beiden nach, wie sie in der Dunkelheit verschwanden, hob den Blick, und für einen Moment war mir so, als würde der goldene August den Kopf drehen und auf mich hinuntersehen. Zwinkerte er mir nicht sogar zu? Wollte er mir etwas sagen? »Sprich zu mir, August«, rief ich hoch. »Eben hast du mich doch noch geküsst.«

Geküsst? Drehte ich jetzt völlig durch? Geküsst, falls man es überhaupt so nennen wollte, hatte mich ein wildfremder Hund. Warum fühlte ich mich dann wie eine junge Braut? Constanze, sagte ich streng zu mir, dreh jetzt bitte nicht durch, weil dein Seelenhaushalt ein bisschen durcheinander ist und du deinen August endlich in Gold gesehen hast. Das hier ist eine Statue, kein Mann aus Fleisch und Blut.
Wie kam es dann, dass ich eine unerklärliche Sehnsucht nach diesem August in mir spürte? Dass ich ganz dicht an den Goldenen Reiter herantrat, mich sogar auf die Zehenspitzen reckte und versuchte, ihn zu streicheln? Leider ging es nicht, denn er war viel zu hoch und ich kam nicht an ihn heran. »August«, flüsterte ich, »warum bist du nur so weit weg? Eben waren wir uns doch noch so nah. Komm zurück, bitte.«
Natürlich kam er nicht. Er blieb oben, blieb aus Stein und hartem Gold. Dass ich noch vor wenigen Augenblicken in seinen Armen gelegen hatte, musste ein Fiebertraum gewesen sein. Allerdings hatte es sich unglaublich lebendig angefühlt, viel lebendiger und schöner als mein richtiges Leben. Das fühlte sich nämlich im Augenblick geradezu beschissen an. Mir war kalt, ich hatte Hunger, mein Mann betrog mich immer noch; wahrscheinlich saß er gerade warm und kuschelig bei einem Nobelitaliener und fütterte seine Liebste mit köstlichen Antipasti.
»Wann wirst du es ihr sagen, Schatz?«, würde die Frau fragen, der ich Pest, Cholera und grüne Eiterpickel gleichzeitig an den Hals wünschte. Da sie vor dem Restaurantbesuch vermutlich ein kleines Nümmerchen eingeschoben hatten, würde er, wohlig und postcoital entspannt, »Bald, meine Süße, sowie sich eine günstige Gelegenheit ergibt« sagen. Ja, genau so würde es sein. Ihm ging es blendend, während ich auf der Straße lag, mich von einem Hund ablecken ließ und wirre Träume hatte. Schade, dass ich nicht weiterträumen kann, dachte ich wehmütig, ich habe gerade überhaupt keine Lust

auf mein Leben. Weiß gerade beim besten Willen nicht, was ich will. Eine Riesenszene? Meine Ehe retten? Den Kopf in den Sand stecken? Meine Ehre zurück? Ich hatte keine Ahnung. Mir war nur kalt und ich fühlte mich unendlich einsam.
Ich will nach Hause, überlegte ich und ging zu Fuß zum Hauptbahnhof. Als der Nachtzug nach Hamburg einfuhr, suchte ich mir ein leeres Abteil, weil ich nachdenken musste. Das tat ich dann auch. Intensiv und wie immer äußerst konsequent. Mit der rechten Hand fuhr ich gedankenverloren über den silbernen Armreif, den mir die seltsame Kellnerin in Pfunds Molkerei gegeben hatte, aber ich schenkte ihm keine weitere Beachtung.

Berlin-Schönefeld – Ich werfe ihn achtkantig aus dem Haus, seine Sachen bekommt das Rote Kreuz, den braunen Kaschmirpullover behalte ich als Erinnerung an bessere Zeiten.
Berlin Ostbahnhof – Wir sind geschiedene Leute, ich bekomme das Haus und das alleinige Sorgerecht für die Kinder.
Berlin Zoologischer Garten – Ich habe einen neuen Lover, der mich auf Händen trägt, und denke keine Sekunde mehr an meinen Ex.
Berlin-Spandau – Mein Ex überredet mich zu einem letzten Gespräch, auf das ich mich nur einlasse, weil er sonst in die Elbe springen würde.
Wittenberge – MMM, die Geliebte meines Mannes, wird in einem Plastiksack auf dem Grund der Alster gefunden. Ich habe zum Glück ein Alibi und außerdem gar kein Motiv mehr, weil mich ein neuer Mann auf Händen trägt.
Ludwigslust – Das letzte Gespräch mit meinem Ex endet in unserem alten Ehebett. Leider ist es so gut wie noch nie, aber das ändert natürlich gar nichts.
Hamburg Hauptbahnhof – Ich werfe ihn trotzdem zum zweiten Mal achtkantig aus dem Haus, den Kaschmirpullover wasche ich extra mit fünfundneunzig Grad, damit ich

ihn nie wieder anziehen kann. Danach mache ich die Scheidung wieder rückgängig. Um sie fünf Minuten später erneut einzureichen.
Hamburg Dammtor. Ich stieg aus, erschöpft und genauso schlau wie in Dresden.
Niemand holte mich ab. Niemand hatte mich lieb.

Als ich im Morgengrauen die Haustür aufschloss, stolperte ich als Erstes über Alexas Skateboard, das sie wie immer nicht in den Keller gebracht hatte. Mist, verdammter! Ich knipste das Flurlicht an und fluchte. Knapp zwei Tage, die mir allerdings wie eine kleine Ewigkeit vorkamen, war ich fort gewesen, und hier sah es wieder mal aus wie nach einem atomaren Erstschlag.
Ich hasste die Eigenschaft meiner Lieben, einfach alles fallen zu lassen, sobald sie das Haus betraten. Jacken, Schuhe, Schulrucksäcke, Tennisschläger – da lagen sie und warteten darauf, dass Mami kam und alles wieder an seinen Platz räumte. Wie oft hatte ich gemeckert, geflucht, gedroht, gebettelt und immer dieselbe Antwort bekommen: »Mach ich gleich.« Doch gleich kam nie.
An diesem Morgen regte es mich besonders auf. Vielleicht, weil ich keine Dienerschaft mehr hatte, sondern alles wieder selbst erledigen musste? Gerade hatte ich mich an mein spätbarockes Luxusleben gewöhnt, und schwupps, schon war meine Seele wieder gewandert. Zu ärgerlich, dass ich dabei überhaupt nicht gefragt wurde. Der Anrufbeantworter auf der Flurkommode blinkte.
»Wo steckst du denn, mein kleines Hasenpfötchen? Ich kann dich nirgends erreichen, ist was mit deiner Mutter? Kochst du uns was Nettes?« Eindeutig Richards Stimme, und sie klang wie immer. Ein paar Sekunden lang hatte ich sogar das trügerische Gefühl, mein Leben sei in bester Ordnung. Die Entspanntheit, mit der mein Mann seinen Spagat zwischen Affäre und Ehe schaffte, war durchaus beeindruckend. Ich bin

sicher, selbst an einen Lügendetektor angeschlossen, hätte er auf die Frage »Betrügen Sie Ihre Ehefrau?« völlig überzeugt mit »Nein, nie im Leben!« geantwortet – und es vermutlich sogar selbst geglaubt.

Wie ihm wohl seine Gesichtszüge entgleisten, wenn er erfuhr, dass ich alles wusste – seine Lügen, seinen Verrat, seinen Sex mit einer anderen Frau. Er hatte ja keine Ahnung, wie weh er mir damit tat. Sollte ich ihm zugute halten, dass er mich nur deshalb so sorglos betrog, weil er sich völlig unentdeckt glaubte? Hätte er sonst mir zuliebe darauf verzichtet? Nur ein Satz: »Ich weiß alles«, und dann kein Wort mehr. Bloß dasitzen und beobachten, wie er reagierte.

Ich warf einen Blick in die Kinderzimmer. Beide Mädchen schlummerten tief und fest, im Schlaf sah sogar Friederike noch kindlich aus und ihr friedlicher Anblick tat meiner Seele gut. Nicht alles in meinem Leben löste sich auf, nicht alles war ein Scherbenhaufen.

In diesem Leben war ich eine gute Mutter, das wusste ich, und der Gedanke tröstete mich, als ich mir in der Küche einen Tee kochte. In zwei Stunden musste ich die Kinder wecken, was in beiden Fällen dem Versuch gleichkam, zwei Komapatienten aus einer tiefen Bewusstlosigkeit zu rütteln. Sie hassten das Aufstehen und ganz besonders mich, wenn ich ihre Zimmer betrat und ein Lied sang. Anschließend riss ich nämlich die Fenster auf und die Bettdecke weg.

Ich versüßte mir den Tee mit einem dicken Krustenkandis und drei Löffeln Sahne, setzte mich an den Küchentisch und las den Zettel, den Bettina mir hinterlassen hatte:

Schatzi, das Wichtigste zuerst: Das Haus steht noch, und deine Kinder sind ganz wunderbar, wenn du nicht da bist. Was machst du bloß falsch? Fiete hat bei uns nur auf der Terrasse geraucht und Alexa hat meinen Zwillingen die Haare giftgrün gefärbt. Schlafen wollten sie zu Hause, vermutlich, um ungestört Horrorvideos gucken zu können. Dein Mann hat mehrfach angerufen, ich hab ihm gesagt, dass du bei deiner

Mutter bist, war das okay? Er klang wie immer. Hast du ihn getroffen? Ruf mich gleich an, ich platze vor Neugier. Deine B.

Die Gegenwart hatte mich volle Kante wieder, und mein Tee war so süß, dass ich ihn bis in die Zahnwurzeln spürte. Was sollte ich Bettina erzählen? Von meiner Fast-Begegnung? Von meinem Erlebnis am Goldenen Reiter? Vom Königskuss? Sie würde mich auslachen.

Ich glaubte fest daran, dass meine Seele tatsächlich zurückgewandert war, hatte aber gemerkt, dass keine Zeit in meinem jetzigen Leben vergangen war, während ich mich im Spätbarock verlustierte. Demnach erlebte ich die spannendsten Abenteuer, und wenn ich wieder zurückkam, hatte sich in meiner Reihenhaussiedlung nichts verändert. Ich war also ganz allein auf meiner Reise.

Plötzlich fiel mir auf, dass ich zwar als Connie Graf genau wusste, was mit Constantia Gräfin von Cosel passieren würde, schließlich kannte ich ihr ganzes Leben auswendig, aber während ich in ihrem Körper steckte, war ich genauso schlau wie sie damals und hatte keine Ahnung, was die Zukunft bringen würde. Ich würde mich also nicht warnen können, sondern wieder in jede Falle tappen, die mir das Schicksal stellte.

Ich lächelte und ließ die Teetasse sinken. Alles passte plötzlich zusammen: meine Passion für den Spätbarock, mein Interesse an allem, was mit August dem Starken und seiner Zeit zusammenhing. Meine Seele hatte längst versucht, mich einzustimmen und vorzuwarnen, doch blöd und blind, wie ich war, hatte ich nichts begriffen. Still saß ich da und versuchte zu begreifen, was da gerade mit mir passierte.

Wenn ich tatsächlich die Geliebte von August dem Starken gewesen war und wenn dies nicht die einzige Zeitreise war, dann – würde es sicher nicht bei diesem einen Kuss bleiben! Dann würden wir uns wieder küssen, wir würden Sex haben, den heißesten Sex meines Lebens!

Ich stellte meine Teetasse in die Spülmaschine, legte einen Tab ins Fach, drehte den Knopf auf »Normalwäsche« und hatte plötzlich eine wahnsinnige Sehnsucht nach August. Ich konnte es kaum erwarten, ihn endlich wiederzusehen. Am liebsten hätte ich mich wie Jeannie, der Flaschengeist, einfach in seine Arme zurückgebeamt, doch ich wusste, dass meine Seele ihr eigenes Tempo hatte. Nicht so ungeduldig, schien mich mein neuer Armreif zu verhöhnen, erst mal wirst du hier gebraucht.

Ich würde August wieder gegenüberstehen, wenn meine Seele dies für richtig hielt. Und so lange hatte ich ja auch mit Richard genug Probleme.

Endlich dämmerte der Morgen, und das fahle Licht, das in schrägen Strahlen auf meine staubige Tischplatte fiel, ernüchterte mich wieder. Meine Seelenwanderungserlebnisse kamen mir plötzlich verrückt vor. Ich hatte schon immer zu viel Phantasie gehabt. Wiedergeburt als Gräfin Cosel? Und im Himmel ist Jahrmarkt. Ich stand auf und öffnete die Haustür, um die Morgenzeitung, die wie immer auf der Fußmatte lag, hereinzuholen. Die Luft war kalt, und die Schlagzeile lautete: »Udo Jürgens – erwartet seine Erstfrau Zwillinge?« Der ganz normale Wahnsinn hatte mich wieder. Ich schloss die Tür mit Nachdruck hinter mir und nahm mir vor, meine wirren Träume am Goldenen Reiter zu vergessen – und meine lüsternen Gedanken sowieso. Gut, dass ich niemandem davon erzählt hatte.

Ich würde gelassen abwarten, wie sich die Dinge zwischen mir und Richard weiter entwickelten. Nachdem ich August so leidenschaftlich geküsst hatte, kam es mir fast so vor, als seien wir irgendwie quitt. Was natürlich Schwachsinn war, auch wenn es sich richtig sexy angefühlt hatte. Sollte es also bei diesem einen Ausrutscher in Dresden bleiben, dann würde ich ihm verzeihen.

Nachdem ich die Kinder geweckt, aus dem Bett, an die Zahnbürsten, in die Kleider und aus dem Haus geschoben hatte, war ich wieder ganz und gar Constanze Graf, geboren am 14. April 1967, verheiratet mit Richard, wohnhaft Hamburg Osdorf. Eine ganz normale Hausfrau, die mit ihrer Freundin am Küchentisch sitzt und sich unter dem Tisch in die Oberschenkel kneift. Leider viel zu weich. Eindeutig keine Coselbeine mehr. Schade. Warum war ich in diesem Leben nicht so hübsch wie damals? Zumindest so selbstbewusst?

»Und du hast Richard nicht die Gurgel abgedrückt? Oder der Dummtussi einen klebrigen Cocktail über die Haare gekippt? Du hast dich wie eine kleine Maus davongeschlichen? Ich fass es einfach nicht.« Bettina hatte eine Packung Dickmanns mitgebracht, »Stressdämpfer«, wie sie die Dinger nannte, und alle weißen und hellbraunen Dickmänner in Windeseile selbst verdrückt. Aber die dunkelbraunen reichten aus, um mir den Magen zu verkleben. Normalerweise genoss ich unsere Frühstücksrunde, nur heute fühlte ich mich argumentativ an die Wand gedrückt.

»Ich hatte einfach keine Lust, die betrogene Ehefrau zu spielen«, verteidigte ich mich. »Außerdem hab ich keine Ahnung, wie man eine anständige Szene macht. Wenn ich so was im Fernsehen sehe, finde ich es immer total lächerlich.« Ganz kurz tauchte ein Bild in meinem Gedächtnis wieder auf – eine Frau im gelben Morgenmantel, ein Mann mit Perücke, eine Eheszene, die sich gewaschen hatte. Ich lächelte. Die miese Nummer danach verdrängte ich schnell.

»Dann hast du also gar nichts Spannendes erlebt?« Bettina klang vorwurfsvoll. »Du lässt deinen Mann einfach fröhlich weiter …«

»Kennst du den Goldenen Reiter?«, unterbrach ich sie.

Sie seufzte sehr tief und sehr ungeduldig. »Schon wieder auf den Spuren von August, dem Prachtkerl?«, fragte sie und leckte sich ein Stück Schokokuss vom Kinn.

»Ich ahne schon, was jetzt kommt. Du willst Richards Verhalten damit entschuldigen, dass sich dein August auch quer durch alle Betten Sachsens gevögelt hat.« Sie sah mich an,

ihre Augen verengten sich. »Haben die beiden es etwa unter dem Goldenen Reiter getrieben?« Sie kicherte. »Das wäre allerdings die ultimative Ironie. Hoffentlich hat die Blödtussi sich dabei eine Blasenentzündung geholt. Was guckst du so?«
Ich überlegte. Sollte ich oder lieber nicht?
Kurz zögerte ich, dann entschloss ich mich, ihr mein kleines Geheimnis anzuvertrauen. Seelenwanderung macht einfach keinen Spaß, wenn man sie seiner besten Freundin nicht erzählen kann. Und Bettina ist eine Frau mit gesundem Menschenverstand, damit nervt sie mich zwar oft, aber ich vertraue ihrem Urteil. »Das klingt jetzt wahrscheinlich ziemlich schräg und unglaubwürdig«, begann ich und brauchte noch einen Dickmann.
»Ich liebe schräge Sachen, das weißt du doch«, grinste sie und lehnte sich erwartungsvoll zurück. Danach hörte sie mir tatsächlich zu, bis ich beim Kuss angekommen war. Sie glaubte mir jedes Wort. »Wie küsst er denn so?«, fragte sie mit leuchtenden Augen.
Ich konnte meine nur schließen und »der reine Wahnsinn« flüstern.
»Besser als dein Mann?«
Ich überlegte. »Meinst du besser als jetzt oder besser als am Anfang?« Ich wollte fair bleiben.
»Besser als überhaupt?«
Der Dickmann verklebte mir den Gaumen. »Ich glaube, ich bin noch nie in meinem Leben so gut geküsst worden.« Das war die ehrlichste Antwort, die ich geben konnte. Sie überraschte mich selbst.
»Gut, dass dein Mann dich jetzt nicht hört«, kicherte Bettina und ich kicherte mit.
Als wir einen Schlüssel in der Haustür hörten, verstummten wir und lauschten. »Das kann nur Richard sein«, flüsterte ich. »Unser Thema muss leider vertagt werden.« Wir schwiegen und warteten, bis er hereinkam. Mein Herz klopfte, ein ungutes Gefühl von Beklemmung stieg in mir hoch. Dann stand

er in der Küche. Groß, breit, vertrauenswürdig, so wirkte er tatsächlich auf den ersten Blick. »Halli hallo hallöle«, rief er fröhlich. Diesen schwachsinnigen Gruß hatte ich ihm streng verboten, dass er ihn trotzdem benutzte, konnte nur zwei Gründe haben: Ihm war alles egal oder er war genauso aufgeregt wie ich.

»Dein Süßer«, flüsterte Bettina. Ihre Augen funkelten; sie wäre gern geblieben, besaß aber den Rest von Diskretion, der sie laut »Ich geh mal lieber« sagen und nach einem kurzen Gruß in Richtung Richard blitzschnell das Haus verlassen ließ. Natürlich nicht, ohne mir »Ich komm später noch mal vorbei und dann will ich jedes Detail wissen« ins Ohr zu raunen.

»Hallo, mein Schatz«, murmelte ich so neutral wie möglich, musterte ihn und fand ihn ein bisschen ramponiert, als er mich anlächelte.

»Wie war's auf dem Markt, Connieschätzchen? Hast du mir noch was von dem Taleggio übrig gelassen?«

Ich hatte keine Ahnung, wovon er sprach, und starrte ihn nur ratlos an.

»Du warst doch auf dem Wochenmarkt«, erinnerte er mich.

»Den Käse hab ich schon aufgegessen«, sagte ich schnell. »Wie war Dresden?«

»Anstrengend«, erwiderte er, und sicher war ihm nicht klar, wie künstlich ihm das eilig aufgesetzte Lächeln im Gesicht klebte. »Du weißt ja, wie solche Kurztrips sind. Termine, Termine.«

»Gar keinen Spaß gehabt, mein Kleiner?« Er konnte mir nicht anmerken, wie viel Mühe mich dieser leicht ironische Ton kostete.

»Wenig.« Ob ihn seine Lässigkeit genauso viel Mühe kostete? Vermutlich nicht.

»Hast du mich vermisst, mein Schatz?« Warum fragte ich das? Glaubte ich an Wunder? An die Wahrheit etwa?

Er zögerte den Bruchteil einer Sekunde zu lange, und in

diesem Bruchteil beschloss ich, ein bisschen Psychoterror zu starten. »Sag mal, du hast doch den braunen Kaschmirpullover mitgenommen, oder?« Ich legte eine kleine Kunstpause ein. Herrschaftswissen war wirklich etwas ganz Wunderbares. »Gib ihn mir gleich mal für die Wollwäsche.«
Er tat mir fast leid, als er wie Tropf im Walde dastand, um Worte rang und schließlich »Also, da ist mir leider etwas ganz Blödes passiert« herauswürgte. Ich wusste genau, was sich jetzt hinter seiner Männerstirn abspielte: Verdammter Mist, mir fällt so schnell nichts ein. Warum stresst die Alte so früh am Morgen schon rum? Hat sie nichts Besseres auf dem Zettel als ihre alberne Wollwäsche? Ich schaffte es, in Ruhe abzuwarten, sehr gespannt, ob seine Phantasie für eine gute Lüge ausreichte. »Der ist mir im Hotel geklaut worden«, murmelte er schließlich. »Ich war im Frühstücksraum, bin nur ganz kurz auf Klo, und als ich zurückkam, war der Pullover weg.«
Ich fragte noch ein bisschen weiter und ließ seine Ausführungen – das ganze Hotel durchsucht, mit der Polizei gedroht, er war wirklich ein einfallsreicher Lügner – auf mich wirken. Als er fertig war, seufzte ich mitfühlend: »So ein Pech, der Pullover war richtig teuer. Ein Geschenk zu unserem letzten Hochzeitstag, wenn du dich erinnerst.«
Er setzte sein »Dackel mit hängenden Ohren«-Gesicht auf, dasselbe, das Alexa auch so gut hinbekam, wenn sie etwas ausgefressen hatte.
Meistens schmolz ich dann sofort dahin, doch jetzt sagte ich nur kühl: »Es ist noch etwas Tee in der Kanne«, und verließ die Küche.
Als ich hörte, wie er sich setzte und mit der Zeitung raschelte, mit Sicherheit erleichtert, dass ich nicht weiter nachbohrte, ging ich nach oben ins Schlafzimmer, öffnete den Schrank und legte das Corpus Delicti oben auf seinen Pulloverstapel. Ich überlegte kurz, ob ich vielleicht einen Zettel dazulegen sollte – *Ich schäme mich, weil ich von einem Mann getragen*

werde, der seine Frau betrügt, wäre eine Möglichkeit –, aber ich verwarf die Idee wieder. Zu unoriginell. Meine Rache wollte langsam und raffiniert genossen sein. Wenn mir doch nur auf die Schnelle was einfiele. Womit würde ich sie am meisten treffen? Was konnte ich tun? Fischreste in ihre Gardinensäume einnähen, wie ich es gerade in einer Frauenzeitschrift gelesen hatte? Sie bei ihrem Chef anschwärzen? »Ihre Kollegin lässt sich von der Pharmaindustrie bestechen?« Nee, gefiel mir alles nicht.
»Ich fahr noch mal in die Firma, Schatz«, rief mein Unschuldslamm aus der Küche. »Es kann heute etwas später werden, warte nicht mit dem Essen auf mich.« Die Haustür knallte, sein Motor jaulte, weg war er. Ein Mann, der mit sich total im Reinen war. Null Schuldgefühl. Null Stress.
Ich war diejenige, die sich ständig mit diesem lästigen Thema beschäftigte. Das würde sich ändern. Der Pullover war ein Anfang, weitere Maßnahmen würden folgen.
Er hatte ja keine Ahnung, wozu ich fähig war. Leider hatte ich sie, ehrlich gesagt, zu diesem Zeitpunkt auch noch nicht.

Drei Tage später

Der Fitnessclub Meridiana lag sehr idyllisch am Stadtpark, und dass eine gewisse Blödmaus namens Maria Magdalena Matschkuh an diesem Morgen genau neben mir auf der Matte lag und wir im Bauch-Beine-Po-Kursus zusammen schwitzten, war ein Glückstreffer. Wir erkannten uns natürlich sofort, aber es erschien mir viel lässiger, so zu tun, als hätte ich sie noch nie zuvor gesehen und außerdem keine Ahnung, dass auch sie wusste, wo mein Mann seinen herzförmigen Leberfleck versteckte. Auf der rechten Pobacke. Wie lange war es her, dass ich ihn zuletzt geküsst hatte? Den Leberfleck meine ich. Es fiel mir nicht mehr ein.
Ich drehte mich so, dass ich sie beobachten konnte, und fand

sie leider noch immer widerlich schön. Interessant zu verfolgen, wie sie sich ihre nächsten Schritte überlegte. Ich konnte die Gedanken, die durch ihr Erbsenhirn krochen, an ihrer babypoglatten, mit Sicherheit botoxgespritzten Stirn ablesen. Soll ich, soll ich nicht, überlegte sie gerade fieberhaft, die Gelegenheit beim Schopfe greifen und der Alten reinen Wein einschenken?

»Die Becken hoch und kreisen lassen, die Luft ein- und ganz ruhig wieder ausatmen«, skandierte die Bauch-Beine-Po-Trainerin und sah leicht angeekelt dabei zu, wie wir ihren Anweisungen so gut Folge leisteten, wie es unsere spezifische Schwerkraftproblematik eben zuließ.

»Hallo«, versuchte jetzt MMM, mir ein Gespräch aufzudrängen, und während ich ihr von der Seite den arrogantesten Blick zuwarf, zu dem eine Frau, deren Zellulitis durch ihre Sporthose quillt, fähig ist, rückte sie ein Stückchen näher.

Aha, Attacke, dachte ich, und wäre sie nicht die Frau, die mir meinen Mann wegnehmen wollte, hätte ich die Situation beinahe amüsant gefunden.

»Ich glaube, wir kennen uns«, begann sie, während wir uns auf die Ellbogen stützten und die Beine wechselseitig hochhoben.

Mit Sicherheit kein schöner Anblick, wie die zu Schlitzen verengten Augen unserer Trainerin verrieten. »Beine hoch, hoch, hoch, wir sind hier nicht im Altersheim!«, rief sie.

»Ich wüsste nicht, woher«, keuchte ich.

»Sind Sie nicht mit Richard Graf verheiratet?« Jetzt war sie so nah herangerobbt, dass ich ihren Atem riechen konnte, viel Knoblauch, nicht gerade sexy, aber wenn man so attraktiv war, konnte man sich das offenbar erlauben.

Ich jedenfalls putzte mir inzwischen nach jedem Knoblauchgenuss gründlich die Zähne. »Ja, und das sogar ausgesprochen glücklich«, sagte ich, während mein Herz ohne meine Erlaubnis anfing, wie ein Presslufthammer zu klopfen. Extrem unangenehmes Gefühl, extrem uncool.

»Jetzt aufstehen und strecken, die Arme ganz weit und noch ein bisschen Power, meine Damen, gleich sind Sie erlöst …«
Wir hechelten im Tandem, dann setzte sie zum Dolchstoß an. »Ich kenne nämlich Ihren Mann.«
Ich wusste genau, was als Nächstes kommen musste, weil ich diesen Satz schon tausendmal im Fernsehen gehört hatte. »Ich liebe ihn«, hieß dieser Satz, »und er liebt mich. Bitte geben Sie ihn frei. Stehen Sie unserem Glück nicht im Weg.« So die Richtung. Doch ich hatte keine Lust auf diesen Quatsch. Also atmete ich ein letztes Mal tief ein, um ihr zuzulächeln und mit dem Satz »Schön für Sie« einfach den Raum zu verlassen.
Ich hastete schnurstracks zur Dusche und stellte mich unter den heißen Strahl. Mein Leben spielt völlig verrückt, dachte ich, während ich mich einseifte und von den harten Wasserstrahlen wieder abspülen ließ, ich fühle mich wie im falschen Film. Ich bin eine etwas gelangweilte Ehefrau, die trotzdem keine Lust auf Dramen hat. Jedenfalls nicht in diesem Leben. Und wenn, dann sollte *ich* mir doch ein bisschen Spaß gönnen und nicht diejenige sein, der die Hörner von hier bis Timbuktu wachsen. Warum war ich Richard nicht zuvorgekommen, warum war ich so eine treue, anhängliche Nuss? Und zwar in jedem meiner Leben, denn wenn ich es mir recht überlegte, war ich ja auch als Gräfin Cosel durchaus monogam.

So sehr war ich in meine Betrachtungen vertieft, dass ich meine Freundin Bettina erst bemerkte, als sie sich neben mich stellte.
»Wie war dein Bauch-Beine-Po? Mein Indoor Cycling war die Hölle, hab mir den totalen Wolf geritten, weil ich die falschen Hosen dabeihatte. Für wen schinden wir uns hier eigentlich so?«
Schneller wechselseitiger Vergleich. Wer war knackiger? Bei wem hing was? »Wir können uns doch beide noch sehen

lassen«, tröstete ich, weil Bettina gerade ein Pfund eigenes Bauchfleisch im Kneifgriff hatte.
»Ich hätte schon mal Lust auf Fettabsaugen«, sagte Bettina gerade, als die Tür aufging und MMM hereinkam.
Nackt, wie ein ungerechter Gott sie geschaffen hatte. Sie sagte kein Wort, stellte sich einfach nur unter eine freie Dusche und ließ uns Zeit, sie gründlich zu hassen. Ihr Körper war einfach perfekt. Beine bis zum Himmel, kleiner Po, zwei Apfelbrüste, die genau in eine Ehemännerhand passten, nirgendwo auch nur ein Zipfelchen Zellulitis.
Ich hätte sehr gern weggesehen, aber es ging nicht. Ihr makelloser Körper zog meine bitterbösen Blicke geradezu magisch an. Warum bleibt mir dieser Anblick nicht erspart?, grollte ich in mich hinein und wollte gerade völlig entmutigt die Dusche abdrehen und mich verkrümeln, als Bettina plötzlich zischte: »Noch nicht.« Sie grinste mich an und rief: »Weißt du, was mir dein Mann heute Morgen gesagt hat?«
»Keine Ahnung«, improvisierte ich blitzschnell – was hatte sie vor?
»Dass er mit dir zum Shoppen nach New York fliegen will.« Sie lachte, extra laut. »Aber sag ihm nichts, er will dich überraschen. Du, der Kerl liebt dich so was von total, da bin ich richtig neidisch drauf.«
Ich musste grinsen, und auf einmal stach mich der Hafer und ich trieb das Spielchen weiter. »Du weißt ja, dass er voriges Jahr eine Geliebte hatte.« Ich schäumte mir die Haare zum zweiten Mal ein. »Erinnerst du dich noch, diese Rothaarige mit einem IQ wie ein Stück Brot?« Wir zwinkerten uns zu. Wart's ab, du Dummtier!
»Klar erinnere ich mich an diese Blödmaus«, grinste Bettina, sie war jetzt in Hochform. »Dein Mann hat's ja gern ein bisschen schlicht. Wie heißt noch mal der schöne Spruch? Dumm fickt auch noch schlecht.«
Wir lachten uns schlapp. Aus den Augenwinkeln beobachtete ich, wie MMM ihr Wasser abdrehte, ein gutes Zeichen. Sie

war neugierig. Na, dann sollte sie auch was bekommen für ihr Geld. Also sagte ich zu Bettina: »Weißt du, woran ich merke, wenn er mal wieder fremdgeht? Er ist dann immer ganz besonders lieb zu mir. Ganz besonders zärtlich. Früher war ich eifersüchtig, wenn ich ihn erwischt habe, aber inzwischen rege mich nicht mehr darüber auf. Länger als drei Monate dauern seine Affären sowieso nicht, außerdem revanchiere ich mich, ohne dass er es merkt.« Ich lachte laut und unbeschwert und stellte mir genüsslich vor, wie sie ihm alles petzen würde. Also setzte ich noch eins drauf. »Ich hab so das Gefühl, dass im Augenblick auch wieder was läuft.«
»Im Ernst?« Bettina rollte dramatisch mit den Augen. »Und wie geht es dir damit?«
Ich wartete eine Sekunde, dann erwiderte ich: »Super geht's mir. Ich habe gerade eine leidenschaftliche Affäre mit August Stark. Kennst du den zufällig?«
»Etwa August Stark aus Dresden?«, rief Bettina. »DER August Stark? Dieser wahnsinnig reiche Playboy, der mindestens zwanzig Schlösser hat? Ich bin grün vor Neid.«
»Da staunst du, was?«, sagte ich. »Dass sich so ein Supertyp für mich interessiert. Leider ist er schon verheiratet, aber ich ja auch. Übrigens, es sind vierundzwanzig Schlösser. Tja, mit dem vertreibe ich mir so die Zeit, bis mein Mann wieder zur Besinnung kommt. Ich fürchte allerdings, seine kleine Affäre ist bald zu Ende.«
»Wieso das denn?«, kreischte Bettina.
»Es gibt so Anzeichen«, sagte ich. »Die erzähl ich dir gleich zu Hause.«
Ach, war das schön! Zu wissen, wie gern MMM mir an den Hals gesprungen und »Was für Anzeichen? Sag es oder ich dreh dir deine faltige Gurgel um!« gezischt hätte.

Es war ein Tag der netten Zufälle, denn MMM schloss ihren Spind direkt neben mir auf, und ich spürte, dass sie vor Neugier fast platzte.

»Geht es Ihnen nicht gut?«, fragte ich besorgt. »Ihr Gesicht ist knallrot. Sie schwitzen wie verrückt. Durchblutungsstörungen? Für fliegende Hitze sind Sie ja noch ein bisschen jung.« Es tat richtig gut, die unschuldige Zicke zu spielen.
»Alles im grünen Bereich«, wehrte sie ab und schlüpfte in einen Tanga, der aus nichts als ein paar Bindfäden bestand und spurlos zwischen ihren festen Pobacken verschwand. »Grüßen Sie Ihren Mann bitte ganz besonders herzlich von mir, ich bin Magdalena.«
Zu faul, ihren vollen Namen auszusprechen, dachte ich und lächelte ihr huldvoll zu. »Mach ich gern«, sagte ich und schlüpfte blitzschnell in meinen Slip, den ich bis jetzt für einigermaßen sexy gehalten hatte, der angesichts MMMs Bindfäden jedoch so erotisch wie eine volle Windel wirkte. »Falls er noch weiß, wer Sie sind. Mein Mann hat leider ein ganz schlechtes Namensgedächtnis.« Bevor ein dummer Zufall ihr eine Replik einflüsterte, die womöglich noch schlagfertiger war, zog ich Bettina aus dem Umkleideraum.
»Mann, hat das Spaß gemacht.« Bettinas Wangen glühten; es war ja auch nicht ihr Ehemann, dessen Geliebte wir veralbert hatten.
Wir gingen zum Parkplatz. »Findest du sie attraktiver als mich?«, fragte ich, während wir auf ihren roten Flitzer und meine zerkratzte Familienkutsche zugingen. Eine Sekunde lang hatte ich Angst, sie würde mir die Wahrheit sagen.
Aber sie enttäuschte mich nicht. »Spinnst du?«, rief sie und umarmte mich so fest, dass ich quietschte. »Diese Trulla kann dir optisch nicht das Wasser reichen.«
»Was würdest du tun, wenn sie Christophs Geliebte wäre?«, fragte ich, während ich wie immer panisch nach meinen Autoschlüsseln kramte.
»Christoph weiß, was passiert, wenn er mich betrügt«, erwiderte Bettina und stieg in ihre rote Bestie. »Dagegen ist der Palästina-Israel-Konflikt ein Kindergeburtstag.« Mit diesen Worten schloss sie die Tür und brauste davon.

Ich schlich zu meiner Rostlaube und stellte meine große Tasche auf die Kühlerhaube, um sie weiter nach dem verdammten Autoschlüssel zu durchwühlen. Da ich ihn nicht fand, leerte ich den gesamten Inhalt auf der Haube aus: Tampons, Münzen, Bonbons, Lippenstifte purzelten heraus, nur kein Schlüssel. Und der Ersatzschlüssel lag bei unseren Nachbarn, die gerade eine Kreuzfahrt in der Karibik machten. Gerade wollte ich Bettina auf dem Handy anrufen, als mir jemand auf die Schulter klopfte.

»Suchen Sie den?«

Ich fuhr herum und stand direkt vor MMM. An ihrem rechten Zeigefinger baumelte mein Autoschlüssel.

»Danke«, sagte ich erleichtert. »Wo war er denn?«

»Vor Ihrem Spind«, sagte sie. »Passen Sie gut auf ihn auf, sonst ist er irgendwann weg. Das geht einem nämlich so mit Dingen, auf die man nicht achtet.« Bei diesen Worten lächelte sie.

Da ich zu feige war, meinem ersten Impuls nachzugeben und ihr eine schallende Ohrfeige zu verpassen, riss ich ihr wortlos den Schlüssel aus der Hand und stieg mit hängenden Ohren ein. Da ich leider auch zu feige war, meinem zweiten Impuls nachzugeben und so richtig schön in die Breitseite ihres Autos zu donnern, fuhr ich mit quietschenden Reifen und noch immer hängenden Ohren auf die Straße.

Wo ich vor lauter Wut, für die ich kein Ventil hatte, fast eine nette Omi platt gefahren hätte, die gerade mit ihrem Hackenporsche über die Kreuzung schlich. Ich legte eine Vollbremsung hin, mein Herz klopfte, mein Puls jagte, mir wurde heiß und immer heißer – die erste Hitzewallung? Unbewusst rieb ich den Armreif an meinem Handgelenk und war plötzlich mitten in einem Flammenmeer …

Dresden, 7. Dezember 1704

Flammen, überall lodern Flammen. Die Türmer blasen aus vollen Kehlen, die Feuerglocke läutet Sturm, mein Haus brennt. Die Schuldige ist bereits gefunden, meine Zofe Maria Louise, die dumme Gans, hat eine Kerze zu Boden fallen lassen, ein Vorhang hat Feuer gefangen, und nun flackert und knistert es lichterloh. Ich laufe durchs Haus und scheuche meine Dienerschaft in Windeseile auf die Straße, noch immer trage ich mein schönstes Ballkleid, Hoym und ich hatten eine Einladung zur königlichen Soiree.

Wo steckt er jetzt bloß? Nie da, die Männer, wenn sie gebraucht werden. Das gilt für Richard ja genauso. Den ich jedoch sofort wieder verdränge. Hier und jetzt nehme ich mir vor, in jedem meiner Leben ganz da zu sein. Als Constanze Graf will ich nicht an die Gräfin Cosel denken und umgekehrt. Alles andere würde mich nur verwirren und mir den Spaß an der Reise nehmen. Denn der ist zu meinem Erstaunen größer als beim ersten Mal.

»Ich brauche Wasser«, rufe ich in die Menge der Gaffer, die sich vor meinem Haus versammelt hat und sensationsgierig in die Flammen glotzt. »Jeder holt einen Eimer mit Wasser und hilft bei den Löscharbeiten.« Tatsächlich, die Leute spuren. Minuten später sind die ersten wieder da, ich greife nach einem Eimer, gehe so dicht wie gefahrlos möglich ans Haus und leere ihn ins Feuer. »Nächster Eimer«, rufe ich und drehe mich um. Hinter mir hat sich eine Schlange gebildet, jeder trägt ein Gefäß mit Wasser. »Die leeren Eimer im Brunnen füllen. Schneller, schneller.«

Ich kippe und schleppe, ich brülle und fluche. Die Lage ist

ernst, aber merkwürdigerweise fühle ich mich wie von einem Zwangskorsett befreit. Endlich passiert etwas, sprengt den langweiligen Rahmen meines Ehelebens. Wenn es nicht blasphemisch wäre, würde ich das, was ich spüre, fast so etwas wie Glück nennen. Mein Leben bewegt sich endlich wieder, denke ich, als vor mir das Flammenmeer lodert und glühende Funken in den Nachthimmel wirft, als die Balken knacken und krachen, als vor mir meine Welt untergeht und mein Zuhause funkensprühend erlischt.

Aber ist es denn je mein Zuhause gewesen? Bin ich denn nicht nur geduldet von einem Ehemann, der mich vom ersten Moment an betrogen hat? Bin ich auch nur eine Minute glücklich gewesen? Was habe ich zu schaffen mit dieser trostlosen Ehe?

»Den nächsten Eimer«, rufe ich, greife nach hinten und bin so beschäftigt, dass ich den Mann nicht bemerke, der aus einer Kutsche steigt, sich einen Weg durch die Menge bahnt und auf mich zuschreitet.

Die Menschenmenge weicht zurück und plötzlich steht er vor mir. »So schnell sieht man sich wieder, Gnädigste.«

Diese Stimme, weich und warm, sehr männlich, woher ist sie mir nur so vertraut? Mein Gesicht ist verdreckt und Ruß läuft mir in die Augen, so dass ich die Gestalt vor mir im ersten Augenblick gar nicht erkenne. »Wer sind Sie, mein Herr?« Ich bin ungeduldig, habe wirklich keine Zeit für Tändeleien.

»Ich weiß jedenfalls, wer Ihr seid«, lacht er. »Ich bewundere Euch, Dame von Hoym. Mehr, als Ihr ahnt.«

»Wofür bewundern Sie mich, mein Herr?«, frage ich zurück und schwenke einen Eimer Wasser gefährlich nah an seinem Beinkleid vorbei. »Dafür, dass mein Haus abbrennt?«

»Nein«, erwidert er, »dafür, dass Ihr nicht aufgebt. Ich sehe eine starke Frau und ich liebe starke Frauen. Wenn Ihr es zu- und mir etwas Zeit lasst, könnte ich auch Euch einmal lieben. Was meint Ihr?«

Verdutzt drehe ich mich um, in diesem Moment rutscht mir

der Wassereimer aus der Hand, das kalte Nass schwappt ihm über die Beine und durchnässt seine Schnabelschuhe. »Ich bitte um Verzeihung«, rufe ich zerknirscht. »Heute geht auch wirklich alles schief.«
»Da habt Ihr Recht, Gnädigste«, sagt er und fängt so unvermittelt an zu lachen, dass er mich damit ansteckt.
Ich wische mir den Ruß aus den Augen und endlich erkenne ich ihn. »Majestät«, flüstere ich, in Anbetracht der Umstände erspare ich mir allerdings den Hofknicks.
»Ich hätte mir unser Wiedersehen zwar unter erfreulicheren Umständen gewünscht, aber auch so ist es mir selbstverständlich ein Vergnügen.«
Wir sehen uns an und die Welt versinkt. Für ein paar lange Sekunden sind wir allein auf Gottes Erde, dann zwinge ich mich, den Blick von ihm zu lösen.
Vor uns lodern die Reste meiner Residenz, aus den Augenwinkeln sehe ich, wie sich mein Angetrauter aus der Gaffermenge schält und zögerlich auf uns zukommt. Was für ein Feigling, denke ich unwirsch. »Wo warst du, als du gebraucht wurdest?«, herrsche ich ihn an. »Es ist schließlich auch dein Haus.«
»Wenn Eure Zofe sich nicht so dumm angestellt hätte, dann hätte ich dieses Haus noch!« Peinlich, wie schrill seine Stimme klingt, wenn er sich aufregt. Noch peinlicher, wie tief er sich verbeugt, als er seinen König erkennt. »Ihr untertänigster Diener, Majestät«, murmelt er, und ich starre auf seinen gekrümmten Rücken, auf die leicht verrutschte Perücke, die den Blick auf dünne, graue Resthaare freigibt, und es ekelt mich vor der Unterwürfigkeit des Mannes, dem ich in törichter Verblendung die ewige Treue geschworen habe.
Wenn er sich noch tiefer bückt, wird seine Nase auf die Schuhspitzen stoßen, denke ich.
»Wenn er sich noch tiefer bückt, wird seine Nase auf die Schuhspitzen stoßen«, sagt August leise zu mir und schlägt meinem Gatten mit seinem Silberstock auf die Schulter.

»Erhebt Euch.« Ich erlebe zum ersten Mal, wie kühl seine Stimme sein kann, wenn sie geschäftlich ist und nicht im Minnedienst. »Macht Euch nützlich, versucht ein Mann zu sein. Vielleicht lässt sich ja noch etwas retten.«
Unsere Blicke treffen sich wieder, und trotz der Dunkelheit kann ich die Lachfältchen erkennen, die sich um seine braunen Augen bilden.
»Ihr habt den falschen Mann geheiratet«, sagt August. »Es ist Zeit, dass Ihr den richtigen kennen lernt. Ziert Euch nicht länger.«
Ich zögere und werfe einen Blick auf den Rest meines alten Lebens, in dem die Balken gerade funkensprühend zusammenkrachen – und danach zu Asche werden.
»Kommt«, wiederholte er. »Ich frage Euch nicht noch einmal.«
»Ja«, sage ich und gebe ihm die Hand. Seine ist warm und fest, meine verschwitzt und schmutzig, was ihn nicht zu stören scheint.
Mein Ehemann steht vor uns wie ein kümmerlicher Zinnsoldat. Er hat keine Ahnung, was gerade vor seinen Augen passiert. Ein Weltuntergang. Eine Wiedergeburt.
»Es ist vorbei, Adolph Magnus.« Es soll das erste und letzte Mal bleiben, dass ich ihn beim Vornamen nenne. »Ich gehe mit dem König und verlasse dich. Reiche die Scheidung ein, wenn du willst. Aber bitte lass meine Mitgift im väterlichen Gut.« Ich sage dies ganz bewusst vor den Ohren seines Herrn, weil ich ihm sehr wohl zutraue, sich in gekränkter Eitelkeit an meinem Vater zu rächen. Er sagt kein Wort, als ich in die Kutsche steige, in der mich August bereits erwartet. »Wohin fahren wir?«, frage ich.
»In Euer neues Leben«, sagt er. »Und jetzt küsse ich Euch, bis Euch die Sinne schwinden.«
Und das tut er.
Und sie schwinden.

Dresden, 3. Mai 1705

»Nein«, flüstere ich, »ich will nicht.«
»Ihr wollt nicht?« Seine leise Stimme kitzelt mich am Ohr, eine Gänsehaut läuft mir über die Arme, was es schwierig für mich macht, klar und vernünftig zu denken.
»Ich will es, aber nicht so.« Zögerlich versuche ich, mich seiner Umarmung zu entwinden. »Ich will nicht eine Ihrer unzähligen Geliebten sein, das erlaubt mir meine Ehre nicht.«
Er lacht, wie nur ein Mann lachen kann, dem es die Frauen immer viel zu leicht gemacht haben. »Was ist Euch wichtiger, Eure Ehre oder unsere Liebe?«, flüstert er, hält mich fest und küsst mich auf jedes Fleckchen Haut, das er erwischen kann. »Was ist denn Ehre ohne Liebe?«
»Genauso wenig wie Liebe ohne Ehre«, wiederhole ich in festem Ton und stehe auf. Mein Mieder ist zerdrückt, die Knöpfe stehen offen, ich sehe derangiert aus. Ein Zustand, der leider im Augenblick zu meinem Leben passt. Hoym ist mit seiner Geliebten nach Wien gegangen, wo sie seinen Bastard auf die Welt bringen wird – es ist bereits ihr dritter, wie ich erst kürzlich erfahren habe. Im Grunde ist es mir gleichgültig, weil er mir gleichgültig ist. Mit meinem alten Leben habe ich abgeschlossen.
Ich wohne in einer kleinen, sehr spärlich möblierten Wohnung, unweit von Hoyms Hausruine, und bekomme jeden Tag Besuch. Königlichen Besuch. Mein König begehrt mich, und das mit einer Wucht und Leidenschaft, die mich fast erschreckt. So einen Mann wie August habe ich nämlich noch nie erlebt. Jeden Tag Blumen, jeden Tag Schmuck, jeden Tag zärtliche Liebesworte. Ein Mann, der mir die Sterne vom

Himmel holen, mich zur glücklichsten Frau der Welt machen will. Wenn auch nicht zu seiner Ehefrau. »Ich bin Euer Diener«, sagt er gern. »Ihr befehlt, ich gehorche. Was immer Euer Wunsch ist, ich werde ihn Euch erfüllen.«

Ich gebe zu, die Versuchung an diesem Nachmittag ist groß. Ihm zu Willen zu sein, seinem hartnäckigen Werben nachzugeben und endlich seine Geliebte zu werden wäre sehr viel leichter als dieser anstrengende Widerstand, den ich mir auferlegt habe. Ich weiß, dass er mich liebt, ich zweifle nicht an der Macht seiner Gefühle. Auch nicht an deren Berechtigung, denn es wäre unehrlich, wenn ich nicht zugeben würde, dass ich weiß, wie schön ich bin. Mein Gesicht hat ein perfektes Oval, meine Nase ist zierlich, mein Mund klein und meine dunkelroten, vollen Lippen haben die Form eines Schwalbenflügels. Meine Zähne sind ebenmäßig und weiß, die Augen schwarz.

»Rabenschwarz wie Eure Seele«, hat August bei seinem letzten Besuch lächelnd festgestellt.

»Leider auch schwarz genug, um Sie zu erhören, mein Herr«, habe ich erwidert, wohl wissend, wie sehr er meine Schlagfertigkeit liebt, obwohl er so tut, als möge er seine Frauen am liebsten weich und willig. Er hat gelacht, siegessicher.

»Schönheit liebe ich, Charakter widert mich an, meine Schöne«, sagt er nun und reißt mich aus meinen Gedanken. Er hebt mich wie eine Puppe hoch, wirft mich auf mein Bett und hält mir die Arme fest.

»Lassen Sie mich sofort los!« Ich habe schreien wollen, aber es ist nur ein Flüstern geworden. Ein sehr schwaches Flüstern, denn seine Lippen liegen auf meinen, sein Gesicht ist so dicht über mir, dass seine dicken, dunklen Augenbrauen wie drohende Balken wirken, die den Rest der Welt ausschließen. Nur noch wir beide.

»Ich will dich«, sagt er unvermittelt, und seine Stimme lässt keinen Zweifel daran, wie ernst er seine Worte meint. »Was ich will, das bekomme ich. Immer. Glaubst du mir?«

Ich weiß, dass Widerstand gegen ihn zwecklos ist, trotzdem erlaube ich mir ein bewusst skeptisches Lächeln. Ich merke sehr wohl, dass er mich gerade zum ersten Mal geduzt hat, aber die Zeit ist noch nicht reif für eine so vertrauliche Anrede. »Sie kennen meine Bedingungen«, sage ich deshalb bestimmt und knöpfe mein Kleid wieder zu, um sein Begehren nicht noch mehr anzustacheln. »Ihre Lust ist mir zu wenig, ich will auch Ihre Liebe. Alles andere ist mir egal. Ich habe ein Recht darauf, so geliebt zu werden, wie auch ich zu lieben imstande bin. Grenzenlos. Zeitlos. Bis zum Tod. Ich verachte kleine Gefühle, sie sind unter meinem Niveau. Und unter dem Ihren, hoffe ich.«

Ich halte inne, fast ein wenig erschrocken über meinen Mut. Charakter widert mich an? »Bin ich etwa zu weit gegangen, mein Herr?«, frage ich und lächele so, dass sich die Grübchen in meinen Wangen vertiefen, ein liebreizender Anblick, den ich schon häufig vor dem Spiegel geprobt habe. Wie gesagt, ein Männerherz, für mich entflammt, ist nichts Neues für mich. Allerdings habe ich noch nie einen König verzaubert.

Seine Miene verfinstert sich, er erhebt sich, geht ruhelos auf und ab. »Du weißt, dass ich verheiratet bin«, sagt er, »und dass meine Frau ihren Glauben noch mehr liebt als mich. Eine Scheidung kommt also nicht in Frage. Auch dir zuliebe nicht.«

Ich seufze. »Das ist nicht der Grund für meine Zurückhaltung, und Sie wissen es, mein Herr.« Ein wenig wurmt es mich natürlich trotzdem, dass August nicht ungebunden ist. Denn seine Angetraute ist erstens neun Jahre älter als ich, zweitens blond und nicht halb so schön wie ich, drittens viel zu fromm, um ihrem Mann eine gute Geliebte zu sein. Wobei dies von einer Ehefrau sowieso nicht erwartet wird, denn die muss, zumal bei Hofe, in erster Linie funktionieren.

Deswegen kommt Liebe zwischen Verheirateten eigentlich nie vor, und die jämmerlichen Gefühle von Eifersucht und Abhängigkeit, die die arme Christiane Eberhardine ihrem

Mann gegenüber hegt, stoßen allgemein auf peinliche Berührtheit und Befremden. Wie sie wohl reagiert hat, als sie von der fast gleichzeitigen Geburt des königlichen Bastards und ihres ersten Sohnes hörte?
Er hat es mir sogar selbst kürzlich erzählt, und ich bin sicher, dass er zwei Geburten gleichzeitig als öffentliche Verstärkung seiner Männlichkeit betrachtet. Obwohl es nicht in meinem Interesse sein kann, seine Frau zu verteidigen, tut sie mir fast leid. Ich bin hier wohl die einzige Frau, die Frauen in Liebesdingen gleiche Rechte zugesteht wie Männern.
»Ich bin nun mal König und habe das Recht auf jede Frau, die sich mir freiwillig hingibt.« Wieder dieses Lächeln, das mich wehrlos und wütend zugleich macht. »So wie du es auch tun wirst, wenn du endlich zur Vernunft kommst.«
Ich weiß nicht, ob ich ihn schlagen oder küssen soll, zumute ist mir nach beidem. »Wenn Sie mich jemals mit einer anderen Frau betrügen«, sage ich stattdessen, »dann werde ich mir die Kugel geben. Aber zuvor stoße ich Ihnen und ihr ein spitzes Messer ins Herz.« Obwohl meine Worte etwas theatralisch klingen, bin ich mir der moralischen Berechtigung meiner Gefühle absolut sicher.
August lacht. »Meine Gattin ist zum Glück etwas weniger temperamentvoll.« Die kleinen Falten um seine kurfürstlichen Augen vertiefen sich. »Sie hat mir nur übel genommen, dass ich den kleinen Moritz von Königsmarck legitimiert habe. Aber er ist schließlich mein Sohn, mein eigen Fleisch und Blut, deshalb werde ich immer für ihn sorgen. Als Kind meiner offiziellen Geliebten genießt er dieses Privileg.«
Obwohl die Sache ein paar Jahre zurückliegt, spüre ich den nadelfeinen Stich der Eifersucht. Ich ahne, dass August mir nie allein gehören wird, und diese Ahnung schmerzt.
»Wie viele Bastarde haben Sie eigentlich?«, frage ich spitz. »Man munkelt ja, Sie könnten inzwischen eine ganze Stadt damit bevölkern.« Ich weiß, ich kann auf *eine* Frau, auf *ein* Kind eifersüchtig sein, aber nicht auf über zweihundert.

Er lacht so laut, dass ich mir die Ohren zuhalte. »Das könnte sogar sein, mein Herz«, sagt er. »Ich bin eben ein ungewöhnlicher Mann. Einer, von dem man in ferner Zukunft noch sprechen wird.«

Unwillkürlich muss ich lachen. »Schade, dass ich nie erleben werde, als was Sie in die Geschichte eingeht. Als genialer König oder als genialer Liebhaber.«

»Als beides«, sagt er. »Und du als die Frau meines Lebens.«

Hamburg, 3. Oktober 2005

Definitiv ohne den Mann meines Lebens lag ich in unserem Reihenhäuschen auf dem Sofa und gönnte mir meine wohlverdiente Mittagspause. Meine Töchter waren in ihren Zimmern und machten Schulaufgaben – hoffte ich jedenfalls. Aber ich hatte keine Lust, nachzusehen und auf das Gegenteil (Chatten, Gameboy spielen, Sugar- oder Micky-Maus-Hefte lesen) pädagogisch wertvoll reagieren zu müssen.
Viel lieber drückte ich mich in die weichen Polster und blätterte in meinen Kochbüchern. Meine Nachbarin Käthe Kruse – sie hieß tatsächlich so! – und ihr Mann feierten goldene Hochzeit, und ich war für die Häppchenplatten zuständig: zwanzig Gäste, die von hundert Euro satt werden sollten. Ich wusste sehr wohl, dass ältere Menschen gern ungesund und fettig essen, aber Aal und Lachs kamen leider aus Kostengründen nicht in Frage. Ein Liptauer vielleicht, ich hatte da ein neues Rezept mit Kapern, süßem Senf und ein paar Papri…
Ich stellte den Fernseher an, weil niemand im Wohnzimmer war, der sich darüber aufregen konnte, dass ich mir gleich *Julia, Wege zum Glück* ansehen wollte. Ich liebte Kitsch, durfte mich aber in meiner Familie nicht öffentlich dazu bekennen. »Peinlich, Mama, wenn du immer gleich heulst«, sagte meine Älteste jedes Mal, wenn ich bei einer Schnulze geräuschvoll ins Taschentuch schnupfte.
Ich lehnte mich zurück und griff nach meinem Milchkaffee mit Baileys, der hervorragend zu meiner gefühlvollen Telenovela passte. Gleich ging's los. Auf dem Bildschirm stand eine junge Reporterin vor dem Dresdner Zwinger. Ich stellte lauter.

»Und hiermit ist unsere Reportage über August den Starken zu Ende«, sagte sie, während im Hintergrund ein Bild des Goldenen Reiters zu sehen war. »Ein Mann, der, wenn Sie mir die Bemerkung zum Schluss gestatten, als Mann und König noch immer seinesgleichen sucht. Herrscher über Sachsen, König von Polen, Sammler und Verschwender, Liebhaber unzähliger Frauen und …«
Ich spürte, wie sich bei ihren Worten mein Herz zusammenzog, als wollte eine eiserne Faust es ausdrücken wie einen nassen Schwamm. Was war nur los mit mir? Ein Herzinfarkt?
»Hilfe!«, schrie ich. »Hilfe!« Anschließend sank ich schweißgebadet in die Sofakissen zurück.
»Was ist denn los, Mama?« Meine beiden Töchter standen vor mir und musterten mich stirnrunzelnd. Eher verstört als besorgt, wie ich trotz meiner Herzprobleme mit einem Blick feststellte.
»Nichts«, stammelte ich, während mein jagender Puls sich nur langsam beruhigte. »Ich hatte nur eben so ein komisches Gefühl. Es fühlte sich an wie Eif…«
Auf dem Bildschirm erschien ein wohlvertrauter rosa Schriftzug: *Julia, Wege zum Glück*.
»Ach so«, sagte Fiete und sah mich mitleidig an. »Ganz klarer Fall von Sucht, Mama. Wahrscheinlich hattest du Angst, sie hätten deine schwachsinnige Telenovela abgesetzt. Viel Spaß bei der nachmittäglichen Volksverblödung.« Sie drehte sich um, die Wohnzimmertür fiel unsanft ins Schloss. Sekunden später dröhnten dumpfe Rapbässe aus ihrem Zimmer.
»Ich hasse diese Musik«, seufzte ich und sah meine jüngste Tochter an, die zum Glück noch Yvonne Catterfeld und Jeanette Biedermann für den Inbegriff von Coolness hielt. »Versprich mir, dass du in der Pubertät nur Frank Sinatra oder Patrick Lindner hörst.« »Okay, Mama«, erwiderte meine Süße friedfertig, obwohl sie weder den einen noch den anderen

kannte. »Soll ich mit dir *Julia* gucken, damit es dir wieder besser geht?«
»Du bist ein Schatz«, sagte ich und rückte zur Seite, um ihr Platz zu machen. »Julia hat nämlich gerade ihre ganz große Liebe verloren und jetzt …«
Während wir, eng aneinander gekuschelt, Julia ein Stück auf ihrem über zweihundert Folgen langen Weg ins Glück begleiteten, dachte ich, dass meine zickige Älteste Recht hatte. Mein Gefühl hatte mit Sucht zu tun. Sogar doppelt. Mit Sehnsucht und mit Eifersucht. Mit Ereignissen, die über dreihundert Jahre zurücklagen.

Dresden, 3. Mai 1705

»Ich würde selbstverständlich auch unsere Kinder anerkennen«, sagt August lächelnd. »Natürlich nur, wenn du meine offizielle Geliebte wirst.«

Immerhin ein Anfang, wenngleich noch nicht genug. Ich weiß, dass ich nicht nachgeben darf, bevor ich alle meine Wünsche durchgesetzt habe. Auch wenn es mich seine Gunst kostet. Das bin ich mir und meiner Ehre einfach schuldig, so anstrengend es auch für uns beide sein mag.

»Sie würden also unsere Kinder als die Ihren anerkennen, aber nicht die Mutter, die sie geboren hat. Eine etwas seltsame Logik, mein Herr.« Meine Worte entlocken ihm ein ungeduldiges Seufzen, aber ich lasse mich nicht beirren. »Meine Liebe haben Sie.« Ich dränge mich an ihm vorbei, ein Stück aus seiner Nähe, meine Stirn streift kurz die harte Silberschnalle seines purpurnen Samtmantels. »Aber meinen Körper verschenke ich als ehrenhafte Frau, nicht als Hure.«

»Dann verschwenden wir beide unsere Zeit.« Mein König greift zu seinem Stock mit einem aus Elfenbein geschnitzten Löwenkopf. »Wir sehen uns heute Abend beim Bankett, dann wird es sich zeigen oder auch nicht. Begleite mich nicht. Ich finde den Weg.« Er geht, ohne sich noch einmal umzudrehen, ohne mich zum Abschied zu küssen. Ich habe ihn verstimmt, ohne Frage.

Meine Lage ist prekär, auch das ist mir sonnenklar. Ich weiß, dass ich das beliebteste Klatschthema bei Hofe bin. Sie haben es fast geschafft, meine Vorgängerin, Ursula Katharina Lubomirska, Fürstin von Teschen, loszuwerden, sie hat sich durch ihre hoffärtige Art viele Feinde gemacht. Mir ist bekannt,

dass sie August anno 1697 bei einem Ritterturnier kennen gelernt hat, wo er leicht verletzt wurde und sie daraufhin demonstrativ in Ohnmacht gefallen ist. Ich finde ein derartiges Verhalten lächerlich, aber August ist darauf hereingefallen und hat sie zu seiner Mätresse erwählt. Männer, auch Könige, sind eben schlichte Kreaturen, denen der Verstand bei einer schönen Frau schnell ins Gemächte rutscht.
Ihre Affäre wurde dann so intensiv, dass August beim Kaiser ihre Ernennung zur Titularfürstin durchsetzte. Sie geschah fast gleichzeitig mit der Geburt ihres ersten Sohnes Georg. So viel Großzügigkeit hätte sie warnen müssen, denn noch im Wochenbett erfuhr sie, dass ihre Trennung von August unmittelbar bevorstand. Mein Geliebter ist bekannt für seine süßen Todesküsse in der Phase der Trennung, sei es von einer Geliebten, sei es von einem Minister, zeigt er sich immer ganz besonders großzügig. Aber hat nicht die Frau, die einem Mann gerade ein Kind geboren hat, mehr Schonung verdient?
»Ich finde Sie herzlos, mein König«, sagte ich, als ich davon erfuhr. »Ich verachte Sie für Ihr kaltes Blut.«
Verständnislos sah er mich an. »Bin ich herzlos, wenn ich meinem Herzen folge?« Seine Worte stimmten mich nachdenklich. »Meine Liebe zu Gräfin Teschen war erloschen, weil sie zu anstrengend, zu eifersüchtig wurde und mit ihren Launen meinem Ruf geschadet hat. Erwartest du von mir, dass ich bei einem Weib bleibe, das ich nicht mehr liebe, nur weil es mir ein Kind geboren hat?«
Hätten mich diese Worte warnen sollen? Ja, sie hätten. Aber sie taten es nicht. Vor allem deshalb nicht, weil ich gerade von seiner Herzlosigkeit profitiere. Denn bei dem Mann, der seine Frauen gern im Wochenbett verlässt, bin ich als Nachfolgerin im Gespräch. Ich genieße diese Situation in vollen Zügen, denn der ganze Hof buhlt derzeit um mich, um sich meine zukünftige Gunst zu sichern.
Tagtäglich bekomme ich von meinen Bewunderern frische

Blumen und kleine Törtchen aus Marzipan, die nur die besten Dresdner Konditoren backen können, denn die Zutaten – Rosenwasser, Zucker, gemahlene Mandeln – sind kostbar und teuer. Jeden Abend steht ein anderer Höfling vor meinem Haus, um mich auszuführen und mir Schmeicheleien ins Ohr zu flüstern. Harmlose natürlich, schließlich will es sich keiner mit dem König verderben. Jedem Einzelnen ist klar, was der König will: ein Verhältnis mit mir, ein paar Wochen, vielleicht ein paar Monate, bis sein Blut wieder erkaltet und ich den Reiz des Neuen eingebüßt habe. Anschließend wird er mich, wenn ich Glück habe, großzügig abfinden oder mit einem seiner Günstlinge verheiraten. So ist es üblich.

Und genau so will ich es nicht. Ja, ich habe mich in ihn verliebt, so sehr sogar, dass ich an nichts anderes mehr denken kann. Zum ersten Mal in meinem Leben begehre ich einen Mann, und nichts wäre leichter, als seinem Drängen nachzugeben und mich ihm ganz zu schenken. Auch finanziell wäre es die beste Lösung, denn Hoym, der sich in seiner Mannesehre gekränkt fühlt, rückt keinen Taler mehr heraus, und meine Mitgift steckt im väterlichen Gut.

Weil ich August als seine Nochnichtgeliebte natürlich nicht um Geld bitten kann und will, habe ich meinen Hochzeitsschmuck zum Pfandleiher gebracht und lebe nun von den 130 Talern. Davon kann ich bescheiden noch höchstens sechs Monate existieren, danach werde ich wohl auf der Straße sitzen.

Ich trete ans Fenster und sehe ihm nach. Er hat seine Kutsche stehen lassen und eilt mit großen Schritten die Straße hinunter, ohne sich umzusehen. Selbst von hinten macht mein Kurfürst einen wütenden Eindruck. Mein Gott, wie sehr ich ihn liebe!

»Was soll ich bloß tun?«, flüstere ich. »Ich will ihn nicht verlieren. Aber wenn ich seinem Drängen nachgebe, ist er in drei Monaten meiner überdrüssig. Egal, wie groß die Liebe ist, die er mir jetzt schwört. Wenn ich es dagegen nicht tue, verliere ich ihn auch.«

Plötzlich habe ich eine geniale Idee.
»Maria Louise«, rufe ich meine Zofe, das Einzige, was ich aus meiner Ehe gerettet habe. »Bring mir mein schönstes Kleid.«

Vier Stunden später

Als ich den Palast betrete, stelle ich fest, dass dieser für die Behausung eines Königs noch immer in einem zutiefst bejammernswerten Zustand ist. Vor vier Jahren ist der Ostflügel abgebrannt und bis jetzt nicht wieder aufgebaut worden, eine schwarz verkohlte Ruine, die wie ein unheilvolles Mahnmal und keineswegs wie der Teil eines Königspalastes wirkt. August müsste sich wirklich dringend darum kümmern, aber er braucht das gesamte Geld, das mein Herr Exgemahl aus den armen Bauern herauspresst, für seine Kriege. Außerdem jagt er lieber seinen Großmachtplänen nach, als seine Schlösser zu restaurieren.
Wenn ich irgendwann in diesem Leben einmal mein eigenes Haus haben werde, dann will ich wohnen wie eine Königin. Mit dieser angenehmen, wenn auch im Moment eher abwegigen Überlegung betrete ich den Festsaal und erblicke ihn sofort. Er steht vor einem der vielen Wandspiegel, erleuchtet von einem Kerzenmeer, und plaudert mit seiner ehemaligen Geliebten Gräfin Teschen. Offenbar ein sehr angeregtes Gespräch, denn sie lacht, er legt die Hand auf ihre Schulter, eine kleine Geste nichtehelicher Vertrautheit, die ich sofort eifersüchtig registriere.
Ob er doch noch mit ihr schläft? Die Gerüchteküche behauptet das Gegenteil, aber vielleicht ist es eben nur das – ein Gerücht? Es heißt zwar, Palastmauern seien durchsichtig, besonders die Wände der königlichen Schlafzimmer, aber … Ich versuche, diese quälenden Gedanken zu verdrängen, drücke meinen Rücken durch, damit mein enggeschnürtes, dunkel-

rotes Samtkleid gut zur Geltung kommt, und schreite direkt auf ihn zu. Mit jedem Schritt verstärkt sich mein Herzklopfen, mit jedem Atemzug, den ich näher trete, wird er schöner und begehrenswerter.
Über seinem großen, wuchtigen Körper spannt sich ein goldener Leibrock, dessen Knöpfe mit kleinen Diamantsplittern besetzt sind und der genauso lang ist wie seine rubinrote, mit Silberfäden durchwirkte seidene Weste, die ihm bis zum Knie reicht. Darunter trägt er, wie es im Augenblick bei Hofe Mode ist, feine Kniestrümpfe aus weißer Seide und Schuhe mit breiten silbernen Schnallen. Er sieht einfach – fürstlich aus! Zum Küssen! Zum Anbeißen! Zum Verschlingen!
Vor meinem inneren Auge entsteht ein Bild: ein Bett, zerwühlte Laken aus Seide, verschwitzte Körper, ineinander verschlungen … Mir wird so heiß, dass ich es nur mit großer Anstrengung wegschieben kann. Als ich vor ihm stehe und in einem formvollendeten Hofknicks versinke, glaube ich, es geschafft zu haben. Jedenfalls für diesen Abend.
»Dame von Hoym, es ist mir eine ganz besondere Freude.« Seine Stimme ist so höflich wie die ringgeschmückte Hand, die er mir reicht.
Aus den Augenwinkeln bemerke ich den hasserfüllten Blick der Gräfin Teschen. Ich kann es ihr nicht verdenken, denn ich tue nichts, um ihre Befürchtungen zu zerstreuen. Ganz im Gegenteil. »Guten Abend, mein König«, sage ich und warte mit gesenktem Kopf, bis er mich wieder hochzieht.
»Wie immer eine Augenweide, meine Gnädigste«, sagt er. »Es ehrt mich, dass du dich für mich so geschmückt hast.« Im Grunde ist es unerhört, dass er mich so öffentlich duzt, gleichzeitig unterstreicht es aber unsere Vertraulichkeit, was mir bei Hofe nur nützen kann.
»Ich etwa nicht, mein Liebster?«, flötet Gräfin Teschen, aber ihr Ton ist so schrill, dass August zusammenzuckt und etwas gequält »Ihr seid natürlich die Zweitschönste, teuerste Gräfin« murmelt.

»Und wer ist die Schönste?«, fragt die Teschen aufgebracht, ihr schneller Blick auf mich spuckt Gift und Galle.
Ich lächle siegessicher und schiebe meinen alabastergepuderten Busen diskret eine Nuance höher.
»Die Königin natürlich«, verkündet August lächelnd, und während die Teschen schadenfroh grinst, bemühe ich mich, mir meine Wut über diese Bloßstellung nicht anmerken zu lassen.
Wie kann er es wagen, mich vor meiner Vorgängerin derart zu demütigen? Was bezweckt er mit seinem grausamen Verhalten? Das wird er mir büßen! Ohne mich weiter um die Teschen zu kümmern, trete ich auf den König zu, sehe ihn so liebreizend an, wie es mein verletzter Stolz erlaubt, und lasse es ganz bewusst zu, dass er mich von oben bis unten mustert. »Nur für Sie, mein Herr«, flüstere ich verheißungsvoll. »Damit Sie wissen, was Ihnen entgeht, wenn Sie sich meinem Vorschlag verweigern.« Ich weiß genau, dass ich ihn mit diesem Satz geködert habe.
»Ihr könnt gehen, Gräfin«, sagt er, wischt sie mit einer Handbewegung beiseite und ist jetzt ganz für mich da. »Ich bin entzückt«, murmelt er.
»Ich hoffe es«, erwidere ich. »Denn so viel Schönheit hat auch ihren Preis.«
Damit dieser Preis so hoch ausfällt, wie ich es mir erträume, habe ich den gesamten Nachmittag damit verbracht, mich in meinem armseligen Boudoir für den Abend schön zu machen. Heute wird sich mein Schicksal entscheiden, ich weiß es. Kein Einsatz ist zu hoch, keine Mühe zu aufwendig.
Mein Mieder ist königsrot und so eng geschnürt, dass ich kaum atmen kann. Aber es betont meinen alabasterweißen Busen auf eine so herausfordernde Art, dass August mich mit seinen Blicken förmlich verschlingt. Ich weiß um die Gier, die in seinen Augen liegt, ich ahne die Raserei hinter seiner hohen königlichen Stirn. Meine lange Schleppe ist bewusst in Königsblau mit goldenen Sternen gehalten und lässt mich

größer und schmaler aussehen, meine Ärmel sind üppig mit Spitzen geschmückt. Ich bin die sauberste Frau am Hof, auch wenn ich im Augenblick nur ein paar ärmliche Reichstaler mein Eigen nenne. Mein Gesicht ist bleich wie ein Königsmond, weil ich es vor ein paar Stunden mit Bleiweiß eingerieben habe, meine Wangen leuchten, was ich den Lackkügelchen verdanke, die mir Hoym zur Hochzeit geschenkt hat. Ich trage ein kleines pechschwarzes *mouche*, ein Schönheitspflästerchen, an meinem linken Jochbogen, und obwohl ich von ganzem Herzen hoffe, dass mich mein Kurfürst und König heute noch küssen wird, habe ich meine vollen Lippen mit Pomade eingerieben. Ich glänze wie ein geschliffener Diamant.

Ich bin die wahre Königin.

Die Königin seines Herzens.

»Sprich endlich«, sagt August, und ich kann nicht erkennen, ob das Feuer, das in seinen dunklen Augen lodert, Ungeduld oder Leidenschaft bedeutet. Vermutlich beides.

Ich will gerade anfangen, ihm meinen Vorschlag zu unterbreiten, als ich aus den Augenwinkeln Christiane Eberhardine erblicke, die mit wehenden Rockschößen auf uns zueilt. Ihre blonde Lockenperücke betont ihr blasses Gesicht sehr unvorteilhaft, und dass sie mich nachgeäfft und sich auf beide Wangen auch ein *mouche* geklebt hat, macht ihre Erscheinung nicht vorteilhafter, wirkt vielmehr auf peinliche Weise frivol. Obwohl sie meinem legitimen Glück mit August im Wege steht, ist sie mir als Frau so weit unterlegen, dass sie mir fast leid tut. Sie hat keine Chance gegen mich und sie weiß es.

Jetzt steht sie vor mir und reicht mir die Hand, die ich mit einem tiefen Knicks ergreife, wie es die mir so oft sehr lästige höfische Etikette vorschreibt. Eine kleine nachlässige Sekunde versuche ich, mich in ihre Lage zu versetzen, sie hat immerhin die älteren Rechte an dem Mann, der seine Gunst so freigebig unter ständig wechselnden Frauen verteilt und den ich leider trotzdem so verzweifelt liebe. Die Sekunde vergeht und ich bin mir wieder selbst die Nächste. Nur so, da besteht kein Zweifel, kann man als Frau am Königshof überleben, nur so behalte ich sein Herz. Ich bin keine böse Frau, aber eine realistische, mir wird nichts geschenkt, also verschenke ich auch nichts – kalte Gedanken, die man meinem sorgfältig gepuderten Gesicht hoffentlich nicht ansieht.

»Gnädigste Kurfürstin«, murmele ich, ihre kalten, klammen Hände in meinen heißen, und denke ein bisschen herzlos: Sie fühlt sich an wie eine Wasserleiche, kein Wunder, wenn ihre Ehebetthälfte verwaist bleibt. Ich spüre Augusts amüsierten Blick auf uns beiden ruhen und erinnere mich daran, dass er es angeblich zu genießen versteht, wenn die Frauen um ihn kämpfen. Vermutlich ein gewohntes Spektakel für ihn.

»Ihr amüsiert Euch hoffentlich, Dame von Hoym?«, fragt die Königin und sieht mich ruhig und aufmerksam an.

Ich nicke, leicht verwirrt. Amüsiere ich mich? Nein, das tue ich nicht, ich verfolge nur einen Plan, der mein Leben verändern soll.

»Ich habe ein Gedicht für Euch«, fährt sie fort. »Ein paar Zeilen, die *mich* amüsieren und die ich jeder Frau überreiche, die gerade in der Gunst meines Gatten steht. Mein Freund Jacob Cats hat es geschrieben, und ich als erfahrene Ehefrau finde es so tröstlich, dass ich es Euch nicht vorenthalten möchte. Wollt Ihr es hören?«

Nein, will ich überhaupt nicht, aber was bleibt mir anderes übrig? August der Feige hat sich mit den Worten »Frauen unter sich, da will ich nicht länger stören« eiligen Schrittes entfernt, ich sehe, wie er sich mit einer jungen Hofdame unterhält, und ärgere mich, dass es mich so ärgert. »Gern, Majestät«, sage ich und mache mich auf das Schlimmste gefasst. Sicher eine unerträgliche Liebesschnulze, die Kurfürstin ist bekannt für ihren romantischen Geschmack.

»Ich finde, dieses Gedicht passt ganz besonders gut zu Euch, liebe Constantia«, fährt sie fort, und ich spüre ihren kühlen Blick wie eine kleine Ohrfeige.

So werden blonde Flechten grau,
so werden heitere Gesichter düster,
so werden rote Lippen blass,
so werden pralle Wangen schlaff,
so werden hurtige Beine lahm,
so werden flinke Füße zahm,
so werden stramme Glieder dürr,
da kommen Runzeln ins Gesicht.

Die Kurfürstin hält inne, legt den Kopf leicht schief und lächelt mich an.
Ich weiß nicht, ob ich verärgert oder amüsiert sein soll über diesen literarischen Seitenhieb, und lächele zurück, mit Lippen, deren Verkniffenheit ich selbst spüre. »Ein treffendes Gedicht, königliche Hoheit«, presse ich heraus. »Zum Glück bin ich nicht blond.«
Sie lächelt auf eine irritierende Art feinsinnig, denn sie weiß genau, was in mir vorgeht, und sie genießt es. Habe ich sie unterschätzt? Nicht jede Ehefrau ist offensichtlich blöd.
»Ich weiß, dass Ihr die nächste Favoritin meines Mannes seid«, sagt sie, während ich wie ein gerügtes Schulmädchen vor ihr stehe und mich bemühe, die Fassung zu wahren. »Genauso weiß ich, dass Eure Liaison mit ihm nicht von Dauer sein wird. Sein Herz ist feurig, aber äußerst sprunghaft, es braucht ständig neue Reize. Also wird er Euch wieder verlassen, wenn er sich an Euch satt geliebt hat. Liebt Ihr ihn genug, um ihm zu verzeihen, wenn er Euch genauso wehtut wie allen anderen Mätressen vor Euch?«
Ich erstarre. Mir ist plötzlich eiskalt. Sie hat meinen wundesten Punkt berührt, ist an meine allerschlimmsten Ängste gestoßen: die vor dem Verlust seiner Liebe. Denn nur solange ich ihrer sicher bin, fühle ich mich unbesiegbar. Ich ver-

abscheue die Königin, aber ich bewundere sie auch. Deshalb verdient sie eine ehrliche Antwort. »Ja«, erwidere ich und sehe sie an, in ihren Augen liegen ein großer Kummer und eine große Würde. »Ja, ich fürchte, das würde ich. Ich liebe Ihren Mann, so wie ihn noch nie eine Frau geliebt hat.«

»Seid Ihr da sicher, Dame von Hoym?«, fragt sie.

»Ja, das bin ich«, erwidere ich fest. »Unsere Liebe ist etwas ganz Besonderes. Niemand kann sie zerstören.« Es ist eine Unverschämtheit, was ich da von mir gebe, aber es ist die Wahrheit. »Ich bin seine Frau.« Der Teufel reitet mich, doch ich kann mich einfach nicht mehr bremsen. »Nicht vor den Menschen, dafür aber vor Gott.« Was tue ich da nur? Warum provoziere ich sie so? Im hintersten Winkel meines Verstandes ist mir durchaus klar, wie gotteslästerlich meine Worte sind, was treibt mich also? Liebe? Eifersucht? Besitzgier? Fast habe ich Angst vor der Wucht meiner Gefühle. Unsere Augen treffen sich. In meinen lodert ein Vulkan, in ihren ruht ein stiller See.

»Ihr tut mir aufrichtig leid, Dame von Hoym.« Christiane Eberhardines Stimme ist ruhig, gelassen, fast glaube ich, eine Spur Mitleid herauszuhören. »Denn Ihr werdet Euer Glück sehr teuer bezahlen müssen.« Ohne meine Antwort abzuwarten, dreht sie sich um und verlässt mich.

Ich sehe ihr nach, und ganz kurz streift mich die Vorahnung einer möglichen Katastrophe wie die Berührung einer eiskalten Hand. Ich weiß, dass ich schnell handeln muss. Mir bleibt nicht mehr viel Zeit, um mein Glück zu finden, um mein Leben zu regeln. Ich bin bereits fünfundzwanzig Jahre alt, und auch wenn ich mich noch immer auf dem Höhepunkt meiner Schönheit und meiner Weiblichkeit fühle, so ist mir doch bewusst, dass beides vergänglich ist. Mit jedem Tag, mit jeder Stunde werde ich älter und hässlicher. Ich suche einen Wandspiegel und mustere mich unauffällig. Meine Haut schimmert wie Seide, meine Augen glühen wie Kohle. Noch bin ich begehrenswert. Noch betöre ich jeden Mann, dem ich begegne, noch verzaubere ich jedes Männerherz. Wie lange noch?

Ich vergesse, weshalb ich gekommen bin, und versinke in meinem Anblick.

Deshalb höre ich nicht, wie er sich mir nähert, fühle nur die harten Stoppeln seiner Wange an meinem Hals und vernehme dann seine dunkle Stimme: »Ich würde dich jetzt gern nackt sehen, meine Liebste.«

Hamburg, 5. Oktober 2005

Ich stand splitterfasernackt vor meinem Badezimmerspiegel und machte eine kritische Bestandsaufnahme. Ein tiefer Seufzer entrang sich meiner Brust, die den Bleistifttest vermutlich auch nicht mehr bestehen würde.

Tja, schön ist was anderes, ein Lieblingsspruch meiner Mutter, der zu dieser Situation leider passte. Nicht richtig schlimm, mein achtunddreißigjähriger Körper, aber leider ohne meine Genehmigung an mehr als einer Stelle schon etwas allzu weich. Ich dimmte das Licht auf kuschelfreundlich – schon besser.

»Schatz, wo bleibst du so lange?« Das war Richard, der ausnahmsweise früh nach Hause gekommen, ausnahmsweise nicht vor dem Fernseher eingeschnarcht war und jetzt ausnahmsweise tatendurstig auf seiner Ehebetthälfte auf mich wartete.

Hatte ich überhaupt Lust, darauf einzugehen? Auf meinem Nachttisch lag einer jener Frauenromane, die man in der Öffentlichkeit nur mit neutralem Schutzumschlag liest und in dessen Titel die Wörter »Leidenschaft« und »Herz« vorkommen. Ehrlich gesagt, hatte ich auf dieses Buch in diesem Moment deutlich mehr Lust als auf meinen Mann. Doch dann fiel mir auf einmal ein alter Werbeslogan aus meiner Kindheit ein: *Verführen Sie ihn, bevor es eine andere tut.* Worum ging es damals – Maggisuppen, Luxseife, 4711-Parfüm? Keine Ahnung, jetzt ging es jedenfalls um meine Ehe. Und leider hatte es eine andere bereits getan. Wie hat Gorbatschow so nett formuliert: »Wer zu spät kommt, den bestraft das Leben.« War ich das nicht schon? Zu spät gekommen und bestraft worden?

»Soll ich uns ein bisschen Musik machen, Schatz?«
Das war eine so ungewohnte Frage aus dem Munde von Richard Graf, dass sie mich sofort mehr als argwöhnisch machte. Wir hören nämlich nie Musik, wenn es zwischen uns zum Äußersten kommt. Wir tun es meistens im Dunkeln, unter der Decke und nicht länger als maximal zehn Minuten. Das klingt vielleicht trostlos, ist es aber nicht immer. Wir sind eben ein eingespieltes Team, das keinen Firlefanz mehr braucht. Dass jetzt mein Richard, dessen Liebestechnik ich eher mit Kartoffelsalat und Würstchen als mit Kaviarparfait im gedünsteten Mangoldmäntelchen an Morchelschaumhühnerbrüstchen vergleichen würde, dass der Mann, der es im Bett am liebsten bequem hat, er unten, ich oben, und der zum Orgasmus nie länger als dreieinhalb Minuten braucht, dass dieser Mann also meine neue Lieblings-CD »Es wird morgen« von 2raumwohnung auflegte und mein absolutes Lieblingslied »Spiel mit« erwischte, das machte mich so traurig, dass mir die Tränen kamen. Weil ich wusste, dass wir dieses Lied nie zusammen gehört hatten. Und weil dieses Wissen nur eine einzige Schlussfolgerung zuließ: Er hatte es mit ihr gehört.

Du schaust mich immer
auf so eine Weise an
dass ich genau
all deine Gedanken lesen kann
darum weiß ich
was du mit mir machen willst
dass du von mir
ganz bestimmte Sachen willst.

Ein wunderschöner Text, ein völlig falscher Moment. Nach den Tränen kam die Wut. Die mörderische Wut. Die ich leider hinunterschlucken musste, wenn ich mein kleines Spiel nicht gefährden wollte. Wie konnte er bloß? Wie konnte er mich mit derselben Musik verführen wollen, mit der ihn seine Dummtussi verführt hatte? Musikalischer Inzest, bei Licht betrachtet.

Ich dachte an den Satz, den Mia Farrow gekreischt hatte, als sie ihren damaligen Lebensgefährten Woody Allen mit ihrer Adoptivtochter Soon Yi erwischte: »Kannst du zum Fremdgehen nicht wenigstens aus dem Haus gehen, du Schwein?«

Genau das dachte ich auch, als die wunderbare Inga Humpe »*Alles, was wir tun, ist eine Explosion, alles um uns herum leuchtet schon*« sang.

Vor allem dein kleines Veilchen wird leuchten, wenn ich dir gleich eine reindonnere, mein Guter, dachte ich düster, kniff voller Wut in meine Oberschenkelfalte und hatte eine Hand voll Speck in den Fingern, was mich noch düsterer stimmte. Wenn in diesem Moment nicht meine Älteste hereingekommen und extrem genervt »Mama, zieh dir bitte was über, das ist ja peinlich, wieso hast du mir keine neuen Wattepads gekauft?« gerufen hätte, wer weiß, ob ich meinem Impuls nicht nachgegeben und ihn mit seinem braunen Kaschmirpullover einfach stranguliert hätte. Was mich auf eine Superidee brachte. Ich erklärte meiner Tochter, dass ich nackt sei, weil ich mich in meinem eigenen Badezimmer aufhielt, und die Wattepads auf ihrem Schreibtisch lägen, dann schob ich sie aus der Tür und betrat mein Schlafzimmer mit den allerschlechtesten Absichten.

»So, da bin ich«, verkündete ich und stockte, als ich meinen Mann mit geschlossenen Augen, dafür aber mit weit offen stehendem Mund vor mir sah. Ein Anblick, den er sich bei seiner Geliebten vermutlich nicht leistete. Aber die ließ ihren Lover mit Sicherheit auch nicht drei Stunden warten, weil sie sich frustriert im Spiegel anglotzte und in jede Speckfalte einzeln kniff, sondern stürzte sich vermutlich lüstern auf ihn, bedeckte ihn mit heißen Küssen – was man eben so tut, wenn die Liebe noch frisch und heiß ist. Ach ja.

Ich sah auf den Mann hinunter, der seit zwanzig Jahren mein

Nachbarkissen voll schnarchte, dessen Nasenhaare ich regelmäßig entfernte, den Mann, der im Notfall meine Zahnbürste benutzen durfte, der sich die Zähne putzte, während ich auf der Klobrille saß und mir die Fußnägel schnitt. Ich sah auf das kleine, dunkle Fell auf seiner Brust, auf das Muttermal an seiner linken Schulter, auf all die kleinen Körpermerkmale, die mir so vertraut waren wie meine eigenen. Und gleichzeitig so fremd, weil eine andere Frau sie gesehen und berührt hatte. Ich fühlte mich wie eine Hündin, der eine andere ins Revier gepinkelt hatte. Schließlich schob ich die Türen unserer Schrankwand auseinander und griff zu. Zu *dem* braunen Kaschmirpullover.

Ich schnüffelte kurz daran, ein vertrauter Geruch nach Eau de Sauvage und Richard, der mich auf einmal sehr traurig machte, weil ich das Gefühl hatte, er gehörte mir nicht mehr.

Ich zog mir den Pullover über meinen nackten Frauenkörper und schlüpfte neben Richard ins Bett. Er grunzte und drehte sich zu mir, die Augen noch immer fest geschlossen, leise Schnarchtöne perlten von seinen Lippen. War es möglich, einen Mann gleichzeitig zu lieben und zu hassen? Und beides so stark, dass es einem fast das Herz abschnürte? Ja, flüsterte eine Stimme in mir, das ist möglich, und zwar in jedem Leben. Die weibliche Seele ist vielseitig und unberechenbar.

»Na, du kleiner, mieser Fremdgänger, hast du mir vielleicht was zu sagen?«, säuselte ich und kniff ihn, zunächst sanft, dann etwas fester.

Er schnaufte, drehte sich aber so, dass er auf dem Rücken und ich auf ihm lag. Zwischen uns waren nur Haut und Kaschmir. Ich spürte, wie er aufwachte, zuerst zwischen den Beinen, etwas später im Restkörper. »Hhmmmm«, seufzte er, die Augen noch immer fest geschlossen, »komm zu Papa.«

Diese Aufforderung mag Unbeteiligten etwas befremdlich erscheinen, für mich hat sie jedoch eigentlich einen freundlichen Klang. Mir ist schon klar, dass sich Eheleute nicht wie ihre Eltern, sondern zum Beispiel mit »Na, du spitzer, geiler Säbelzahn« anreden sollten, aber da Richard dies nur sagt, wenn er sich total entspannt und gemütlich fühlt und wir ohne augenrollende Zuhörer sind, grinse ich meistens und sage: »Dein Wunsch ist mir Befehl, Papa«, und dann geht es los.

An diesem Abend jedoch stieß es mir sauer auf, weil ich mich fragte, ob er für seine Dummtussi vielleicht auch den scharfen Papa spielte. Altersmäßig wäre es ja sogar passender. Doch ich sagte nichts, sondern seufzte nur und setzte mich – schwupps – auf ihn, eine Position, die wir immer dann einnahmen, wenn er einen langen Tag gehabt hatte und sich zu anstrengenden Verrenkungen nicht in der Lage fühlte. Diesmal wählte ich die Position allerdings aus einem anderen Grund. »Mach die Augen auf, Liebling«, flüsterte ich und beugte mich nach vorn, um seine Nachttischlampe anzuknipsen. Helles Licht beleuchtete jetzt meinen Oberkörper. Ich ruckelte ein bisschen, um meinen Süßen in Stimmung zu bringen, und endlich schlug er die Augen auf. »Guck mal, was ich anhabe«, rief ich fröhlich. »Was sagst du denn dazu?«

»Das ist ja, das ist …«

»Dein Pullover«, lachte ich. »Da staunst du, was?«

»Ja, wo kommt der denn jetzt her?«

»Er lag im Schrank«, meinte ich und beobachtete ihn genau. Welche konfusen, panischen Gedanken kräuselten sich da wohl gerade hinter seiner zerfurchten Männerstirn?

»Aber er war doch weg, ich verstehe nicht …«, fragte er ratlos.

»Jetzt ist er eben wieder da, mein Schatz.« Aus Gründen, die ich mir nicht erklären konnte und in diesem Moment auch gar nicht wollte, war ich auf einmal wieder in Stimmung und küsste meinen Süßen mit Schmackes auf die Lippen, die nach Bier und Zahnpasta schmeckten. »Wunder gibt es eben immer wieder.« Danach verführte ich ihn, dass ihm Hören und Sehen verging. Kurz vor dem Höhepunkt (seinem) flüsterte

ich ihm ins Ohr: »Ich liebe dich so sehr, wenn du mich betrügen würdest, würde ich dich umbringen. Und zwar mit meinem stumpfesten Kartoffelschälmesser.« Ich spürte, wie er am ganzen Körper erschlaffte. Rien ne va plus. »Was ist denn los?«, fragte ich arglos. »Keine Lust mehr?«
Grunzen, beleidigtes. »Ist heute irgendwie nicht mein Abend«, grummelte er. »Bin schlaff irgendwie, tut mir leid.« Drei Sekunden später war er doch tatsächlich wieder eingeschlafen und weitere fünf Sekunden später fing er an zu schnarchen. Ich betrachtete ihn – sein kleines Doppelkinn, den leicht geöffneten Mund. Mein kleines Sexmonster. So sah also ein Mann aus, um den zwei Frauen kämpften. Nicht gerade George Clooney. Eher Armin Rohde. Aber für mich hatte es gereicht. Tat es das immer noch?
Ich schlüpfte unter meine Decke und schob mich in Richtung leicht müffeliger Männerwärme. Ich hatte Lust auf Kuscheln, ich wollte sein Löffelchen sein. Das wirklich Blöde an der ganzen Sache war: Ich liebte ihn noch. Trotz allem, was er mir angetan hatte. Ich wollte nichts lieber, als von ihm um Verzeihung gebeten zu werden, ihm eine schöne, saftige Szene hinlegen und dann in seine Arme sinken.
War ich eine große Liebende oder nur eine blöde Kuh? War ich im Spätbarock schlauer als heute oder genauso dumm? Was hätte ich als Constantia gemacht? Sie hatte ja nun wirklich Erfahrung mit Männern, die fremdgingen.
Oder galten für Pharmavertreter andere Regeln als für barocke Könige? Gab es etwa gar keine Moral, sondern nur falsche Zeitpunkte?

Dresden, 4. Mai 1705, kurz nach Mitternacht

Die Gäste sind gegangen, auch die Königin hat sich in ihre Gemächer zurückgezogen, ich habe beobachtet, wie sie ihrem Mann etwas zugeflüstert und er ihr daraufhin zugelächelt hat. Einen Augenblick lang habe ich ernsthaft befürchtet, er werde die Nacht in ihren Gemächern verbringen. Da mein Anliegen keinen Aufschub mehr duldet, bin ich geblieben und habe auf ihn gewartet. Zu meiner Erleichterung sehe ich, dass er den Kopf schüttelt, sie flüchtig aufs Haar küsst und auf mich zukommt. Die Kerzen sind zu kurzen Stümpfen heruntergebrannt, ihre Tropfen bilden ein Meer aus Wachs auf dem Parkett. Wir sind allein, er und ich.

»Ich höre, meine Schöne.« Er steht vor mir und blickt mit regloser Miene auf mich hinunter. »Wie also lauten deine Bedingungen?«

Ich hebe die Augen und mustere ihn: »Lieben Sie mich?«

Er runzelt die Stirn. »Eine dumme Frage«, sagt er. »Natürlich liebe ich dich. Hätte ich sonst so geduldig auf dich gewartet?«

Doch seine Antwort befriedigt mich nicht. »Lieben Sie mich so, dass mein Bild Sie in Ihren Träumen begleitet und der Gedanke an mich Sie morgens mit einem Lächeln aufwachen lässt? Lieben Sie mich so, dass Ihnen das Herz schmerzt, wenn ich nicht bei Ihnen bin, und es vor Glück zu springen anfängt, sobald Sie mich sehen? So sehr, dass der Gedanke, mir könne etwas zustoßen oder ich könne mich abwenden, Sie schier rasend werden lässt?«

Ich hole tief Luft. »Denn so liebe ich dich, August. Und genau so will ich auch von dir geliebt werden. Alles andere ist mir zu wenig.«

Mir ist bewusst, wie viel ich von ihm verlange, aber wenn nicht jetzt, wann dann? Ein satter Mann geht nicht gern zur Jagd, und August ist hungrig. Sehr hungrig. Ist es skrupellos, dies auszunutzen?

»Natürlich liebe ich dich, Constantia. Würde ich dich sonst zur Geliebten begehren und seit Wochen einen Narren aus mir machen, über den inzwischen der gesamte Hof spottet? Wenn du es partout noch einmal hören willst: Ja, ich liebe dich. Aber ich bin ein Mann, ich habe Bedürfnisse, ich will nicht länger warten. Sprich also, was sind deine Bedingungen?«

Ich halte den Atem an, damit er nicht merkt, wie sehr ich zittere. Vor lauter Angst und Anspannung ist mir eiskalt. Ein ungemütliches Gefühl. Doch es geht ja um nichts Geringeres als um meine Zukunft, es geht um mein Leben. »Ich möchte, dass du mich als deine offizielle Gattin zur Linken anerkennst«, sage ich. »Ich möchte dein heiliges Eheversprechen, für den Fall, dass die Königin stirbt. Nicht mehr, aber auch nicht weniger.«

Die Pause, die nach meinen Worten eintritt, fühlt sich an wie ein Sack voller Steine, und ich habe Mühe, meine aufsteigende Panik zu unterdrücken. Wie finster er aussieht! Wie verärgert! Er liebt mich nicht mehr! Ich habe die Situation überreizt, nie wird er sich darauf einlassen! Das Einzige, was mir bleibt, ist ein Rückzug in Würde. »Es tut mir leid«, flüstere ich und wende mich mutlos zum Gehen. »Verzeih mir. Ich kann nicht anders. Ich muss hart bleiben.« Ich habe mich bereits ein paar Schritte und eine kleine Ewigkeit entfernt, als ich ihn lachen höre und mich erleichtert umdrehe. Gibt es doch noch Hoffnung?

»Meine Frau ist zäh«, sagt er, und leicht verärgert vernehme ich eine deutliche Prise Amüsiertheit in seiner Stimme. »Die Religion hält sie noch besser am Leben als ihre Eifersucht.

Und ich bin Katholik, die Freuden der Bigamie sind mir leider versagt.«

Ich drehe mich weg, damit er die Tränen nicht sieht, die jetzt in meinen Augen glitzern, es verletzt mich, dass er mich nicht ernst nimmt. Dass es ihm egal zu sein scheint, wie ich mich fühle. Ich hasse es, wenn ich ihm unterlegen bin, also tue ich das Einzige, worin ich mich überlegen glaube. Er soll spüren, worauf er offensichtlich so leicht verzichten will. Entschlossen gehe ich auf ihn zu, sage wild: »Küss mich, August«, und schließe die Augen. »Küss mich so, als gäbe es kein Morgen.«

Er lacht, leise, amüsiert, zärtlich. »Der Wunsch einer schönen Frau sei mir Befehl.«

Als er seine Lippen auf meine legt, versuche ich mich gegen dieses süße Gefühl der Schwäche zu wappnen, das fast einer Ohnmacht gleichkommt, aber als seine Zunge ihr zärtliches Spiel beginnt, da ergreift sie mich wieder, diese schmerzliche Wehrlosigkeit, dieser Wunsch nach totaler Auflösung. Ich weiß, dass es ihm genauso geht, ich spüre das laute, drängende Pochen seines Herzens, weil es genauso drängend pocht wie mein eigenes. Wir sind einander völlig ausgeliefert.

»Komm mit in mein Schlafgemach«, murmelt er. »Lass mich dir zeigen, wie sehr ich dich liebe. Ich will nicht mehr reden, ich will dich spüren. Komm, Liebste.«

Ach, ich wäre so gern schwach geblieben, doch ich habe das Stichwort gehört, auf das ich reagieren muss. Ich ergreife es zögerlich, denn mir bleibt keine Wahl. Ich muss alles auf eine Karte setzen, sonst setze ich meine Zukunft aufs Spiel. »Du kennst meine Bedingungen, August«, flüstere ich deshalb, winde mich aus seiner Umarmung und versuche, das Beben meines Busens unter Kontrolle zu bekommen. Was nicht leicht ist, denn ich habe viel, was beben kann. Und das ist dem mächtigsten Mann Sachsens sicher nicht egal.

»Wenn du diese Nacht bei mir bleibst, tu ich alles, was du willst«, lächelt er, während mir seine Augen ins Mieder

rutschen und dort liegen bleiben. »Ich gebe dir mein Ehrenwort.«
»Und wenn du es brichst, mein Kurfürst?«, lächle ich zurück und zwinge ihn, mir ihn die Augen zu sehen, was er widerstrebend tut. »Was geschieht dann mit mir?«
»Vertrau mir, liebste Constantia«, fordert er, »ohne Vertrauen ist Liebe nur ein Wort.«
Wir schweigen, ein Kräftespiel. Wer wird nachgeben? Fieberhafte Gedanken überschlagen sich in meinem überhitzten Hirn. Meinen Körper ignoriere ich, der ist nämlich leider längst wieder im Begriff, mich im Stich zu lassen.
»Nun komm schon«, drängt August, ganz offensichtlich nicht daran gewöhnt, dass man ihm die Erfüllung seiner Wünsche so hartnäckig vorenthält. »Ich verspreche dir, dass du diese Nacht nicht vergessen wirst.«
Ach. ACH. ACH!!! Ich hätte so gern! Ich bin so wahnsinnig verliebt! Und er küsst so gut! Aber es geht nicht. Sonst werde ich alles verspielen – meine Zukunft, seine Liebe, unser Glück. Ich muss hart bleiben, auch wenn mein Herz dabei zerbricht.
»Es tut mir leid, mein Liebster.« Ich schiebe mein leicht derangiertes Mieder zurecht und recke mich auf meine ganze stolze Höhe von 1,68 Metern. »Ich würde nur allzu gern, allein ich kann nicht. Ich gehöre dir bis in alle Ewigkeit, allerdings nur als deine rechtmäßige Ehefrau zur Linken, sonst trennen sich unsere Wege für immer. Der Worte sind genug gewechselt, ich will jetzt endlich Taten sehen. Du entscheidest, ich füge mich.«
Ich wende mich ab und gehe mit schnellen Schritten zur Tür. Nur nicht umdrehen, Constantia, Kopf hoch, keine Schwäche zeigen. Mit jedem Schritt wächst meine Verzweiflung. Wird er mich gehen lassen? Ist es das Ende?
Kurz bevor ich die Tür erreiche, reißt er mich so heftig zurück, dass ich taumele. »Du hast gewonnen.« Seine Augen sind dunkel wie die Nacht. »Ich bin einverstanden. Aber nie-

mand darf je davon erfahren, wie frech und leider erfolgreich du mich erpresst hast, vor allem die Kirche nicht. Vor allem meine Mutter nicht. Ich hoffe, ich kann dir vertrauen. Ich hoffe noch mehr, dass du dieses Risiko auch wert bist.«
In meinem Lächeln liegt die Sonne. »Ich bin jedes Risiko wert, mein König, und wenn ich das Dokument in Händen halte, das mich zu deiner Ehefrau zur Linken macht, dann zeige ich dir, wozu eine Frau wie ich fähig ist, wenn sie sich geliebt weiß.«
»Ich kann es kaum erwarten.« Seine Stimme, tief und dunkel, streichelt all die Stellen meines erhitzten Körpers, die ich ihm noch nicht erlauben darf. Doch hoffentlich bald.
»Ich auch nicht, mein Geliebter«, flüstere ich.
Dann laufe ich ihm einfach davon. Weil ich sicher bin, dass er mir so schnell wie möglich folgen wird. Geschafft, jubiliere ich, als ich auf die Straße trete und meinen heißen Kopf in der kühlen Nachtluft erfrische. Der Himmel ist voller Sterne. Mein Leben ist voller Glück. Und mein Herz ist voller Liebe.

Karlsbad, 12. Mai 1705

»Herzlichen Glückwunsch zum fünfunddreißigsten Geburtstag, mein Herr und Gebieter.« Ich sitze nackt, wie Gott mich geschaffen hat, in unserem Gasthausbett, er steht davor und sieht mich an. In seinen Augen glitzert die Erinnerung an das, was wir die ganze Nacht getan haben und vermutlich auch an diesem Morgen wieder tun werden. »Deine allererste Gratulantin hat große Sehnsucht nach dem Mann, der sie so glücklich macht, dass sie es manchmal kaum aushalten kann.«
»Wie günstig, dass deine Sehnsucht erwidert wird«, lächelt er. »Noch günstiger, dass ich meine Frauen Nimmersatt ganz besonders mag.«
Ich schlage die Decke zurück und ziehe ihn auf mich. Obwohl er über zwei Zentner wiegt und sein Embonpoint ziemlich gewaltig ist, empfinde ich sein Gewicht nicht als unangenehm. Im Gegenteil, ich bin verrückt nach jedem Zipfel Haut von ihm, jedem Leberfleck, jeder Warze. Ich bin so ausgehungert nach seinen Berührungen, dass ich es kaum auszuhalten vermag. Es ist wie ein Durst, der nie gestillt werden kann.
»Wenn du noch ein einziges Mal in meiner Gegenwart von anderen Frauen sprichst …« Meine Zunge spielt in seiner Ohrmuschel, und ich bekomme eine Gänsehaut, als ich unter meinen Fingern fühle, dass sich die feinen Haare auf seinem nackten Oberarm aufrichten wie kleine Zinnsoldaten. »Dann werde ich …« Sanft beuge ich mich ihm entgegen, seine Umrisse verschwimmen, ich bin nur noch Wollust. Was macht er nur mit mir? Ich erkenne mich kaum wieder. Manchmal habe ich Angst, aus diesem Traum zu erwachen.
»Dann wirst du was, meine Schöne?«, murmelt er, während

er meinen Körper mit süßen Küssen bedeckt. »Was willst du mit mir tun, wenn ich eine andere Frau …«
»Dann werde ich dich töten«, unterbreche ich ihn. »Der erste Schuss soll für dich, der zweite wird für mich sein.«
Er lacht, er liebt mein Feuer. »Du bist so wild«, sagt er. »Ich mag wilde Frauen. Sie langweilen mich nie und entfachen die Lust in mir.«
»Ich entfache sie allzu gern, jedoch nur, wenn sie für mich brennt. Sollte sie für eine andere brennen, weißt du, was dir blüht.«
Er zieht mich auf sich, wir liegen Körper auf Körper, Haut auf Haut, die totale Verschmelzung. Wieder und wieder.
Wir sind unersättlich. Wir lieben uns jeden Tag. Und jede Nacht. Ich kann nicht genug von ihm bekommen, ich bin süchtig nach ihm, weiche nicht mehr von seiner Seite. Auf Schritt und Tritt begleite ich ihn. Wenn er seine Soldaten in den Kasernen besucht, reite ich mit ihm, wenn er seine Minister empfängt, sitze ich neben ihm und halte mit meiner Meinung nicht zurück. »Du hast deinen Glauben für die polnische Krone geopfert, bist aus taktischen Gründen katholisch geworden, das finde ich gewissenlos«, habe ich ihn kürzlich getadelt. »Ein König muss seinem Volk ein moralisches Vorbild sein.«
Ich weiß, dass er Kritik nicht gewöhnt ist und ich mir meine nur erlauben kann, solange »seine Lenden für mich glühen«, wie er vor ein paar Tagen sagte. Ich weiß auch, dass meine Offenheit von vielen nicht gern gesehen wird. Der König ist Gott, der Hof eine Schlangengrube, jeder Höfling ein Intrigant. Jeder muss immer genau wissen, in welcher Rangfolge er in der Gunst seines Herrschers steht, wen er hofieren und wen bekämpfen muss. Selbst mein August, mein Starker, hat Löcher in seinen Türen, um ständig beobachten zu können, wer mit wem spricht. Ich habe ihn dabei erwischt, als er sein königliches Gesicht ans Türloch seines Schlafgemachs presste. Es sah lächerlich und eines Herrschers unwürdig aus.

»Du spionierst deinen Höflingen hinterher?«, habe ich ihn ungläubig gefragt. »Hast du das denn nötig? Bist du nicht ihre Sonne, um die sich alles dreht?«
Er hat gelacht, doch seine Augen blieben kühl. »Wer in meiner Gunst so weit oben steht wie du, der darf sich einiges erlauben, aber er atmet dünne Luft«, sagte er und sah mich so durchdringend an, dass mir richtig bang wurde. »Sieh zu, dass du meine Gunst nicht überreizt und deine Stellung nicht verlierst.« Kühle Worte, denen zum Glück eine warme Umarmung folgte.
Ich weiß ja, dass er Recht hat. Dass ich nur so viel wert bin wie der Glanz, den er auf mich wirft. Wendet er sich ab, stehe ich im Schatten. Jede Aufmerksamkeit, die er mir gewährt, hat er einem anderen weggenommen. Der dafür nicht ihn hasst, sondern mich.
Meine Position ist teuer erkauft. Ich fliege hoch und kann jede Sekunde abstürzen. Dennoch kann ich nicht anders. Ich liebe ihn zu sehr. Auch wenn er schon fünfunddreißig ist, ein alter Mann. Immerhin bin ich fünfundzwanzig, auch kein junges Mädchen mehr. Obwohl ich mich noch immer wie eins fühle. Besonders, wenn er bei mir ist. Oder in mir.
»Du warst wieder mal großartig, liebe Constantia«, seufzt August, stützt sich auf seinen Ellbogen und betrachtet meinen satten Körper. »Keine liebt so wie du. Und keine war mir je so teuer. Viele Tausende hast du mich gekostet. Sei's drum, denn du bist mir jeden Taler wert, den du mir bis jetzt abgerungen hast.«
Ich lächele und schmiege mich an ihn. Sein Heiratsversprechen, unterschrieben und versiegelt, habe ich an einem geheimen Ort verwahrt, es darf auf keinen Fall in falsche Hände geraten. Nicht auszudenken, wenn seine Feinde es gegen ihn verwenden würden. Keiner durfte es erfahren, obwohl ich es am liebsten in die Welt hinausposaunt hätte: Er ist mein Mann, ich gehöre ihm! Mit Haut und Haaren. Mit Herz und Seele. Ich bin seine Ehefrau zur Linken, mit allen Rechten

und Pflichten einer Königsgattin. Das steht zwar nicht ausdrücklich in dem Dokument, doch ich verstehe es so.
Wenn Christiane Eberhardine, so eine gnädige Göttin es will, sterben sollte, einen schnellen, sanften Tod, wie sie es verdient, dann bin ich seine Königin. Wobei es natürlich auch etwas länger dauern könnte, denn sie erfreut sich zwar schwächelnder, dennoch hartnäckiger Gesundheit. Aber ich fühle mich auch jetzt schon als seine Königin. Schließlich feiere ich hier im schönen Städtchen Karlsbad mit ihm seinen Geburtstag. Schließlich liebt er mich so lange und oft, bis unsere Körper glühen. Mir erzählt er von seinen Träumen und Visionen, mir hat er sein Herz geschenkt. Und ich werde es nie wieder loslassen.
Obwohl ich so verliebt bin, dass ich beinahe platze, habe ich mich abgesichert. Ich habe den Ratschlag meiner tüchtigen Mutter beherzigt und das Eisen geschmiedet, solange es heiß war. Und es hat geklappt: Ich erhalte jedes Jahr eine Apanage von 100 000 Talern, so viel wie noch keine königliche Mätresse vor mir. Nach unserer Rückkehr wird er mir einen Palast bauen und mir das Rittergut Pillnitz überschreiben. Ich bin die reichste, die schönste, die mächtigste Frau Sachsens. Das Wichtigste jedoch ist: Ich werde geliebt. Und wie ich geliebt werde! Vor allem: wie ich liebe! Ich fühle mich stark und unbesiegbar. Liebe ist eine Himmelsmacht.
»Ich habe Lust auf ein Bad«, rufe ich voller Freude und springe aus dem Bett. »Und nach dem Frühstück lass deine Diener die Pferde satteln, damit wir ausreiten können.«
»Nimm ein heißes Mineralbad«, sagt August und zwinkert mir zu. »Ich habe gehört, das soll fruchtbar machen.«
Warum muss ich ausgerechnet in diesem Moment des Glücks an das blöde Gedicht der Königin denken? An blonde Flechten, die grau, an pralle Wangen, die schlaff werden, an runzlige Gesichter. An mein runzliges Gesicht. Ich habe nicht mehr viel Zeit für Kinder, denke ich mit einem Anflug von

Panik. Vielleicht bin ich bald nicht mehr fruchtbar. Die Uhr läuft ab. Ich werde immer älter.
Rasch schlüpfe ich in mein Unterkleid aus weißem Leinen und gestärkter Spitze und beschließe, so schnell wie möglich schwanger zu werden. Auch aus praktischen Erwägungen, denn ein Kind von August wird unsere Liebe und meine Stellung bei Hofe stärken.
Draußen klingelt ein Glöckchen. Das Zimmermädchen bringt unser Frühstück. Klingelingeling. Ich öffne die Tür mit einem Lächeln, denn der Tag fängt gut an – und wer weiß? Vielleicht bin ich morgen schon gesegneten Leibes, wie es in der Bibel so schön heißt. Klingelingeling.

Hamburg, 7. Oktober 2005

Sein Handy klingelte, als ich meinem Angetrauten gerade die obere Brötchenhälfte reichte, wie immer dick mit Butter und Käse belegt. Obwohl mir die Gepflogenheiten der Spezies »Geliebtis amoralis« unbekannt waren, ahnte ich, dass sie es war. Ihre Motive lagen auf der Hand: Duftmarke setzen, Unruhe stiften, Appetit verderben. Das ist es doch, was Geliebte gern tun, wenn der Ehemann sie allein zurücklässt. Vermutlich saß sie in diesem Moment in ihrer kuscheligen Singlewohnung, kaute frustriert an ihren French Nails und war tierisch eifersüchtig auf mich. Ein Gefühl, das ich nur allzu gern vertiefen wollte.

»Ich geh ran«, rief ich deshalb schnell, und ehe Richard mir das Handy aus der Hand reißen konnte, sagte ich: »Wir frühstücken gerade und wollen dabei nicht gestört werden.« Ich legte auf und ignorierte seinen fassungslosen Blick. Er konnte bei Bedarf ganz schön blöd aussehen. Dies war so ein Moment und ich genoss ihn.

»Sag mal, spinnst du?«, mümmelte er, den Mund voller Brötchenkrümel, »du kannst doch nicht einfach …«

»Doch, ich kann, Liebling«, lächelte ich honigsüß und dachte: Ich kann viel mehr, als du denkst. »Noch ein bisschen Kaffee?«

Er nickte und vertiefte sich wieder in seine Zeitung. Das Thema war für ihn offenbar abgehakt. Manchmal beneidete ich die Männer um ihre Schlichtheit. Mehr als einen Gedanken schienen sie nicht in ihren Hirnen bewegen zu können.

»Liebst du mich eigentlich noch?«, fragte ich, wie nebenbei.

»Hätte ich dich sonst geheiratet, mein Schatz? Klar lieb ich

dich«, antwortete er, ohne von seiner Sportseite aufzublicken.
»Klar«, murmelte ich enttäuscht. »Dumme Frage. Aber ich hätte gern eine andere Antwort gehört.«
Er hakte nicht nach, welche, also schnappte ich mir sein Handy und ging damit vors Haus. Mein Herz klopfte warnend, aber ich ignorierte es einfach, drückte auf die Rückruftaste, wartete auf das Klingelzeichen, atmete tief in meinen Bauch, wie meine alte Yogalehrerin es mir mal empfohlen hatte, und dann …
»Hi, mein Schatz, endlich, ich bin schon ganz verrückt vor Sehnsucht«, säuselte die Frau, die gerade meine Ehe zerstörte, mit sonnigem Stimmchen. »Ich bin gerade aufgewacht und hab unheimlich Lust auf den kleinen Richard.« Das anschließende Kleinmädchenkichern, das sie vermutlich für erotisch hielt, war leider zu viel für mich.
Ich legte auf, weil mir absolut nichts dazu einfiel. So musste sich ein Schwamm fühlen, den gerade jemand mit aller Kraft ausgedrückt hat. Saft-kraft-knochenlos. Eine Geliebte ist wie Migräne, man kann den Schmerz vergessen, wenn er sich nicht mehr bemerkbar macht, aber wenn er wieder auftaucht, ist er umso fieser. Ich ging mit dem Handy wieder in die Küche, wo mein Mann gerade die Zeitung auf den Tisch legte und aufstand.
Das Ungleichgewicht unserer Befindlichkeiten war so enorm, dass es schon fast absurd war. Er ahnte nichts – oder war er etwa raffinierter, als ich ihm zutraute? Vielleicht ließ er sich nur nichts anmerken, hoffte, der Sturm würde vorübergehen, wenn er sich nur ruhig verhielt. Womöglich hatte ich tatsächlich einen Informationsvorsprung. Und den durfte ich erst aufgeben, wenn ich stark und sicher war. Auch wenn es mir schwer fiel, bis dahin musste ich ihn hüten wie einen Schatz.
Ahnungslos lächelte er mich an, der Mann meiner Alpträume. »Der HSV hat schon wieder verloren, ich fass es nicht«,

schimpfte er und zog sein Jackett verkehrt herum an. Er merkte nichts, ich sagte nichts, weil es unwichtig war und wir über die wichtigen Dinge auch nicht redeten.
»Warte heute nicht auf mich, mein Schatz, es kann später werden.« Der klassische Satz jedes fremdgehenden Ehemannes, den ich in Gedanken ergänzte: Dann ist nämlich nach hinten alles offen, je nachdem, wie viel Spaß ich habe. Halte du bitte die Stellung zu Hause, mein Zwiebelfischlein, denn ich halte sie woanders. Ich schluckte, hielt ihm die Wange hin zum Judaskuss, fühlte mich scheußlich, und dann setzte er dem Ganzen noch die Krone auf, als er mit den Worten »Tut mir übrigens leid wegen gestern Abend. War einfach ein bisschen schlapp, wird nicht wieder vorkommen« aus der Haustür trat, während er in seiner Jackentasche nach seinen Autoschlüsseln tastete.
Wie gut ich dieses Tasten kannte. Ständig suchte er irgendetwas, meistens war ich schuld. »Hast du meine Schlüssel/Brille/Brieftasche wieder verlegt?«, rief er dann gern vorwurfsvoll. Diesmal fand er, was er suchte, drehte sich noch einmal um, winkte mir kurz zu und war verschwunden.
Ich ging zurück ins Haus und konnte auf einmal die Stille darin nicht aushalten. Mein Heim kam mir fremd vor. Vielleicht weil jeder Winkel in ihm eine Geborgenheit und Vertrautheit vortäuschte, die ich im Augenblick als Hohn empfand. Also ging ich zu Bettina, die gerade ihre Zwillinge Lea und Leander aus der Tür scheuchte. »Und tschüs, ihr zwei«, rief sie den beiden nach. »Viel Spaß in der Schule, benehmt euch. Quält keine Lehrer, sonst gibt es Ärger.« Als sie mich sah, legte sie den Arm um mich und seufzte tief: »Komm ins Haus, meine Süße, alle sind weg, der schönste Teil des Tages kann beginnen. Du siehst übrigens richtig scheiße aus!«
Wie immer verfehlte ihre ansteckend gute Laune ihre Wirkung auf meine angeschlagene Ehefrauenseele nicht. »Soll ich ihn umbringen oder um ihn kämpfen?«, fragte ich. »Was würdest du an meiner Stelle tun?«

Sie sah mich an und überlegte. »Was würde die Gräfin Cosel an deiner Stelle tun?«, fragte sie. »Mit der teilst du dir doch angeblich eine Seele, oder nicht?«
»Wir teilen nicht, wir sind dieselbe Seele«, korrigierte ich, aber das klang nun so abstrus, dass wir beide lachen mussten.
»Ich glaub sowieso nicht an diesen ganzen Quatsch«, grinste Bettina. »Vielleicht hättest du dir doch eine andere Seele aussuchen sollen. Eine, die glücklicher ist. Vielleicht hätte das auf dein jetziges Leben abgefärbt.«
Wir saßen am Tisch in einer Küche, die genauso einem Schlachtfeld ähnelte wie meine eigene. Das allgemeine Morgenchaos war vorbei, und normalerweise hätte ich jetzt, von lauter Radiomusik begleitet, seine Spuren beseitigt, Schmutzwäsche in den Korb gebracht, Geschirr in die Spülmaschine geräumt. Aber es war kein normaler Morgen, deshalb hatte ich auch nicht das Bedürfnis, normale Dinge zu tun.
»Du fragst mich gar nicht, wie es mir als Gräfin Cosel geht.« Ich bemühte mich, meine Stimme nicht beleidigt klingen zu lassen. »Interessiert es dich nicht oder glaubst du nicht mehr an Seelenwanderung?« Ich beobachtete, wie sie einen grünen Tee machte, weil sie den für ein Allheilmittel hielt. Warzen, Erkältung, Fremdgehen – grüner Tee war für alles gut.
»Wenn du meine ehrliche Meinung hören willst, nein und nochmals nein«, rief sie und schob mir eine Tasse hin, aus der es zwar gesund, aber ungut roch. »Ich glaube an ein Jüngstes Gericht nach dem Tod, bei dem der liebe Gott entscheidet, ob Himmel oder Hölle angesagt sind.« Ich trank mit spitzen Lippen und überlegte, wo ich wohl einmal landen würde. Da Richard mit Sicherheit in die Hölle kam, wäre ich im Himmel ohne ihn. Aber war ich das nicht jetzt schon? »Wird man aus einem Leben herausgeklopft, schlüpft man halt in ein anderes wieder hinein«, sagte ich. »Ein schöner Satz, findest du nicht?«
»Von dir?« Bettinas Stimme klang gelangweilt.

»Nein, von Wilhelm Busch«, erwiderte ich. »Und der Dichter C.F. Meyer ...«
»Ich weiß, ich weiß«, unterbrach sie mich. »Er war der Meinung, er hätte in einem früheren Leben etwas Böses getan, und das Schicksal hatte beschlossen: Der Kerl muss auf die Erde und ein Meyer werden. Das hast du mir schon ungefähr tausendmal erzählt.«
Ich schwieg, weil sie Recht hatte. »Nehmen wir mal an, ich wäre tatsächlich früher Gräfin von Cosel gewesen«, begann ich vorsichtig. »Und nehmen wir weiter an, ich hätte etwas getan oder nicht begriffen, was ich jetzt wiedergutmachen müsste. Was könnte das deiner Meinung nach sein?«
»Keine Ahnung«, sagte Bettina, »vielleicht den Mann töten, der dich betrügt? Als Gräfin hast du immerhin damit gedroht. Vielleicht solltest du diese Drohung wahr machen und Richard einfach umlegen?«
»Ich hab doch gar keine Knarre.« Plötzlich konnte ich wieder lachen. »Außerdem will ich nicht ins Gefängnis.«
»Nimm doch ein nicht nachweisbares Gift«, schlug Bettina vor. »Das rührst du ihm in den Morgenkaffee, und während du um die Alster joggst, erliegt er einem Herzinfarkt. Wäre dann natürlich besser, wenn du vorher eine Lebensversicherung über eine Million abschließt, damit sich die Sache auch finanziell lohnt.«
Ich schwieg, denn so schnell, wie meine Fröhlichkeit gekommen war, verschwand sie auch wieder.
Bettina schob ihre Tasse zur Seite, nahm meine Hände und streichelte sie: »Wie geht's dir, meine Süße?«
»Beschissen«, erwiderte ich ehrlich. »Einfach nur beschissen.«
Und zwar so sehr, dass ich ihr die Einzelheiten ersparen wollte. Die schlaflosen Nächte, in denen mein Herz kalt und schwer in mir lag. Die Angst, die mir die Luft abschnürte. Die bleischweren Morgen, wenn ich funktionieren musste und mir jede Bewegung schwer fiel. Die quälenden Gedanken, die

masochistischen Selbstvorwürfe, die Tränensäcke, die immer tieferen Furchen, die sich in mein immer runzligeres Gesicht eingruben.

»Ich bin ja bei dir«, flüsterte die beste aller Freundinnen, und so saßen wir eine Weile stumm da und waren uns sehr nahe.

»Ich habe Angst, dass er mich nicht mehr liebt«, sagte ich, »dass er, wenn ich ihn darauf anspreche, die Gelegenheit nutzt, ein neues Leben anzufangen.«

»Da wäre er aber schön blöd«, sagte sie, und ich hätte sie für diesen Satz küssen können.

»Lieben Männer eigentlich genauso stark wie Frauen?«, überlegte ich. »Oder lieben sie völlig anders?«

Bettina erwiderte: »Weißt du was? Ich glaube, wir sollten aufhören, uns darüber Gedanken zu machen. Männer tun es schließlich auch nicht.«

Ich trank meinen Tee aus, der inzwischen scheußlich bitter schmeckte, weil sie wie immer vergessen hatte, den Beutel rechtzeitig herauszunehmen. Eine Frage hatte ich noch. »Warum lieben wir Männer, die ...«

Dresden, 4. Juni 1705

»... uns nicht genauso lieben wie wir sie?« Ich liege in seinem Bett, in seinen Armen, wohlig erschöpft, und weiß, dass meine Frage kokett klingt. Ich weiß aber auch, dass mir mein August jede Koketterie verzeihen wird.

Er liebt es, wenn ich ihn necke und herausfordere. »Die Leidenschaft verhindert, dass man die kennt, die man liebt«, erwidert er. »Das hast nicht du gesagt, sondern der Dichter Ernst Ludwig Haxthausen, mein Herr«, lächele ich. »Du schmückst dich mit fremden Federn. Außerdem bist du meiner Frage ausgewichen.«

August lacht und streckt sich. Ich kann mich gar nicht satt sehen an seinem wunderbaren Körper, glatt, leicht gebräunt, muskulös. Ich kenne jeden Quadratzentimeter, habe jedes Fleckchen seiner Haut mit meinen Lippen und meinen Fingern zärtlich erkundet. »Ich habe im Augenblick keine Lust, deine Frage zu beantworten«, murmelt er. »Aber es gibt etwas anderes, wozu ich sehr große Lust habe. Und das werde ich jetzt unverzüglich tun, wenn du gestattest.«

Ich gestatte. Und wie ich gestatte!

»Ich liebe dich, August«, flüstere ich kurz vor dem Höhepunkt. »Ich liebe dich mehr als mein Leben.« Und das ist die reine Wahrheit.

Später, nachdem er gegangen ist, im Schloss warten die Minister bereits seit einer Stunde auf ihn, ziehe ich mich flüchtig an und besuche meinen momentanen Lieblingsort – die Baustelle, mitten in Dresden, auf der mein Haus entstehen soll. Ich kann es kaum abwarten, bin voller Vorfreude. Mein erstes Haus! Noch ist es alt und baufällig, mehr eine Ruine, aber es liegt neben dem Schloss und gegenüber dem Zwinger, strategisch also sehr günstig für eine Ehefrau zur Linken, die ihren Liebsten immer in der Nähe haben will. So habe ich alles bestens unter Kontrolle.

»Wie viel sollst du eigentlich dafür zahlen?«, hatte ich neugierig gefragt, als er kürzlich von den Verhandlungen mit der Grundstücksbesitzerin, einer geldgierigen alten Witwe, zurückkam.

»Wieso interessiert dich das?«, wollte er wissen. »Geld ist Männersache.«

Auf mein Drängen nannte er einen Preis, der mir einen Aufschrei des entzückten Entsetzens entlockte. »Lass dich bloß nicht betrügen«, flehte ich ihn an. »Frag mich, wenn du unsicher bist.«

Auf seiner Stirn vertiefte sich eine kleine Zornesfalte, er fühlte sich in seiner Mannesehre gekränkt. Er konnte ja nicht ahnen, dass ich einiges von Geldgeschäften verstand und schon seit Jahren einen kleinen privaten Geldverleih betrieb. Seine Hofjuden respektierten und fürchteten mich, denn wann immer ich ein wenig Geld übrig hatte, verlieh ich es zum Höchstpreis von zehn Prozent. »Ich bin nicht unsicher«, Augusts Stimme klang scharf und ärgerlich, »und selbst wenn ich es wäre, würde ich die Frau, die mein Lager teilt, nicht in Geldangelegenheiten um Rat bitten.«

»Mehr als elftausend Taler ist das Haus nicht wert.« Ich blieb ruhig, obwohl seine harten Worte mich verletzt hatten. »Ich war mehrere Male auf der Baustelle und habe das Haus gründlich inspiziert. Es gibt keinen Wasseranschluss, der Brunnen ist öffentlich und rund zweihundert Meter vom Haus entfernt. Neue Wasserleitungen …«

»Lass das bitte meine Sorge sein«, wollte er mir widersprechen, aber ich unterbrach ihn.

»Es wird dein und mein Haus sein«, sagte ich mit fester Stimme. »Deshalb möchte ich, dass es das schönste Haus in Dresden wird. Die ganze Stadt soll wissen, wie teuer ich dir bin.«

Drei Tage später verkündete er stolz: »Ich kann dir jetzt sagen, wie teuer du mir bist, Constantia. 10500 Taler – nur für die Ruine. Wenn das Haus fertig ist, hast du mich vermutlich um mehr als 30000 Taler ärmer gemacht.«
Er hatte auf mich gehört! Ich war unglaublich stolz auf mich und lachte siegessicher: »Bin ich dir so viel wert, mein Gebieter?« Er sah mich an und ich konnte die Antwort in seinen dunklen Augen lesen. Sie gefiel mir sehr.
Als ich das Haus verlasse und mit wehendem Kleid zur Baustelle laufe, sehe ich sofort, dass die Arbeiter bereits große Fortschritte gemacht haben. Die ehemals schwarzdunklen Mauern, der bröckelnde Putz sind verschwunden, das mehrstöckige Haus, ganz aus Stein, das ich mit entworfen habe, ist auf dem lehmigen Boden bereits abgesteckt.
»Seid Ihr zufrieden, Gnädigste?« Der Architekt Matthäus Daniel Pöppelmann, der genau wie ich als unbekannter Niemand nach Dresden und hier zu Ruhm und Ehre gekommen ist, zeigt auf das Fundament, auf dem mein Paradies entstehen soll.
»Sehr zufrieden«, lobe ich ihn. »Ich hoffe, Sie werden ein häufiger Gast in meinem Hause sein. Zur Einweihung lade ich Sie jetzt schon ein.«
»Ich fühle mich zutiefst geehrt und werde mit dem allergrößten Vergnügen Folge leisten.« Er verbeugt sich und geht.
Ich sehe ihm nach, stolz und glücklich. »Ich habe ein Haus«, rufe ich und tanze vor lauter Glück auf der Straße umher. »Und keiner kann es mir wieder wegnehmen.« Ich habe nämlich darauf bestanden, als Eigentümerin sowohl im Kaufvertrag als auch im Grundbuch eingetragen zu werden, und dies nach einer ganz besonders schönen Nacht auch durchgesetzt. Ich fühle mich besser so, denn die Liebe hat mich zum Glück nicht blind gemacht. Ich weiß längst, dass August ein sehr großzügiger, aber auch völlig unberechenbarer Liebhaber ist. Seine lukrativen Todesküsse sind schließlich gefürchtet.
»Wo soll ich unterschreiben?«, hatte ich ihn gefragt, als es

endlich so weit war und er warm und entspannt in meinen Armen lag.
»Unter meinem Namen, meine Schöne.« Er legte mir den Kaufvertrag aufs Bett und machte ein ernstes Gesicht.
»Was ist denn los?« Ich schmiegte mich an ihn und küsste die tiefe Furche zwischen seinen dichten, dunklen Augenbrauen. »Bereust du es schon?«
Die Furche vertiefte sich, er sah finster aus. »Meine Mutter spricht nicht mehr mit mir«, sagte er. »Sie hat kein Verständnis dafür, dass ich einer Mätresse einen Palast neben dem Schloss baue. Als mein Bruder Schloss Pillnitz kaufte und seiner Geliebten schenkte, hat sie ihn sofort aus ihrem Testament gestrichen.«
»Was geht das denn deine Mutter an?«, fragte ich mit gespielter Gelassenheit. »Du bist ein erwachsener Mann, du kannst leben, wie du willst, und vor allem lieben, wen du willst.«
Es war der falsche Satz, wie mir das wütende Auflodern in seinen Augen unmissverständlich klar machte. »Meine Mutter will nur das Beste für mich«, erwiderte er.
Das Lodern verstärkte sich, als ich ihn mit den Worten »Mütter wissen nie, was das Beste für ihre Söhne ist« unterbrach.
Schneidend fragte er zurück: »Darf ich erfahren, wie du, die du trotz deines fortgeschrittenen Alters noch keine Mutter bist, das beurteilen willst?«
Ich schwieg, weil mir das Herz schmerzte. Er ahnte nicht, wie sehr er mich mit seinen Worten demütigte, obwohl er in der Sache natürlich Recht hatte. Und zwar mehr, als er ahnte, denn dass ich mein erstes Kind gleich nach der Geburt weggegeben hatte, würde er natürlich nie erfahren. Ich war sicher, er hätte mich dafür zutiefst verachtet.
»Aber deine Mutter …«, wehrte ich mich.
»Genug jetzt!«, rief er unwirsch. »Ich brauche alle Kraft für mich und mein Land. Du bist immer so ungestüm und for-

derst zu viel von mir. Wenn du einen König liebst, wirst du immer die zweite Geige spielen. Wir aus dem Geschlechte der Wettiner dienen erst unserem Land, bevor wir der Liebe dienen.«

Ich verkniff mir die Bemerkung, dass sein Bruder, Johann Georg IV., diese königliche Maxime offensichtlich nicht beherzigt hatte, denn als seine Geliebte Sibylle von Neitschütz an den schwarzen Blattern erkrankt war, hatte er ihr auf der Totenbahre einen Abschiedskuss gegeben und sich dabei angesteckt.

Er starb einen schnellen, schmachvollen Tod. Daraufhin wurde mein August, der sich gerade auf einer Kavalierstour in Südeuropa befand, unerwartet früh sein Nachfolger. Vielleicht hatte ihn die Leichtigkeit, mit der er die Krone gewann, auch ein wenig überfordert, aber das würde er natürlich nie zugeben. Er war es gewohnt, dass ihm immer alles zufiel. Er hielt es für normal.

»Ich dachte, du magst eine Frau, die keine Angst vor dir hat. Devotes Katzbuckeln hast du doch von allen anderen. Ich jedenfalls sage immer, was ich denke, auch wenn es mir schadet. Darauf kannst du dich verlassen.«

Seine Züge entspannten sich. »Du bist keine einfache Geliebte, Constantia«, sagte er lächelnd. »Und ich hoffe für uns beide, dass du deine Grenzen nie überschreitest. Wenn du es tust, muss ich dich nämlich verstoßen. Das würde ich zwar aus tiefstem Herzen bedauern, aber ich würde es tun. Weil ich es tun muss.«

Ich lächelte zurück und versuchte mir die leise Furcht, die mich bei seinen warnenden Worten beschlich, nicht anmerken zu lassen. »Da meine Liebe zu dir ohne Grenzen ist, kann ich sie auch nicht überschreiten, mein Gebieter«, erwiderte ich. »Und wenn du jetzt keine wichtigen Regierungsgeschäfte zu erledigen hast, würde ich es dir gern beweisen.«

»Deine grenzenlose Liebe?«, fragte er.

Ich schüttelte den Kopf. »Diesmal keine Liebe«, erwiderte ich verführerisch. »Nur Lust. Grenzenlose Lust. Bist du bereit, mein Herr?« Ich merkte, wie sich seine Augen verdunkelten, und wohlige Vorfreude durchschauerte mich. Er musste mich nur ansehen, dann spürte ich bereits, wie sich seine Hände auf meinem Körper anfühlen würden. Manchmal erschreckte mich die Vorstellung, wie abhängig ich von ihm war.

»Du bist maßlos«, sagte August und küsste mich.

»Du genauso, mein König«, flüsterte ich dicht an seinem Mund. »Deswegen lieben wir uns doch so.«

Dresden, im Frühjahr 1707

Doch Liebe ist nicht alles! Grund und Boden sind genauso wichtig.
Endlich ist es so weit, mein Haus ist fertig. Eine maßlose Untertreibung, denn es ist kein Haus, es ist ein Palais! Strahlend schön steht es neben dem Wettinerschloss, mein Taschenberg-Palais. Es heißt wie der Hügel, auf dem es gebaut wurde. So hat August es für mich benannt, weil er weiß, dass ich königliche Namen liebe. Zwei Jahre lang habe ich den Architekten und die Handwerker angetrieben, habe eifrig Baupläne studiert und ständig verändert, habe schadhafte Mauern wieder einreißen und Bäume umpflanzen lassen und während all dieser Zeit meinen Mut und meine gute Laune nicht verloren.
Was nicht immer leicht war, denn ich bin schwanger und erwarte unser erstes Kind. So belastbar und gelassen bin ich sicher nur, weil es bereits meine zweite Schwangerschaft ist, was August noch immer nicht weiß. So muss es auch bleiben, denn jetzt, da ich sein Kind erwarte, würde es ihn sicher kränken, dass ich den Bastard eines anderen Mannes unter dem Herzen getragen habe. Wo es wohl leben wird, dieses unbekannte Wesen? Wer es wohl aufzieht?
Ich denke auch jetzt nicht viel an die vergangene Zeit, nur manchmal, wenn ich nachts nicht schlafen kann, fällt mir alles ein und bereitet mir schlimme Träume. Bin ich eine schlechte Mutter? Habe ich ein kaltes Herz, das nur in den Armen eines Mannes heiß wird? Ein paar hundert Jahre später wäre ich für mein Verhalten sozial geächtet und als Rabenmutter beschimpft worden. Aber im Spätbarock haben Kinder keine

Rechte und werden schon sehr früh wie kleine Erwachsene behandelt. Die Königskinder haben alle ihren eigenen Hofstaat, und wenn sie ihre Eltern sehen oder sprechen wollen, müssen sie bei deren Dienerschaft um eine Audienz bitten. Wer es sich leisten kann, lässt eine Amme das Neugeborene stillen, um sich nicht die Figur zu ruinieren, und auch ich halte es für geschmacklos, dies selbst zu tun. Trotzdem freue ich mich sehr auf mein Kind, es wird die Bande zwischen mir und August und damit meine Stellung bei Hofe festigen. Er wird sein schriftliches Versprechen halten und unseren Nachkommen als legitim anerkennen. Diese Sicherheit beruhigt mich. Außerdem bin ich endlich unabhängig. Und reich dazu. Unfassbar reich.
August hat mir zum Einzug ins Taschenberg-Palais ein Prunkgeschirr aus Gold für achtundvierzig Personen geschenkt, dazu die Daphne als Trinkgefäß, eine Flussnymphe aus Silber, Gold und Korallen. Sie steht an meinem Bett und beschützt mich.
»Wovor denn?«, hatte mich August gefragt, als ich sie dort aufstellte.
»Vor bösen Geistern und Männern«, erklärte ich. Dabei erwähnte ich nicht mit einem Wort, was ich unlängst erfahren hatte: dass er die Daphne eigentlich seiner ersten offiziellen Geliebten, Maria Aurora von Königsmarck, versprochen hatte. Er hatte ein schlechtes Gewissen, weil er sich um seinen elfjährigen Sohn Moritz kaum kümmerte.
Bei unserem Kind, da bin ich mir sicher, wird es anders sein. Weil es ein Teil von uns beiden ist. Ein Zeugnis unserer großen Liebe.
»Vielleicht schenke ich Aurora die Daphne«, hatte August gesagt, als wir zusammen im Grünen Gewölbe waren.
Natürlich hatte ich ihm nicht verraten, dass ich mich bereits in die Figur verliebt hatte. Ich überredete ihn, sie vorerst bei mir zu deponieren, und dann schwatzte ich sie ihm mit heißen Küssen endgültig ab. Maria Aurora, die im Exil ohne

Macht und Einfluss lebte, ein Schicksal, das ich unter allen Umständen vermeiden musste, konnte nichts dagegen tun. Die Daphne gehörte mir, genau wie August.
Wie hatte er so schön gesagt, als er mich über die Schwelle meines Palais trug? »Du bist jetzt meine offizielle Geliebte, ganz Sachsen blickt auf dich. Jede Bewegung, alles, was du tust und sagst, wird beobachtet und fällt auf mich zurück. Du bist ein Teil von mir. Ich gebe dir das Geld, das dazu nötig ist, meine Untertanen an den Glanz meines Reiches und damit an die Herrlichkeit des Himmels zu erinnern. Erweise dich dessen als würdig.«
Ich hörte ihm in scheinbarer Demut zu, während ich den Kopf gesenkt hielt, damit er das ungeduldige Aufblitzen meiner Augen nicht bemerkte.
Natürlich weiß ich, dass es genauso ist, wie er an jenem Tag sagte, trotzdem kommen mir seine Worte hohl und aufgeblasen vor. Ist es nicht das Allerwichtigste, dass wir uns lieben? Ja, so dumm und gutgläubig bin ich tatsächlich, und ich werde, was ich zum Glück jetzt noch nicht weiß, fast fünfzig Jahre Zeit haben, um in aller Ruhe über meine Dummheit und Gutgläubigkeit nachzudenken. Denn noch habe ich die neun schönsten Jahre meines Lebens vor mir. Noch liegt das Leben vor mir wie eine schillernde Seifenblase, voller Leichtigkeit und Verheißung.
Mein geliebter Kurfürst hat Wort gehalten und mich in jeder Bauphase unterstützt und gefördert. Jeden Nachmittag holt er mich mit seiner Kutsche ab, und gemeinsam plündern wir die Märkte und Geschäfte. »Kauf dir, was dein kleines Herz begehrt«, sagt er, und ich gehorche ihm. Ich weiß es sehr zu schätzen, dass er sich so liebevoll um mich kümmert, obwohl ihm politisch im Augenblick der Kopf raucht und der neue Haushalt seiner Geliebten sicherlich nicht das Wichtigste auf seiner Agenda ist.
Politisch steckt er nämlich bis zur Halskrause in der Klemme. Er hat die polnische Krone verloren, vorerst, doch es

werden sicher viele Intrigen und Millionen Taler nötig sein, um sie zurückzuerobern. Außerdem verbringt er die Nächte damit – jedenfalls die zweite Nachthälfte, nachdem er mein Bett verlassen hat –, eine große Rolle Papier auf dem Boden auszubreiten, dort stundenlang seine Zinnsoldaten hin und her zu schieben und Krieg zu spielen.

»Meine Truppen müssen nach Osten vorrücken«, murmelte er auch vergangene Nacht vor sich hin. »Wenn ich also meine Soldaten an der Westgr...«

»Hör auf damit!«, rief ich. »Komm lieber zurück ins Bett. Ich habe Sehnsucht nach dir.«

Doch wenn er Krieg spielt, ist er für die Welt verloren. »Das verstehst du nicht, mein Schatz«, wehrte er mich ab. »Männer müssen die Welt erobern, die ihr uns dann schön macht.«

»Dein Reich ist groß genug«, widersprach ich heftig, denn ich halte Kriege für absolut überflüssig, sie kosten viel Geld, das mein Exmann den armen Bauern unter dem Vorwand immer neuer Steuern abpresst, und bringen der Menschheit nur Elend. »Was ist so schön daran«, versuchte ich eine Antwort aus meinem kriegslüsternen Geliebten herauszulocken, »ohne Unterlass sinnloses Blutvergießen anzuzetteln? Brauchst du das zur Bestätigung deiner Männlichkeit?«

Ich meinte die Frage sehr ernst, aber sein lautes Lachen war eine deutlichere Antwort, als mir lieb war. »Wenn es so wäre, dann wärst du ja schuld«, sagte er. »Das hieße ja, dass du meine Männlichkeit so wenig bestätigst, dass ich als Ersatz einen Krieg brauche. Lass du mir meine Kriege«, schloss er das Thema ab, »dann lasse ich dir deine Häuser. So sind wir beide glücklich. Einverstanden, meine Schöne?«

»Nein«, sagte ich, »ich bin nicht einverstanden. Ich will Teil deines Lebens sein. Ich will, dass du mich ernst nimmst, obwohl ich eine Frau bin.« Für den Bruchteil einer Sekunde huschte der Gedanke durch mein Hirn, dass ich es auch dreihundert Jahre später nicht schaffen würde, Teil des ganzen Lebens meines Mannes zu sein. Ich war immer nur ein Anhängsel, geliebt lediglich dann, wenn ich nicht schwierig war.

»Gut, dann sei ein Teil meines komplizierten Lebens«, lächelte er, »aber ein verständnisvoller. Keiner, der mich anstrengt. Versprichst du mir das?«

Also vertrieben wir uns den Rest der Nacht mit Planspielen. Es war auch der beste Moment dafür, denn nach der Liebe waren wir erschöpft und friedlich und die Welt ließ uns in Ruhe. Ich dachte darüber nach, wie ich jeden meiner Salons in den Farben der vier Jahreszeiten einrichten würde, in Silbergold, Gold, Kupfer und wieder Silberfarben.

»Können wir einen großen Zuber in den Waschraum stellen? Ich hasse es, mich in einer Schüssel zu waschen«, sagte ich.

»Groß genug für uns beide?«, erwiderte er lachend. »Aber dann müsste er in deinem Schlafzimmer stehen, damit wir unbeobachtet sind.«

»Wie magst du denn dein Waschwasser?«, neckte ich ihn. »Ich liebe es heiß.«

»Ich auch«, murmelte er, »das weißt du doch. Im Augenblick interessiert mich allerdings viel mehr, ob ich Frederik IV. von Dänemark bitten soll, mit mir gegen die Schweden zu kämpfen. Allerdings wird er das nur tun, wenn Zar Peter I. mit von der Partie ist, und dem will ich nicht verpflichtet sein. Wen könnte ich sonst bestechen? Wenn ich meinen Sohn mit der Kaisertochter Maria Josepha verheirate, profitieren wir zumindest von ihren Erbansprüchen in Sachsen und Böhmen. Natürlich müsste dann mein Lebenswandel ein wenig moralischer sein als im Moment, die Österreicher sind sehr katholisch.«

Ich gebe oft vor, seinen Worten voller Interesse zu lauschen, dabei langweilen sie mich zu Tode. Die Geliebte des Königs zu sein hat nicht nur Vorteile, das ist mir inzwischen klar geworden. Auf dem Präsentierteller wird es manchmal ziemlich ungemütlich. Noch dazu ist August ein Mann, der nicht allein sein kann. Morgens möchte er neben mir aufwachen,

wenn er seine Minister empfängt, muss ich neben ihm sitzen und spüre während der Gesprächsrunden ihre hasserfüllten Blicke wie feine Nadelstiche, wenn August mich um meine Meinung bittet.
»Was hältst du von Flemming? Magst du ihn? Ist er ehrlich?«, hatte er mich gefragt, als er mich seinem Lieblingsminister vorstellte.
Ich zögerte mit meiner Antwort, denn ich hielt nicht viel von Graf Jakob Heinrich von Flemming. Mittelgroß und dicklich von Gestalt, verleiht ihm seine gebogene Nase etwas Düsteres, irgendwie auch Verschlagenes, was durch seine stets halb geschlossenen, schläfrigen Lider noch verstärkt wird. Doch wenn ich ehrlich in mich hineinlausche, liegt meine Ablehnung vermutlich auch daran, dass er für August einfach unersetzlich ist. Er hat kurfürstliche Schätze verkauft, um die Bestechungsgelder an die polnischen Adligen zu zahlen, die seinem Herrn die polnische Krone gesichert haben. Er fährt durch das Kurfürstentum und heuert junge Männer als Soldaten an, die kurze Zeit später auf dem Schlachtfeld eines sinnlosen Krieges ihr Leben verlieren werden. Er führt seinem Herrscher junge Frauen zu, die er für geeignete Geliebte hält. Geeignet im Sinne von machtverstärkend. Seine Macht natürlich. Hält eine Geliebte nicht, was sie verspricht, so tut er alles, um sie wieder loszuwerden. Ich weiß, wie argwöhnisch er mich beobachtet, wie er nur darauf lauert, dass ich einen Fehler mache.
Den ersten hatte ich bereits bei unserem Kennenlernen gemacht, als er mich mit seinem pestilenzartigen Atem fast ohnmächtig machte. »Welch großes Vergnügen, Gräfin«, hatte er so unangenehm dicht an meinem Ohr gemurmelt, dass ich zusammengezuckt war.
»Sie haben einen sehr starken Mundgeruch, mein Herr«, hatte ich ihm daraufhin unverblümt zugeraunt. »Falls es daran liegt, dass Ihre Zähne locker sitzen, sollten Sie sie mit Waldmeister einreiben. Das hat bei meinem Vater rasch geholfen.«

Er hatte sich wortlos umgedreht und an jenem Abend kein Wort mehr mit mir gesprochen.
Als ich ihn nun in der königlichen Kaserne vor den Toren Dresdens wiedersehe – August erwartet von seiner Gattin zur Linken, dass sie jeden Soldaten mit Handschlag begrüßt –, tritt Graf Flemming lächelnd auf mich zu. »Ich habe Euren Ratschlag befolgt, werteste Gräfin, und ich bin Euch sehr dankbar.«
Ich lächele zurück und strecke ihm die rechte Hand hin. »Frieden, Herr Minister?«
»Frieden, Gnädigste.« Ein fester Händedruck, wir sind Freunde.
Aber es ist ein sehr fragiles Bündnis, das ist uns beiden klar. Im Zweifel gegen die Angeklagte. Noch tue ich dem König gut, noch bin ich gelitten.
Ich bin erschöpft, als ich vor der Kaserne auf meinen Gebieter warte, denn ich »zeige« bereits, wie man so schön sagt, obwohl ich mich natürlich in ein großes, weiches Tuch gehüllt habe. Ich sollte, wie es sich für eine Schwangere geziemt, eigentlich bis zur Geburt und danach bis zur Taufe zu Hause bleiben. Bei gewissen Anlässen lasse ich ihn allerdings nur sehr ungern allein, meinen starken August, der so schwach sein kann, sobald eine schöne Frau in der Nähe ist. Ich weiß genau, wie viele Frauen nur darauf warten, mich in seiner Gunst zu ersetzen. Ich habe die Blicke gesehen, mit denen sie ihn verschlingen, habe sogar den Worten gelauscht, die sie ihm ins königliche Ohr flüstern, wenn er sich auf dem Jahrmarkt unters Volk mischt, also bin ich grundsätzlich auf der Hut.
Es ist wirklich anstrengend, einen so begehrten Mann wie August zu lieben, besonders wenn man schwanger ist und sich alles andere als ansehnlich fühlt. Aber das behalte ich schön für mich, schwache Frauen sind meinem Schatz nämlich ein Gräuel. Da muss ich nur an Christiane Eberhardine denken oder Maria Aurora, die Gräfin von Esterle, Fatima, die

Fürstin von Teschen und vermutlich noch viele andere. Jede von ihnen hat sich in seiner Liebe sonnen dürfen und jede hat er irgendwann verstoßen. Warum bin ich mir so sicher, dass ich dieses Schicksal nicht mit ihnen teilen werde? Bin ich besser als sie? Ja, das bin ich.

»Lass uns gehen, ich bin erschöpft und möchte nach Hause«, bitte ich August, als er im Kreise seiner Soldaten aus der Kaserne tritt, tief in eine Unterhaltung versunken, deren Gesprächsfetzen ich unbehaglich die Koordination einer direkten Landverbindung zwischen Sachsen und Polen entnehme. Ein Traum meines Liebsten, der sich bis jetzt noch nicht erfüllt hat. Ich weiß, wie sehr dieses »Versagen«, wie er es nennt, ihn wurmt und verärgert, denn ohne diese Landverbindung kann er weder seine Truppen noch deren Verpflegung zügig in den Osten transportieren, sondern muss an jeder Grenze Zoll zahlen. Das ist zeitaufwendig und kostspielig.

»Soll ich die Kutsche nehmen?«, dränge ich, weil ich merke, dass er noch bleiben will. Er liebt das Militär, ist gern unter Uniformen, lieber jedenfalls als im Augenblick bei mir, seiner schwangeren Geliebten, die er, woraus er kein Geheimnis macht, ziemlich ermüdend findet.

»Dafür, dass du schon so viele Kinder gezeugt hast, stellst du dich bei meiner Schwangerschaft ziemlich unbeholfen an«, habe ich erst gestern mit ihm geschimpft, als mir morgens übel war und er sich weigerte, mir einen Eimer zu holen.

»Das ist Weibersache«, sagte er und rief nach meiner Magd, aber da war es bereits zu spät. Beim Hinausgehen, mein Kopf steckte noch im Eimer, erlaubte er sich als Krönung eine Prise Ungeduld: »Ich hoffe sehr, dass dieser Spuk bald vorbei ist. So mag ich dich nämlich nicht besonders.«

Seine Worte machten mich so wütend, dass ich ihm ein schrilles »Ich wünschte, du wärst schwanger, damit du mal siehst, wie sich das anfühlt« hinterherrief.

Er ging ohne Antwort, und ich verbrachte eine schlaflose

Nacht mit panischen Selbstvorwürfen. Doch heute Morgen stand er wieder vor mir, und ich konnte sogar einen Hauch von Zerknirschung in seinen lächelnden Augen entdecken.
»Ich verzeihe dir«, sagte ich schnell, bevor es peinlich wurde. »Ich liebe dich.« Leider übermannten mich dann meine Gefühle, so dass ich bitterlich zu weinen anfing und mir mein sorgfältig geklebtes Schönheitspflästerchen von der gepuderten Wange rutschte.
In der Kutsche schmiege ich mich jetzt dicht an ihn.
»Ich bin unmöglich«, seufze ich. »Ich hoffe, du verzeihst mir.«
»Du bist eine Frau«, erwidert er. »Natürlich verzeihe ich dir.«
Dann küssen wir uns, und obwohl mein Bauch etwas im Weg ist, versinkt die Welt um uns herum, und wir tauchen erst wieder auf, als der Kutscher ein lautes »Brrrrrrr« ruft und die Pferde laut schnauben und anhalten.
»Viel Spaß beim Regieren«, sage ich zärtlich und steige leicht schwerfällig aus der hohen Kutsche.
»Schon dich ein bisschen«, ruft mir August nach, und ich denke, na also, mein Schimpfen hat doch etwas genützt.
Als ich auf mein Palais zugehe, dessen gelb getönte Mauern in der untergehenden Sonne wie Gold schimmern, durchströmt mich ein Glücksgefühl.
»Du wohnst fürstlicher als die Königin«, stellte August in unserer ersten gemeinsamen Nacht im Taschenberg-Palais fest.
Ich weiß nicht, ob er dies amüsant oder eher frevelhaft findet. Vermutlich ist ihm mein Luxus völlig egal, denn er kann überall schlafen, sobald er sein Haupt auf ein weiches Kissen bettet. Oder auf einen weichen Frauenbusen. Ich ahne dunkel, dass er dies gelegentlich auch tut, habe es jedoch bis jetzt geschafft, meine eifersüchtigen Vermutungen zu verdrängen und beim höfischen Getuschel einfach wegzuhören. Ich habe wirklich keinen Grund, an seiner königlichen Gunst zu zwei-

feln. Noch weniger an seiner legendären Großzügigkeit. Er hat seine Schatzkammern für mich weit geöffnet.
»Such dir aus, was du willst«, hatte er im Grünen Gewölbe zu mir gesagt. »Was mir gehört, soll auch dir gehören.«
Das ließ ich mir nicht zweimal sagen. Wenn es das Wort Kaufrausch damals schon gegeben hätte, bei mir hätte es gepasst. Ich brauchte an jenem Tag zwei Diener, um meine Schätze in der königlichen Kutsche, die mir August zur Verfügung gestellt hatte, zu verstauen. Silberzeug und Tische, Spiegel, kostbare Möbelstücke und Pokale. Und das Beste: Ich bekam alles umsonst, musste nicht einen Kreuzer von meiner Jahrespension dazubezahlen.
Und das, obwohl sie 100 000 Taler beträgt und so hoch ist wie noch bei keiner königlichen Geliebten. Aber ich bin ja auch mehr als eine gewöhnliche Kurtisane, ich bin seine Ehefrau. Noch zur Linken, aber Christiane Eberhardine wird nicht ewig leben. Hat sie auf dem letzten Hofball nicht sehr blässlich ausgesehen? Kränkelt sie nicht schon seit längerem?
Meinen verhassten Ehenamen von Hoym habe ich längst abgelegt, in der Sekunde, als die Tinte auf den Scheidungspapieren endlich trocken war. Ich habe mich umbenannt in Gräfin von Cosel, auf Französisch unterschreibe ich mit *La Comtesse de Cossell.*
Der Hof macht sich lustig darüber und nennt mich »die Hymmen«, nach Hymäneus, dem Gott der Ehe. Mir ist das Gerede völlig gleichgültig, solange sie mich nicht Hymen rufen.
Ich habe nur wenig Freunde. Das war schon immer so. Meine Schönheit verärgert die Frauen, meine Kraft und mein Stolz verunsichern die Männer. Ich bin schlauer und stärker als die meisten. Deshalb kann mich August nie verlassen. Diese Sicherheit gibt mir die Kraft, alles zu ertragen.
Alles.
Vor dem Palais stehen zwei Soldaten, meine persönliche Leibgarde, die mir August geschenkt hat und die nach außen

meine Stellung als seine Geliebte repräsentiert. Ich grüße sie, indem ich leicht und majestätisch den Kopf neige, woraufhin sie die Hacken zusammenschlagen und die hölzerne Pforte aufreißen. Ich trete ein, meine Kammerdienerin Maria Louise wartet auf mich, so wie ich sie angewiesen habe.

»Bring mir eine Schokolade«, sage ich im Vorbeigehen, denn es ist nicht üblich, dass man seiner Dienerschaft in die Augen sieht. »Aber lass sie nicht wieder kalt werden. Und sag der Köchin, sie soll viel Sahne hineintun.«

Mein Leben als Constantia Cosel ist perfekt.

Hamburg, 10. Oktober 2005

Mein Leben als Constanze Graf ist im Moment das genaue Gegenteil. Dieses Hin- und Herwandern erschöpft mich, auch wenn es inzwischen fast automatisch geschieht und ich den Armeif an meinem Handgelenk kaum mehr wahrnehme.
Hau ab, möchte ich mir als Gräfin Cosel am liebsten zurufen, der Mann ist nicht gut für dich! Der war dir nicht eine Sekunde treu, den nervt dein dicker Bauch, der ist so mit sich und seinen Kriegen beschäftigt, dass er dich gelegentlich als weichen Bettvorleger braucht, mehr nicht. Du bist eine Frau, die zu sehr liebt, hör endlich auf damit. Doch leider höre ich meine innere Stimme nicht, da meine Seele August zu sehr liebt. Warum ist sie überhaupt gewandert? Was will sie mir zeigen? Was mache ich falsch? Dasselbe wie Constantia? Bin ich denn auch nur einen Deut besser als sie?
»Bist du dir sicher, dass du Richard überhaupt noch liebst?« Bettina trank bereits die dritte Tasse grünen Tee, weil ihre Leberwerte zu hoch waren und sie sich etwas Gutes tun wollte. Gleich würde sie zwanzigmal hintereinander aufs Klo stürzen, denn dieses grüne Zeug treibt wie Hölle. »Oder haben wir es mit dem bekannten Ehefrauensyndrom zu tun? Du weißt schon: Ich will den Pullover nicht mehr tragen, aber eine andere soll ihn auch nicht haben?«
Ich überlegte. Es ist unglaublich schwierig, Gefühle auseinander zu halten, wenn sie sich so wirr anfühlen wie ein verfilztes Wollknäuel. Ich war böse, verletzt, ich hatte Angst vor der Zukunft. Würde Richard mich verlassen? Oder mich, heimlich oder offen, weiter betrügen? Liebte er mich noch? Wollte ich überhaupt einen benutzten, begrabbelten Second-

Hand-Mann, dem ich nicht mehr vertrauen konnte? Wollte ich eine alleinerziehende Mutter mit scharfen Falten um den Mund, dafür aber ohne Sexleben sein? Eine dieser düsteren Kreaturen wie meine Nachbarin Beate, die auf die Frage, wie es ihr geht, immer antwortet: »Danke, es ist wieder zugewachsen.« Natürlich nur, wenn ihr Sohn Albert nicht dabei ist, der mit Sicherheit demnächst schwul wird. Oder sich mit zwanzig zur Frau umoperieren lässt. Gruselig.

Es müsste einen inneren Radar für Frauen geben, der immer dann ausschlägt, wenn sich eine Beziehung nicht mehr lohnt. Piep, dein Mann wird sich nicht ändern, er tut dir nicht gut, macht dich frühzeitig alt, piep, piep! Und dieser Radar müsste so lange piepen, bis man die Scheidung eingereicht hat.

»Meine Leber wird's mir danken«, rief Bettina und stürzte Richtung Gästeklo. »Setzt du noch mal Teewasser auf? Und dann klären wir, ob deine Ehe noch zu re…« Die Klotür knallte ins Schloss.

Plötzlich glaubte ich, es nicht eine Sekunde länger aushalten zu können. Ich musste mich der Wahrheit stellen, auch wenn sie noch so schmerzlich war.

»Ich muss los«, rief ich Bettina durch die Klotür zu, »mein Leben klären. Monsieur ist fällig. Drück mir die Daumen.«

»Mach ihn klitzeklein mit Hut«, brüllte sie zurück. »Zeig ihm, wo Bartel den Most holt. Und ruf mich sofort an, wenn du zurück bist.«

»Versprochen.« Ich klopfte dreimal auf den Holzrahmen der Tür. »Stell schon mal den Prosecco kalt.«

Meine Stimme klang sehr viel tapferer, als ich mich fühlte, aber eine Prise vorgetäuschter Mut konnte in meinem Fall nicht schaden. Ich stieg in meinen kleinen, mit Rostflecken übersäten Dagobert und fuhr in Richtung Schicksal. Ich war unglaublich aufgeregt und gleichzeitig ganz ruhig – wie immer, wenn mein Leben spannend wird. Wie beim mündlichen Abitur, als ich zwischen Vier und Fünf stand und in Biologie geprüft wurde. Bei einer Fünf wäre ich durchgefallen, und als mein Lehrer mich aufforderte: »Erklären Sie bitte den Unterschied zwischen Befruchten und Bestäuben«, grinste ich nur und meinte: »Wenn ich das wüsste, würde ich es Ihnen sofort sagen.« Wie vor der Party, als ich zum ersten Mal für eine größere Gesellschaft kochte, oder besser: kochen wollte und nicht konnte, weil mein Herd sich weigerte, die Lammkeule zu Ende zu braten, und einfach den Geist aufgab und mich keine zehn Minuten später die Gastgeberin anrief und verkündete: »Es werden noch ein paar Gäste mehr, Frau Graf. Aber Sie sind sicher auf alle Eventualitäten vorbereitet?« Ich bestand übrigens das Abitur, und von meinem rohen Lammcarpaccio schwärmen die Leute heute noch. Was sagt mir das? Frechheit siegt? Brust raus?

Als ich einen Parkplatz direkt vor Richards Firma in der Innenstadt fand, beschloss ich, dies als gutes Zeichen zu deuten. Ich parkte sogar beim ersten Versuch erfolgreich rückwärts ein, was sonst trotz zwanzig Jahren Fahrpraxis so gut wie nie passiert. Normalerweise kurve ich halb auf der Straße mehrfach hin und zurück, hinter mir ein wütendes Hupkonzert, bis sich schließlich ein Autofahrer erbarmt, mich auf den Beifahrersitz drängelt und für mich einparkt.

Als ich mich durch die Drehtür schob, war ich Adrenalin pur und fühlte mich zu allem fähig. Ich winkte der freundlichen Blondine mit den roten Haarwurzeln, die gerade hinter der Rezeption ihre grüngepunkteten Nägel feilte, freundlich zu. Wir hatten auf der letzten Weihnachtsfeier Lothar Mertens, Richards neuem, sehr ehrgeizigem Chef, gemeinsam den Kopf über die Kloschüssel gehalten. So etwas verbindet. Sie erkannte mich sofort.

»Hallo, Frau Graf«, sagte sie, wedelte rasch ein paar Besucher vorbei, ohne sie, wie es Vorschrift war, anzumelden, und feilte fröhlich an ihren grünen Punkten weiter. »Ihr Mann ist gerade in einem Meeting, wichtig, wichtig. Ich darf niemanden durchstellen.«

»Dann warte ich am besten in seinem Büro.« Ich zwinker-

te ihr verschwörerisch zu und ging zum Fahrstuhl. Warum fühlte ich mich nur wie eine Diebin, die sich nachts maskiert in eine Villa schleicht, weil sie das Familiensilber stehlen will?
Das Bürohaus, in dem mein Mann als Pharmareferent für die Europharm arbeitete, ein Name, der meiner Ansicht nach wie ein Darmvirus klang, war so schick und postmodern – sogar die Tasten im Fahrstuhl hatten einen Designerpreis gewonnen –, dass ich mich in meinem Hausfrauenoutfit (Jeans, Kuschelpulli, Turnschuhe) mehr als fehl am Platze fühlte. So stand ich jetzt zu allem Überfluss in einem voll verspiegelten und grell ausgeleuchteten Aufzug und hatte eine endlos lange Minute Zeit, mich richtig schrecklich zu finden. Wer war dieses Wesen, das mich aus allen Spiegeln anstarrte? Ich wollte nichts mit ihm zu tun haben! »Mann, siehst du mies aus«, grüßte ich die Fremde, und kurz beschlich mich der Gedanke, dass eine Frau, die so aussah wie ich, sich wirklich nicht wundern musste, wenn ihr Mann fremdging. Schade, dass sich meine inneren Werte nicht äußerlich bemerkbar machten.
Die Fahrstuhltür ging auf und eins dieser blonden Biester stieg zu – jung, blond, makellos –, die man überall dort, wo sich normale Frauen aufhalten, polizeilich verbieten sollte.
Als die Titelmelodie von *Sex and the City* losdudelte, holte Madame Babyface ein knallrotes Handy heraus und presste es an ihren rechten Ohrring. »Dass du es wagst, du Schwein, den ganzen Abend habe ich auf dich gewartet. Ich hab mich extra ganzkörperrasiert …« Ein kurzer Blick in meine Richtung, ich starrte peinlich berührt zu Boden, dann tobte sie weiter: »Was war los? Deine Frau hatte was bitte geplant? Eine Doppelkopfrunde? Und die ist dir wichtiger als ich? Na, halleluja, Baby!« Sie klappte ihren Feuermelder zusammen und musterte mich herausfordernd. »Warum lasse ich mir das bloß gefallen?«, fragte sie.
»Weil Sie so dumm sind, zu glauben, dass er seine Frau ver-

lässt«, erwiderte ich. In dieser Sekunde war ich auch schon im siebten Stock angelangt, dem Arbeitsplatz meines Ehegatten. Ein perfekter Abgang. Die Fahrstuhltür schob sich geräuschlos zur Seite und gab den Blick frei auf eine perlmuttfarbene Glastür, auf der in purpurnen Lettern das Firmenlogo stand. Das Wort »Europharm« sieht auch in edlem Purpur noch wie ein Darmvirus aus, kam es mir in den Sinn, und diesen Gedanken fand ich auf einmal so tröstlich, dass ich die Tür mit Schwung aufstieß. Beinahe wäre ich mit meinen Turnschuhen auf dem blankpolierten Parkettboden ausgerutscht, fing mich aber gerade noch und stand, mit einem Kopf, dessen Farbe leider hervorragend zum Firmenlogo passte, Lothar Mertens gegenüber.

»Sie haben es offensichtlich sehr eilig«, sagte der Geschäftsführer und sah wesentlich frischer aus als bei unserer letzten Begegnung. »Kommen Sie mir nicht irgendwie bekannt vor?«

Das will ich hoffen, du Idiot, dachte ich und zwang mich zu einem Lächeln. Zum Glück habe ich zwei Grübchen, welche über mein leichtes Beklemmungsgefühl hinwegtäuschen sollten.

»Ich bin Constanze Graf«, klärte ich ihn auf, »die Frau von …«

»Richard Graf, ich erinnere mich.« Sein Grinsen war jetzt echt, also erwiderte ich es.

»Die Weihnachtsfeier«, sagte ich und sah ihn freundlich an.

»Waren Sie etwa diejenige, welche? O Gott …«

Ich nickte. Ich hatte damals sogar alles sauber gewischt und ihm das Gesicht abgewaschen, was Richard beruflich leider nichts genützt hatte. Im Gegenteil, sein neuer Superchef hatte kurz darauf die Umsatzbeteiligung aller Mitarbeiter von drei auf ein Prozent herabgesetzt und dies mit Umsatzeinbußen und der Gesundheitsreform begründet.

»Wir sind im Meeting«, sagte er nun hektisch. »Es kann noch ein Weilchen dauern. Warten Sie doch im Büro Ihres Mannes. Die Sekretärin kann Ihnen ja schon mal einen Kaffee bringen.« Er drehte sich auf dem Absatz um und verschwand im Konferenzraum.

Ich blickte ihm nach, diesen Typ der Marke »Wichtig, Tüchtig & Co.« kannte ich genau. Sie waren und sahen alle gleich aus: groß, schlank, Anzugträger, Golfspieler mit kleinem Handicap, blonde Ehefrau, zwei Kinder, junge brünette Geliebte, mit vierzig den ersten Herzinfarkt, mit fünfundvierzig den zweiten, in jeder Reha ein anderer Kurschatten. Und wenn seine holde Gattin Pech hat, darf sie kurz nach seinem Fünfzigsten für den Rest seines langen Lebens Krankenschwester spielen. Die einzige Rolle, die ihr dann keine andere Frau mehr streitig macht.

Schade, dass man einem Mann in jungen Jahren nicht ansieht, wie er sich später einmal entwickeln wird, dachte ich. Mein Richard zum Beispiel. Ein guter, aber kein extrem spannender Mann – was mich aber nie gestört hat. Andere Dinge waren wichtiger, zum Beispiel sein wunderbarer Kuschelkörper: quadratisch, praktisch, gut. Er hat Witz, ich habe meine Freiheiten, er lässt mich seine Nasenhaare entfernen, und es stört ihn nicht, wenn ich gelegentlich beim Essen ein bisschen lauter aufstoße. Vermutlich ein Relikt aus meiner Zeit als Gräfin Cosel, im Spätbarock war das durchaus gesellschaftsfähig.

So ein Mann, sollte frau doch meinen, hat optimales Ehemannpotential. Meinte ich ja auch, doch von wegen! Genau dieser Kuschelmann ging jetzt kuschelfremd. Vielleicht war *ich* ihm nicht mehr kuschelig genug? Ich hatte in mehr als einer Nacht tiefen Schlaf vorgetäuscht, wenn Richard später ins Bett kam, weil ich einfach keine Lust auf Sex hatte. Einmal hatte ich sogar gesagt: »Okay, mach, was du willst, aber weck mich dabei nicht auf.« Trotzdem: Ich hatte ihn noch nie betrogen.

Mit abgewandtem Gesicht ging ich den verspiegelten Gang entlang zu Richards Büro, das ganz hinten links lag, mit Blick

auf den Innenhof. Es war winzig, deshalb musste er es auch mit niemandem teilen, doch meiner Meinung nach glich es eher einer Beleidigung als einem Arbeitsplatz.
»Ich bin sowieso nie da«, hatte Richard abgewehrt, als ich ihn darauf ansprach. Mir war klar, dass er es genauso empfand wie ich, sein Gekränktsein allerdings nicht zugeben wollte. Sein Stern, der früher so hell am Firmenhimmel erstrahlte, war etwas trüber geworden in den letzten Jahren. Die allgemeine Konjunktur und damit die Auftragslage schwächelte, die Kunden verlangten Billigprodukte aus Osteuropa und Fernost oder bestellten gleich im Internet, wodurch die Gewinnspannen natürlich schmolzen wie Butter in der Sonne.
Ich setzte mich auf Richards Bürostuhl, ein orthopädisch äußerst wertvolles Exemplar, das noch zu besseren Zeiten gekauft worden war, und blickte mich in dem kleinen Raum um. Es war, als hoffte ich, der Zustand seines Büros könne mir etwas über den Zustand meiner Ehe verraten. Es juckte mich, ein bisschen herumzuschnüffeln. Sollte ich? Bettina hatte mal ein Pornoheft in Christophs Büroschreibtisch gefunden, und da sie ihm gegenüber nicht zugeben wollte, dass sie es heimlich gelesen hatte, wäre sie vor unterdrücktem Gesprächsbedarf fast geplatzt.
»Selbst schuld«, hatte ich damals zu ihr gesagt. »Genau so ist es mir gegangen, als ich in Fietes Tagebuch den Eintrag *Ich hasse meine Mutter, wenn ich auch nur ansatzweise so werde wie sie, erschieße ich mich* gelesen habe. Tagelang bin ich damals tief beleidigt um sie herumgeschlichen und habe an die Worte meiner Mutter gedacht, die immer gesagt hat: ›Der Lauscher an der Wand hört seine eigene Schand.‹«
Nie wieder schnüffeln, hatte ich mir seinerzeit geschworen, und nun saß ich an einem Schreibtisch, der mir nicht gehörte, und zog nach kurzem Zaudern die oberste Schublade auf. Ich hatte es erwartet. Mein Mann hat unseren Töchtern die Unordnung vererbt, deshalb glich der Inhalt auch dem einer chaotischen Frauenhandtasche. Mit spitzen Fingern

und in Richtung Flur lauschend, stocherte ich darin herum, doch ich fand nur die üblichen Verdächtigen. Eine halb volle Zigarettenschachtel – interessant, zu Hause spielte er den überzeugten Nichtraucher, der husten und alle Fenster aufreißen musste, sobald ich nur an Rauchen dachte –, ein paar mit Sicherheit noch nicht bezahlte Parktickets, einige Ferreroküsschen! Seit wann aß mein Mann Ferreroküsschen? Ich stopfte mir vor Wut gerade eins in den Mund, als mich plötzlich die ersten Töne von *Elise* zusammenzucken ließen. Was hatte Beethoven hier zu suchen? Doch dann erkannte ich den neuen Klingelton seines Handys, folgte der Musik und wurde in der Tasche seines Jacketts fündig, das er achtlos in die Ecke geworfen hatte. Das Klingeln hörte auf, als ich das Telefon in die Hand nahm, doch kurz darauf summte es, offenbar eine SMS. Wie günstig, Feindin liest mit, dachte ich, als ich die Nachricht las: »Bin vor Sehnsucht schon halb wahnsinnig. Mittagspause?«
Mir wurde erst kalt und sofort darauf heiß. So mussten sich die Hitzewallungen anfühlen, die meine Mutter mir seit Jahren ankündigte. »Nicht mehr lange, dann geht's los. Dann stehst du nur noch nackt vorm offenen Kühlschrank, meine Liebe«, sagte sie bei jeder Gelegenheit. Meine Hände waren so feucht, dass mir das Handy fast weggerutscht wäre, trotzdem schaffte ich es, ihr zu antworten: »Sorry, bin mit meiner Frau verabredet.« Ich tippte auf Senden und schickte schnell noch eine weitere SMS hinterher. »Hochzeitstag.« Es dauerte nur wenige Sekunden, bis ihre Antwort kam. »Wehe, du schläfst heute Abend mit ihr. Auch nicht aus Mitleid.« Das wollen wir doch mal sehen, dachte ich wütend. Blitzschnell tippte ich: »Schwierig, sie liebt mich noch und will immer.« Das hatte sie nun davon. Sie simste noch zweimal zurück, kurze, wütende Sätze mit vielen Ausrufungszeichen, die ich kurz überflog und sofort löschte. Wie wunderbar wärmend sich Schadenfreude anfühlen kann. Und wie anstrengend heiß glühender, ohnmächtiger Hass.

»Was machst du denn hier?« Richard klang nicht gerade erfreut, als er mich an seinem Schreibtisch entdeckte, zu allem Elend auch noch mit seinem Handy in der Hand.
»Ich hatte Lust, die Mittagspause mit dir zu verbringen«, sagte ich und musterte ihn prüfend. »Hier in der Nähe ist ein kleines Hotel, da könnten wir doch …«
Er runzelte die Stirn. »Tut mir echt leid, mein Schatz, aber ich bin im Stress und habe gleich eine ganz wichtige geschäftliche Verabredung. Deshalb passt es mir jetzt gar nicht, obwohl dein Angebot sehr verlockend ist.«
Du hast ja keine Ahnung, dachte ich, nicht die geringste Ahnung, was hier gerade abläuft. Wie dicht du gerade am Abgrund stehst, du Idiot.
In diesem Moment rief mich *Elise* wieder in die Gegenwart zurück. Keine Frage, wer dran war. »Geh ruhig ran«, forderte ich Richard freundlich auf, als ich merkte, dass er zögerte. »Ich warte.«
Vorsichtig, als handle es sich um ein besonders ekliges Tier, nahm er sein Handy hoch und hielt es sich ans Ohr. Ich wusste, wie innig er mich in diesem Moment auf den Mond wünschte, also lehnte ich mich zurück und lächelte ihn strahlend an. Strahlend wie ein Atompilz, aber so feine Nuancen bemerken Ehemänner eher selten. »Ja?«, bellte er in eigens für mich inszenierter Ungeduld in den kleinen Hörer, und natürlich durchschaute ich ihn. »Ach so, Sie sind es. Nein, ich habe jetzt keine Zeit für ein Gespräch. Ich melde mich später.« Sein Adamsapfel sprang in seiner Kehle auf und ab, wie immer, wenn er nervös war.
»Schatz, nimm's mir bitte nicht übel, aber ich bin wahnsinnig unter Druck«, sagte er und schob mich nachdrücklich in Richtung Tür. Beinahe wären wir gestolpert, so dringend war sein Wunsch, mich endlich loszuwerden.
»Willst du gar nicht wissen, warum ich wirklich hier bin?«, fragte ich und ignorierte den tiefen Seufzer der Genervtheit, der sich der Brust meines Angetrauten entrang.

»Du, ich bin wirklich sehr in Eile«, presste er hervor. »Wenn nicht gerade die Welt untergeht, wäre ich sehr dafür, unser Gespräch zu verschieben.«

Wir standen voreinander, so dicht, dass ich die grauschwarzen Haare zählen konnte, die ihm aus der Nase wuchsen.

»Vier«, sagte ich.

»Schatzi, bitte ...« Schon wieder klingelte das Handy. »Was vier?«

»Vier Haare«, sagte ich, »in deiner Nase. Und falls es dich interessiert, warum ich hier bin ...« Ich hielt inne, weil ich auf etwas wartete – ein Zeichen, eine Geste, eine Frage von ihm.

Was kam, war ein flüchtiger Kuss auf den Scheitel. »Sag's mir zu Hause, mein Spatz. Bitte. Ich hab jetzt keine Nerven für was auch immer.«

Seine Stimme klang so flehentlich, dass ich beinahe nachgegeben und einfach wieder gegangen wäre. War wohl doch kein so guter Gedanke, ihn in seinem Büro zu überfallen. Ich stand schon in der Tür, drehte mich aber noch einmal um. Da sah ich, dass er zum Handy griff. Dafür war also Zeit. Plötzlich platzte mir der Kragen. »Ich weiß alles«, sagte ich nur, laut und deutlich. »Und wenn du gehen willst, dann werde ich dir nicht im Wege stehen. Falls es dich interessiert – ich halte dich für den größten Scheißkerl der nördlichen Hemisphäre.« Da ich wusste, dass ihm auf diesen Knaller keine Replik einfallen würde, ging ich, ohne darauf zu warten.

Mann, tut das gut!, dachte ich. Warum bin ich nicht immer so? Und warum nur die nördliche?

Als ich im Auto saß und versuchte, mich aus der engen Lücke wieder herauszumanövrieren, vibrierte es in meiner Jeanstasche. Ich lenkte mit einer Hand und zog das Handy heraus. Na klar, es war Richard. Es tat gut, ihn zu ignorieren. Beschwingt gab ich Gas, als an der nächsten roten Ampel ein Wunder geschah: Mein Mann schickte mir eine SMS, die erste in unserer Ehe. Während ich vor Schreck fast meinen

Vordermann gerammt hätte, las ich sie und staunte: »Schatz, sorry, alles ein großes Missverständnis. Lass uns heute Abend reden. Dein Hasenbärchen.«
Ich ließ das Fenster herunter und lächelte meinem Vordermann zu, der mit finsterer Miene den Kopf zu mir hereinsteckte. »Na, ham Se den Lappen im Lotto gewonnen, gute Frau?«
»Haben Sie Ihre Frau schon mal betrogen?«, fragte ich zurück. Die Frage schockierte ihn so sehr, dass ich Gas geben und an ihm vorbeibrausen konnte.
Während ich durch die Straßen Hamburgs fuhr, legte ich mir eine Strategie zurecht. Ich hatte den Ball übers Netz gefegt, ich hatte das Feuer eröffnet, wie würde er zurückschlagen? Trotz meiner prekären Situation rieb ich mir innerlich die Hände. Das Leben war gemein, aber auch aufregend. Die Karten wurden neu gemischt, mal sehen, ob auch ein Ass für mich dabei war. Oder sogar ein Joker.
Als ich zu Hause ankam, wartete Bettina schon hinter ihrem Küchenfenster und winkte mich aufgeregt herein.
»Na?«, fragte sie. »Erzähl.« Ich schilderte meinen Auftritt, und sie schwieg beeindruckt. »Und nun?«, meinte sie dann. »Wie soll es jetzt weitergehen?«
»Keine Ahnung«, erwiderte ich fröhlich. »Aber es wird.«
»Denk dran«, begann Bettina und grinste mich an, »wenn du tatsächlich wiedergeboren bist, dann musst du es jetzt besser machen als die Gräfin. Sonst kommst du nie in den Himmel.«
»Hölle ist lustiger«, sagte ich und rieb meinen Armreif. Reiselust!

Dresden, spätes Frühjahr 1707

Die ich sofort bereute, denn das Leben ist sehr grausam zu mir.
Ich habe vor wenigen Tagen mein zweites Kind verloren, einen Sohn. Es geschah mitten in den Wirrungen des Krieges gegen den Schwedenkönig Karl XII. Ich lag in den Wehen und hörte nur von Blut, Schweiß und Tränen, und alles war umsonst.
August verliert eine Schlacht nach der anderen, warum gibt er nicht endlich auf? Die Schweden sind unser Unglück, König Karl ein gefährlicher Gegner, den mein geliebter König nicht ernst genug nimmt. Wie er überhaupt dazu neigt, sich selbst zu über- und seine Widersacher zu unterschätzen. Wie soll auch ein Mann, der mit seinen 1,76 Metern größer und mit seinem Gewicht von 121,4 Kilogramm schwerer ist als alle seine Zeitgenossen, der Hufeisen mit der bloßen Hand zerbricht, dem sich jede Frau hingibt, die er begehrt, der vierundzwanzig Schlösser hat, für jede Sammlung eins, wie soll so ein Mann ein realistisches Verhältnis zu sich selbst entwickeln? Wer so angebetet und verehrt wird, hält natürlich jede Kritik für Gotteslästerung.
Trotzdem hatte ich sie gewagt, als August mich an meinem Wochenbett besuchte.
»Karl ist jung und tatendurstig, er hat dich zusammen mit deinen Gegnern als König in Polen abgesetzt, er hat unser Land besetzt und ausgeplündert, er hat Sachsen über dreißig Millionen Taler gekostet. Wie lange soll dieser sinnlose Krieg noch dauern? Wie viele Männer sollen auf dem Schlachtfeld verrecken? Wie viele Frauen und Kinder willst du noch zu

Witwen und Waisen machen?«, hatte ich ihm wütend vorgeworfen. Ich hatte so heftige Krämpfe, dass mir alles egal war, sogar ob er meine Worte ketzerisch fand und mich verließ. Ich war rücksichtslos in meinem wahnsinnigen Schmerz. Aber er ist bei mir geblieben, er hat mich in meiner schweren Stunde nicht im Stich gelassen. Die gute Maria Louise brachte immer wieder kühle, feuchte Tücher, die er mir auf die fieberheiße Stirn legte. Anschließend hielt er meine Hand, und ich schrie um mein Leben, während die Hebamme das tote Kind aus meinem schwachen Leib zog. Erst dann verstummte ich. Das ist jetzt fast eine Woche her.

Durch die offene Schlafzimmertür im Taschenberg-Palais sehen wir auf die leere Wiege, die für unseren toten Sohn bestimmt war. Ich hatte meine Zofe angewiesen, sie dort zu lassen, weil ich bis zum Schluss auf ein Wunder hoffte. Aber mein Sohn hatte sich die Nabelschnur so fest um seinen kleinen Hals gewickelt, dass er kurz vor der Geburt erstickt war.

»Mein Lämmchen«, flüsterte ich, als ich ihn erschöpft und verzweifelt das einzige Mal in den Armen hielt. »Ich habe dir den Tod geschenkt, nicht das Leben.«

»Wir werden andere Kinder haben«, sagte August leise, »das verspreche ich dir.«

Ich hatte die Augen geschlossen und gehört, wie er sich räusperte und der Kammerfrau, die meine verschwitzte Bettwäsche wechselte, flüsternd befahl: »Deck die Wiege mit Samtvorhängen ab und zünde ein Räucherpfännchen an, damit der Totengeruch aus der Stube verbannt wird. Und bring uns einen heißen Wein und ein Stück Marzipan.«

Wir werden andere Kinder haben, wiederholte ich stumm, und trotz des Schmerzes war mir dieser Gedanke ein zarter Trost. Als ich die Augen wieder öffnete, hatte ich gesehen, wie August sich eine Träne aus den Augenwinkeln wischte. Und dann stellte ich ihm eine sehr dumme Frage, die sich nur durch meine knochentiefe Erschöpfung erklären ließ. Wach und gesund hätte ich sie vielleicht für mich behalten. »Hast

du deinen toten Sohn geliebt?«, fragte ich ihn. »Er ist ja nicht das einzige Kind, das dir in jüngster Zeit geboren wurde.«
Eisiges Schweigen. »Ich glaube nicht, dass du dir darüber deinen hübschen Kopf zerbrechen solltest«, sagte er nach einer Weile mit genauso eisiger Stimme, die ohne einen Hauch von Schuldgefühl war. »Wieso belästigst du mich mit diesen lächerlichen Anwürfen? Du weißt genau, dass keine andere Frau dir das Wasser reichen kann.« »Ja«, flüsterte ich mutlos, »das weiß ich, August.« Wie konnte ich nur so dumm sein?
Ich versuche den Gedanken an jenen Moment aus meinem Kopf zu verbannen, und allmählich gelingt es mir auch. Dennoch verletzt es mich sehr, dass August mir trotz unserer Liebe, trotz meiner komplizierten Schwangerschaft nicht die Treue gehalten hat. Ausgerechnet mit einer billigen Tänzerin, einer gewissen Henriette Renard, hat er sich vergessen. So achtlos, dass sie ihm vor einem Monat eine gesunde Tochter schenkte, die er, Schmach und Schande und ewiges Verderben, auch noch anerkannte. Mein Schmerz und meine Verwunderung sind unter anderem deshalb so tief, fast tiefer noch als der Schmerz über den Verlust meines Kindes, weil ich ihm bis zum Schluss mein Bett nicht verwehrte. Wann hat er nur die Zeit gefunden, wann die Kraft, sich einer anderen Frau zuzuwenden?
Minister Flemming, mit dem mich eine für beide Seiten noch immer nützliche Freundschaft verbindet, hat mich oft genug gewarnt. »Der König liebt die Frauen, um sich in ihren Armen von der Last seiner Geschäfte zu erholen, keineswegs mit romantischer Glut. Es liegt deshalb in Eurem Interesse, Gräfin, die Beziehung frei von Anstrengung zu gestalten«, sagte er mehr als einmal zu mir.
Das ist leicht gesagt, aber schwer getan. Schließlich bin ich auch nur eine Frau, die ihren Mann liebt. Zu sehr liebt. Und die gerade sein Kind verloren hat und daher extrem verwundbar ist. Habe ich denn gar keine Rechte in dieser Ver-

bindung? Muss ich denn immer zurückstecken, muss ich mir alles gefallen lassen?
Zumindest eine Antwort ist August mir schuldig. Ich reiße meinen Blick von der Wiege los und sehe ihn eindringlich an. »Hast du unseren Sohn geliebt? Tut es dir leid, was du mir angetan hast?«, frage ich eindringlich und in dem traurigen Bewusstsein, dass ich mir diese Frage auch selbst beantworten kann. Warum erwarte ich immer noch das Unmögliche von ihm? August beugt sich über mich und drückt mir einen leichten, schnellen Kuss auf meine fieberheiße Stirn, den ich als lieblos empfinde. Aber auf mehr darf ich nicht hoffen bei einem Mann wie ihm.
»Ich liebe dich, und ich liebe unseren toten Sohn so sehr, wie ich ihn lieben kann«, murmelt er. »Du weißt, dass du und unsere zukünftigen Kinder immer einen Platz in meinem Herzen haben werdet.«
Ach, schreit mein Herz, das ist mir zu wenig. Ich will mehr, ich will große Worte und heiße Blicke, ich will das ganz große Gefühl. Ich will die Ewigkeit. Ich verfluche mein Herz für diesen hartnäckigen Wunsch nach Ausschließlichkeit, der mich nur unglücklich macht. Doch ich kann nicht anders, es gibt für mich nur ganz oder gar nicht. Mein Schicksal ist es, einen großen Mann zu lieben, an dessen Seite ich immer klein bleiben werde. Ich bemühe mich um Contenance, weil ich weiß, wie sehr meinem Liebsten hysterische Weiber zuwider sind.
Ich schiebe mir ein Kissen in den Rücken und trinke von der heißen Schokolade, die mir gut tut. »Ich danke dir für deinen Beistand, August«, sage ich tapfer. »Ich bin dir nicht böse, wenn du jetzt gehst und dich deinen wichtigen Regierungsgeschäften widmest.« Obwohl ich mich nach seinen starken Armen sehne, sehe ich ein, dass er gebraucht wird.
»Kann ich dich wirklich allein lassen?«, fragt er, und ich merke ihm an, wie erleichtert er ist, dass er mein Schlafzimmer verlassen kann.

»Verschwinde, aber komm morgen wieder.« Wenn mein Leib nicht so geschmerzt hätte, hätte ich gern gelächelt.
»Dein Spott zeigt mir, dass du langsam wieder die Alte wirst«, sagt er schmunzelnd, während er seine golddurchwirkte Brokatweste zuknöpft und ihm dabei ein Knopf abspringt. Er sieht meinen Blick und lächelt. »Du hast Recht, ich müsste mich ein wenig mäßigen«, sagt er und tätschelt dabei seinen beachtlichen Embonpoint. »Mein Leibarzt hat mich gestern gewogen und …«
»Und?«, frage ich neckend. Es tut mir gut, an etwas anderes zu denken als an mein totes Kind. »Wie viel haben Eure königliche Hoheit auf die Waage gebracht?«
»Zweihundert sächsische Pfund«, lügt er schamlos. »Was nicht übertrieben ist, wenn man bedenkt, dass ich immerhin fast zwei Meter groß bin«, schwindelt er sogleich weiter.
Ich lasse mir nicht anmerken, dass ich seine Maße von seinem Leibarzt erfahren habe. Er hat sich größer und schlanker für mich gemacht, was mich rührt, zeigt es mir doch, dass er in dieser Beziehung auch nur ein ganz normales Mannsbild ist. »Ich schätze jedes einzelne Pfund an dir, mein Geliebter«, flüstere ich zärtlich und bekomme zur Belohnung einen letzten Kuss.
»Übrigens, das Schloss macht große Fortschritte«, sagt August beiläufig, aber ich spüre, dass diese Beiläufigkeit nur vorgetäuscht ist.
»Welches Schloss?«, frage ich gelangweilt. »Du hast so viele, langsam verliere ich die Übersicht.«
»Ich spreche von Schloss Pillnitz«, fährt er fort, »du entsinnst dich, meine Teure?«
Ja, ich entsinne mich. Wir haben einen Ausflug dorthin gemacht, sind am Elbufer spazieren gegangen und dann hat er mich herumgeführt. Ich habe mich sofort in das Anwesen verliebt, es gibt dort Ställe, Obstgärten, eine Kirche, zwei Höfe.

»Wäre Pillnitz nicht das ideale Schloss für mich?«, hatte ich ihm bei jenem Rundgang vorgeschlagen.
August hatte mich ausgelacht. »Was willst du denn auf dem Land, du gehörst in die Stadt.« Damit war das Thema für ihn erledigt.
»Wem schenkst du das Schloss? Deine Frau hat doch schon zwei.« Nun klinge ich doch beleidigt.
»Genau, deshalb schenke ich es auch einer anderen.«
»Einer anderen?«, rufe ich alarmiert. »Doch nicht etwa dieser … dieser Tänzerin?«
Er lächelt, was mich rasend macht. »Nein, nicht dieser Tänzerin.«
»Es gibt noch eine weitere Frau in deinem Leben?« Jetzt schreie ich. »Und da wagst du es, mir unter die Augen zu tre…«
»Du bekommst das Schloss, Constantia«, unterbricht er mich. »Ich schenke dir Pillnitz, und bereits im Sommer kannst du einziehen. Betrachte es als Trost für das, was du mit mir durchgemacht hast. Ich weiß, es ist nicht immer leicht für dich.«
»Du sch… schenkst mir Schloss Pi… Pillnitz?« Ich bin so überwältigt, dass ich weinen muss und nur noch stammeln kann.
»Willst du es etwa nicht?«, fragt er lächelnd. »Dann schenke ich es vielleicht doch meiner Frau. Sie hätte nämlich auch gern ein Schloss am Elbstrand.«
»Untersteh dich, du Schuft.« Ich stehe auf und umarme ihn so fest, wie es mein schmerzender Leib zulässt. »Ich kann's noch gar nicht glauben.« Ich schluchze fast, so sehr freue ich mich. »Lass uns gleich hinausfahren. Mir geht's schon viel, viel besser.«
Trotz meiner Proteste hebt er mich hoch, in seinen starken Armen fühle ich mich federleicht, und legt mich wie eine kostbare Fracht auf mein Bett zurück. »Wenn du dich erholt hast, werden wir zusammen nach Pillnitz fahren, dann kannst

du begutachten, was unsere Handwerker geleistet haben. Du wirst dich wundern.«

Mein noch vor wenigen Minuten so trauriges Herz hüpft vor Glück. Ich kann es kaum erwarten. »Ich habe große Dinge vor«, verkünde ich mit leuchtenden Augen. »Ich werde uns ein Paradies zaubern, mein Liebling, nur für uns beide. Du wirst nie wieder von mir wegwollen.«

Seine Augen verdunkeln sich, und für einen kurzen Moment fürchte ich einen seiner spöttischen kleinen Kommentare, mit denen er sich ein Zuviel meines Gefühls vom Herzen halten will.

Aber das Dunkel erhellt sich wieder, er lächelt mich an, die Sonne geht auf. »Daran habe ich nicht die geringsten Zweifel, meine Schöne.« Seine Stimme klingt weich und liebevoll, doch seine Hand streift mich nur kurz, dann ist er verschwunden.

Wie immer, wenn er mich verlässt, vermisse ich ihn bereits, während er noch durch die weiten Flure meines Palais schreitet, und als mein Diener ihm die große Holztür öffnet und er auf die Straße geht, wäre ich ihm am liebsten nachgelaufen, hätte mich in seine Arme geworfen. »Verlass mich nie, August«, flüstere ich in meine weichen Federkissen, »ohne dich sterbe ich.«

Was wird er jetzt wohl tun? Wirklich regieren? Oder bei seiner Tänzerin vorbeischauen? Ich kann mir bei August nie sicher sein. Was einerseits seinen Reiz erhöht, mich andererseits jedoch quält und beunruhigt. Ist die Liebe so, wenn sie richtig brennt?

Sechs Wochen später habe ich mich von der Totgeburt vollständig erholt und schicke meine Kammerzofe Maria Louise mit einem versiegelten Brief ins Schloss. Er ist für August bestimmt und enthält nur sechs Wörter.

»Komm, mein Gebieter, ich habe Sehnsucht.«

Er kommt tatsächlich.

Und wie er kommt!
Kurz darauf bin ich wieder schwanger.
Liebe, Liebe, Liebe!

Hamburg, 10. Oktober 2005, kurz vor Mitternacht

Stress, Stress, Stress!

Mein Gott, was war es anstrengend, konsequent und hart zu bleiben. Aber ich hatte es nach meinem furiosen Abgang aus seinem Büro geschafft, Richards Charmeoffensiven aus dem Weg zu gehen. Für seine Verhältnisse hatte er mich geradezu belagert. Mit Telefonaten, mit Blumensträußen, sogar einen Liebesbrief hatte er mir geschrieben, wenn man einen Brief, an dessen Ende »Mein Lamaschnäuzchen, nun sei doch nicht so, ich will doch immer noch dein Lamaschwänzchen sein« steht, so nennen konnte. Ich war stur geblieben, hatte auf nichts reagiert und ihm die kalte Schulter gezeigt, sobald er nach Hause kam. Aushungern, lautete meine Devise, damit der Fisch umso gieriger zappelt.

Eigentlich hatte ich gar keine Lust dazu, doch es musste sein, denn ich hatte es der Geliebten meines Mannes per SMS angekündigt. Leider gehöre ich nicht zu den Frauen, die ganz besonders scharf werden, wenn sie ganz besonders wütend sind, im Gegenteil. Ich brauche gute Stimmung für meine eheliche Lust. Ohnehin war sie ja kein kräftiger Busch voller fleischiger Blätter mehr, sondern, um bei dem Bild zu bleiben, eher ein angedörrter Strunk mit welken Früchten, der nur in der Sonne und mit viel Wasser wieder anfangen konnte zu blühen. Deswegen irritierte es mich auch maßlos, dass sein Handy zum zweiten Mal an diesem Tag klingelte, als ich mir meine leider ein winziges bisschen zu enge Jeans über die Hüften quälte, während Richard, wie ich aus den Augenwinkeln erkennen konnte, im Bad nach dem Deostick griff

und sich unter den Achselhöhlen etwas frisch machte. Meine Ehe war wirklich ein Taumel der Begierden, eine Hölle der tosenden Leidenschaft, ein Strudel der Sünde!
»Ich geh schon«, murmelte mein kleines Hasenöhrchen, griff nach *Elise*, fühlte meinen stechenden Blick im Rücken und drückte sie weg.
»Doch nicht etwa schon wieder, du weißt schon?« Ich keuchte, was nicht an meiner aufsteigenden Begierde lag, sondern daran, dass ich mir die neue Jeans in der Hoffnung auf über Nacht dahingeschmolzene Fettpölsterchen eine Größe kleiner gekauft hatte und sie jetzt wie eine fiese Pelle an meinen Pobacken klebte.
»Egal.« Er klang erschöpft. »Soll ich dir helfen, Connie?«, fragte er dann mit Blick auf mich.
Ich nickte, und er zog und zog, beim letzten Mal so kräftig, dass wir beide übereinander aufs Bett fielen. Ich kicherte und er küsste mich, und auf einmal war die Stimmung, wie sie sein sollte, weich und flüssig, und seine Hände taten genau das, was mir gut tat und sich gut anfühlte. Auch ich schien alles richtig zu machen, denn er stöhnte und murmelte: »Weiter so, mein Rosenstängelchen.« Ich machte weiter, als sein Handy zum *dritten Mal* klingelte. Ich erstarrte und die Lust floss aus mir heraus wie aus einem lecken Eimer. Ein sehr unerotischer Vergleich, aber sehr passend.
»Wirf gefälligst dein dämliches Handy aus dem Fenster, sonst reiß ich dir den Schwanz ab und werf den raus«, zischte ich und war selbst erstaunt über meine Drohung. Sie wirkte jedenfalls.
»Tut mir leid«, murmelte er, während er vermutlich uns beide verfluchte – sie und mich –, aber ich war näher dran. Jedenfalls stand er auf, drückte auf Aus, und ich stellte mir seine vor Wut schäumende Geliebte vor, wie sie, von bösen Bildern (er und ich im Liebestaumel) innerlich zerfressen, in ihr Kopfkissen biss, bis sie Federn spuckte.
Richard kam zurück zum Bett, doch die Luft war leider raus,

jedenfalls meine. Richard dagegen, als Mann in sexuellen und emotionalen Dingen schlicht gestrickt, versuchte weiterzumachen, wo wir so unschön unterbrochen worden waren, aber es ging nicht mehr. Der Moment war geplatzt wie ein Ballon und hing jetzt in Fetzen vor unserem Bett.

»Was ist denn los?«, fragte er. »Komm, sei jetzt bitte nicht zickig.«

Ich war aber zickig, und wie. Allerdings konnte ich mir im Moment keine Zickigkeit leisten, sonst schlief Richard ein – er lag bereits mit geschlossenen Augen neben mir –, und dann hätte sie triumphiert, und das hätte ich nicht ertragen. Es würde heute zum Äußersten kommen im Bett der Eheleute Graf, koste es, was es wolle!

Zum Glück gehört auch Richard zu den Männern, die lange Kuscheleien vor dem Akt eher lästig finden. Er sorgt zwar durchaus dafür, dass auch ich auf meine Kosten komme, doch er ist kein Fan des stundenlangen Vorspiels. Zumal er schon immer superkitzlig war.

»Bitte aufhören«, hatte er bei unserem allerersten Mal gekreischt, als ich die Innenseite seiner Schenkel mit zarten Schmetterlingsküssen bedecken wollte.

Irritiert hatte ich meinen Kopf zurückgezogen. »Was ist los, zu viel Spucke?«

Er sei einfach nur sehr empfindlich, erklärte er mir. Danach wurde es zum Glück trotzdem noch sehr nett. Der einfache Grund: Wir beide passen zusammen wie Topf und Deckel. Besser: wie Stecker und Steckdose. Er drückt bei mir genau die Knöpfe, die ich gern gedrückt haben will, und fummelt nicht an mir herum wie an einem schlecht gestimmten Instrument. Wir hatten im Laufe der Ehejahre eine schnickschnackfreie Sexvariante perfektioniert, die, von außen betrachtet, wahrscheinlich etwas rustikal wirkte, uns beiden aber völlig ausreichte. Das hatte ich jedenfalls immer geglaubt.

»Na, dann wollen wir mal wieder«, blies ich in sein Ohr und schüttelte ihn leicht, denn die leisen Schnarchtöne verrieten mir, dass er bereits mit Morpheus fremdging. Eigentlich hätte ich in Anbetracht der Situation gern ein klärendes Gespräch als Vorspiel gehabt. Warum betrügst du mich? Weiß ich auch nicht, aber ich tu's nie wieder. So die Richtung.

Der Abend war bisher wirklich gründlich schief gegangen. Dabei hatte ich alles so perfekt geplant. Ich hatte meinem Mann ein Date zu zweit angekündigt, die große, längst überfällige Aussprache sollte endlich stattfinden. Aber dann kam er später, »Wichtiger Kunde, Schatz«, was ich nicht glaubte, das Gegenteil konnte ich jedoch so schnell nicht nachweisen. Zu allem Unglück kamen die Kinder auch noch unerwartet früh vom Schultheater zurück und hatten Hunger. Missmutig machte ich Frikadellen und Kartoffelbrei, und als pädagogische Tischmusik erfuhren die angespannten Eltern, dass Alexa eine Fünf im Diktat und Fiete eine Sechs in Mathe bekommen hatte. Ich war zu sehr mit mir beschäftigt, um mich darüber aufzuregen, und überließ Richard das Schimpfen und Androhen von Fernsehverbot für die nächsten drei Jahre. Das tat er dann auch, und zwar so vehement, dass kein Zweifel bestand: Dieser Mann war genauso unter Hochspannung wie ich! Dieser Mann hatte die Hosen voll, weil er Angst hatte vor einer Aussprache mit mir!
»Papa und ich möchten jetzt allein sein«, sagte ich deshalb direkt nach dem Schokoladenpudding. »Also Abmarsch, ihr zwei.«
Sie gingen, Türen knallten, dann herrschte Stille. Es war bereits 22.00 Uhr und ich hatte mein Planziel noch nicht mal ansatzweise erreicht. »Wollen wir noch ein bisschen fernsehen?«, fragte er allen Ernstes.
Ich ließ die Küche im Chaoszustand zurück, was ich sonst nie tue, und stieß ein wütendes Schnauben aus.
»Ich glaub, du hast sie nicht mehr alle«, sagte ich und zog ihn die Treppe hoch. »Wir beide führen jetzt ein Beziehungsgespräch, das sich gewaschen hat. Ab ins Schlafzimmer.« Ein

Raum, den ich nur deshalb wählte, weil er unter dem Dach und damit am weitesten entfernt von den Kinderzimmern lag.
Er folgte mir wie ein geprügelter Hund.
»Du ahnst sicher, warum ich mit dir reden will«, kam ich sofort zur Sache, setzte mich aufs Bett und klopfte auffordernd neben mich.
Er nahm Platz. »Nicht so richtig«, murmelte er.
»Ich habe, wie du ja weißt, herausgefunden, dass du mich seit geraumer Zeit betrügst, mein Lieber«, sagte ich. »Und ich frage dich jetzt nicht, wie lange, sondern: warum? Was fehlt dir in unserer Ehe, dass du mich mit einer blonden, hässlichen Blödtussi mit Silikontitten betrügst, die mir nicht das Wasser reichen kann?«
Er schwieg, doch die Frage hing im Raum.
»Ich höre«, sagte ich.
Er seufzte tief. »Woher weißt du es überhaupt?«, stellte er die blödeste aller Fragen, die man als Ertappter stellen kann, weil sie den unvermeidlichen Stress nur hinauszögert.
»Ist das nicht völlig egal?«, erwiderte ich ungeduldig. »Ich erwarte klare Gründe, weil du nämlich sonst diese Nacht unten auf dem Sofa verbringst und die kommenden in einer kleinen, billigen Pension am Hauptbahnhof.«
Was er dann sagte, war unglaublich, aber er sagte es tatsächlich: »Das hat nichts mit uns zu tun, es hat sich einfach so ergeben, Schatz.«
Ergeben?, dachte ich, einen Moment sprachlos vor Wut. Einfach so? »Erklär mir das bitte«, erwiderte ich und war selbst erstaunt, wie gelassen meine Stimme klang. »Ich bin einfach zu dämlich, um zu verstehen, wie sich ein Seitensprung einfach so ergeben kann. Klär mich bitte auf, und zwar pronto.«
»Ich weiß nicht, was ich sagen soll«, begann er und hörte sich so kläglich an, dass ich fast Mitleid mit ihm bekommen hätte. Wenn er danach nicht hinzugefügt hätte: »Ich kann doch nichts dafür, wenn ich so angebaggert werde, ich bin schließ-

lich auch nur ein Mann. Ich war selbst erstaunt, dass ich noch so stark auf Frauen wirke.«

»Ach ja? Na, dann hör mal zu, du Schwanz auf zwei Beinen«, kreischte ich und dämpfte meine Stimme nur, weil ich Alexa auf der Treppe hörte und sie nicht mitbekommen sollte, wie ordinär ihre Mutter sein konnte.

»Mama?« Ihre Stimme klang klein und ängstlich. Als ich die Tür öffnete, stand sie vor mir und fragte mit großen Augen: »Lasst ihr euch scheiden, Mama?«

Bei den Eltern ihrer besten Freundin tobte seit über einem Jahr ein wahrer Rosenkrieg, der sie total verschreckte, deshalb stand ich kurz auf, nahm sie in den Arm und tröstete sie. »Papa hat mir nur was total Blödes erzählt, und da hab ich mich ein bisschen aufgeregt, mein Schatz. Mach dir keine Gedanken.«

»Liebst du Papa noch?«, fragte sie. »Deine Stimme hat so schrill geklungen.«

Ich nickte wie verrückt und schob sie aus der Tür. »Schlaf schön, mein Schatz, alles ist gut.« Wie leicht ich lügen konnte! Genauso leicht wie Richard.

In diesem Moment klingelte *Elise* zum ersten Mal. Ich wusste, dass sie es war, es kam mir vor, als riefe sie mir ein höhnisches »Na, Frau Graf, wie ist die Lage? Langweilig wie immer? Falls ja, schicken Sie ihn mir einfach vorbei!« durch den Hörer zu.

Manchmal frage ich mich, ob die Liebe eigentlich sein muss. Was bringt sie uns Frauen? Anfangs macht sie so viel Spaß, dass man ganz blöd wird und an nichts anderes mehr denken kann, und wenn sie vorbei ist, möchte man sich am liebsten aus dem Fenster stürzen. Dazwischen passieren völlig surreale Dinge, zum Beispiel führt man ein Beziehungsgespräch mit einem Mann, der einem ständig ausweicht, während seine Geliebte Telefonterror macht. Der Mann hat zwar einerseits Lust auf eine eheliche Nummer, ist aber andererseits

von den aufgezwungenen Gesprächseinlagen schließlich so erschöpft, dass er einfach einschläft.
Das ist Liebe? So ist das Leben? Halleluja, Baby! Da hätte ich auch im Spätbarock bleiben können, dort bekam ich wenigstens ein Schloss, wenn August fremdging. Ob er auch immer so schnell müde war, sobald es mal ein bisschen stressig wurde?
Kurz bevor ich selbst einschlief, wachte Richard plötzlich auf, und murmelte: »Es tut mir so leid, mein Schatz. Bitte verzeih mir. Es ist vorbei, ich trenne mich von ihr. Ich will wieder zurück zu dir. Mein Leben ist einfach scheiße, wenn wir beide Zoff haben.«
Er hörte sich so treuherzig an, so überzeugend zerknirscht, dass er, schwupps, in mir drin war, und es war so schön wie lange nicht mehr.
Bin ich denn wahnsinnig geworden?, durchfuhr es mich. Wo ist meine Konsequenz geblieben, meine mühsam antrainierte Härte? Ich wusste ja nicht, wie gut Ehestress für die Libido sein kann. Heißt es denn nicht auch: im Zweifel für den Angeklagten?
»Ach Mäuschen«, seufzte er, »du bist immer noch die Allerbeste.« Eine Sekunde später war er wieder eingeschlafen, drei Sekunden später fing er leise an zu schnarchen.
Zum ersten Mal störte es mich überhaupt nicht, dass er neben mir den ganzen deutschen Regenwald in Grund und Boden sägte. Ich griff zu Elise und schickte meiner neuen Freundin eine SMS. Eine ganz kurze. »Es ist aus, sorry. Ich liebe meine Frau. R.«
Der Rest war ganz einfach: Auf Senden gedrückt. Einmal kurz die Zunge herausgestreckt. Mich als Siegerin gefühlt. Meinen Armreif gestreichelt. Alles wird gut.

Dresden, 24. Februar 1708

Alles ist wieder gut.
Ich habe heute Morgen um Viertel vor sechs meinem geliebten August eine kleine Tochter geschenkt! Ich hatte panische Angst vor der Geburt und davor, noch ein totes Kind zu gebären, also habe ich ihn angefleht, mich nicht allein zu lassen. Da er ein Mann von Ehre und Gewissen ist, saß er wieder an meinem Wochenbett und hielt meine schweißnasse Hand. Jede meiner Wehen begleitete er mit einem zärtlichen Handkuss.
»Wie soll sie heißen, Geliebter?«, frage ich ihn nun; es ist mir wichtig, dass er den Namen unseres Kindes selbst auswählt.
Er zögert nicht eine Sekunde. »Augusta Constantia, wie sonst?«, bestimmt er.
Ich seufze: »Der Name gefällt mir, mein Herr, weil er die Verbindung unserer beiden Herzen ist.« Ich bin eine starke Frau, aber manchmal kann ich auch sehr sentimental sein. Dies ist so ein Moment, in dem ich mich meiner Gefühle vor ihm nicht schäme.
»Du hast ja ein Herz«, neckt mich mein Geliebter und wischt mir, als mir die Augen nass werden, zärtlich mit der Kuppe seines rechten Zeigefingers die Tränen aus den Augen. »Weine nicht, Constantia, jauchze und frohlocke lieber. Endlich bist du Mutter geworden.«
»Wieso sagst du so etwas?«, frage ich ihn. »Ich weiß selbst, dass ich mit meinen dreiundzwanzig Jahren sehr spät Mutter geworden bin.«
Seine buschigen Augenbrauen vollführen einen lustigen Tanz, als er mich amüsiert betrachtet. »Warum lügst du mich

an, Constantia? Mir ist bekannt, dass du achtundzwanzig Jahre alt bist. Es sei denn, auf deiner Scheidungsurkunde steht ein gefälschtes Geburtsdatum.«
Ich schweige und erröte. Ein peinlicher Moment. »Bin ich zu alt für dich, Geliebter?«, frage ich ihn ängstlich, und einen kurzen Moment streift mich der frevlerische Gedanke, dass er schließlich deutlich älter ist als ich.
Ist eine Frau von achtundzwanzig zu alt für einen Mann von achtunddreißig? »Nein, du gefällst mir, wie du bist.« Er lacht und meine Angst ist vergessen.
Nachdem August gegangen ist, nicht ohne mir eine Kette aus Gold und Rubinen um den Hals gelegt zu haben, lehne ich mich glücklich in meine Federkissen zurück. Mein Kind wird gerade von einer jungen Amme gestillt, was ich persönlich sehr angenehm finde. Ich klingele nach meiner Zofe. Meine Nerven sind von der Geburt noch ein wenig angegriffen, ich brauche etwas Süßes. Maria Louise eilt davon, als ich sie nach einer Tasse Kaffee mit viel Zucker schicke, und ich seufze erschöpft. Kinderkriegen ist kein Zuckerschlecken.
Eine Viertelstunde später halte ich einen großen silbernen Becher in Händen und nehme vorsichtig den ersten Schluck. Heiß und sehr süß, so wie ich es liebe.
»Perfekt, Maria Louise, sag der Küchenmamsell, dass ich zufrieden bin«, bedanke ich mich. Sie knickst anmutig, wie ich es ihr beigebracht habe, und fragt mich, ob die Amme mir das Kind bringen solle.
»Ja, gern«, sage ich und bin selbst erstaunt, wie sehr ich mich auf einmal nach meiner Tochter sehne.
Bin ich womöglich doch mütterlicher, als ich mich selbst einschätze?
Sie reicht mir die kleine Augusta Constantia, ich halte sie in meinen Armen, so weich, so rosig, so voller Zukunft und Versprechen, und wünsche mir, die Zeit möge stehen bleiben.
»Verweile, Augenblick, du bist so schön«, flüstere ich und finde die Vorstellung sehr angenehm, dass ich ein paar Wochen

lang nur Mutter sein darf. Ich beschließe, mich in dieser Zeit ausschließlich meinem Kind zu widmen und die Außenwelt nicht an mich heranzulassen. Kein Klatsch und Tratsch vom Hof, kein Kriegsgebrüll, keine Intrigen – es wird nur mich und mein Baby geben. Wie für Frauen meines Standes üblich, wird sowieso von mir erwartet, die ersten drei Wochen im Bett zu verbringen und die nächsten drei im Haus. Danach findet ein festlicher Kirchgang mit Taufe statt und erst dann bin ich wieder eine öffentliche Frau.

Eine Woche später geht es mir bereits so gut, pocht die alte Lebenslust so drängend in meinen Adern, dass ich am liebsten sofort aufgestanden und ins Schloss geritten wäre. Ich habe nun mal eine »Rossnatur«, wie August gern sagt. Ich verzichte jedoch aus taktischen Erwägungen darauf, weil ich weiß, dass die Gerüchteküche bei Hofe dann kochen würde. Also halte ich meinen »Hausarrest« ein, obwohl ich immer unruhiger werde. August besucht seine Truppen, ist so viel unterwegs, dass ich wie eine Ausgehungerte auf seine Besuche warte.

»Was machen deine Kriege, Liebling? Läuft alles zu deiner Zufriedenheit?«, frage ich ihn besorgt, als er mir den nächsten Besuch abstattet. Es interessiert mich im Moment zwar nicht besonders, aber ich ahne, dass er darüber reden will, obwohl er Frauen im Allgemeinen für politisch unmündig hält.

»Ach, Constantia, ich bin so müde«, seufzt er. »Der Nordische Krieg gegen das verdammte Schweden kostet ein Vermögen, seit zwei Jahren besetzen schwedische Soldaten das Land, plündern, rauben, vergewaltigen. Die polnische Krone ist verloren, und die sächsischen Bauern weigern sich, noch höhere Steuern zu bezahlen.«

Ich verkneife mir die Bemerkung, dass ich ihn vor alldem gewarnt hatte. Stattdessen nehme ich seine Hand und streichele sie.

»Nichts als Ärger«, murmelt er, »und du liegst gemütlich im

Bett. Manchmal wäre ich auch gern eine Frau, da hätte ich das leichtere Leben.«
»Ich bin sehr froh, dass du ein Mann bist«, erwidere ich. »Weil ich nämlich sehr gern deine Frau bin.«
Die richtigen Worte. Er lächelt zärtlich. »Ich bin auch sehr froh darüber. Auch wenn du strenggenommen ja nur meine Geliebte bist.«
Ich sage kein Wort. Ich denke nur: Alles kann sich ändern!

Vor einem Monat habe ich übrigens mein Testament aufgesetzt. Da nicht wenige Frauen im Wochenbett sterben, wollte ich vorsorgen und setzte August als meinen Haupterben ein.
»Ich bin gerührt, meine Liebe«, hatte er schmunzelnd gesagt, »aber habe ich dir nicht sowieso alles geschenkt, was dir gehört?« Das stimmte zwar, trotzdem schwieg ich beleidigt. So lange, bis er begriff, dass mich seine Worte gekränkt hatten. »Ich nehme dein Erbe natürlich dankend an«, fügte er schnell hinzu. »In der innigen Hoffnung, dass ich vor dir sterbe.«
»Lass uns gemeinsam sterben, Liebster«, flüsterte ich, denn bei der Vorstellung, ohne ihn zu sein, klammerte sich sofort eine eiskalte Hand um mein Herz.
»Wir sterben zusammen, das ist ein königlicher Befehl«, entgegnete August und küsste mich. »Du weißt doch, dass ich ohne dich gar nicht leben kann. Wenn du früher stirbst, bestehe ich auf einem Doppelsarg.«
Die eiskalte Hand drückte noch einmal zu, aber nur kurz, dann lachte ich und er auch. »Schöne Vorstellung.«
Ja, so schön ist es mit uns. So schön wie noch nie. Ich bin restlos glücklich. Wie brutal sich mein Schicksal in naher Zukunft ändern wird und wie viele einsame Jahre ich ohne meinen August verbringen werde, davon ahne ich nichts.
Meine Pläne sind so sonnig wie die warme Spätwintersonne. »Wenn unser Kind getauft ist, werde ich den Sommer in Pill-

nitz verbringen, um die letzten Renovierungen zu überwachen. Die frische Luft wird uns gut tun«, rufe ich übermütig, setze mich auf Augusts Schoß und küsse ihn. »Ich werde eine Bäuerin, mein Geliebter, wenn du nichts dagegen hast.« August hat mir dieses Schloss nämlich auch deshalb geschenkt, weil ich im Taschenberg-Palais keinen Garten habe, wo ich Gemüse anbauen und Obstbäume pflanzen kann.

»Ich brauche meine Scholle, so wie in meiner Kindheit«, drängte ich damals, denn Dresden wurde immer voller, die Häuser dort standen dicht an dicht, und wer die hohen Preise nicht bezahlen wollte, die die Bauern auf dem Dresdner Wochenmarkt verlangten, der musste selbst anbauen.

Also schmeichelte, liebkoste und drohte ich, erinnerte ihn außerdem daran, dass er insgesamt vierundzwanzig Schlösser hat, für den Sommer, den Winter, für die Jagd und seine diversen Porzellan-, Silber-, und Kunstsammlungen, und dass er auf dieses eine kleine, unwichtige Schlösslein doch wirklich verzichten könne. »Schenk mir ein Lustschloss, mein Herr«, bat ich nach einer besonders schönen Liebesstunde. »Ein Schloss, in dem die Liebe wohnt.«

Er stellte seine großen Ohren auf Durchzug und wechselte jedes Mal das Thema. Bis ich eines Tages resignierte, nicht mehr davon sprach und meinen Wunsch fast vergaß.

Zur Geburt unseres ersten Kindes hat er ihn mir nun doch noch erfüllt. Ich, Constantia, geborene von Brockdorff, geschiedene von Hoym, so gut wie verheiratete Gräfin von Cosel – meine Nachnamen werden wirklich immer klangvoller –, besitze ein Palais in der Stadt und ein Schloss auf dem Land. Ich habe mich vom armen Ritterfräulein zur reichen Großgrundbesitzerin gemausert. Fortuna, die temperamentvolle Göttin, hat ihr ganzes Füllhorn über mich ausgeschüttet, denn Pillnitz ist neben dem Jagdschloss Moritzburg das schönste Schloss in Sachsen.

Es liegt eine knappe Kutschenstunde von Dresden entfernt, zwischen Weinbergen und dem Elbufer. Der Fluss ist an dieser Stelle breit und glänzend wie eine Seidenschleife, seine Ufer sind unbefestigt, mit feinstem Sandstrand und duftenden Blumenwiesen.

Mein Schlafzimmer, das ich ganz in Weiß, Gold und Silber einrichten werde, ist so groß wie einer der insgesamt elf beheizbaren Säle und gibt den Blick frei auf die größte Elbinsel Sachsens, die mir August in seiner Großzügigkeit ebenfalls geschenkt hat.

»Ich will doch mit dir jagen können, meine Schöne«, sagte er, als er mir die freudige Botschaft überbrachte. »Wir werden uns mit dem Boot übersetzen lassen und auf die Reiherjagd gehen. Aber dann darfst du nicht plappern, sonst verscheuchst du das Wild.«

Ich klatschte vor Freude in die Hände. »Und wenn niemand zusieht, lieben wir uns im Schatten der alten Eichen«, scherzte ich und küsste ihn immer wieder. Nicht der Hauch einer Vorahnung trübte mein Glück. Hätte ich sonst etwas geändert? Nein, ich hätte alles genauso gemacht.

Zwei Wochen später

Mein Leben ist eine Baustelle. Es ist chaotisch und anstrengend, ständig gibt es größere oder kleinere Katastrophen. Aber jeden Morgen, wenn ich aufwache, springe ich aus dem Bett, weil ich es gar nicht abwarten kann, dass der Tag endlich anfängt. Ich bin keine Frau, die sich der Muße hingibt, ich mag es, wenn mein Leben so bunt ist wie ein geschmückter Weihnachtsbaum.

Ich habe es doch tatsächlich geschafft, meinen König trotz seiner vielen Reisen an einem Wochenende auf unsere ländliche Baustelle vor den Toren Dresdens zu locken, obwohl ich eigentlich wegen eines leichten Fiebers noch immer das Bett hüten sollte. Der königliche Leibarzt, ein dicklicher Mann, dessen von geplatzten Äderchen übersätes Gesicht nicht gerade auf einen gesunden Lebenswandel hindeutet, hat mir kalte Wadenwickel verordnet. Allerdings habe ich seinen Rat ignoriert, weil ich es hasse, nass und feucht und noch dazu zur Untätigkeit verdammt zu sein. Ich habe ein Kind bekommen, na und? Das ist doch keine Krankheit! Ich kann jedenfalls nicht mehr ruhig im Bett liegen bleiben, ich halte es keine Sekunde länger aus. Ich bin so unruhig wie ein Bienenschwarm.

Vor kurzem habe ich eine neue Milchamme eingestellt, Agnes, ein kräftiges Mädchen aus Krakau, weil Sophie nicht mehr genug Milch hat und die kleine Augusta Constantia ein kräftiges Kind ist, das ständig Hunger hat.

»Ich muss mich ganz auf dich verlassen können«, mache ich ihr unmissverständlich klar, als ich sie einstelle. »Ich werde in Zukunft viel mit dem König auf Reisen gehen. Hast du auch genug Kraft und Milch? Traust du dir zu, für die Tochter des Königs gut zu sorgen?«

»Ja, Gräfin, es ist mir eine große Ehre.« Agnes' Stimme ist unverbildet und kräftig, sie ist das Kind einfacher Leute, und das ist wichtig für meine Tochter, zumindest solange sie klein ist und noch keine geistige Nahrung braucht.

Ich bin erleichtert, weil ich mein Kind in guten Händen weiß. Im Wochenbett lag es so oft neben mir, dass ich es jetzt unbesorgt an ihre Amme weiterreichen kann. Ich liebe meine Kleine über alles, und es tut meiner Liebe keinen Abbruch, dass ich sie nicht ständig um mich habe. Es reicht mir, zu wissen, dass sie gut versorgt wird. So ist es üblich im Spätbarock. Nur einfache Menschen, Bauern, Handwerker und Tagelöhner, erziehen ihre Kinder selbst. In den oberen Schichten dagegen werden sie als kleine Erwachsene betrachtet und von Ammen, Lehrern und Geistlichen betreut. Nur zu besonderen Gelegenheiten sehen sie ihre Eltern. Augusts Kinder, soweit sie im Schloss leben dürfen, haben natürlich ihren eigenen Hofstaat. Auch meine Tochter werde ich eines Tages zu ihrem Vater schicken, spätestens nach ihrem achten

Geburtstag. Es gibt nur wenige Berührungspunkte zwischen Eltern und Kindern. So ein liberaler Firlefanz, wie ich ihn dreihundert Jahre später mit meinen Töchtern veranstalten werde, ist für mich im Jahre 1708 unvorstellbar. Und der freche Ton, den ich mir in ferner Zukunft anhören muss, erst recht.

»Die Arbeiter sind gut vorangekommen.« August nimmt meine Hand und wir gehen an die Elbe. Der Himmel ist hellblau mit kleinen Schäfchenwolken, das Wasser glitzert verheißungsvoll, wir umarmen uns, stehen einfach nur da und sind uns nahe. »Meine kleine Gutsherrin«, sagt er weich, »macht es dich glücklich, das Schloss, das du mir so schamlos abgerungen hast?«

»Du machst mich glücklich«, betone ich und ignoriere seine freche Anspielung. »Du und deine Liebe. Alles andere ist schmückendes Beiwerk.« Das meine ich wirklich so. Jedenfalls fast.

Wir gehen durch den Park. Die Bäume sind noch kahl, aber die ersten Vögel sitzen schon in den Zweigen und zwitschern, eine Ahnung von Frühling liegt in der Luft. »Es ist wunderschön hier«, rufe ich und breite die Arme weit aus. »Der schönste Platz der Welt.«

Mein Herzallerliebster lächelt nachsichtig, er hat sein Leben in vielen Schlössern verbracht, für ihn sind sie nichts Besonderes. »Ich bin sehr froh, dass du dich um alles kümmern willst«, sagt er, »und hoffe nur, dass du meinen Geldbeutel nicht über die Maßen strapazieren wirst. Der Hof sorgt sich sowieso schon über mein allzu weiches Herz.«

»Das kann ich leider nicht versprechen, hoher Herr«, erwidere ich keck und küsse ihm die Worte, die ich nicht hören will, von den Lippen. Schließlich weiß ich schon jetzt, dass ich ein Vermögen ausgeben werde. Das Schloss ist kalt und ohne Öfen oder Kamine, ein paar Monate später werden alle elf Säle zu beheizen sein, ein Luxus, der nicht wenig an Steuergeldern verschlingen wird. Aber das ist nicht mein Problem, sondern pikanterweise das meines geschiedenen Ehemannes, der in Wien allerdings genug Ärger hat. Vor kurzem erst hat er gemerkt, dass ihm seine Geliebte ihren letzten Bastard untergeschoben hat, weil dessen richtiger Vater ein Taugenichts ist. Daraufhin verließ er sie, kam aufgebracht nach Dresden zurück und schlüpfte wieder in seine alte Rolle als Steuereintreiber. Ich gestehe, ich bin nicht ohne Häme.

»Wieso hast du den alten Widerling wieder beschäftigt?«, fragte ich aufgebracht, als ich davon erfuhr. »Ich war froh, ihn so weit weg zu wissen.«

»Weil keiner so gut Geld eintreiben kann wie dein ehemaliger Herr Gemahl«, meinte August. »Er ist völlig ohne Gefühl und Skrupel, genau so einen Mann brauche ich in dieser Position.«

Es klang bewundernd und verächtlich zugleich, und ich bin heilfroh, dass ich diesen Hoym nicht mehr in mein Bett lassen muss. Mit Sicherheit weiß er genau, für wen und für welches Schloss er die Bauern und Grundstücksbesitzer ausquetscht. Mit diebischem Vergnügen denke ich daran, wie sehr ihn dieses Wissen verärgern muss. Vor Wut schäumend würde er die Geldsäcke bei seinem Kurfürsten abliefern, in dem Wissen, dass ich hineingreifen und von dem Erlös seiner Arbeit mein neues Domizil ausstatten würde. Wie sehr mich diese Vorstellung freut! Schade, dass ich nicht dabei bin, wenn er wie ein kleiner Giftzwerg mit den Füßen aufstampft!

Ein wunderbares Gefühl, wenn man zu den Siegern der Geschichte gehört.

»Ich brauche noch hartes und weiches Bauholz.« August und ich werfen kleine, flache Steine ins Elbwasser, meine hüpfen, seine nicht. Eine winzige Überlegenheit, die mich freut, weil es leider sehr selten ist, dass er die unterlegene Position einnimmt – außer im Bett. Als ich ihm dies ins Ohr hauche, fahre ich gleichzeitig ganz sacht mit den Fingern über seine Unterarme, um zu prüfen, ob eine leichte Gänsehaut sie überzieht. Ich muss wissen, ob ich ihn genauso errege wie er mich. Jaaaa, die Härchen richten sich auf, ich küsse ihn aufs Ohr, jetzt noch mehr …

»Darf ich fragen, wofür du so viel Holz benötigst? Wir brauchen kein breiteres Bett, oder willst du dich von mir abwenden?«

Wir lächeln uns an und versinken ineinander. Jede erotische Anspielung macht uns beide verrückt. Wilde, ungezügelte Bilder entstehen in unseren Köpfen. So stark wie am Anfang. Ob es jemals aufhört? »Ich spreche nicht von unserem Bett, August«, wechsele ich bewusst das Thema. »Ich will Scheunen bauen und ein Forsthaus.«

August lächelt mich an, er mag es, wenn ich die Geschäftsfrau spiele. Spiele? Ich weiß ja selbst noch nicht, wie viel ich von der Wirtschaft, von den Steuern und vom Geld verstehe. Ich weiß nur eins: Ich bin fest entschlossen, aus diesem Schloss ein Juwel zu machen. Es soll das Schloss aller Schlösser werden, und später, wenn ich einmal tot bin, sollen die Menschen durch meine Räume wandern und staunen, wie die Gräfin Cosel einmal gelebt, geliebt und gefeiert hat.

»Außerdem hätte ich gern das Fischereirecht auf der Elbe«, fahre ich fort und lasse meine Wangengrübchen spielen, was nie seine Wirkung auf ihn verfehlt.

Ungeachtet der Arbeiter, die grüßend an uns vorbeigehen, zieht er mich in seine Arme, ich fühle seine warmen Finger auf den Knöpfen meines Mieders. Wie immer, wenn er mich berührt, bin ich wehrlos, weich, löse ich mich auf. »Du bist so schön«, flüstert er mir ins Ohr. »Ich will dir alles geben, was dein Herz begehrt. Du bist die Geliebte des Königs, alle sollen dich glänzen sehen. Aber jetzt muss ich dich leider verlassen.«

Eben noch lag ich in seinem Arm, eine Minute später sehe ich ihm nach, wie er sich auf sein Pferd schwingt und davongaloppiert.

Ich bin allein und mich fröstelt. Dunkle Wolken verdüstern die Sonne. Seine Worte haben mich verstört, obwohl ich mir

nichts habe anmerken lassen. Geliebte des Königs, nicht seine Gemahlin, mehr bin ich also immer noch nicht für ihn! Es wurmt mich, wenn er mich so nennt. Trotz seines Eheversprechens, das ich sogar schriftlich habe. Natürlich weiß ich, dass er es nur einhalten kann, wenn seine Gemahlin tot ist, und Christiane Eberhardine erfreut sich trotz ihres irreführend blässlichen Teints leider noch immer bester Gesundheit, aber es geht mir nicht um schnöde Tatsachen, es geht mir um sein Gefühl. Es ist eine Frage des Prinzips. Eine Frage der Ehre. Meiner Ehre, die er nicht mit Füßen treten sollte.
So stehe ich da in meinem halb fertigen Schloss und bin auf einmal sehr unglücklich. Warum liebe ich nur einen Mann, der mich mit Gold und Juwelen überhäuft, aber mir das Wichtigste vorenthält: sein Herz. Je mehr er sich verweigert, desto hartnäckiger wünsche ich es mir.
Deshalb schwinge ich mich auf mein Pferd, obwohl mir der Leibarzt dringend davon abgeraten hat – angeblich gefährdet es weitere Schwangerschaften, aber das ist mir im Augenblick egal –, und galoppiere nach Dresden. Von meinem Schloss zu meinem Stadtpalais. Nicht schlecht für eine Gutsherrentochter aus Holstein.

Hamburg, 11. November 2005

Obwohl ich mich inzwischen an meine häufigen Seelenwanderungen gewöhnt habe, stört mich nach wie vor, dass ich sie nicht beeinflussen kann. Gerade habe ich mich in einem meiner prächtigen Schlösser wohl gefühlt, schon sitze ich wieder in meinem Reihenhaus. Gerade hat mir Maria Louise eine verführerisch duftende Schokolade gebracht, schwupps, schon ruft Fiete »Mama, wir haben kein Klopapier mehr« aus dem Badezimmer. Es gefällt mir sehr gut im Spätbarock, die Neuzeit finde ich dagegen oft anstrengend und unglamourös. Da ich außer gelegentlich mit Bettina mit niemandem über meine kleinen Ausflüge spreche, kann auch keiner nachvollziehen, wie es sich anfühlt, wenn man etwa beim Zähneputzen plötzlich im Taschenberg-Palais landet, sich dort mit August und den Handwerkern herumärgert und, schwuppdiwupp, wieder vor dem Waschbecken in Hamburg-Osdorf steht, die Zahnbürste noch immer in der Hand. Es fühlt sich so irre an, dass ich es weder erklären noch beschreiben kann. Ich lebe im Augenblick zwei Leben parallel, und das ist unglaublich anstrengend, aber auch ein Riesenkick, der geradezu süchtig macht. Auch dieses Mal wäre ich gern noch in Dresden geblieben, hätte den scharfen Wind auf meinem Gesicht gespürt, bei meinem Galopp an der Elbe entlang, hätte mich im Taschenberg-Palais in mein riesiges Schlafzimmer gelegt, mich schön gemacht für August, stattdessen …

… ein nasskalter Novembermorgen, der Himmel hängt sich bleigrau in Kniekehlenhöhe aus. Ich wäre am liebsten im Bett geblieben und hätte so getan, als sei ich eine Frau, der morgens von ihrer Zofe das Frühstück ans Bett gebracht wird. Eine Frau, die verträumt aus dem Schlossfenster auf die Elbe blickt und auf ihren König wartet. Stattdessen klingelte mein Wecker um halb sieben, und ich startete das morgendliche Programm:

1. Kinder wecken, und zwar in Abständen von fünf Minuten;
2. Müsli mit Obst auf den Küchentisch stellen;
3. versuchen, sich nicht über die Kinder zu ärgern, die lieber Toast mit Marmelade und Kakao wollen;
4. Müsli mit Obst selbst essen;
5. Kinderzimmer betreten, gleich wieder verlassen und beschließen, heute mal nicht aufzuräumen;
6. heimlich und schuldbewusst eine Zigarette auf dem Balkon rauchen, danach schnell die Zähne putzen, damit die Kinder nichts riechen und Fiete nicht »Warum soll ich eigentlich nicht rauchen, wenn du es selber tust?« fragt, weil man darauf keine Antwort weiß.

»Tschüs, Mami.« Alexa drückte mir einen feuchten Kuss auf die Wange, und weg war sie.
»Zähne geputzt?«, rief ich noch schnell, wie jeden Morgen, aus dem Küchenfenster hinter ihr her. Wie jeden Morgen natürlich ohne Erfolg. Sie hasste Zähneputzen, obwohl der Zahnarzt kürzlich ein dickes Loch im Backenzahn ohne Betäubung behandelt hatte.
»War nicht so ätzend wie Zähneputzen«, hatte sie hinterher gemurmelt, eine Einstellung, die ich unbegreiflich fand, aber mich fragte ja niemand.
»Meine jüngste Tochter putzt ihre Zähne nur nach Androhung von Folter«, brüllte ich aus dem Küchenfenster, obwohl niemand da war, den meine Meinung interessierte.
»Meine putze ich morgen«, sagte Friederike und drückte sich an mir vorbei. Küsschen gab es nicht mehr, seit sie zwölf war,

dafür gab sie mir mein Portemonnaie. »Kann ich bitte mein Taschengeld bis Januar haben, Mami?«

»Für Weihnachtsgeschenke?«, fragte ich. Sie musterte mich fassungslos. »Für eine neue Seven-For-All-Mankind-Jeans«, erwiderte sie. »Falls ich euch überhaupt was schenke, wird es dieses Jahr aus Kostengründen selbst gebastelt sein.«

»Ich schreibe mir jeden Cent auf, meine Liebe«, sagte ich streng, während ich das Geld abzählte. »Vor Januar gibt es keinen Euro mehr.«

»Klar, wie immer, Mami«, grinste sie und verließ pfeifend das Haus. Ihr durchgedrückter Rücken zeugte von der leisen Verachtung für die kleinliche Spießigkeit der Person, die ein böses Schicksal ihr zur Mutter bestimmt hatte. War ich auch mal so jung?, fragte ich mich. So unbeschwert und leicht? Wie lange bin ich eigentlich schon achtunddreißig?

An diesem Morgen fühlte ich mich jedenfalls wie achtundachtzig.

Ich schleppte meine müden Knochen ins Elternschlafzimmer unters Dach, wo Richard mir entgegenschnarchte. Das würde ich bei einer Trennung ganz bestimmt nicht vermissen.

Unglaublich, wie laut und mit welchen Urwaldtönen Männer schnarchen, ohne davon aufzuwachen. Inzwischen hatte ich vor seiner Sägerei resigniert und verbrachte so manche Nacht freiwillig auf dem Wohnzimmersofa. Dem vorausgegangen waren lange Nächte, in denen ich wirklich alles ausprobiert hatte. Ich hatte ihm auf Anraten unseres HNO-Arztes einen Tennisball auf den Rücken geklebt – nix genützt. Ich hatte ihm minutenlang die Nase zugehalten, auch nix. Ich hatte ihn geschüttelt, ihm »AUFHÖREN« ins Ohr gebrüllt, doch er brummelte nur: »Lass mich«, drehte sich um und schlief wieder ein.

Früher hatte er nicht geschnarcht, oder ich war von unserem heißen Sex jedes Mal so müde gewesen, dass ich es nicht merkte. In unserer Anfangszeit, als unsere Liebe so frisch und blank wie eine Weihnachtskugel war, weckte mich mein

Liebster mit Tee und Kuss auf, schlüpfte dann wieder unter die Decke, und wir liebten uns erst mal. Diese Zeiten waren längst vom Winde verweht, inzwischen machte er noch nicht mal die Augen auf, wenn ich ihm nicht seine Tasse Tee auf den Nachttisch stellte. Eigentlich war er ein Frühaufsteher, der morgens mit einem Lied auf den Lippen stundenlang unter der Dusche stand. Doch in letzter Zeit grummelte er immer nur: »Ich will noch nicht«, wenn ich ihn weckte, was ich im Augenblick zugegebenermaßen etwas liebloser machte als sonst. Denn bei aller Liebe und allem Verständnis – ein Mann, der mich betrog, durfte morgens keinen zärtlichen Weckdienst von mir erwarten. Und da unsere eheliche Situation ziemlich angespannt war, gab es auch kein Küsschen, sondern ich zog ihm einfach die Bettdecke weg und legte sie zum Auslüften ins offene Fenster, egal ob die Sonne schien oder ein eisiger Wind wehte.
Auch an diesem Tag lag er zusammengekrümmt wie ein großer, weißer, wuschelig behaarter Embryo da. Draußen hagelte es inzwischen, die Temperatur lag etwa um null Grad. Hamburg ist leider nicht Honolulu.
Ich trat ans Bett und betrachtete meinen Ehemann, der die Augen noch immer so fest geschlossen hielt, als wollte er die böse Welt am liebsten für alle Zeiten aussperren. Die böse Welt oder die böse Ehefrau? »Richard Graf, bist du endlich wach?« Keine Antwort. Ich hatte auch keine erwartet. Auf die Frage »Bist du wach?« antwortete in unserer Familie nie jemand.
Ich erhöhte die Lautstärke. »Aufstehen, du Faulpelz, sonst zieh ich dir die Decke weg. Folgendes Programm erwartet dich: kalt duschen, Müsli mit Obst, Haus verlassen, Geld verdienen, in der Mittagspause nicht fremdgehen, pünktlich zu Hause sein, Rosen mitbringen. Also?«
Wie witzig ich sein konnte, wenn es überhaupt nicht drauf ankam. Aber langsam machte ich mir Sorgen. Er lag da wie gestorben. Er schnarchte noch nicht einmal. Irgendetwas

stimmte nicht mit ihm, und ich fürchtete, es hatte nichts damit zu tun, dass eine gewisse MMM in dieser Nacht fünf SMS geschickt hatte. Ich hatte sie zwar vorsorglich ohne sein Wissen alle gelöscht, doch wer sagte mir denn, dass sie sich nicht gemeldet hatte, während ich in der Küche das Müsliobst schnippelte? Ich war sicher, dass sie nicht aufgab. Dass sie sich im Gegenteil jetzt erst richtig ins Zeug legte.

»Die schlimmste Geliebte ist die um die dreißig«, hatte Bettina erst vor kurzem zu mir gesagt. Als regelmäßige Frauenzeitschriftenleserin ist sie über derlei Fragen bestens informiert. »Bei der macht die biologische Uhr ganz laut tock, tock, tock. Die will ein Nest bauen, sucht einen Ernährer, und wenn ihr Wunschkandidat verheiratet ist und Kinder hat, ist das zwar ein Hindernis, aber noch lange kein Grund, die Jagd wieder abzublasen. Frauen, die brüten wollen, sind skrupellos.«

Das konnte ich sogar irgendwie nachvollziehen, aber warum war mein Mann bereit, deswegen unser ganzes Leben aufs Spiel zu setzen? Ich hoffte, er benutzte wenigstens Kondome, aber was, wenn sie nun ein Löchlein hineinpikste? »Schatz, ich bin schwanger!« Angeblich hatte es drei Tage zuvor ein ernstes Gespräch gegeben, jedenfalls hatte er mit entsagungsvollem Tonfall angekündigt, dass er »diese leidige Sache endgültig beenden wolle«. Ich verbrachte den Abend wie auf einer Hochspannungsleitung, konnte nichts essen, schnauzte die Kinder an, verkniff mir aber jeden Anruf, jede SMS. Wie gern hätte ich Mäuschen gespielt, denn wie ich meinen konfliktscheuen Ehemann kannte, druckste er vermutlich endlos herum und hielt sich alle Möglichkeiten offen.

»Du, Spätzelchen, wir müssen in der nächsten Zeit ein bisschen kürzer treten.« Ich sah ihn regelrecht vor mir, wie er das Tischtuch des teuren Italieners knetete, wohin er MMM in der Hoffnung eingeladen hatte, gutes Essen möge sie versöhnlicher stimmen.

»Das ist doch wohl nicht dein Ernst«, hatte sie wohl erwidert und vermutlich bereits vor der Vorspeise mit ihm unterm

Tisch gefüßelt, um ihn nach dem Dessert so weit zu haben, dass er all seine guten Vorsätze vergaß. »Was willst du denn bei deiner alten, verbrauchten, langweiligen Ehefrau, wenn du heißen Wahnsinnssex mit mir haben kannst?« Spätestens beim Hauptgang hatte er mich vermutlich vergessen, und die Versöhnung fand dann im Auto statt, hoffentlich wenigstens in seinem Mercedes. Der war so sportlich, dass sie sich beim Knutschen blaue Flecken holen würden. Mit ein bisschen Glück sogar einen fiesen kleinen Bandscheibenvorfall.

Als er danach ins Bett geschlüpft war, wollte ich eigentlich den tiefen Schlaf der entspannten Ehefrau vortäuschen, aber ich war zu aufgewühlt, ich wollte endlich Klarheit. »Na, wie war's?«

Er schwieg, wog seine Worte ab. Ich sah ihm an der Nasenspitze an, dass er gehofft hatte, ihm bliebe eine wache Constanze erspart, aber da war ich nun und sah ihn fragend an. Sofort spielte er elegisch den Entsagungsvollen. »Es war nicht leicht«, murmelte er.

»Was soll das heißen?«, bohrte ich nach.

»Dass es nicht leicht war.« Mehr war an diesem Abend nicht aus ihm herauszuholen, denn er drehte sich um und schlief sofort ein.

Ich gestehe an dieser Stelle ungern, dass er mir fast ein bisschen leid tat. Er hatte mir ein Opfer dargebracht und auf sein Lieblingsspielzeug verzichtet. Ich war ihm wichtiger.

Warum hatte ich trotzdem in dieser Nacht so unruhige, blutige Träume?

Langenbrücker Saugarten, Dresden, 14. April 1705

Als ich nach einer unruhigen Nacht aufwache, kann ich mich zum Glück nicht mehr an die schlechten Träume erinnern.
»Na, amüsierst du dich gut?« August sieht so glücklich aus, dass ich ihn mit meinem Unbehagen nicht enttäuschen will.
»Es ist herrlich hier, vielen Dank, dass ich dabei sein darf.«
Dabei hasse ich die Jagd, hasse tote, blutige Tiere! Aber ich liebe leider einen begeisterten Jäger, der mich bei diesem Spektakel unbedingt an seiner Seite haben will, und so stehe ich jetzt im Langenbrücker Saugarten, dem Anwesen der spitznäsigen, arroganten Gräfin Reuß. Sie scharwenzelt um August herum wie eine Flatterkrähe und ich mache mich auf ein paar äußerst ungemütliche Stunden gefasst. Der Frühlingswind bläst mir kalt ins Gesicht, als die gräflichen Jäger, alle im grünen Wams mit goldenen Knöpfen und roten Kappen, das Wild zusammentreiben. Ich zähle über hundert Stück Rotwild, darunter vierundvierzig Hirsche, und sie tun mir jetzt schon leid. Die Bauern sind dagegen froh, sie loszuwerden, denn sie richten auf den Feldern viel Unheil an, rupfen die Saat aus dem Boden und die restlichen Blätter von den Büschen.
Ich gehe auf meinen Liebsten zu, der sich gerade angeregt mit der Gräfin Reuß unterhält, besser gesagt, sie redet wild gestikulierend auf ihn ein, er hört ihr höflich zu. Was mag sie von ihm wollen? Jetzt deutet sie mit ihrem langen, hageren Zeigefinger auf ein junges Mädchen in einem gelben Samtkleid, das neben einem Pferd steht und zu ihm hinüberblickt. Wer mag sie sein? Eine der insgesamt fünf unverheirateten

Töchter der verwitweten Gräfin? Plant sie etwa eine lukrative Hochzeit mit einem seiner Höflinge oder will sie ihr hässliches Kind womöglich dem König persönlich andienen? Als seine Geliebte, als meine … Nachfolgerin? Ich traue ihr alles zu.

»Ich finde die Jagd eigentlich ziemlich geschmacklos«, sage ich, als ich ihn erreiche, und ohne mich um den giftigen Blick der Gräfin zu kümmern, stelle ich mich auf die Zehenspitzen und küsse sein Ohrläppchen. »Siehst du nicht genug Blut auf deinen Schlachtfeldern?«

Die Gräfin hat meine Worte belauscht und gestattet sich ein schmales Grinsen, so schmal, dass ich vermute, sie hat kaum noch Zähne.

»Dann passt ihr ja ausgezeichnet zu Seiner Majestät«, spottet sie und zieht ihre schwarz nachgemalten Augenbrauen hoch, die wie dicke Balken auf ihrer weißgepuderten Stirn liegen. »Darf man fragen, warum die Gräfin Cosel sich trotz dieser Abneigung die Rehkeule heute Mittag so vortrefflich munden ließ?«

»Das würde mich allerdings auch interessieren«, wendet sich nun auch mein Gebieter an mich. »Du hast dir zweimal nachlegen lassen, wenn ich mich recht erinnere.«

Ich ärgere mich, dass mir keine schlagfertige Antwort einfällt, denn sie haben ja Recht. Gerade will ich zu einer fadenscheinigen Erklärung ansetzen, als ich am Horizont eine große Staubwolke erspähe. Die Kutschen mit den anderen Jagdgästen rollen heran, es geht los. Ich straffe die Schultern und bin froh, dass ich meine Milch rechtzeitig abgepumpt habe und mir jetzt wenigstens nicht die Brüste schmerzen. Leider ist es mir bis jetzt noch nicht geglückt, endgültig abzustillen. Obwohl ich eine Amme habe, ist meine Milch zurückgekommen, keiner kann sich erklären, warum. Das Ganze ist sehr lästig, und ich hoffe jeden Tag, es sei der letzte, ich will endlich meine wohlgeformten kleinen Brüste zurück! August liebte es, als sie prall und empfindlich waren, aber ich hasste sie, denn jede seiner Berührungen tat mir weh.

»Es geht los«, ruft eine helle Stimme hinter mir, und als ich mich umdrehe, erkenne ich das junge Mädchen in Gelb wieder, das mir jetzt von der Gräfin als »meine jüngste Tochter Augusta« vorgestellt wird. Sie ignoriert mich völlig, versinkt dafür aber vor August in einem tiefen Hofknicks.

»Wie schön Eure Töchter sind«, sagt er erfreut und streckt die rechte Hand aus. Wie immer ist sie mit schweren Goldringen geschmückt und wirkt wie die Pranke eines Löwen. »Aber Eure Jüngste übertrifft alle anderen noch. Enchanté, Mademoiselle.«

Sofort bemerke ich dieses Funkeln in seinen Augen, das ich leider nur allzu gut kenne. So strahlen sie, wenn er angeregt, amüsiert oder zur Jagd bereit ist. »Komm, es geht los«, rufe ich erregt und ziehe ihn einfach weg.

»Was ist mir dir, Constantia?« Seine Stimme klingt konsterniert. »Warum bist du so unhöflich? Wir sind zu Gast bei der Gräfin.«

Wir gehen zu dem großen, runden Platz des Saugartens, der inzwischen mit hohen Netzen umstellt ist, damit kein Tier in seiner Todesangst entfliehen kann. »Ich bin so unhöflich, weil ich es nicht mag, wenn du vor meinen Augen an eine andere verschachert wirst«, schnaube ich, als die Jäger das Tor öffnen und die Kutschen hereinfahren. Im angrenzenden Gelände wird das Wild gehalten, scharfe Hunde passen auf, dass kein Tier entkommt.

»Du amüsierst mich, meine Gute«, bemerkt August, während sich seine Augen zu kleinen Schlitzen verengen. »Ich mag es, wenn schöne Frauen um mich kämpfen. Ist das so unbegreiflich?«

Ich spüre, wie weit er innerlich von mir entfernt ist, und schweige. Meine schweren Brüste fühlen sich wie Bleigewichte unter meinem enggeschnürten Mieder an, mein Herz ist ähnlich schwer.

»Komm«, sagt August. »Vergiss deine Eifersucht. Ich liebe nur dich, alles andere ist Tändelei und keine Bedrohung für dich. Sieh mich an.«

Ich hebe den Blick und tue wie geheißen. Wie ich es trotz allen Kummers liebe, dieses Gesicht, das mir so vertraut und doch immer wieder so fremd ist. Schmal, doch kräftig, auch die Nase, deren starke Flügel mich an die Flügel eines Adlers erinnern. Die dunklen Brauen, dicht wie Feuerbalken, darunter seine funkelnden Augen, die vollen, roten Lippen. Ein Gesicht, wild und sinnlich, klug und kindlich. »Ich sehe dich an, August«, flüstere ich. »Versprich mir, dass du mir nie wehtun wirst.«

»Ich verspreche es«, flüstert er zurück, »aber nun gib endlich Ruhe.«

In diesem Moment ertönt ein lautes, fröhliches Halali, die Bläser lassen ihren Willkommensgruß erklingen.

»Die Jagd beginnt«, ruft August, und ich weiß, dass er mich in den nächsten Stunden vergessen wird. Seine Augen leuchten, das Jagdfieber hat von ihm Besitz ergriffen.

Auf dem mit Netzen umstellten Platz ist ein hölzerner Pavillon als Hochsitz aufgebaut, den er nun hinaufklettert. Von oben winkt er und gibt dem Oberjägermeister ein Zeichen. Die Jäger öffnen das erste Wildgehege, man kann, selbst aus meiner sicheren Entfernung, die Todesangst der zusammengetriebenen Tiere förmlich riechen. Die Vorahnung von Blut und Tod liegt in der Luft und lässt mich inmitten des fröhlichen Trubels frösteln. Mit lautem Gebrüll schicken die Jäger ihre hechelnde Hundemeute los. Ich leide, als ich mit ansehe, wie August die Flinte hebt, die ihm sein Leibdiener Johann reicht, wie er mit zusammengekniffenen Augen durchs Visier schaut. Peng – ein stolzer Rehbock bricht zusammen, knickt ein, die Hunde umstellen hechelnd das angeschossene Tier, Blut fließt in die Erde. August lacht und geht auf seine sterbende Beute zu, in der Hand hält er eine Lanze. Er stößt zu, zwei Augen brechen, ein Tierkopf rollt zur Seite.

»Unser König lebe hoch«, rufen die Jäger, und während ich

als Einzige die Augen schließe und bete, es möge schnell vorbeigehen, werden immer neue Tiere ins Netz getrieben. Die Reihenfolge hat man vorher festgelegt: zuerst die Hirsche, dann Sauen, Rot- und Dammwild.
August hat jetzt Blut im Blick, er und seine Jäger dampfen richtig. Mit Lanzen und Saufedern fangen sie die angeschossenen Tiere ab und erlegen sie.
Ein noch dampfender Haufen toter Tierleiber liegt vor dem König, der von seinem Hochsitz heruntersteigt und sich vor den Jagdtrophäen aufbaut. Stolz, befriedigt, sein Bluthunger ist gestillt. Er ist mir fremd.

Später

Der Abend dämmert, als die Jäger endlich zum Jagdende blasen. Ich wäre gern mit August nach Hause geritten, direkt ins Schlafzimmer: Tür zu, nach uns die Sintflut. Doch August will feiern, und ich weiß, dass ich ihn nicht allein lassen kann, denn die Gräfin gibt ein großes Gelage, es wird getrunken und gegessen, viele Frauen werden da sein, und von mindestens einer weiß ich, dass sie ihm schöne Augen machen wird. Augusta …
Wenig später sitzt sie neben ihm an der langen Tafel wie eine Spinne im Netz, und dass ich auf der anderen Seite ihrer Beute weile, stört sie offenbar nicht im Geringsten. Sie zwitschert und turtelt, sie girrt und gurrt, und ich werde fast wahnsinnig vor Eifersucht, denn August amüsiert sich prächtig.
»Darf ich um den ersten Tanz bitten, Majestät?« Augustas Stimme klingt wie ein langer Fingernagel auf einer zu straff gespannten Geigensaite. Jedenfalls in meinen Ohren, obwohl sie bis auf ein kurzes, kühles »Angenehm, Gräfin Cosel« kein weiteres Wort zu mir gesagt hat. Auch ich halte es für nötig, sie aufs allerschärfste zu ignorieren. Was sie wieder-

um aufs allerschärfste ignoriert. Wir belauern uns wie Hyänen, und ich weiß, dass August es bemerkt und wie immer sehr genießt. Ich bin hungrig, doch ich bringe keinen Bissen hinunter, obwohl sich der Tisch geradezu biegt unter den deftigen Köstlichkeiten, die die weit über Sachsens Landesgrenzen hinaus berühmten Köche der Gräfin Reuß gezaubert haben: mit Speck umwickelte Rehkeulen, eine Melange aus Weiß-, Rot- und Grünkohl, Kartoffelklöße, fett und weiß wie die Gänse, die im gräflichen Gemüsegarten herumlaufen, überzuckerte Bratäpfel, eingelegte Heringe.
Ich esse gern und viel und habe zum Glück keine Probleme mit meiner Figur, deren Mädchenhaftigkeit auch meine Schwangerschaften nichts anhaben konnten. Den winzigen Rest an Körperspeck schnürt dann meine Kammerzofe Maria Louise weg, doch heute Abend ist mir der Appetit vergangen.
Ich hasse es, wenn mich August vor anderen Frauen so bloßstellt, und noch mehr hasse ich es, wenn ich ihn darauf anspreche und er sich über meine Eifersucht lustig macht.
Wie soll ich mich beherrschen, wenn ich sehe, wie Augusta ihm tiefe Einblicke in ihr prall geschnürtes Dekolleté gewährt, wie sie ihre Hand wie zufällig auf seiner liegen lässt, wie ihre Augen ihm alles versprechen! Sie ist schamlos, doch sollte ich das nicht am besten verstehen? Bin ich nicht genauso? Wie kann ich von einer anderen Frau verlangen, dass sie August nicht genauso rasend begehrt wie ich selbst?
»Hiermit hebe ich die Tafel auf, es darf, nein, es muss getanzt werden.« Die Gastgeberin Gräfin Reuß leuchtet geradezu, als sie die Gäste in den Tanzsaal geleitet. »Ich muss, du verstehst«, raunt August mir entschuldigend zu und entschwebt bereits mit Augusta. Ihre Mutter strahlt wie ein Honigkuchenpferd. Es ist offensichtlich, dass sie meine Felle davonschwimmen und ihre dämliche Tochter bereits an Augusts Seite sieht.
»Ein schönes Paar, nicht war, Gräfin Cosel?« Unauffällig hat sie sich an meine Seite geschoben, um mich so zu provozie-

ren, dass ich die Contenance verliere und meinen König vor allen Gästen blamiere. Sie kennt mein ungestümes Temperament, und einen kurzen Moment blitze ich sie tatsächlich mit all dem Feuer an, zu dem ich fähig bin.
»Ich weiß nicht, wovon Sie sprechen, Gräfin.« Wie eiskalt meine Stimme klingen kann, ich bin selbst erstaunt, doch es gefällt mir. »Ich sehe zwar einen schönen Mann, aber für die Frau, die gerade mit ihm tanzt, fallen mir andere Wörter ein.«
»Welche wären das, Gräfin Cosel?« Ganz die gekränkte Mutter.
»Nun«, überlege ich, »das Wort aufdringlich drängt sich förmlich auf und dicklich gleich dahinter und …« Ich schweige vielsagend, aus dem einfachen Grund, dass mir keine weitere Beschimpfung einfällt. Denn leider ist Augusta zwar ein bisschen mollig, ansonsten jedoch blond und von allerliebster Rosigkeit.
»Jetzt reicht es, Gräfin Cosel.« Die Gastgeberin dampft vor Entrüstung. »Ihr seid Gast in meinem Haus, vergesst Euch bitte nicht.« Ihre Stimme ist immer lauter geworden, so laut, dass August trotz der Musik aufmerksam geworden ist und zu uns herübersieht, während Augusta an seinem Arm klebt wie ein Stück zu süßes Marzipan.
Sie wirkt auf mich wie eine Kuh, die sich im Paradies glaubt. Doch sie wird sich in Kürze, und dafür werde ich höchstpersönlich sorgen, auf einem Misthaufen wiederfinden. Contenance, Constanze! »Es tut mir leid, verehrteste Gräfin.« Wenn es nötig ist, kann ich ganz wunderbar säuseln, und ich tue es jetzt so überzeugend, dass ich die verhinderte Kuppelmutter Reuß in leichte Verwirrung stürze, was ich sofort schamlos ausnutze. »Meine Nerven sind mit mir durchgegangen, die Geburt unserer Tochter hat mir doch mehr zugesetzt, als ich dachte …«
In diesem Augenblick sehe ich, wie August und Augusta die Tanzfläche verlassen und gemeinsam nach draußen ge-

hen. »Ich danke für Ihr Verständnis«, sage ich schnell und eile den beiden nach. Es ist mir völlig egal, was die anderen Gäste von mir denken, ob sie mich für eine peinliche Figur halten, die ihren König blamiert, denn wenn ich jetzt nichts unternehme, werde ich die Achtung vor mir verlieren, ja das werde ich.

Ich entdecke sie im Garten, unter einem der großen Kastanienbäume, auf die die Gräfin mit Recht so stolz ist, denn sie sind über hundert Jahre alt, und in den heißen sächsischen Sommern spenden ihre großen Kronen herrlich kühlen Schatten. Jetzt, Mitte April, sind die Äste noch kahl, und ich kann die beiden Gestalten gut erkennen. Sie stehen dicht nebeneinander, zu dicht für meinen Geschmack. Ich nähere mich der Kastanie, mein Herz klopft, mein Busen fühlt sich zum Platzen an. Ich ignoriere beides und gehe schneller. Als ich Augustas Stimme höre, bleibe ich stehen.

»Wie groß ist Euer Herz, mein König?«

Sein dunkles Lachen verursacht eine Gänsehaut auf meinen Armen, diesmal nicht vor leidenschaftlicher, vielmehr vor wütender Erregung.

»Groß genug, meine Kleine«, sagt er. »Wenn Ihr nicht allzu viel von mir erwartet.«

»Ich würde also Euer Herz mit anderen Frauen teilen müssen?« Ihre hohe, leicht schrille Mädchenstimme ist wie Essig in der offenen Wunde, die mein Herz ist.

Ich stehe da und halte mein Kleid mit beiden Händen fest, damit es nicht raschelt und mich verrät. Alles in mir drängt weiter, zu ihm, in seine Arme, alles in mir schreit danach, mich auf sie zu stürzen und ihr jedes Haar einzeln aus der Kopfhaut zu reißen. Aber ich will Gewissheit.

»Mein Herz gehört Sachsen.«

Wenn ich diesen Satz noch einmal von ihm höre, werde ich ihn mit meinem stumpfesten Messer entmannen.

Seine blutjunge Namensvetterin lacht laut: »Das weiß ich doch, Majestät. Mit Sachsen, mit der Königin und mit Gräfin

Cosel werde ich Euch teilen müssen. Darauf hat mich meine Mutter vorbereitet. Aber dann muss auch Schluss sein, sonst wird es selbst in Eurem Herzen ein bisschen eng.« Ihre Schlagfertigkeit ritzt mich wie ein scharfes Schwert. Ich habe sie unterschätzt, sie ist gefährlicher, als ich gedacht habe.
Wieder sein Lachen. Bei mir lacht er nicht mehr so oft. »Sagt das bloß nicht Gräfin Cosel, sie wird Euch das Herz aus dem Leibe reißen.« Diese Vorstellung amüsiert ihn so sehr, dass er in schallendes Gelächter ausbricht, in das Augusta einstimmt.
Sie lachen – über mich? Das ist zu viel. Mit einem gellenden Wutschrei stürze ich mich auf die Frau, die mir den Mann wegnehmen will. »Lass deine dreckigen Finger von ihm.« Ich merke selbst, dass ich wie ein Fischweib klinge, doch es ist mir egal. »Er gehört mir, und wenn du ihn nicht in Ruhe lässt, dann reiße ich dir dein blödes Herz tatsächlich aus dem Leib.« Ich habe bereits ein dickes Büschel helles Mädchenhaar in der Faust, als mich starke Männerhände von meiner kreischenden Beute reißen.
»Nimm dich zusammen.« Augusts Stimme ist nun nicht mehr amüsiert, im Gegenteil, ich höre ihr an, wie wütend er ist. Sehr wütend. »Warum machst du mich zum Gespött?«, zischt er. »Sei friedlich oder bitte meinen Kutscher, dich nach Hause zu bringen. Vielleicht bist du im Bett sowieso besser aufgehoben.«
Augusta hat inzwischen weinend und mit wehenden Röcken die Flucht ergriffen.
Genau in dieser Sekunde wird mir eines klar: Wenn ich jetzt nachgebe, habe ich verloren. Seinen Respekt, seine Liebe, aber vor allem eins: den Respekt vor mir selbst. Auf einmal weiß ich, was wichtig ist. Was mir wichtig ist. Ich reiße mich los und hole tief Luft. »August?« Aus den Augenwinkeln stelle ich fest, dass Augusta im Haus verschwunden ist. »August?«, wiederhole ich etwas lauter »Ich will dir etwas sagen, und ich möchte, dass du mir ganz genau zuhörst.«

»Ich höre«, sagt er, »aber es wäre mir lieb, wenn du dabei die Stimme senken würdest. Die Bäume haben Ohren.«
Beinahe hätte ich laut gelacht, doch das hätte meine Position geschwächt, also presse ich die Lippen so lange zusammen, bis ich seine volle Aufmerksamkeit habe. »Ich kann auch flüstern, wenn du dich zu mir herunterbeugst«, raune ich, und als er sich herunterbeugt, spüre ich sofort, dass meine Aufforderung ein Fehler war. Leider verliere ich viel zu leicht den Verstand, wenn er mir zu nahe kommt. »Ich will etwas klarstellen, und ich werde dies nur einmal und nie wieder tun.« Ich trete einen Schritt zurück, und zu meiner eigenen Verwunderung ist auf einmal alles in mir Klarheit und Sicherheit.
»Du siehst mich neugierig.« Wieder dieser mokante Ton, der mich jedoch diesmal nicht wie sonst verärgert.
»Dann will ich mich kurz fassen«, sage ich ruhig. »Ich bin deine Frau, und wir haben einen Vertrag, lieber August, den wir beide unterschrieben haben. Da ich nicht glaube, dass du vor dem Hof als vertragsbrüchig dastehen willst, ist es in deinem und in meinem Interesse, ihn einzuhalten.«
Er schweigt, und ich glaube schon, mich endlich durchgesetzt zu haben, aber ich habe mich zu früh gefreut. »Wenn du die Rechte einer Ehefrau haben willst, dann bitte auch die Pflichten.« Kühl klingt seine Stimme, viel Abstand liegt darin. Plötzlich ist meine Sicherheit verflogen, und ich habe nur noch Angst, dass ich zu weit gegangen bin und er mich verlassen wird. »Was wäre denn meine Pflicht als deine Ehefrau?« Ich hoffe, es gelingt mir, die Gereiztheit aus meiner Stimme zu verbannen, denn sie ist stark und vergiftet mir das Blut.
»Deine Pflicht ist, an meiner Seite zu sein, sofern ich es wünsche, aber nicht, mir völlig unangemessene Szenen zu machen. Ich bin, wie ich bin, Constantia, und damit lebe ich sehr gut. Wenn du versuchst, mich zu ändern, wirst du scheitern.«
Als das Schweigen zwischen uns zu lange dauert, seufzt er ungeduldig. »Wenn es dich tröstet, meine Liebste: Sie bedeu-

tet mir gar nichts. Du bist diejenige, die ich liebe. Anderen Weibern wohne ich bei. Das ist ein großer Unterschied, und ich begreife nicht, warum ich ihn einer Frau mit beträchtlicher Intelligenz so oft erklären muss.«
Wir stehen jetzt allein unter der kahlen Kastanie, in der Ferne schimmern Hunderte von Kerzen aus dem Ballsaal, schemenhaft wie Schattenrisse sind die Tänzer hinter den Glasscheiben zu erkennen.
»Ich ertrage es nicht, wenn du mich ständig betrügst«, sage ich. Irgendwo heult, wie zur düsteren Begleitung, ein Wachhund. »Es gibt also nur zwei Möglichkeiten für uns. Du bist mir treu, oder du betrügst mich so diskret, dass ich es nicht merke.« Ich ignoriere sein leises Lachen, mit dem er, so gut kenne ich ihn inzwischen, sein Unbehagen kaschieren will.
»Muss ich mich sofort entscheiden oder darf ich eine Nacht darüber schlafen?«
Sein Versuch, unser Problem auf die gewohnte Weise wegzuscherzen, schlägt fehl, mir ist einfach nicht nach Tändelei zumute. »Entscheide dich sofort«, sage ich. »Sonst …«
»Du wagst es, mir zu drohen, Constantia?« Eis liegt in seiner Stimme. Es ist mir egal. »Ja, ich wage es, August«, erwidere ich. »Treue oder Trennung. Du hast die Wahl.«
»Dann wähle ich …«
Es geht so schnell, dass ich erst begreife, was er tut, als er mich mit dem rechten Arm hochhebt, sich mit dem linken den schweren Samtmantel abstreift, ihn auf die Erde wirft und wir beide keuchend zu Boden sinken. Sein Griff ist so fest, dass ich mich nicht bewegen kann, und sein Mund verschließt meine Lippen mit einem harten, heißen Kuss. Ich spüre Wut, Ohnmacht, Angst, Leidenschaft, alles gleichzeitig, das Blut rauscht in meinen Ohren, und als er in mich eindringt, ohne ein Wort, da begehre ich ihn mit derselben Raserei, mit der ich ihn hätte töten können.
Wir kommen gleichzeitig, so gewaltig, dass wir schweißgeba-

det auf seinem Mantel liegen bleiben, keuchend, erschöpft, wortlos. Haut an Haut, Herz an Herz.

»Verdammt«, murmelt August, »deine Liebe bringt mich um.«

Ich sage gar nichts und blicke in den klaren Nachthimmel, an dem unzählige Sterne strahlen. Es ist ein magischer Augenblick. Es ist, als würden wir von Gott gesegnet. Oder vom Teufel.

»Majestät, wir suchen Euch überall.« Die Stimme der Gräfin Reuß, die immer näher kommt, lässt uns zusammenzucken. Hastig erheben wir uns und versuchen, so gut wie in der Dunkelheit möglich, unsere Kleider zu arrangieren.

»Mein Wams, mein Hemd, schnell«, flüstert August. »Und mein Hosenstall steht auch noch offen.«

»Sofort, ich muss erst mal mich selbst ordnen …«, flüstere ich zurück, während ich in fieberhafter Hast an meinem ungünstig knopfreichen Kleid herumnestele …

»Ach, hier seid Ihr!« Jetzt steht die Gräfin vor uns, und mir ist klar, dass sie genau weiß, was gerade passiert ist.

»Wir haben ein wenig frische Luft geschnappt, Gräfin Cosel und ich«, sagt August. Oh, wie ihn die Situation königlich amüsiert, während ich mich vor Scham am liebsten in Luft aufgelöst hätte!

»Das sehe ich, Majestät.« Es gelingt der Gräfin nicht, die Konsterniertheit aus ihrer Stimme zu verbannen, und vermutlich will sie es auch gar nicht, denn während sie spricht, schießen ihre schmalen Augen böse Blitze, in meine Richtung, nicht in seine. Dieses Weib ist anderer Frauen größte Feindin, davon bin ich überzeugt.

»Du schuldest mir noch eine Antwort, August.« Ich will sie haben, hier und jetzt, vor den ahnungslosen Ohren der dummen Gräfin.

»Die bekommst du unter vier Augen.« August tritt einen Schritt nach vorn, es ist ganz offensichtlich, dass er diese kleine Szene nun beenden will, sie ist ihm lästig geworden.

Als ich jedoch dem fassungslosen Blick der Gräfin folge, platzt es einfach aus mir heraus: »Mein König, Eure Hose ist noch immer offen.« Während die Gräfin, zu Tode erschrocken über meine Keckheit, einen spitzen Schrei ausstößt und ins Schloss zurückrennt, fange ich an zu lachen und kann gar nicht wieder aufhören.

»Für diese Majestätsbeleidigung könnte ich dich zum Tod durch Erschießen verurteilen«, sagt August.

Ich erwidere frech: »Aber nur, wenn Eure Hose geschlossen ist.« Dann lachen wir zusammen, bis uns die Tränen kommen.

Irgendwann sagt er: »Ich habe mich entschieden, Constantia.«

Die Welt bleibt stehen.

»Ich höre, Majestät.«

»Für dich.«

In jener Nacht werde ich schwanger.

Ich werde das Kind im zweiten Monat verlieren.

August wird nie davon erfahren.

Es ist der Anfang vom Ende.

Hamburg, 23. Dezember 2005

Ich wusste nicht, ob dies bereits der Anfang vom Ende war. Ich stand in der Küche, im Radio lief »Last Christmas I gave you my heart« von Wham, mein absolutes Weihnachtslieblingslied, und aus dem Backofen duftete es köstlich nach Zimtsternen. Der Rest der Familie Graf lag noch im Bett, die Kinder, weil sie Ferien hatten, Richard, weil er Stress in der Firma hatte und sein Internist und Kumpel ihm »Erschöpfungszustände« bescheinigt und ihn eine Woche krankgeschrieben hatte. Richard hatte etwas von »Scheißladen, ich lass mir das nicht länger bieten« gemurmelt und war im Bett verschwunden. Da lag er nun seit ein paar Tagen, litt vor sich hin und ließ mich springen – »Schatz, ich hätte Appetit auf Hühnersuppe, aber bitte ohne Karotten« –, während es meine dankbare Aufgabe war, für ein gemütliches Weihnachtsfest zu sorgen.

Ich wunderte mich selbst darüber, dass ich immer noch so gute Laune hatte, weil in diesem Jahr wirklich alles schief gegangen war. Meine berühmten Nougat-Zimt-Trüffel, die ich jedes Jahr an Familie, Freunde, Nachbarn und Kunden verschenkte, musste ich wegwerfen, weil ich aus Versehen Salz statt Zucker in die Schokomischung getan hatte. Mein erster Adventskranz hatte Feuer gefangen, der zweite war von der Decke auf die Bratenplatte gestürzt, der dritte nadelte so stark, dass er bereits am zweiten Advent fast kahl war. Das hatte er mit dem Weihnachtsbaum gemein, einem rachitischen, schiefen Gewächs, das jetzt nadelnd und ungeschmückt in der Wohnzimmerecke stand – wer zu spät kommt, den bestraft eben der Weihnachtsbaumverkäufer. Meine älteste

Tochter hatte mir einen Wunschzettel hingelegt, auf dem nur drei Dinge standen: 1 Seven-Jeans, 1 Gucci-Kleid, 1 Ralph-Lauren-Pullover, pink, Kaschmir!
Das billigste Teil war die Jeans, die kostete (nur) 229 Euro. »Ich kaufe meine Jeans bei Karstadt, und das für einen Bruchteil«, hatte ich geschimpft. Daraufhin musterte sie mich mit den schmalen Augen eines gepeinigten Teenagers und sagte nur ganz sanft: »Du bist ja auch alt, Mami.«
Meine jüngste Tochter wünschte sich Hauptsache-pink-und-Glitter, das war wenigstens einfach und machte noch Spaß. Richard und ich schenkten uns auf meinen Wunsch hin schon seit Jahren »also wirklich nur ein paar Kleinigkeiten, Liebling«, weil er im Gegensatz zu mir, die ich mich über jeden Mist freue, unglaublich schwer zu beschenken ist. Er hat alles, und was er nicht hat, kauft er sich am liebsten selbst, und wenn ich ihm etwas schenke, sagt er jedes Mal denselben Satz: »Oh, wie schön …«, kleine Pause, »ein – Pullover/Hemd/Buch. Danke, Connie.« Dabei klingt seine Stimme, als hätte er gerade eine Todesnachricht erhalten. Früher, als wir frisch verliebt waren und uns nicht wehtun wollten, lagen meine Geschenke so lange herum, bis sie Staub ansetzten, oder er quälte sich einen einzigen Tag lang in den von mir liebevoll ausgesuchten Pullover, um danach jedes Mal, wenn ich ihn fragte, warum er denn diesen schönen Pullover nie mehr anzöge, zu antworten: »Wieso, den hatte ich doch gerade an.« Ja, vor einem Jahr, hätte ich antworten können, aber auch ich lernte dazu und bewahrte fortan die Quittung auf. So führen wir inzwischen zweimal im Jahr, zu seinem Geburtstag und zu Weihnachten, folgenden Dialog:
Ich: »Was wünschst du dir denn? Jetzt sag bitte nicht, einen Porsche, den bekommst du sowieso nicht.«
Darauf er: »Ich hab doch schon alles, du musst mir nichts schenken.«
Darauf ich, Stimme etwas lauter: »Aber dann schenkst du mir auch nichts, und ich liebe Geschenke.«

Darauf wieder er, resigniert: »Dann schenk mir halt irgendwas.«
Das sind die Momente, in denen eine jede Frau ihren Mann ganz besonders lieb hat, sich freudig in den Weihnachtstrubel stürzt und dabei ganz genau weiß, dass er sowieso alles wieder umtauschen wird.
In diesem Jahr gab es eine neue Geschenkvariante: Richard suchte sich selbst etwas aus, wir gingen zusammen ins Geschäft, ich entsprach seinem Wunsch und kaufte einen Akku-Bohrer, und er versprach, vor den Kindern so zu tun, als sei er total überrascht. Ich würde wie immer eine Flasche Parfüm bekommen, was mich unterm Tannenbaum natürlich auch wie immer überraschte. »Parfüm, danke Schatz. Also damit hätte ich nun überhaupt nicht gerechnet!«
Warum war ich nur so irre gut gelaunt an diesem Morgen? Ich hätte Weihnachtsbäume ausreißen können, ich hätte meinem Mann, wenn er nicht gerade gekränkelt hätte, die Bettdecke wegreißen und ihn mit einer kleinen Sexattacke aufwecken können. George Michael sang so wundervoll melancholisch: »*Once bitten and twice shy, I keep my distance, but you still catch my eye*«, ich tanzte dazu, während ich eine neue Ladung Gebäck aus dem Backofen holte und mir gleich einen ofenwarmen Zimtstern in den Mund stopfte.
»Krieg ich auch einen, Mami?« Alexa stand in der Tür und rieb sich den Schlaf aus den Augen. Sie sah dabei so niedlich aus, dass ich sie erst mal knuddeln musste. Ich schob ihr einen Stern in den Mund, dann noch einen, sie seufzte genüsslich, und ich schickte ein kleines Stoßgebet zum Himmel: »Lieber Gott, bitte lass dieses wunderbare kleine Mädchen nie in die Pubertät kommen. Lass sie die nächsten zehn Jahre acht bleiben und dann gleich neunzehn werden.«
Irgendwo piepte die hartnäckige *Elise*, aber da Richard nicht gestört werden wollte, kümmerte ich mich nicht weiter um sie.
»Mami, darf ich bitte, bitte, bitte den Baum schmücken, ganz

allein?« Alexa sah mich mit ihrer Puderzuckerschnute flehend an.
»Das macht doch der Weihnachtsmann«. Ich hörte selbst, wie wenig überzeugend meine Stimme klang, aber ich wollte es noch nicht wahrhaben, dass sie nicht mehr an den Weihnachtsmann glaubte.
»Wir könnten es ja zusammen machen, der Weihnachtsmann und ich«, schlug sie diplomatisch vor, weil sie mich nicht enttäuschen wollte.
»Okay, dann werde ich den guten Mann mal anrufen und ihn fragen, wo er den Baumschmuck versteckt hat«, lenkte ich ein und ging zum Telefon. Auf dem Weg dahin meldete sich *Elise* schon wieder, sie wirkte ungeduldig. Sooo wichtig kann es gar nicht sein, meine Liebe, dachte ich und schaltete sie einfach aus. Inzwischen hatte ich mich fast ein bisschen an sie gewöhnt. Frohe Weihnachten!
Ich griff zum Telefonhörer, täuschte Wählen vor und rief in die Muschel: »Hallo, Weihnachtsmann, gut, dass ich dich noch erwische! Könntest du vielleicht heute Vormittag bei uns vorbeikommen und meiner Tochter beim Weihnachtsbaumschmücken helfen?« Ich machte eine kleine Kunstpause, tat so, als ob ich aufmerksam lauschte. Alexa stand nun direkt vor mir, und ich wusste, dass sie ein bisschen verunsichert war. Vielleicht gab es ihn ja doch, den Weihnachtsmann? »Wie meine Tochter heißt?«, fragte ich. »Alexandrine, aber du kannst sie Alexa nennen, und ihre Lieblingsfarbe ist Pink.« Damit legte ich auf.
»Wer war das, Mama?«
»Ich hab ihn gerade noch erwischt«, sagte ich. »Wie gut, dass der Weihnachtsmann ein Handy hat.«
»Gib mir doch mal seine Nummer.«
Schlaues Mädchen, aber nicht so schlau wie die Mutter. »Das darf ich nicht, mein Schatz, weil der Weihnachtsmann sonst vor lauter Telefonieren nicht zum Geschenkeverteilen kommt. Das siehst du doch ein, oder?«

Sie nickte. »Ich kann ja schon mal anfangen mit dem Schmücken«, erwiderte meine kleine Diplomatin, »und falls der Weihnachtsmann doch keine Zeit hat, hilfst du mir eben oder der Papa.«

Das Stichwort! Der Papa. Er lag sicher noch schlafend im Bett und verschwendete keinen Gedanken an die Vorbereitungen. Ich beschloss, ihm tatsächlich die Decke wegzureißen und ihm dabei einen fröhlichen Gruß aus meiner Kinderzeit zuzurufen: »Aufstehen, guten Morgen ist Weihnachten!«

Doch vorher rückte ich den Baum gerade, legte unseren Weihnachtsschmuck zurecht und überließ meine Jüngste mit den Worten »Du bist die Christbaumchefin, Schatz« ihrem Schicksal.

Mit einer Tasse Kamillentee stieg ich die Treppen zum ehelichen Krankenzimmer hinauf. Er würde meutern, weil er morgens lieber Kaffee trank, aber sein Zustand erlaubte kein Koffein. Sagte eine Ehefrau, die den sogenannten Erschöpfungszustand ihres Gatten für präsenile Bettflucht hielt. Als ich die Schlafzimmertür öffnen wollte, hörte ich seine Stimme.

»Sag, dass das ein schlechter Scherz ist«, rief er. Ich stieß die Tür auf. Er saß im Bett, hielt den Telefonhörer ans Ohr, sah mich, rief: »Lassen Sie uns bitte nach Weihnachten darüber reden, meine Familie braucht mich jetzt«, knallte den Hörer auf, holte tief Luft, erkannte intuitiv, dass Erklärungsbedarf bestand, fiel erschöpft in die Kissen zurück und seufzte: »Ein Meeting am zweiten Weihnachtstag, also das ist wirklich zu viel verlangt. Guten Morgen, Schatz, es geht mir schon viel besser.«

Es fiel mir erst auf, als ich auf der Bettkante saß und ihm den Kamillentee reichte. »Wieso siezt und duzt du jemanden gleichzeitig?«, fragte ich und hoffte inbrünstig, dass mich seine Erklärung überzeugte. Es war schließlich Weihnachten, verflucht und zugenäht noch mal. Wieso eigentlich zugenäht?

»Habe ich das, mein kleines Marienkäferlein?« Er lächelte mich an. »Da siehst du, wie erschöpft ich noch bin.«

»Du bist sicher, dass du nicht …?« Ich zögerte.
»Dass ich nicht was?« Klar stellte er sich blöd.
»Du weißt schon, tu nicht so blöd.«
»Ich weiß es wirklich nicht, ich weiß nur, dass morgen Weihnachten ist und der Baum noch nicht geschmückt ist.« Er schlug die Bettdecke zurück, zog sich aus, ging unter die Dusche: T.d. – Thema durch. Jedenfalls für ihn.
Ich wollte ihm glauben, also glaubte ich ihm. Wäre er so entspannt, wenn er noch immer etwas zu verbergen hätte?
Wieder in der Küche, stach ich eine neue Partie Zimtsterne aus und beschloss, mir dieses Weihnachtsfest nicht durch dunkle Phantasien verderben zu lassen. Dein Mann ist fremdgegangen, sagte ich mir, das tut jeder zweite, no big deal. Er war wieder da, das war die Hauptsache.
»Mami, Mami, guck doch mal«, brüllte Alexa aus dem Wohnzimmer, und als ich die Tür aufriss, erstarrte ich.
»Was um Himmels willen …« Ich ging auf unseren Weihnachtsbaum zu, der von oben bis unten mit, ja womit eigentlich?, voll gehängt war. »Gefällt er dir?« Hinter Alexa tauchte ihr Schwesterndrachen Friederike auf, in Papas Boxershorts und ihrem Lieblings-T-Shirt mit der Aufschrift: Ich bin eine Zicke an jedem Tag der mit »g« aufhört. Was leider stimmte. Doch an diesem Tag war sie ausnahmsweise friedlich. »Geil, was, Mutti?« Sie strahlte und hängte ihren silbernen Papierlocher an einen besonders dicken Zweig. »Damit er nicht zusammenkracht. Na, was sagst du zu unserem megageilen, supermodernen Weihnachtsbaum.«
Meine Mädchen standen rechts und links von ihrem Kunstwerk und strahlten, und ich war sprachlos. Der Baum war voll gehängt von der Spitze bis zum Ständer, allerdings nicht mit meinen bunten Kugeln, Weihnachtsmännern und Watteengeln, sondern mit allem, was die beiden aus ihren Zimmern zusammengekramt hatten. Fieties Lockenwickler baumelten neben Alexas Barbiepuppen und Beanie Babys, Anspitzer hingen neben Lippenstiften und Radiergummis. »Es ist ein

bisschen ungewohnt«, brachte ich endlich heraus. »Aber es sieht auch irgendwie ...«, ich mustere sie, meine Mädels, so selten nett vereint, »... richtig lustig aus«, rief ich. Sie kreischten, wir umarmten uns und tanzten um den Baum, und plötzlich stand auch Richard im Wohnzimmer, und bei seinem Entsetzensschrei brüllten wir alle los vor Lachen.
In diesem Augenblick passierten zwei Dinge gleichzeitig:
1. Der Baum kippte um und ergoss sich über uns, und es war eine so skurrile Situation, dass wir einfach weiterlachten.
2. Alle bis auf mich, denn mir wurde auf einmal so schlecht, dass ich zur Toilette stürzte, mich übergab und mir davon so schwindelig wurde, dass ich vor dem Klobecken sitzen blieb und mein heißes Gesicht an das kühle weiße Porzellan presste.
Im Wohnzimmer kicherte meine Familie, und ich fand ein paar lange Augenblicke nicht die Kraft, aufzustehen. Es kann nicht wahr sein, dachte ich und wurde gleichzeitig immer sicherer, dass es doch wahr sein konnte. In meine anfängliche Panik mischte sich zaghafte Freude. Wie passend, überlegte ich, als mich eine neue Welle der Übelkeit wieder über die Kloschüssel zwang, ausgerechnet zum Fest der Liebe!

Pillnitz, im Oktober 1709

Mein Leben ist ein Fest der Liebe!
Ein herrlicher Morgen. Nur ein paar Schäfchenwolken am Himmel, es ist noch sehr warm für diese Jahreszeit. Draußen zwitschern die Vögel, ich höre meine Pferde wiehern, die fröhlichen Rufe meiner Dienerschaft. Vor meinen Fenstern ist mein Leben erwacht und hinter ihnen liege ich mit August im Bett.
Endlich habe ich ihn für mich allein. Ohne Hofschranzen, ohne Minister, ohne seine lästige Familie. Ein kostbarer Moment. Ich trinke meine Schokolade und balanciere meine Tasse auf der Kugel, die ich bald nicht mehr mit mir herumtragen werde.
»Freust du dich auf unser Kind?«, frage ich zärtlich. »Hallo, August! Also, das ist doch wirklich eine Frechheit!« Er schläft tatsächlich immer noch, obwohl ich seine Nachtruhe dank meiner Kugel nicht unterbrechen konnte. Mich selbst stört mein Leibesumfang nicht weiter, aber August hat mir vor einigen Wochen, als ich ihm nachts amouröse Avancen machen wollte, einen klaren Satz an den Kopf geworfen: »Ich begehre deinen Körper wieder, wenn unser Kind in der Wiege liegt.« Also habe ich seinem königlichen Schnarchen gelauscht, ungefähr zehn Stunden lang.
Doch jetzt reicht es mir. »Ich will dich wach, mein Schatz«, flüstere ich und schüttele ihn. Plötzlich fällt mir der Briefumschlag auf, der ihm wohl gestern Abend aus dem Mantel gerutscht ist. Ich riskiere einen Blick, seine Augen sind fest geschlossen. Ein dunkles Gefühl kriecht in mir hoch, als ich mich etwas mühsam aus dem Bett wälze und den Brief vor-

sichtig öffne. »Mein König«, lese ich, während mir das Herz aus der Brust springt. »Ihr habt mich in der letzten Nacht unendlich glücklich gemacht. Ich bin die Eure, jetzt und in Ewigkeit.«

Mit spitzen Fingern nehme ich den Brief und werfe ihn in das Feuer, das trotz des milden Wetters in meinem Schlafzimmerkamin brennt. Ich sehe den Papierfetzen zu, die langsam zu Asche verglühen. Genauso fühlt sich auch meine Liebe an. Wie verglühende Asche. Wie lange werde ich noch die Kraft haben, ihm immer und immer wieder zu verzeihen?

»Guten Morgen, liebe Constantia, du siehst wie immer bezaubernd aus.« Der Sünder ist erwacht und lächelt mich an. Arglos und liebevoll.

»Ich freue mich, mein König, wenn dein Morgen gut ist, meiner ist es leider weniger.« Passend zu meiner gereizten Bemerkung ist meine Stimme schrill geworden. Ich brauche ein Drama. »Warum betrügst du mich, während ich dein Kind unter dem Herzen trage? Warum tust du es in aller Öffentlichkeit, machst mich zum Gespött des ganzen Hofes?«

Ich höre sein ungeduldiges Seufzen, während ich schluchzend in meine Kissen sinke. Ich vergrabe mich darin, weil ich die üblichen Beteuerungen nicht hören will, mit denen er mich zu beschwichtigen versucht. Wenn ich seinen Satz, *ich* sei die Frau, die er liebe, allen anderen wohne er nur bei, noch einmal höre, werde ich ihm meinen spitzen Federkiel in sein ungetreues Herz rammen, so wahr mir Gott helfe!

Diesmal heißt sie Angelique Duparc, wieder eine billige Schauspielerin, und was mich besonders verletzt, ist die Sorgfalt, mit der mein König seine Affäre offensichtlich vorbereitet hat. Da meine Schwangerschaft leider kompliziert ist und ich viel liegen muss, ist er ohne mich an den belgischen Hof nach Brüssel gefahren, wo dieses Weib ihm auf einem Ball zugeführt worden ist. Wie mir meine Spione, zu denen ich auch Graf Jakob Heinrich von Flemming zähle, mitgeteilt haben, hat sich August verdächtig schnell mit dieser Hure in ein Séparée zurückgezogen, aus dem kurz darauf »eindeutige Geräusche« drangen.

So jedenfalls sagte der Graf, den ich gebeten habe, im Falle solcher Geräusche unter einem Vorwand zu stören und dem König einen schönen Gruß von mir ins Ohr zu flüstern. »Die Gräfin grüßt und schleift schon ihr Messer«, mehr soll er nicht sagen, und in einigen Fällen ist mein Gebieter auch zusammengezuckt und hat sein Rendezvous abrupt beendet.

»Wer weiß, wie viele Bastarde ich dadurch verhindert habe, mein Lieber«, erwiderte ich kühl, als er sich bei mir beschwerte. »Sei nur froh, dass ich nicht zur Pistole greife und selbst nach dem Rechten sehe.«

Doch die Hure Duparc hat es ihm wohl besonders angetan, auf Flemmings Geflüster sagte er diesmal nämlich nur: »Grüßt die Gräfin zurück.« Eine Frechheit, die mir Flemming in abgemilderter Form überbrachte, was mich jedoch nicht daran hinderte, August, den Schwerenöter, nach seiner Rückkehr aus Brüssel mit einem Tobsuchtsanfall zu überfallen. Was voreilig war, denn er war ohne seine neue Spielgefährtin gekommen, und so wiegte ich mich ein paar Wochen in trügerischer Sicherheit, bis ich eines Abends mit August in der Königsloge der Semperoper saß. Sie spielten das Luststück *La Saxe Galante – Das galante Sachsen –*, und die schöne Kurtisane schien meinem Mann ganz besonders zu gefallen, denn er legte sein Opernglas nicht eine Sekunde aus der Hand. Plötzlich wusste ich, was da gespielt wurde in diesem galanten Sachsen! Sie war es, die dort oben auf der Bühne tanzte und lockte und sich mit all ihren üppigen Reizen schamlos zur Schau stellte!

»Ist sie es?«, zischte ich ihm in sein königliches Ohr, doch er grinste nur, und hätte ich nicht die Augen des gesamten Hofes auf uns gespürt, vermutlich wäre mir die Hand ausgerutscht oder ich hätte ihn über die Balustrade geschubst. So begnügte ich mich damit, ihn einmal so fest ich konnte in den Oberschenkel zu kneifen, der jedoch so stramm war, dass

ich mit meinen Rachefingern auf der glatten Seide seiner Kniebundhose abrutschte.
»Das hast du nun davon!«, sagte August amüsiert. »Du mit deiner albernen Eifersucht.« Da er seine Worte mit einem langen Kuss besiegelte und der ganze Hof dabei zusah, was meiner schwächelnden Position als Ehefrau zur Linken durchaus nützte, wollte ich ihm glauben und küsste ihn leidenschaftlich zurück. Ich war in den letzten Monaten meiner Schwangerschaften immer ganz besonders liebebedürftig, nur leider auch besonders füllig und unbeweglich.
Bereits einen Tag später erfuhr ich, dass August, nachdem er mich nach dem Theater zum Taschenberg-Palais gefahren und dort allerzärtlichst verabschiedet hatte, Mademoiselle Duparc in ihrem Gasthauszimmer seine »alleruntertänigste Aufwartung« gemacht hatte. Während ich im Bett auf die Geburt wartete, pfiffen es die Spatzen von allen Dächern Sachsens: Der König hat eine Neue!
Er hat Stein und Bein geschworen, dass alles nur Gerüchte sind. Er hat mich angelogen. Der Beweis liegt im Feuer, ich habe ihn selbst vernichtet.
»Lass uns nicht streiten«, sagt August, »das Leben ist zu kurz für Streit.«
Dann geht er, ohne ein Wort der Erklärung, ohne eine Geste der Beschwichtigung. Meine Tränen sind ihm lästig, seine Kriege sind ihm wichtiger. Ich gehe ans Fenster, mit schweren Gliedern und traurigem Herzen, ich sehe ihm nach und bekomme meine erste Wehe.
Unser zweites Kind kündigt sich an, und während ich es auf die Welt bringe, liegt sein Vater bei einer anderen Frau.
Sieht so Liebe aus?

Hamburg, 24. Dezember 2005

Nein, so sah Liebe aus:
»Fröhliche Weihnachten, liebe Constanze.« Ich prostete mir selbst mit einer Teetasse zu, weil ich bereits um sechs Uhr morgens in der Küche stand und Kartoffeln pellte. Kartoffelsalat und Wiener Würstchen war unser traditionelles Weihnachtsessen, und obwohl ich es eigentlich liebte, besonders wenn ich die Würstchen in extrascharfen Senf tunken konnte, wurde mir diesmal allein beim Gedanken daran schlecht. Ich hatte meine Vermutung für mich behalten, weil ich erst ganz sicher sein wollte, außerdem wusste ich nicht, wie meine Familie auf diese Überraschung reagieren würde. Besonders Richard konnte ich nicht einschätzen. Unsere Versöhnung, wenn man sie denn so bezeichnen konnte, war noch sehr frisch und fühlte sich äußerst fragil an, wir gingen vorsichtig und ein bisschen beklommen miteinander um, so als hätten wir uns gerade erst kennen gelernt.
»Mach jetzt bloß nichts falsch«, warnte mich Bettina, die Hobbypsychologin, immer wieder. »Solange dein Mann der Tussi noch insgeheim nachtrauert, sei bloß nicht du selbst. Das kannst du wieder sein, wenn er froh ist, dass du ihm verziehen hast. Momentan glaubt er noch, das Opfer seiner großen Liebe auf dem Altar eurer Ehe dargebracht zu haben. Und du musst ihm das Gefühl geben, dieses große Opfer auch wert zu sein.«
Wunderbare Logik: Der Mann geht fremd, und die Frau soll dankbar sein, wenn er damit aufhört. Danke, Schatz, dass du mich nicht mehr betrügst, dafür koche ich dir jetzt auch dein Lieblingsgericht und trompete dir anschließend so lange ei-

nen, bis du eingeschlafen bist! Das bedeutete auf die Kinder übertragen in etwa: Danke, Friederike, dass du kein Heroin mehr spritzt und dir kein Geld mehr dafür aus meinem Portemonnaie klaust, dafür gibt's auch ein Extrascheinchen! War man denn als Frau immer die Dumme? Auch im Jahr 2005 noch?

Trotzdem spielte ich die perfekte Ehefrau/Geliebte/Köchin/Putze – zwar zähneknirschend, aber dennoch insgeheim erleichtert, dass ich meinen Mann wiederhatte. Ich enthaarte mir die Beine wieder regelmäßig, obwohl ihn meine Stoppeln nie gestört hatten, doch vielleicht waren sie ja trotzdem mit ein Grund, warum er mich betrogen hatte. Ich hörte mir jeden Abend seine Geschichten aus der Firma an, obwohl es mir absolut egal war, warum das neue Mittel gegen Kalkablagerungen in den Herzkranzgefäßen auf dem osteuropäischen Markt so gut lief und in Deutschland überhaupt nicht. Oder umgekehrt. Trotzdem lauschte ich wie gebannt und stieß interessierte Laute aus: »Mensch, das gibt's doch nicht, hmmm, du hast ja sooo Recht.« Dabei massierte ich ihm sogar die Füße, obwohl ich fand, in einer guten Ehe müsste es umgekehrt sein.

Hat dein ehelicher Großeinsatz eigentlich was gebracht?, überlegte ich und warf die letzte gepellte Kartoffel auf den großen Haufen. Na ja, nicht so viel, wenn ich ehrlich war. Aber ich hielt mich an Bettinas Ratschlag: »Nicht nerven, nicht bohren, lass ihn kommen.« Ich nervte nicht, ich bohrte nicht, ich war die Langmut in Person. Ich kam mir schon selbst ein bisschen zu den Ohren raus, doch ich hielt durch. Irgendwann, das hatte Bettina mir versprochen, hätte er den »Virus« aus seinem System geschwemmt, und dann wäre alles wieder gut.

Ich kippte ein Glas Joghurtcreme (angeblich so gut wie null Kalorien) in eine Schüssel, rührte kleingehackte Gurken, gekochte Eier und Tomaten dazu, schmeckte ab ... O Gott! Schon wieder dieses Würgegefühl, diesmal zum Glück nur

die kleine Welle. Ich war mir inzwischen ganz sicher, dass ich mich nicht getäuscht hatte. Das Leben konnte wunderbar sein! Besonders am Weihnachtsmorgen über der Kloschüssel!
Irgendwo klingelte das Telefon. Ich ließ es klingeln, weil ich gerade anderweitig beschäftigt war.
»Mama«, das war Alexas Stimme, »komm mal, für dich.«
»Fröhliche Weihnachten«, rief ich ausgelassen in den Hörer.
Als ich auflegte, war meine Welt untergegangen.

Zwölf Stunden später

Wir lagen im Bett, Rücken an Rücken, das Schlafzimmer war überheizt, aber mir war eiskalt. Ich war sicher, dass er genauso hellwach war wie ich, aber keiner sagte ein Wort. Ich zog die Knie bis zum Kinn hoch. Die Embryoposition beruhigte mich sonst, diesmal nicht, diesmal beruhigte mich gar nichts.
»Wie soll es jetzt weitergehen?«, fragte ich in die Nacht.
Schweigen. Er überlegte, ob er wach sein sollte. Er grunzte, ein Laut, der mich schwer aggressiv machte. »Sag was«, grunzte ich zurück, »sag, wie so etwas passieren konnte!«
»Es tut mir so leid, Mäuschen«, flüsterte er. »Aber ich hab das wirklich nicht gewollt.«
Das glaubte ich ihm sogar. Wer zerstörte schon freiwillig sein ganzes Leben? So blöd konnte selbst ein Mann nicht sein.
Wie ich es nach dem morgendlichen Anruf geschafft hatte, nicht total auszurasten, den Weihnachtsbaum anzuzünden und ihm die Schüssel mit dem halb fertigen Kartoffelsalat über den Kopf zu kippen, war mir ein Rätsel. Ich bin ein sehr spontaner Mensch, der seine Gefühle nicht versteckt. Aber der Schock war so groß, dass ich nach dem sehr kurzen Gespräch wie betäubt den Hörer auf die Gabel plumpsen ließ und auf die erschrockene Frage von Alexa: »Was ist passiert, Mama? War das der Weihnachtsmann?«, tatsächlich ein halbwegs

normales »Nur ein blöder Scherz, mein Schatz. Willst du mal den Kartoffelsalat probieren?« herauswürgen konnte.

Wie ich in die Küche zurückgekommen war, weiß ich nicht mehr, meine Beine fühlten sich wie Wackelpudding an, doch irgendwie schaffte ich es. Weil ich das dumpfe, steinschwere Gefühl ganz nach unten schob, in meine seelische Ramschkiste. Es würde sich dort nicht von selbst erledigen, das war mir schon klar, genauso wenig, wie sich die Löcher in den Kindersachen von selbst stopften oder die Rechnungen von selbst bezahlten, die ich nach Erhalt immer sofort in der untersten Schreibtischschublade entsorgte. Aber in diesem Fall musste ich es tun, weil ich meinen Kindern das Weihnachtsfest nicht verderben wollte.

»Ich finde, da muss noch ein bisschen Zucker rein, Mami.« Ehe ich eingreifen konnte, hatte meine Kleine ein paar Zuckerwürfel in die Schüssel gekippt. »So, jetzt ist es viel besser.«

»Geh mal Papa und Fiete wecken«, schlug ich vor, damit ich in ihrer Abwesenheit blitzschnell die Zuckerwürfel wieder herausnehmen konnte. Sie spielte so gerne Köchin, schon als Dreijährige hatte sie auf einem Stuhl vor dem Herd gestanden und unter meiner Anleitung in den Suppen gerührt. Inzwischen konnte sie Milchreis und Bratkartoffeln ziemlich perfekt, obwohl sie eine Süße war und bei keinem Rezept mit Zucker sparte.

»Mami, was tust du denn da?« Sie war zu früh zurück und ertappte mich. Ihre verschlafene Schwester stand hinter ihr und rieb sich die Augen. »Zuckerwürfel im Kartoffelsalat, ich kotz im Strahl«, rief Fiete unsensibel.

Dass Alexa nicht schwer gekränkt in Tränen ausbrach, lag an unserem Familienoberhaupt, das mit einem sonnigen »Fröhliche Weihnachten, ihr Süßen, gibt's noch Kaffee?« am Küchentisch Platz nahm.

Sein Anblick raubte mir vorübergehend den Atem. Wie unschuldig er in meinem rosa Bademantel aussah, den er immer

dann trug, wenn ihm nach einer Kuscheleinheit zumute war. »Bitte«, sagte ich kühl und knallte einen Becher mit Kaffee und Milch vor ihm auf den Tisch.
Er trank einen Schluck und rümpfte die Nase. »Du weißt doch, dass ich den Kaffee lieber mit heißer Milch trinke, mein Hasenspatz.« Er ahnte nicht im Geringsten, wie viel Selbstbeherrschung es mich kostete, ihm den Inhalt der Tasse nicht ins Gesicht zu kippen.
Ich lächelte, ich wärmte Milch, ich sagte: »Besser so, meine kleine Hasenpfote?« Ich sah ihm zu, wie er seinen Kaffee trank, sich danach den Milchbart von der Oberlippe wischte, wie Alexa auf seinen Schoß krabbelte, und selbst unsere sperrige Fiete war in Fest-der-Liebe-Stimmung und ließ ihren Papa von ihrem Honigbrötchen abbeißen.
Es war ein ungemein harmonisches Bild.
Von außen betrachtet waren wir eine fröhliche Familie mit zwei hübschen Töchtern, die nachmittags gemeinsam in die Kirche gingen und dort »Es ist ein Ros' entsprungen« sangen. Die anschließend die Kerzen ihres ziemlich schräg geschmückten Weihnachtsbaums anzündeten – Fiete hatte noch ein paar CDs ausgemustert, die jetzt in der Baumspitze glitzerten – und unter »Ahh« und »Ohh« und »Super, Mami« ihre Geschenke auswickelten. Dem aufmerksamen Betrachter wäre vielleicht aufgefallen, dass die Mutter dem Vater danach zwar kurz zulächelte, ihn aber nicht umarmte, und dass sie, als der Vater dies nach dem Auswickeln seines Geschenkes bei ihr tun wollte, kaum sichtbar zusammenzuckte.
Zum Abschluss saß die fröhliche Familie vor einer großen Schüssel mit Kartoffelsalat, der Vater pickte etwas angewidert ein Zuckerstück heraus, alle lachten, die Kinder verschwanden in ihren Zimmern, die Eltern waren allein. Von innen betrachtet war in dieser Sekunde das Fest der Liebe vorbei.
»Ist eigentlich irgendwas?«, fragte Richard und biss in sein drittes Würstchen.

»Was soll sein?«, gab ich zurück und schob meinen noch vollen Teller weg. »Außerdem würde ich die Frage gern zurückgeben. Gibt es in deinem Leben etwas, von dem ich wissen sollte?«

Keiner bekam diesen Unschuldsblick so überzeugend hin wie Richard Graf. Wirklich keiner. »Ich habe nicht den geringsten Schimmer, welche Laus dir jetzt schon wieder über die Leber gelaufen ist.« Er schaffte es, seine Stimme wie eine tiefgekränkte Leberwurst klingen zu lassen. »Den ganzen Tag bist du schon so komisch.«

»Lass uns zu Bett gehen«, schlug ich vor. »Dort sind wir ungestört, und ich möchte nicht, dass uns die Kinder hören.«

Hintereinander stiegen wir die Treppe hoch, ich fühlte seinen bohrenden Blick in meinem Rücken, aber er sagte nichts. Dann waren wir im Bett, er in Snoopy-Boxershorts, einem Geschenk von seiner Mutter, ich in meinem Lieblings-T-Shirt mit der Aufschrift: Hot Mama. Wie T-Shirt-Aufschriften doch trügen können, nie hatte ich mich weniger hot gefühlt.

»Ich bin ganz Öhrchen.« Das sagt er immer, wenn er um gute Stimmung bemüht ist. Normalerweise grinse ich dann und ziehe ihn am selben. Jetzt sagte ich nur: »Sei bitte nicht albern«, stopfte mir das Kopfkissen im Rücken zurecht und wartete darauf, dass mir das erlösende erste Wort einfiel.

Erlösend?

»Heute Morgen hat *Elise* angerufen«, begann ich.

»Hä«, machte er.

»Dein Handy hat Beethoven geklingelt, als ich gerade mit dem Kartoffelsalat beschäftigt war«, erläuterte ich. »Rate mal, wer dran war.«

Er zuckte die Schultern, bemühte sich um einen gelangweilten Blick.

»Deine ehemalige Geliebte.« Meine Stimme klang ruhig, dafür war ich dankbar. »Sie wünscht dir fröhliche Weihnachten. Dem Rest der Familie natürlich auch.«

Er blieb stumm, weil er nicht wusste, wohin die Reise ging.

Aber er ahnte Stressiges. »Das war alles?«, fragte er schließlich.
»Nein«, erwiderte ich, »das war nicht alles. Das Beste kommt noch.«
»Und was wäre … das Beste?«
Ich holte tief Luft. »Das Beste wäre … eine Schwangerschaft.«
Kurze Verblüffung. »Du bist schwanger?«, rief er, und ehe ich sagen konnte: »Deine Exgeliebte ist schwanger«, stieß er einen so lauten Freudenschrei aus, dass wir kurz darauf hastiges Trippeln auf der Treppe hörten.
»Ist was passiert?« Unsere Töchter standen in der Tür und sahen uns mit schreckgeweiteten Augen an.
»Ja«, rief Richard, sprang aus dem Bett und vollführte einen Freudentanz, mit zwei Engeln in Flanellnachthemden. »Eure Mutter hat mir gerade ein ganz tolles Weihnachtsgeschenk gemacht. Sag du es ihnen, mein Schatz.«
Irgendwas läuft hier völlig schief, dachte ich erschöpft, es ist die falsche Schwangerschaft, die ich da verkündet habe. Ich fühlte, wie mich drei Augenpaare musterten.
»Was ist es denn, Mami?« Alexa hüpfte auf und ab, sie platzte vor Neugier.
»Nun sag schon, Mami«, drängte Fiete. »Kriegen wir endlich einen Hund?«
»Nein«, sagte ich, »wir bekommen ein Baby.«
»Ach du Scheiße«, rief Fiete.

Eine Stunde später waren wir wieder allein.
»Du bist immer noch so komisch«, stellte Richard fest. »Fühlst du dich zu alt für ein drittes Kind?«
Eine Frechheit, dachte ich. Fühlt *er* sich denn zu alt für eine junge Geliebte? Es ist ein eigenartiges soziologisches Phänomen, dass sich Männer immer für viel jünger halten als ihre gleichaltrigen Frauen. Dass sie in erster Ehe eine gleichaltrige, in zweiter Ehe eine zehn Jahre jüngere, in dritter Ehe

eine mindestens zwanzig Jahre jüngere Frau heiraten und ab da nur noch eine weibliche Eizelle in ihr Bett lassen.
Doch ich hatte jetzt andere Sorgen, als über die merkwürdigen Verformungen der männlichen Gehirnwindungen nachzudenken. »Ich fühle mich keineswegs zu alt für ein drittes Kind«, sagte ich. »Ich glaube nur, dass du dich zu alt für ein viertes fühlst.«
»Du bekommst Zwillinge?«
»Nein«, sagte ich.
Die Stille, die folgte, war wie ein lauter Schrei.
»Hat sie …?« Seine Stimme war mit einem Mal so brüchig, wie ich sie nicht kannte.
»Ja, sie hat.« Ich klang dagegen so hart wie nie zuvor. »Sie hat uns fröhliche Weihnachten gewünscht und fürs nächste Fest ihr Christkind angekündigt. Euer Christkind, um genau zu sein.«
»Aber wir haben doch immer …«
»Kondome benutzt, willst du sagen?« Mein Lachen hörte sich an wie ein abgebrochener Fingernagel auf einer Schiefertafel. »Schon mal was von Anpiksen gehört? Der älteste Trick der Welt.«
Von unten hörten wir fröhliches, unbeschwertes Mädchenkichern, unsere Töchter waren noch wach und ahnten nicht, welches Drama sich eine Treppe höher abspielte.
»Ich weiß ja, dass ich Scheiße gebaut hab, aber es ist nun mal passiert. Sag mir, was ich tun soll«, stammelte Richard. »Ich will euch doch nicht verlieren.«
»Das hast du schon«, erwiderte ich.
Fröhliche Weihnachten, Constanze!

Pillnitz, im November 1709

Ich habe meine Enttäuschung darüber, dass ich noch immer keinem Sohn, sondern wieder einer Tochter das Leben geschenkt habe, inzwischen überwunden und sie auf den Namen Friederike Alexandrine von Cosel taufen lassen. Ein bisschen hat es mich schon gewurmt, dass August auf Friederike bestand, weil ich erfahren habe, dass bereits fünf seiner Bastarde diesen Namen tragen.

»Wenigstens hast du die anderen nicht anerkannt«, sagte ich an jenem Tag leicht verstimmt zu ihm. »Sonst hätte ich mit Sicherheit einen anderen Namen gewählt. Adolpha zum Beispiel.«

Ein Fauxpas, wie ich sofort an seinen verengten Augen merkte, der Name meines geschiedenen Mannes war mir wegen meines Ärgers einfach so entschlüpft.

»Du vergisst dich, meine Liebe«, erwiderte August. »Möchtest du dich gleich entschuldigen oder noch warten, bis deine alberne Wut verraucht ist.«

»Gleich«, flüsterte ich. »Es tut mir leid, und wenn ich dir, was ich glühend ersehne, einen Sohn schenke, dann werde ich ihn Friedrich August nennen. Jetzt schon versprochen.«

Wir küssten und verziehen uns. Es ist immer dann am schönsten, wenn wir uns vorher heftig gestritten haben. Noch glüht die Leidenschaft in unseren Leibern, noch kocht unser heißes Blut, wenn wir uns böse Worte ins Gesicht schleudern und uns anschließend wieder in die Arme sinken – doch mir scheinen die Abstände dazwischen größer geworden zu sein. Friederike Alexandrine ist nun einen Monat alt und ein sehr genügsames Kind, das viel schläft und wenig schreit. Ich habe

ihre Wiege in mein Schlafzimmer bringen lassen, weil es mir Freude macht, sie zu mir ins Bett zu legen und zu betrachten. Sie ist das perfekte Abbild unserer optischen Verschmelzung – Augusts Augen, zum Glück meine und nicht seine buschigen Augenbrauen. Dafür sein kleines Grübchen am Kinn, in das ich mich bei unserer ersten Kutschfahrt vor fünf Jahren gleich verliebt habe.
Ich ziehe meine zweite Tochter auch deshalb meiner ersten vor, weil August sie offenbar mehr liebt und diese Zuneigung auch mich besonnt.
Er war sogar bei der Geburt dabei, wofür ich ihm ewig dankbar sein werde, denn es waren schwierige Monate im Frühling und Sommer 1709, in denen das Kind in mir heranwuchs. Ich fühlte mich dabei wie eine Henne, die auf ihrem dicken Ei saß. Unbeweglich, gereizt, ungeduldig.
Drinnen wartete die schwangere Hausherrin, draußen pulsierte das Leben.
»Nimm mich doch bitte, bitte mit zum Ringreiten«, bettelte ich.
Aber August wies mich barsch zurück. »Jetzt, da du derartig zeigst, gehörst du ins Haus.«
Ich saß im Schloss und schäumte vor Wut und Langeweile. Die Bilder in meinem Kopf quälten mich: August und eine seiner Gespielinnen in der Königskutsche, neben der Duparc gab es noch eine blutjunge Schneiderin aus Warschau, sein Hang zum Küchenpersonal wurde immer schlimmer. Lachen, Küssen, keiner vermisste mich, da war ich sicher.
Am meisten ärgerte ich mich darüber, den Besuch des dänischen Königs Frederick IV. zu verpassen, den ich persönlich kenne und sehr schätze.
Er ist groß, stattlich, weiß amüsant zu plaudern und ist ein glänzender Reiter. Ich hatte vorgeschlagen, eine Suite im Dresdner Residenzschloss eigens für ihn als »dänische Räume« in den Nationalfarben Rot und Weiß einrichten zu lassen, und jetzt durfte ich nicht dabei sein, wenn er sich darüber

freute. Ich fühlte mich so ausgeschlossen! Wochenlang hatte ich mit dem Zeremonienmeister über dem Festprogramm gesessen, jedes Detail hatten wir hin und her gewälzt, vom Wagenaufzug mit insgesamt vierundzwanzig Prunkwagen bis zum Damenringreiten, alles hatte ich geplant. Sogar das Feuerwerk, das dann weit über die Stadtgrenzen hinaus erstrahlte, war meine ureigenste Idee gewesen. Und wofür das alles? Damit August vor seinem Volk als großer König dastehen konnte.

»Denk dir etwas Schönes aus, damit der Hof feiern kann, aber das Volk glaubt, wir täten dies, um die dänisch-sächsischen Beziehungen zu verbessern.« So hatte Augusts königliche Order gelautet, und obwohl ich das Volk für klüger hielt als er, befolgte ich sie gern.

Trotz meiner Abwesenheit zog Frederick zufrieden gen Norden, und im Juli schlug Zar Peter I. die Schweden so vernichtend, dass August sich natürlich nicht darum kümmern konnte, ob seine Ehefrau zur Linken Wasser in den Beinen hatte und kaum laufen konnte. Er eilte sofort nach Polen, um seine Königskrone zurückzufordern. Dies tat er sehr nachdrücklich, ich hoffte, aus Liebe zu mir, denn er hatte mir versprochen, bei der Geburt dabei zu sein, obwohl das für Männer keineswegs üblich war. Zum Glück traf er rechtzeitig in Dresden ein und sprang genau in der Sekunde vom Pferd, als Friederike Alexandrines kleines Köpfchen meinen Leib verließ.

»Ich will es tun«, rief er, als er endlich neben mir stand und sein scharfes Messer zückte, um die Nabelschnur mit einem Schnitt zu durchtrennen.

Kurz darauf hielt er seine Tochter hoch, stolz und triumphierend, ein schleimiges, schreiendes Bündel, das zu einer wunderschönen, starken Frau heranwachsen und unfassbar alt, nämlich ganze fünfundsiebzig Jahre alt werden würde. Wie gut, dass ich zu diesem Zeitpunkt nicht wusste, dass ich erst mit fünfundachtzig Jahren sterben würde. So alt wurde nämlich zu meiner Zeit kein Mensch. Nur ich.

Es ist also ein friedlicher Frühwinter 1709, den ich mit meinen beiden Töchtern, die ich Fiete und Alexa nenne – allerdings nur, wenn August nicht dabei ist, er hasst Kosenamen, findet sie albern und unwürdig –, auf meinen Schloss verbringe. Der letzte friedliche Winter meines Lebens, aber auch das ahne ich nicht. Wie gut uns die Seele manchmal zu schützen weiß!

Ich bin allein auf Schloss Pillnitz, August weilt in Polen, um seine ständig wackelnde Krone zu festigen, aber ich fühle mich nicht einsam, denn ich habe viel zu tun und langweile mich keine Sekunde.

Da August ein Frühaufsteher ist, habe ich mich ebenfalls daran gewöhnt, mit der Sonne aufzustehen, und führe am frühen Morgen meine Haushaltsbücher. Mein Tintenglas und mein Gänsekiel stehen auf dem Barockschreibtisch vor dem Fenster, immer griffbereit. Ich bin sehr genau, weil ich von meinen Pächtern, die mir Holz, Wein und Lebensmittel liefern, nicht betrogen werden will. Vor ein paar Wochen habe ich einen jungen Bauernburschen dabei erwischt, wie er einen Baum fällte und das Holz an mir vorbeischmuggeln wollte. Ich hätte ihn in den Kerker sperren lassen können, doch er tat mir leid, und so beließ ich es bei fünfundzwanzig Peitschenhieben.

»Du bist zu nachgiebig«, hatte sich August über mich amüsiert. »Lass dir von deinen Pächtern nur nicht auf der Nase herumtanzen.«

Das habe ich gewiss nicht vor, deshalb nehme ich mir für meine Haushaltsbücher auch besonders viel Zeit, prüfe jede Zahl und jeden Buchstaben zweimal. Das ist kompliziert, denn jeder Pächter bezahlt anders, der eine in Talern, der andere in Naturalien, mein Hauptgärtner zum Beispiel muss genau ein Viertel seiner Ernte an mich abgeben. Schloss Pillnitz beliefert die Umgebung und natürlich mein Taschenberg-Palais mit Fleisch, Enten, Bier, Wein und Gemüse, insgesamt erwirtschafte ich einen jährlichen Gewinn von 3000 Talern, und darauf bin ich mächtig stolz.

»Meine kleine Geschäftsfrau«, neckt mich August oft, und ich weiß nicht so recht, ob ihn meine Tüchtigkeit eher erfreut oder erschreckt.

An diesem trüben, regnerischen Novembermorgen 1709 bin ich auf dem Weg zu meinem Wirtschaftshof, der etwa fünfhundert Meter vom Schloss entfernt liegt. Der kleine Spaziergang tut mir gut, die frische Luft färbt meine blassen Wangen rot. August interessiert sich nicht für Haus- und Hofhaltung, er ist eine große Dienerschaft gewohnt, die ihm alle Unbequemlichkeiten abnimmt.

»Bitte belästige mich nicht mit deinen Haushaltssorgen«, grummelt er meist, wenn ich ihn um Rat frage. »Du hast genug Personal dafür.«

Ein Satz, der mich ungeheuer verärgert. »Hast du jemals darüber nachgedacht, wie viel Arbeit so ein königsblauer Samtmantel macht? Wie viel Mühe es bereitet, all die vielen Knopflöcher so fein zu sticheln, dass sich keins vom anderen unterscheidet, jedes ein perfektes Oval ist? Hast du dir mal angesehen, wie schwer die Fässer sind, aus denen dein Mundschenk Tag für Tag den Wein für dich schöpft? Wie mühsam es ist, im Sommer die Erdbeeren aus den Stauden zu pflücken, die du als Marmelade zum Frühstück verspeist? Kannst du dir überhaupt vorstellen, wie heiß es im Sommer bei den Öfen ist, wenn deine Hofbäcker davorstehen und die Brote und Kuchen aus der Glut ziehen müssen?«, schimpfte ich erst gestern mit ihm.

August ließ mich ausreden, aber ich sah an seinen müden Augen, dass er in Gedanken ganz woanders war, meilenweit von mir und meinem Ärger entfernt. »Ich liebe es, wenn du dich so erregst«, lautete seine Antwort. »Auch wenn mich der Grund deiner Erregung nicht besonders zu fesseln vermag.«

Er ist mir fremd in solchen Momenten, obwohl in seinen Worten keine Arroganz, keine Überheblichkeit liegt. Doch wie soll er sich in eine Welt einfühlen, die er nie betreten

hat? Er ist ein Mann, der andere Länder überfallen kann, der Paläste bauen lässt und der deshalb unfähig ist, sich um all die kleinen Aufgaben des Alltags zu kümmern. Als König muss er das natürlich auch nicht. Allmacht und Ohnmacht in Personalunion, eine reizvolle Mischung bei einem Mann.
Ich hebe einen dicken Stein vom Wegesrand auf und betrete damit die Scheune, denn die Rattenplage hat in den letzten Wochen unglaublich zugenommen, besonders in meinen Heuballen fühlen sich die Biester offenbar pudelwohl und nagen mir jede Nacht die ganze Ernte an. Ich habe in meiner kleinen Giftküche, in der ich zum Zeitvertreib gern Kräuter, Gräser und Gewürze zusammenrühre, eine Mixtur gemischt und sie in der Scheune ausgestreut, aber sie hat nichts genützt. Die Ratten lachen mich aus und fressen munter weiter.
»Habe ich dich erwischt, du Satansbraten«, rufe ich und treffe eine besonders dicke Ratte dank eines geschickten Wurfes mit solcher Wucht, dass sie sofort tot ist. Das Blut spritzt, und Hellmann, mein treuer Knecht, der gerade das Heu in Ballen rollt, springt ängstlich einen so großen Schritt zur Seite, dass ich in lautes Lachen ausbreche. »Und du willst ein Mann sein, Hellmann. Eine Memme bist du«, necke ich ihn.
Um seinen schlechten Ruf wieder wettzumachen, greift der Ärmste todesmutig nach einer Schaufel und trägt die tote Ratte nach draußen.
Ich sehe ihm nach und kann mir ein kleines Grinsen nicht verkneifen. Immer öfter gibt es diese Momente in meinem Leben, in denen ich mich den Männern einfach überlegen fühle. Das starke Geschlecht kommt mir immer öfter ganz schön schwach vor. Selbst August hat trotz seines Beinamens vor vielen Dingen Angst: vor Spinnen zum Beispiel, was nur seine Amme und ich wissen, und ich auch nur deshalb, weil er einmal mitten im Liebesspiel hysterisch aufgesprungen ist, weil eine kleine Spinne ihr Netz an meinem Bettpfosten gebaut hatte.
»Mach das Tier tot«, schrie er. Aber selbst nachdem die arme

Spinne entsorgt war, Maria Louise hatte mir rasch einen Besen ins Schlafzimmer gereicht, zitterte er immer noch.
Ich hielt ihn in meinen Armen, sein Herz klopfte wie verrückt an meiner Brust, und ich dachte: Wenn dich deine Untertanen so sehen könnten, mein lieber August. Erstaunlicherweise liebte ich ihn in diesem Augenblick ganz besonders.
Doch von dieser Schwäche seines Königs ahnt der gute Hellmann zum Glück nichts, als er mit Todesverachtung im Gesicht und einem Stein in der Faust in den Stall zurückkehrt.
»Willst du dein Glück auch mal probieren?«, frage ich und will die Scheune verlassen, als ein Stein an mir vorbeifliegt und in einem hohen, schrillen Piepen landet. »Gut getroffen, Hellmann«, lobe ich ihn. »Ich ernenne dich hiermit zu meinem persönlichen Rattenfänger von Pillnitz.«
Er macht ein Gesicht wie saure Milch. »Sehr wohl, Frau Gräfin«, bringt er mühsam heraus. Dabei habe ich mir doch nur einen kleinen Scherz erlaubt. Jetzt wird er mich hassen.
Draußen hole ich tief Luft. Es ist oft gar nicht so einfach, als Frau den richtigen Ton zu treffen, wenn man so viele männliche Untergebene hat wie ich. Dass ich schön und noch nicht alt bin, macht die Sache nicht einfacher. Ich muss streng, aber freundlich, bestimmt, aber verständnisvoll, hart und zugleich weiblich sein. Männer haben es da viel leichter. Sie dürfen brüllen, schreien, schlagen, wann immer es ihnen beliebt, das alles gilt als männlich. Eine Frau kann das nicht, weil man sie sonst für eine Teufelin halten und auf den Scheiterhaufen werfen würde.
Ich habe viel zu besichtigen an diesem Morgen, meine Liste ist lang. Ich werfe einen Blick in meine Pferde- und Kuhställe, ich begutachte die neue Kutsche in meinem Wagenschuppen, ich prüfe die Festigkeit der Ziegel in meiner Ziegelei, die auf der Elbe nach Dresden verschifft werden – alles ganz wunderbar. Ich besichtige meine neue Schmiede, ich trinke ein frisch gezapftes Bier in meiner eigenen Brauerei, in der meine Pächter einen Teil ihres Lohnes für billiges Geld in

Gerstensaft umsetzen dürfen, natürlich nur so viel, dass sie nicht zu betrunken für die Arbeit sind. Mein großer Obstgarten ist um diese Jahreszeit leider kahl, im Sommer und Herbst biegen sich jedoch die Zweige und Äste unter den Pfirsichen, Aprikosen, Birnen, Quitten, Mandeln und Morellen, an Bäumen, die ich alle selbst gesetzt habe. In meinen Speisekammern füllen sich die Regale, es gibt Gläser mit Marmelade, Gemüse, eingelegten und kandierten Früchten und Most in jeder Farbe.

August liebt mein Quittengelee zum Frühstück, das meine Küchenmamsell nach meinem Rezept mit etwas Zimt und Kardamon verfeinert.

Ich bin sehr erleichtert, dass Haus und Hof in so einem guten Zustand sind, denn nach Friederikes Geburt habe ich die Zügel etwas schleifen lassen, obwohl es mir sehr schwer fiel, mich an die Regeln zu halten und mich als Wöchnerin nicht in der Öffentlichkeit zu zeigen.

»Benimm dich wie eine Gräfin, nicht wie eine Bäuerin«, schimpfte August mit mir, und obwohl ich nicht einsah, warum es gräflicher war, faul im Bett herumzuliegen, statt frische Luft zu schöpfen, gab ich nach und verkroch mich in meinen vier Wänden, bis meine aufgezwungene Schonzeit endlich vorbei war.

Manchmal ist es absurd, was eine Frau alles nicht darf. Aber meistens ist es einfacher, diese Absurdität auszuhalten.

Hamburg, Silvester 2005

Mein Leben wurde immer absurder. Falsch: Meine Leben wurden immer absurder. Meistens jedenfalls. An manchen Tagen hatte ich das Gefühl, diese Absurdität keine Sekunde länger aushalten zu können. Ich befand mich auf einem rasenden Karussell, von dem ich nicht mehr abspringen konnte. Schon wieder war ich zurück, obwohl es mir in Pillnitz viel besser gefallen hatte als in Hamburg, denn gegen die Stimmung bei Richard und mir im Schlafzimmer war der Konflikt zwischen August und mir geradezu lächerlich. Meine Seele wanderte in letzter Zeit so schnell, als ginge ihr die Puste aus. Was sagte sie mir bloß? Aufgeben oder aushalten?

Meine Zeitreisen hielten mich so in Atem, dass ich meinen Catering-Service »Konstanzes Kost« total vernachlässigt hatte. Das wird sich ändern, wenn meine Seele endlich zur Ruhe gekommen ist, nahm ich mir vor. Aber wie konnte sie das?

Richard und ich schliefen zwar wieder in einem Bett, weil das Sofa zu hart ist und wir kein Gästezimmer haben, aber wir lagen Rücken an Rücken, redeten kein Wort miteinander. Nur das Nötigste. »Ich bin heute in Berlin.« – »Gut.« Oder: »Bist du Silvester im Lande oder feierst du mit deiner Zweitfamilie?« – »Sarkasmus bringt uns auch nicht weiter, Constanze.«

Wir hatten uns beide vorgenommen, uns vor den Kindern nichts anmerken zu lassen.

Wenn sie in unserer Nähe waren, küssten wir uns zum Abschied, lächelten uns an, tauschten sogar ein paar Smalltalk-Fetzen aus. »Wie war dein Tag?« – »Danke, und deiner?« – »Auch gut.«

Nein, nichts war gut. Mein Leben fühlte sich total falsch an. Wie auf einem Sprungbrett im Schwimmbad, wenn man genau weiß, dass man einfach nur ins Wasser springen möchte, um sich toll zu fühlen, aber man schafft es nicht, bleibt oben stehen, schaut runter und ist wie gelähmt.

Selber schuld, Connie, schimpfte ich mit mir, du hast ihn wieder in dein Bett gelassen!

Als ich an diesem letzten Tag des Jahres 2005 aufwachte und sich, wie immer nach der ersten Sekunde, in der mein Leben trügerisch normal schien, mein ungelöstes Ehedrama wie eine dunkle, schwere Decke auf meine Seele legte, stand ich auf, duschte erst heiß, dann kalt und verließ das Haus.

Richard lag noch auf seiner Ehebetthälfte und schlief, zumindest tat er so. Er hatte keine Ahnung, was ich vorhatte, und das war gut so, denn er hätte mich mit Sicherheit davon abgehalten. Für mich gab es jedoch keine andere Möglichkeit.

Zwanzig Minuten später, meine Rostlaube war in sicherer Entfernung geparkt, stand ich vor einem unscheinbaren Mehrfamilienhaus. Es wirkte trostlos und spießig, wie … ja genau, wie eine verlassene Ehefrau! Ein Vergleich, der mich jetzt allerdings nicht weiterbrachte. Als ich die verblichenen Klingelschilder unter die Lupe nahm, stellte ich fest, dass in diesem Haus drei Meyers wohnten, einmal die Variante ai, einmal ey, einmal ei. Verdammt, welche war nun die richtige? Keine Ahnung. Ich probierte das ei.

Eine Kinderstimme: »Meine Mami sagt, wenn du der Gerichtsvollzieher bist, wir haben wirklich nichts, aber du kannst gern auf einen Kaffee hochkommen. Ich geh dann auch spielen, damit ich euch nicht störe.«

»Falsch geklingelt!«, rief ich in die Gegensprechanlage und drückte auf ai.

»Sind Sie es, meine Herrin?«, schnurrte eine tiefe Männerstimme. »Haben Sie die Peitsche dabei? Ihr untertänigster Diener erwartet Sie.«

O mein Gott, dachte ich verschreckt, in was für einem Sündenbabel bin ich denn hier gelandet? Vielleicht gab es eine Wasserader unter dem Haus oder die Rohre waren so dioxinvergiftet, dass alle Bewohner nicht anders konnten, als »unehrenwerte« Dinge zu tun. Ich holte tief Luft und drückte ey.

»Hallo?« Sanft, sexy, eine einzige Einladung.

Aber nicht für mich, denn als ich »Hallo, Constanze Graf hier, ich würde gern mit Ihnen sprechen« sagte, klang ihr »Ist er zu feige, selbst zu kommen?« schon bedeutend weniger einladend.

Ich wartete, sie überlegte, ich stand wie eine Blödine vor ihrer Klingel. Leider wohnte sie im fünften Stock, über den Balkon im Parterre hätte ich leicht klettern und dann so lange ans Balkonfenster wummern können, bis …

»Es gibt leider keinen Fahrstuhl.« In ihrer Stimme schwang ein nachvollziehbarer Hauch von Schadenfreude mit, als das Summen ihrer Klingel mir die Haustür öffnete.

Ich stolperte über ein herumstehendes Kinderfahrrad, ein sehr vertrautes Szenario, und ging dann betont langsam die Treppen hinauf. Ich wollte nicht verschwitzt und japsend vor meiner Konkurrentin stehen. Um optisch zu punkten, hatte ich mir Friederikes Wimperntusche ausgeliehen, ich selbst benutzte keine mehr, seit mir die Tuschspirale mal ins Auge gerutscht war und Bettina fast die Polizei gerufen hätte, weil sie mich für eine misshandelte Ehefrau hielt.

Endlich stand ich vor ihrer Wohnungstür. Sie war einen Spalt offen, ich hörte Kuschelrock. Ein Wort, das ich genauso albern finde wie »Wohlfühlpulli« oder »backfrisch«. Da Frau Meyer-Ätztussi es offensichtlich nicht für nötig hielt, mich an der Tür zu begrüßen, öffnete ich sie selbst und trat ein, sehr vorsichtig, denn es handelte sich schließlich um vermintes Gebiet.

»Ich bin im Bad«, erklang ihre Stimme. Ich rief: »Ich warte im Wohnzimmer.«

Darauf sie: »Kommen Sie ruhig herein, es wird noch ein bisschen dauern.«
Na, die hat Nerven, dachte ich nervös und blickte mich ein wenig um. Geschmack hatte sie leider, das musste ich zugeben. Die Wände waren matt getönt, dazu Parkett, und die Möbel, das erkannte ich sofort, waren nicht von Ikea.
Sie hatte sich hier, in diesem schmucklosen Mehrfamilienhaus, eine kleine Kuschelhöhle geschaffen.
»Sie können uns auch einen Kaffee mitbringen. Die Küche ist gleich vorne rechts.«
Wie fröhlich und entspannt ihre verdammte Stimme klang, so als ahnte sie, dass ich mich gerade in ihr Schlafzimmer geschlichen hatte und mir jetzt vor ihrem breiten Doppelbett mit der rosenbetupften Bettwäsche ganz düstere Gedanken kamen. Es gab zwei Kopfkissen und eine breite Bettdecke … Auf einem Regal stand ein CD-Player, die CDs daneben waren alle kuschelrockig. Eine riesige Kerze stand vor dem Fenster, auf dem Fensterbrett zählte ich zwanzig tiefrote Rosen. Es war ein schöner, sinnlicher Raum, in dem man sich schöne, sinnliche Dinge vorstellen konnte, und plötzlich fiel mir das Bügelbrett ein, das schon seit einigen Wochen vor unserem Ehebett stand. Ich hatte es längst wegräumen wollen, aber immer war etwas dazwischengekommen. Ich war sicher, in diesem Raum hatte noch nie ein Bügelbrett gestanden.
»Meinen Kaffee bitte mit ganz viel Sahne und zwei Süßstofftabletten.«
Ich war sicher, sie wusste genau, was ich gerade tat, und amüsierte sich köstlich über mich. Vielleicht hatte sie blitzschnell nach meinem Klingeln die roten Rosen ins Schlafzimmer gestellt.
»Ich komme«, rief ich, nur um etwas zu sagen, und ging in die Küche, die genauso war, wie ich sie mir vorgestellt hatte. Klein, sauber, ungemütlich, auf dem Fensterbrett ein paar Töpfe mit halb verwesten Kräutern, die sich weibliche Sin-

gles immer am Wochenende kaufen, das vorgetäuschte blühende Leben sozusagen.
Ihr Anblick tat meiner Hausfrauenseele gut, denn meine Kräuter blühten immer wie verrückt, auch im Winter. Ich fand zwei Kaffebecher, in einem leeren Kühlschrank die Sahne, und dann war es so weit.
Ich betrat das Bad, in beiden Händen hielt ich unseren Kaffee, und wären wir nicht beide von demselben Mann schwanger, so hätte dies eine gemütliche Kaffeestunden von zwei Freundinnen sein können.
»Guten Morgen, Frau Graf.« Die Stimme, die zu dieser schaumbedeckten, jungen Frau gehörte und mich freundlich aus der Badewanne grüßte, konnte nicht entspannter sein.
»Guten Morgen, Frau Meyer«, sagte ich etwas steif und stellte ihre Tasse auf dem Badewannenrand ab. »Ich hoffe, Ihr Kaffee ist richtig so.«
Sie nahm einen großen Schluck und ließ sich wohlig in den Schaum zurückgleiten. »Wunderbar«, sagte sie und lächelte mich an. »Ihr Mann kann das längst nicht so gut.«
Das war so nett gesagt, dass ich sekundenlang sogar zurücklächelte. Doch dann sanken ihre Worte tief in mein ohnehin weidwundes Herz, und ich spürte regelrecht, wie meine Gesichtszüge vereisten. Bloß nicht heulen, Constanze, dachte ich und krallte die Finger ganz fest in meine Handballen, und absolut keine Szene. Wie zur Belohnung, dass ich darauf verzichtete, ihr einen Föhn ins Wasser zu werfen, fiel mir die richtige Antwort ein. »Das wundert mich.« Locker und lässig flossen mir die Worte von den Lippen, während ich am Kaffee nippte. »Meinen Kaffee macht er immer perfekt. Auch heute Morgen war ich wieder sehr zufrieden mit ihm.«
Noch bevor sie den Mund wieder öffnete, wusste ich, was sie sagen wollte. Und sie sagte es. »Das liegt vermutlich daran, dass ich ihn …«
»… zu sehr ablenke, meinen Sie, Frau Meyer?« Ich genoss

ihre Verwirrung, und noch lieber nannte ich sie ganz betont »Frau Meyer«, weil der Name so schön bescheuert klang. »Nicht wahr, Frau Meyer?«, wiederholte ich deshalb und setzte mich auf die Klobrille. Als mein Handy klingelte, war mir klar, wer dran war. »Ich bin gerade sehr beschäftigt«, sagte ich, während sie und ich uns nicht aus den Augen ließen. »Weil ich gerade im Badezimmer deiner Geliebten sitze. Soll ich sie von dir grüßen?« Ich legte auf. »Soll ich nicht«, sagte ich.

Dann kam ich ohne weitere Umschweife zur Sache. »Sie sind jung und sehen gut aus, Frau Meyer, Sie sind erfolgreich und, wie ich vermute, auch karrieregeil. Warum um alles in der Welt piksen Sie vor dem Sex mit meinem Mann die Kondome an?«

Ihre Kaffeetasse klirrte auf dem Badewannenrand. »Woher wissen Sie?« Ihre Stimme vibrierte.

Ich hatte sie aus der Fassung gebracht. Gut so. »Weil ich eine kluge Frau bin«, sagte ich. »Was man von Ihnen nicht behaupten kann. Sex mit einem verheirateten Mann ist eine Sache, aber warum gleich ein Kind? Halten Sie meinen Mann vielleicht für einen Goldesel? Leider muss ich Sie schwer enttäuschen. Sein Geld reicht für uns, wenn auch nur knapp. Mehr als der Mindestsatz an Unterhalt ist nicht drin. Oder haben Sie ihn als Hausmann eingeplant?«

Schweigen, das mir zu lange dauerte. Ohne mich um Erlaubnis zu bitten, war sie einfach aufgestanden, eine schaumgekrönte Göttin, und wickelte sich nun lässig in einen rosaflauschigen Bademantel, passend zum Kuschelrock.

Wir verließen das Bad und setzten uns auf ihre blütenweiße Sitzlandschaft. »Ich bin älter, als ich aussehe«, sagte sie. »Wie alt schätzen Sie mich?«

Ich entschloss mich zur Ehrlichkeit. »Ende zwanzig, Anfang dreißig«, sagte ich.

Sie lachte. »Leider nicht«, erwiderte sie. »Ich bin genauso uralt wie Sie. Morgen werde ich achtunddreißig.« Sie sprang

auf, ging auf und ab, zwischendurch blieb sie am Fenster stehen und blickte hinaus.
»Aber warum ein Mann, der verheiratet ist und schon zwei Kinder hat?«, fragte ich.
Sie griff zu einer Zigarettenschachtel und zündete sich eine Zigarette an, die ich ihr fast aus der Hand gerissen hätte. Ich hatte zwar aufgehört, aber die Situation schrie geradezu nach einer Nikotinspritze.
»Ich weiß, ich sollte aufhören, jetzt, da ich schwanger bin«, meinte sie entschuldigend. »Aber es ist so verdammt schwer.«
»Da haben Sie Recht«, stimmte ich zu. »Geben Sie mir bitte auch eine.«
»Gern«, sagte sie. »Ich freue mich über jede Mittäterin.«
Ich inhalierte, doch es schmeckte mir nicht, und ich drückte die Zigarette wieder aus.
»Sie können doch rauchen«, bemerkte Frau Meyer. »Sie sind schließlich nicht schwanger.«
Ich musste unwillkürlich lächeln, die Situation hatte eine gewisse Komik, die ich trotz der Umstände fast ein bisschen genoss. »Wie kommen Sie darauf?«, fragte ich. »Auch wenn ich heute Morgen so aussehe, ich bin noch nicht in den Wechseljahren.«
»Weil Sie und Richard schon seit Jahren keinen Sex mehr haben.« Sie sagte es tatsächlich, und eine Sekunde tat sie mir fast leid.
Warum nur, warum fallen wir Frauen immer wieder auf die gleichen Sätze herein: »Du, unsere Ehe ist total zerrüttet. Wir schlafen schon lange nicht mehr miteinander. Sowie mein Jüngster getauft/eingeschult/konfirmiert wird, lasse ich mich scheiden. Warum ich es immer noch nicht getan habe, obwohl mein Jüngster demnächst vierzig wird? Ich muss bei meiner Frau bleiben, weil sie sich sonst das Leben nimmt. Aber ich liebe nur dich.«
»Hat er das gesagt?«, fragte ich.

»Er hat es jedenfalls angedeutet.« Ihre Stimme klang trotzig. Mach mir meine Träume nicht kaputt, du blöde Ehefrau, hieß das.

»Können Sie sich noch an seine genaue Formulierung erinnern?«

Sie zuckte die Schultern. »Warum ist das wichtig?«

»Versuchen Sie bitte, sich zu erinnern«, insistierte ich. »Was ganz genau hat mein Mann gesagt?«

Sie überlegte, sie inhalierte – wenn sie so weiterrauchte, würde es ein kleines, rachitisches Baby werden. »Er hat gesagt, dass das, was in Ihrem Schlafzimmer abläuft, nicht der Rede wert ist, so ungefähr.« Wieder ein tiefer Zug aus der Zigarette.

»Also heiße Luft unter der Bettdecke?«, bohrte ich selbstquälerisch weiter.

»Ja, so die Richtung, er meinte, Sie hätten keinen Spaß mehr am Sex.«

Diese Unverschämtheit musste ich erst mal verdauen. Ich kochte vor Wut, dennoch ließ ich mir nichts anmerken, zumal ich sie im Verdacht hatte, nicht ganz die Wahrheit zu sagen. »Komisch«, erwiderte ich lässig. »So ähnlich hat sich mein Mann auch über Sie geäußert.« Ich wischte ihren Protest mit einer Handbewegung weg. »Wie waren noch mal seine genauen Worte?« Ich überlegte, wo ich meine verbale Todeskeule versenkt hatte. Ach ja, hier war sie! »Mit ihr im Bett ist es inzwischen so spannend wie das Betrachten einer Wanderdüne.«

Das war mir ganz spontan eingefallen, und ich musste mich schwer beherrschen, um nicht laut loszukichern. Manchmal wunderte ich mich über mich selbst. Die Lage war wirklich nicht zum Lachen, doch das war die Beerdigung meiner Patentante Gertrudis auch nicht gewesen, und trotzdem hatte ich mir nach dem Leichenschmaus den Handballen blutig gebissen, um meinen Lachreiz zu unterdrücken. Irgendwo war sicher auch bei mir eine Schraube locker, aber das wollte ich

nicht ausgerechnet Frau Meyer (gern hätte ich sie Fräulein Meyer genannt) auf die Nase binden.
»Also das ist doch …« Wie blitzschnell doch ein Frauengesicht vor Ärger aufs unvorteilhafteste puterrot anlaufen konnte.
»Ich war auch etwas erstaunt«, setzte ich genüsslich noch eins drauf. »Also, ansehen tut man es Ihnen jedenfalls nicht. Man traut Ihnen durchaus etwas Temperament zu, keine Sorge.«
Wir schwiegen uns ein paar verbissene Sekunden lang an, der Rest Kaffee in unseren Tassen war kalt geworden. Schließlich lehnte ich mich auf ihrer weißen Sitzlandschaft zurück und sagte schlicht: »Ich bin übrigens auch schwanger, Frau Meyer. Und zwar vom selben Mann wie Sie.«
»Sie erwarten ein Kind? Von Ihrem …?«
»Ja«, sagte ich, »ich erwarte ein Kind. Von meinem eigenen Mann.«

Schloss Moritzburg, im Februar 1710

Wenn ich geahnt hätte, dass dieses Treffen unser schönstes und gleichzeitig unser letztes unbeschwertes sein wird, was hätte ich getan? Es noch mehr genossen oder aus lauter Angst und Wehmut gar nicht? Wie gut ist es doch, dass wir zwar unsere Vergangenheit kennen, nicht aber unsere Zukunft.
»Ich habe eine Überraschung für dich, Liebste«, weckt August mich in Pillnitz. Es ist noch dunkel draußen und kalt, und meine beiden Töchter Augusta Constantia und Friederike Alexandrine liegen rechts und links in meinen Armen. Ein sehr mütterliches Bild, das ihm vermutlich gefällt, denn er legt sich ganz vorsichtig dazu und küsst mich zärtlich auf den Mund. »Wie gut du schmeckst, Constantia«, flüstert er an meinen Lippen. »Und wie gern ich dich jetzt ganz schmecken wür…«
»Psst.« Ich lege den Finger auf seine Lippen. »Wenn dich unsere Töchter hören.«
Wir lachen noch, als ich warm eingewickelt hinter ihm auf seinem Lieblingshengst Ovid sitze und wir durch den eiskalten Wintermorgen reiten. Ich habe meine Arme ganz eng um ihn geschlungen und presse mich dicht an ihn, der Wärme und der Liebe wegen. Es ist ein so schöner, so inniger Moment zwischen uns, dass ich sogar die Kälte dieses langen Winters vergesse, den hartnäckigen Schnupfen, der mich seit einem Monat quält und den ich trotz meiner selbstgemischten Kräutertees nicht loswerde. Ebenso wenig wie die dunklen Gerüchte, dass die Seemächte gegen den Nordischen Krieg sind, August ihn dagegen vorantreibt.

Er will unbedingt seine Macht in Polen festigen und endlich die Schweden in die Knie zwingen. Ich hasse diese ständigen Kriege, die nichts bringen außer toten Soldaten und verwüsteten Ländern. Ein alter Zankapfel zwischen uns, aber nicht heute. Heute will ich nichts wissen von Politik und Militär und anderen Frauen, heute will ich nur glücklich sein.

Als wir uns nach einem zweistündigen Ritt Moritzburg nähern, geht gerade die Wintersonne auf, und das in den sächsischen Barockfarben weiß und ocker bemalte Schloss leuchtet wie ein himmlisches Feuer.

»Schön«, seufze ich in das Ohr meines Liebsten. »Schenkst du es mir? Ich habe erst zwei.«

Er lacht. »Moritzburg ist ein Jagdschloss«, sagt er. »In meinem Esszimmer hängen die Wände voller Geweihe. Das würde dir doch sicher den Appetit verderben, oder?«

»Ganz bestimmt«, erwidere ich, obwohl mich die Vorstellung doch ein wenig wurmt, dass es im Leben meines Mannes Schlösser gibt, in denen er sich ohne mich amüsiert.

Wir steigen ab, der Stallbursche führt Ovid in den Stall, und während wir unsere starren Glieder reiben, seufze ich innerlich, weil ich ahne, dass ich mir erst einen kleinen architektonischen Vortrag über das Schloss anhören muss. »Wann kommt denn die Überraschung, August?«, versuche ich ihn trotzdem abzulenken, doch es gelingt mir nicht.

»Noch einen Augenblick Geduld, meine Gute«, vertröstet er mich. »Erst mal will ich dir den See zeigen, komm.«

Der See liegt vor dem Schloss und ist noch zugefroren, genauso wie meine Lippen, die vor lauter Kälte fast unbeweglich sind. »Küss mich«, flüstere ich trotzdem. »Mach mich wieder warm.«

Ich weiß, dass Moritzburg nach Augusts Ideen und Entwürfen des genialen Baumeisters Pöppelmann entstanden ist, mein Liebster ist oft genug nachts aufgestanden und hat stundenlang gezeichnet. Ich muss zugeben, es hat sich wirklich gelohnt.

»Für diesen See haben wir die gesamten Sümpfe in der Umgebung trockengelegt.« Er strahlt und ist stolz wie ein kleiner Junge. Ich liebe ihn so sehr, mein Herz tut richtig weh. »Im Sommer kommen ein Leuchtturm und ein Hafen dazu, dann können wir auf dem See eine richtige Schlacht veranstalten.«

Ich staune, wie es von mir erwartet wird, und lasse mir meine Ungeduld nicht anmerken.

»Siehst du, wie sich die Türme des Schlosses im See spiegeln?« Ich nicke und bin ein Eiszapfen. »Möchtest du das Schloss von innen sehen?« Ich nicke begeistert. »Ist dir kalt, mein Liebling?« Endlich sieht er, dass meine Nase knallrot und meine Lippen blau gefroren sind. Er lacht und wirft mich einfach hoch, in seinen starken Armen fühle ich mich wie eine Feder, dann geht er mit schnellen Schritten aufs Schlosstor zu.

»Trag mich bitte über die Schwelle«, flüstere ich ihm ins Ohr, als wir vor der großen Holztür stehen. »Schließlich bin ich deine Frau.«

Mit einem kräftigen Fußtritt öffnet er das Tor. Die Tordiener, die dahinter noch nicht aufgewacht sind, schrecken hoch und salutieren. »Leichter bist du nicht geworden«, grinst August uncharmant und lässt mich auf den Boden zurücksinken.

»Im Gegensatz zu dir, mein König«, erwidere ich schlagfertig und nicke den leicht verdutzten Dienern zu, die auf seine Befehle warten.

»Macht uns ein Frühstück, aber erst in zwei Stunden«, sagt unser aller König, nimmt mich an der Hand und zieht mich weiter.

Ich fühle die Blicke der Männer in meinem Rücken, natürlich wissen sie, wie August und ich die nächsten zwei Stunden verbringen werden. Ja, es ist mir etwas peinlich, aber nicht so sehr, dass mir nicht allein schon bei der Vorstellung ganz heiß geworden wäre. Wo er mich wohl hinführen wird? Ich bin das erste Mal hier und kenne seine Gemächer nicht. Der unvermeidliche Rundgang beginnt. Ich strahle begeistert, damit er nicht merkt, wie unendlich mich all die Möbelstücke, Sänften, Kutschen, Bilder und Rüstungen langweilen, die ja nicht in meinen Schlössern stehen. Ich setze eine begeisterte, erstaunte Miene auf, während ich die ganze Zeit immer nur denke: Wann kommt endlich meine Überraschung?

Doch ich zügele mich. Ich spüre, dass mein August etwas ganz Besonderes für mich vorbereitet hat, ich sehe es am Funkeln seiner Augen, am Blitzen seiner Zähne, er ist seit jeher ein Meister der genussvollen Verlängerung von Vorfreude.

»Bist du bereit, Constantia?«, fragte er.

»Ja, ich bin bereit«, rufe ich. »Bereiter geht's gar nicht.«

»Dann schließe deine Augen«, befiehlt er.

Ich fühle, dass er mich über eine breite Schwelle führt, fast wäre ich über eine lose Holzdiele gestolpert, doch er fängt mich auf, hebt mich hoch und wirft mich in die Luft. Und ehe ich schreien kann, sinke ich in etwas unbeschreiblich Zartes und Weiches. Ich reiße meine Augen auf, sehe um mich herum nur Federn, die in allen Farben leuchten ...

»Wo bin ich?«, frage ich und reibe mir die Augen. Ich will mich aufsetzen, aber die Federn sind zu weich, ich sinke zurück.

»Auf meinem Federbett bist du, mein Schatz«, erwidert August schmunzelnd. »Ich habe es eigens für uns beide anfertigen lassen. Zwei Millionen Federn wurden extra für unser Liebesnest gerupft. Ich habe sie einem indischen Herrscher abgekauft, und der hat sie von irgendeinem Thron in Mexiko. Ist ja auch egal. Sie waren sündhaft teuer, aber ich finde, der Aufwand hat sich gelohnt.« Er wirft sich neben mich und sinkt mit einem tiefen Seufzer in die weiche Pracht. »Sieh dir nur mal den Baldachin an«, fährt er fort und zeigt nach oben. »Ganze 34 950 Federn, die irgendein armer Mensch an siebenhundert Fäden geknotet hat. Ich habe die Vorhänge abtrennen und an die Wand hängen lassen. Bist du begeistert?«

»Ja, mein Herrscher«, jubiliere ich laut und werfe mich auf ihn. »Lass uns Liebe machen, den ganzen Tag und die ganze Nacht lang.«

Und das tun wir.

Als ich am nächsten Morgen erwache, ist er nicht mehr da. Dafür liegt ein Brief auf dem Kissen neben mir.

»Gute Nachrichten! Böttger hat es endlich geschafft. Die Kerkerluft ist ihm wohl zu dünn geworden. Sehe mir seine ersten Porzellanstücke an. Kann es kaum erwarten. Bin zum Frühstück wieder zurück.«

Ich seufze enttäuscht, denn nach dieser Nacht hätte ich meinen Schatz gern beim Aufwachen an meiner Seite gehabt. Es tut weh, ständig wieder aus seinem Herzen geschubst zu werden. Natürlich weiß ich, wie wichtig ihm das »weiße Gold« ist, wie er es nennt. Der arme Johann Friedrich Böttger hat sogar im Kerker gesessen, weil er es trotz seines Versprechens nicht geschafft hat, die Rezeptur für Gold zu finden.

»Ich brauche das Gold für meine Kriege«, hatte mein Liebster getobt, als ich ihm sein Verhalten vorwarf. »Wenn er mir nichts liefert, dann sieht er keine Sonne mehr.«

Wie verzweifelt der arme Böttger in seiner Kerkerzelle gewesen sein muss. Sein gieriger Herr und Meister hat ihm zwar eine Holzbank, Reagenzgläser und alle Tinkturen bringen lassen, die er für seine Arbeit benötigt, aber es war sicher die Hölle. Jetzt hat er es also doch geschafft. Kein Gold, aber Porzellan. Das Leben schlägt manchmal wundersame Kapriolen. Wenn man sich ganz unten glaubt, geht es auf einmal steil nach oben, und wenn man denkt, schöner könnte das Leben nicht werden, dann …

Ich will diesen Gedanken nicht vertiefen.

Ich strecke mich noch einmal auf meinen Federn aus und erhebe mich sehr ungern. Die Nacht mit August war unbeschreiblich schön. So zärtlich und leidenschaftlich habe ich ihn lange nicht mehr erlebt. Ich lag in seinen Armen und seufzte vor Wonne. Die Liebe fühlt sich ganz wunderbar an.

Zwei Stunden später sitze ich im Speisesaal unter einem riesigen Hirschgeweih. Vor mir steht eine Tasse aus Porzellan, so weiß wie Schnee. Neben mir strahlt August wie ein Honigkuchenpferd.
»Ist das nicht ein Traum, meine Schöne?« Er zeigt auf die beiden winzigen roten Hofdrachen, die rechts und links vom Tassenhenkel eingraviert sind. »Sieh nur, wie gut sich meine Wettiner Wappentiere machen. Dass der alte Böttger es doch noch geschafft hat! Wie viel soll ich ihm geben? 10000 Taler? Ist das zu viel? Du weißt, ich neige manchmal zu übertriebener Großzügigkeit.«
Die Tasse ist fein und leicht wie eine Feder, ein Kunstwerk, für das ein Mann die besten Jahre seines Lebens geopfert hat. »In diesem Fall empfehle ich dir das Zehnfache«, sage ich bestimmt. »Wenn du nämlich der einzige Herrscher bist, in dessen Reich das weiße Gold hergestellt wird, weil alle anderen das Porzellan aus Asien einführen müssen, wird dich das unermesslich reich machen. Lass dich also nicht lumpen, mein König.«
August lacht und hebt seinen Porzellanteller hoch, der rote Hofdrache grinst uns an. »Wie meistens hast du Recht, meine Liebe«, sagt er. »Und weil ich im Augenblick ganz dringend Geld brauche, habe ich bereits ein Grundstück in Meißen gekauft. Dort kann der gute Böttger schalten und walten, wie er will. Ich hoffe, dass er bereits zur Ostermesse in Leipzig seine erste Kollektion ausstellen kann. Darauf trinken wir jetzt eine köstliche Schokolade, die deiner Figur leider sehr viel besser bekommt als meiner.« Sein Blick wandert zu meinem Busen, den ich ihm zuliebe trotz der winterlichen Temperaturen ein wenig freigelegt habe. Er mag freizügige Dekolletés, aber welcher Mann aus Fleisch und Blut mag das nicht?
»Ich finde deine Figur aber auch nicht schlecht«, locke ich. »Ich mag stattliche Mannsbilder.«
»So, tust du das?«, lockt er zurück. »Hast du vielleicht Lust,

mir den Beweis anzutreten? Oder ist deine Erschöpfung zu groß?
»Ganz im Gegenteil.« Ich ziehe ihn hoch, und er lässt es zu, mit wissendem Lächeln, weil er ahnt, welche Wonnen ich ihm gleich bereiten werde.
Zwei Stunden später steht er vor dem Federbett und knöpft sich den Mantel zu. Seine Miene hat sich ganz plötzlich verdüstert, er sieht streng und finster aus.
»Was ist los, Liebster?«, frage ich besorgt. »War es nicht schön für dich?«
Doch er blickt durch mich hindurch. Eben war er noch ganz nah, jetzt ist er sternenweit von mir entfernt. »Ich werde in ein paar Wochen nach Warschau zum großen Reichstag fahren und möchte, dass du mich begleitest.« Sein Ton klingt nach Befehl, nicht nach Bitte. »Ich werde vorher unsere beiden Töchter legitimieren, damit sie die Stiftsfähigkeit bekommen. Ich gehe davon aus, dass du damit einverstanden bist.«
Ich springe auf und umarme ihn. »Du bist der Allerbeste!«
Ein Stein fällt mir vom Herzen, denn jetzt können meine Mädchen in ein Stift der Ritterschaft eintreten. Damit sind sie erstens versorgt und können zweitens standesgemäß verheiratet werden. Hätte August die beiden nicht legitimiert, hätte ich sie ernähren und weit unter Stand an irgendeinen Bauern oder Handwerker verschachern müssen.
Erst als ich meinen Liebsten wieder freigebe, fällt mir auf, wie geschickt er mir die schlechte durch die gute Nachricht versüßt hat. Polen im März, das ist wirklich kein Vergnügen, zumal uns die Polen nicht gerade freudig empfangen werden! »Ich habe Gerüchte gehört, dass in Warschau die Pest ausgebrochen sein soll. Willst du die Mutter deiner Kinder wirklich so einer Gefahr aussetzen?«, frage ich und kenne die Antwort, noch bevor er den Mund öffnet.
»Ich will dich an meiner Seite, Constantia.« Wie schneidend seine Stimme ist, die noch vor ein paar Minuten so zärtlich

war. »Das ist der Vor- und gleichzeitig auch der Nachteil deiner Position. Sollte diese dir lästig sein, dann lass es mich wissen.«
Natürlich ist das Erpressung, eine ganz üble sogar, und wir wissen beide, dass ich keine Wahl habe. »Ich werde bereit sein, mein König.« Meinen Knicks versteht er nicht als Ironie, im Gegenteil, ich entdecke Befriedigung in seiner Miene, als er meine Hand zum Handkuss hebt. Ist es Liebe oder Lust an der Unterdrückung?
Als wir uns drei Stunden später vor meinem Schloss zum Abschied küssen, halte ich ihn fest. Eine unerklärliche Angst hat von mir Besitz ergriffen. »Geh nicht fort«, flehe ich ihn an. »Bitte lass mich nicht allein.«
»Ich werde dich nie allein lassen.« Er lächelt, reißt sich los, reitet davon.

Hamburg, Jahreswende 2005/2006

Wann ist der richtige Zeitpunkt zu gehen? Wann ist der Moment für den perfekten Abschied? Kaum einer weiß es. Die meisten bleiben, bis sie hinausgeworfen werden. Bis die Glut verloschen und nur noch Asche da ist.
Ich war da leider keine rühmliche Ausnahme. Im Gegenteil. Mit Fug und Recht durfte ich behaupten, dass ich gerade das schrecklichste Silvester meines Lebens hinter mir hatte. Ein trauriger Rekord. Nach meinem Überraschungsbesuch bei Frau Meyer – sie war wie zusammengeschnurrt auf ihrer weißen Couch liegen geblieben, als ich mich von ihr verabschiedet hatte – reichte mein Höhenflug genau bis hinunter auf die Straße. Na, der hatte ich es aber gegeben, die war so klein mit Hut.
Doch bereits in meinem Dagobert fühlte ich mich wie ein angepikster Luftballon. Passend zu meinem Weltschmerz hatte jemand, vermutlich ein militanter Radfahrer, meine Antenne abgeknickt, obwohl ich nur mit einem halben Reifen auf dem Fahrradweg stand. Was hatte ich erreicht außer bösem Blut? Ich hatte mir vermutlich die Mutter des zukünftigen Halbgeschwisterchens meiner Kinder zur Todfeindin gemacht. Super Idee, Connie.
Als ich vor unserem Haus einparkte, mit viel Schwung und nach insgesamt vier Anläufen, klopfte Bettina gegen das Seitenfenster. Da ich sie noch nicht eingeweiht hatte, kurbelte ich die Scheibe mit einem leichten inneren Widerstand herunter, ich hatte weder Lust auf Wahrheitsvertuschung noch auf ein aufgeregtes Gespräch.
»Du wirst platzen vor Neid, wenn du hörst, wo ich Silves-

ter verbringe«, strahlte sie. »In Paris! Überraschung von Christoph. Ist er nicht der Beste? Los, sag, dass du mich hasst!«
»Ich hasse dich«, murmelte ich pflichtschuldigst und meinte es auch ein bisschen so.
»Und ihr?« Sie zappelte richtig, so gut gelaunt war sie. »Häusliches Sesselpupsen oder die große Gähnparty bei Freunden?«
Ich zuckte die Schultern. »Nichts Besonderes«, sagte ich, was die Untertreibung des Jahrtausends war. »Vermutlich Langeweile zu dritt. Fiete feiert mit Freunden.«
»Na dann tschüssikowski!« Sie quetschte sich durchs Autofenster, küsste mich und winkte mir zu, ohne die Frage zu beantworten, seit wann sie »tschüssikowski« sagte. Ich werde ihr diesen schwachsinnigen Ausdruck verbieten, sobald sie aus Paris zurückkommt, dachte ich, als ich ihr nachsah. Jetzt war ich erst mal heilfroh, dass sie mich die nächsten Tage mit ihren guten Ratschlägen in Ruhe ließ.
Mein Herz klopfte, als ich unsere Haustür aufschloss, weil ich nicht wusste, was mich dahinter erwartete. Heulende Töchter, ein Mann, der gerade die Koffer packte? Ich war auf alles gefasst. Es fühlte sich anstrengend an, dieses Leben, das immer mehr außer Rand und Band geriet. »Hallo, ich bin's!«, rief ich vorsichtshalber, als es zwischen meinen Beinen plötzlich zischte und knallte.
»Mama, wir probieren gerade die Knallfrösche für heute Abend aus!«
Ich kreischte und sprang wie ein Eichhörnchen auf Ecstasy im Flur hin und her.
»Die sind doch gar nicht gefährlich, Mama.« Fiete und Alexa amüsierten sich köstlich, doch ich war nicht in der Stimmung, über ihren kleinen Scherz zu lachen. »Was soll der Blödsinn? Ihr habt mich zu Tode erschreckt!«, zischte ich so böse, dass meiner Kleinen sofort die Tränen in die Augen schossen. Meine Große dagegen meinte nur süffisant: »Die Hormone,

Mami? Na, das kann ja heiter werden.« Damit zog sie die rechte Augenbraue hoch und verschwand türenknallend in ihrem Zimmer. Eine Sekunde später wummerten laute Hiphop-Bässe durch die Tür.

Diesmal fühlte ich mich zu schwach, um wie gewöhnlich mit der schrillen Forderung »Mach sofort deine verdammte Musik leiser« in ihr Zimmer zu platzen. Zumal ich wusste, in welchem Chaos ich es vorfinden würde und meine Nerven brauchten jetzt eine Streichelmassage, keine Kampfansage.

Das mit der rechten Augenbraue hatte sie übrigens von ihrem Erzeuger, der konnte das perfekt, sogar beide Brauen abwechselnd hochziehen, wenn er sich Mühe gab.

»Wo ist euer Vater?«, fragte ich meine schmollende Jüngste. Sie hatte sich inzwischen auf meinem Schoß breit gemacht und fragte erst mal: »Mami, darf ich das überhaupt noch, oder tut das dem Baby weh?«

»Das Baby freut sich, wenn seine große Schwester von außen anklopft. Willst du mal?« Sie nickte eifrig und ich zog den Pullover hoch. Noch keine Wölbung, nur eine kleine Fettfalte, die sich, so fürchtete ich vermutlich mit Berechtigung, nach der dritten Geburt verdoppeln würde. »Klopf mal«, forderte ich Alexa auf. Sie klopfte, ganz vorsichtig, und ich flüsterte: »Hereinspaziert.«

»Ich glaub, ich hab schon was gefühlt, Mama.« Ihre Augen glitzerten. »Ist es eigentlich schon zu spät, um mir ein Brüderchen zu bestellen? Eine Schwester hab ich ja schon.«

»Das hat der liebe Gott leider schon festgelegt«, sagte ich bedauernd, und so saßen wir noch ein paar Minuten beieinander und waren uns einfach nah.

Das Leben konnte so friedlich sein.

»Wo ist denn nun dein Papa?«, wiederholte ich meine Frage, denn Richard war weder in der Küche noch unter der Dusche, und aus dem Fenster hatte er sich auch nicht gestürzt, weil er sich dann höchstens den Knöchel gebrochen hätte.

»Papa ist noch mal weggegangen«, sagte Alexa, während sie ihr kleines Ohr an meine Speckfalte hielt.
Weggegangen? Etwa zu MMM? Sicher hatte sie ihn sofort angerufen und ihm alles erzählt. Vielleicht war ihm auch alles zu viel geworden, und er hatte sich ins Auto gesetzt, war über die Autobahn gerast, natürlich nicht angeschnallt, war abgelenkt, übersah die Leitplanke – und WUMMMMS! War das nicht vielleicht sogar die beste Lösung? Natürlich nur, wenn er die Raten für seine Lebensversicherung immer pünktlich gezahlt hatte.
Ich hörte den Schlüssel in der Haustür und war plötzlich wie gelähmt. »Oh«, stammelte ich völlig überfordert, weil ich auf einmal den Arm voller roter Rosen hatte.
»Für dich, mein Spätzelchen.« Richards Stimme war hinter der Blumenpracht fast schallgedämpft, aber es konnte auch daran liegen, dass ich die Welt durch eine Wand aus Watte fühlte.
»Danke«, murmelte ich, doch mein Herz blieb kalt, als ich mich umdrehte, um einen Putzeimer zu holen. Unsere Vasen waren nämlich zu klein für seinen Büßerstrauß. Die Rosen überforderten mich, sie waren zu rot, es waren zu viele, außerdem hatte er die Dornen nicht entfernen lassen, und eine hatte mich bereits gepikst.
Die Geste war sicher gut gemeint, und trotzdem fühlte sie sich irgendwie unpassend und hilflos an.
»Mama, so viele Rosen! Papa muss dich ganz schön doll lieb haben.«
Wenn du wüsstest, du ahnungsloser Schatz, dachte ich. Vielleicht wickelt ein paar Stadtteile weiter eine gewisse Frau Meyer jetzt genauso viele Rosen aus. Gelbe oder rosa, weil sie nur die Ehefrau zur Linken ist – ob sich MMM am Ende genauso fühlte wie ich mich als Gräfin Cosel?
Kann man sich die Liebe aussuchen oder ist sie Schicksal? Und kann sie einen derart überwältigen, dass man nicht mehr Herrin seines eigenen Willens ist?

Musste ich Frau Meyer nicht auch deswegen verzeihen, weil ich vor dreihundert Jahren einen verheirateten Mann ebenfalls so geliebt hatte, dass mir seine Frau völlig gleichgültig war? War ich für MMM genauso grau und unwichtig wie Christiane Eberhardine für mich, die Gräfin Cosel?

»Danke für die Blumen, Richard.« Meine Lippen fühlten sich an, als hätte ich auf eine Zitrone gebissen.
»Kriegt Papa keinen Kuss?« Alexa guckte erwartungsvoll von einem zum anderen.
Was blieb mir übrig? Ich ging auf ihren Vater zu und drückte ihm ein kurzes, trockenes Küsschen auf die Wangen. Seine Haut fühlte sich kalt und trocken an. Er hatte meinen Lieblingsduft »Blue Dreams« aufgelegt, ein Geschenk aus seiner Nikolauskette vom letzten Jahr, ein Zugeständnis, denn eigentlich war ihm der Duft zu süß.
»Riechst du was?«, fragte er.
Ich seufzte, weil ich vier forschende Augen auf mir spürte.
»Ich rieche blaue Träume«, sagte ich. »Du kennst das Sprichwort, oder?«
»Träume sind Schäume?« Er wollte grinsen, aber nach einem kurzen Blick auf mich fror ihm die Mimik fest, er sah jetzt wie ein kleiner Junge aus, der von seiner Mutter mit dem Finger im Marmeladenglas erwischt worden war.
Doch das rührte mich nicht an diesem Morgen, im Gegenteil. »Ja, Träume können manchmal Schäume sein.« Schroff wandte ich mich ab, um in die Küche zu gehen.
»Hast du Lust auf Mau-Mau?«, hörte ich hinter mir einen Vater fragen, der bis jetzt jede Art von Kartenspiel verweigert hatte. Kläglich, wie er zu retten versuchte, was nicht mehr zu retten war. NICHT MEHR ZU RETTEN WAR. Ich musste der Wahrheit endlich ins Gesicht sehen.
In der Küche holte ich die Lammkeule aus dem Kühlschrank, die ich bereits am Vorabend in Senf und Honig mariniert hatte, denn meine Familie bestand auf unserer alten

Silvestertradition: Lammkeule mit Kartoffeln und grünen Bohnen.

»Hast du einen Moment Zeit für mich, mein kleines Rotkehlchen?«

Ich hatte Richard nicht kommen hören und hätte fast die Keule fallen lassen, die ich gerade mit frischem Knoblauch spickte. Rotkehlchen hatte er mich zuletzt vor etwa fünfzehn Jahren genannt. Nach einem Abend, an dem ich drei Flaschen Rotwein getrunken und danach deutlich beschwipst auf dem Tisch getanzt hatte. »Was kann ich für dich tun?« Ich hörte selbst, wie steif und förmlich mein Ton klang, aber ich konnte es nicht ändern. Ich fühlte mich steif und förmlich in seiner Gegenwart, was genauso an seiner Treulosigkeit lag wie an meiner Unentschlossenheit, wie ich darauf reagieren sollte. Ich konnte mich selbst nicht leiden, so, wie ich war, so gereizt und weinerlich, und sicher waren auch die Hormone schuld. Bei meinen beiden Mädchen hatte ich die ersten drei Schwangerschaftsmonate quasi durchgeschluchzt, doch das war es nicht allein. Der Hauptgrund für meine trübsinnige Stimmung stand hinter mir und sagte: »Riecht gut, Mäuseschwänzchen.« Er und niemand sonst war schuld daran, dass am letzten Tag des Jahres 2005, noch dazu ohne Vorwarnung, eine riesige Welle in mir hochrollte, die mir die Augen mit Tränen füllte. Wortlos setzte ich mich an den Küchentisch, die tropfende Lammkeule noch in der Hand, und fing an zu schluchzen. Es schüttelte mich richtig, schwemmte mich fort, ich war machtlos gegen diese Wucht von Trauer, Wut und Ohnmacht, die durch mich hindurchraste wie ein wildes Tier.

»Connie, was ist denn? Was hast du?«

Ich spürte seine ratlose Hand auf meiner Schulter und schüttelte sie weg. Ich wollte jetzt allein sein, schämte mich vor ihm und mir, dass ich mich so gehen ließ. Gleichzeitig war dieser Dammbruch auch eine Erleichterung. Und dann war es plötzlich vorbei. Meine Tränenflut versiegte, ich nahm

einen Zipfel der karierten Tischdecke und wischte mir damit die Augen trocken. Ich fühlte Richards forschenden Blick.
»Das hast du bei Alexa auch immer gemacht«, sagte er lächelnd. »Drei Monate lang hast du nur geheult.«
»Ja«, erwiderte ich, »aber damals war ich glücklich.« Ich stand auf, die Lammkeule noch immer in der Hand. Ohne ein Wort ging ich zum Herd, legte sie in den gusseisernen Bräter und stellte den Backofen auf achtzig Grad.
Richard stand in der Tür und beobachtete mich. »Was muss ich tun, damit du mir verzeihst?«, fragte er leise.
»Mir fällt im Moment nichts ein«, erwiderte ich, genauso leise und ohne ihn anzusehen, »ich bin auch nicht mehr sicher, ob mir noch etwas einfallen wird.«
»Das kann ich verstehen«, flüsterte er leise.
»Soo long you did me soo wrong«, schrie Eminem aus Friederikes Zimmer. Beziehungsfrust gab es also auch bei weißen Rappern. Fast ein tröstlicher Gedanke.

Kurz vor Mitternacht standen wir inmitten unserer johlenden Nachbarschaft zu dritt auf der Straße, Alexa als Schutzschild zwischen uns. Es knallte und zischte, es böllerte und krachte, und in der Sekunde, als das Jahr 2005 in 2006 umschlug, als sich alle Welt in den Armen lag und sich ein frohes neues Jahr wünschte, als Richard auf mich zuging und mich vor allen Leuten küssen wollte, da stellte ich mich auf die Zehenspitzen und flüsterte ihm ins Ohr: »Es ist aus zwischen uns.«
Es war vollbracht.
Anschließend ging ich ins Haus zurück, stieg die Treppe hoch und legte mich ins Bett, ohne mich auszuziehen.
Wie gesagt, das schrecklichste Silvester meines Lebens.

Polen, im Sommer 1710

Dies ist der schrecklichste Sommer meines Lebens.
Die Zeit ist mir verloren gegangen. Mein Leben ist mir verloren gegangen. Ich bin so unzufrieden mit mir, dass ich es in jedem Knochen spüre. Jede meiner Poren atmet Tristesse. Gründe gibt es genug.
Ich habe meine Kinder allein und mein ganzes Leben zurückgelassen, um bei August zu sein. Es war keine freiwillige Entscheidung, denn hätte ich es nicht getan, wäre jetzt eine andere Frau an seiner Seite.
»Ich kann und will nicht ohne Frau sein.« So lauteten seine klaren Worte nach der Taufe unserer jüngsten Tochter Friederike Alexandrine am 13. November 1709. »Ich brauche einen weichen Körper, der mich nachts wärmt und tröstet, ich brauche Freundschaft, Unterstützung, Zuversicht. Ich brauche ein Weib, das mich liebt und das an mich glaubt. Du bist meine erste Wahl, Constantia, denn dich liebe ich mehr als alle anderen.«
Am 31. Dezember 1709, dem traurigsten Silvester meines Lebens, nahm ich nach einer schlaflosen Nacht von meinen kleinen Töchtern Abschied und packte meine Koffer.
Pillnitz habe ich verpachtet, in meinem Bett schläft jetzt ein gewisser Adolph Bucher, während ich im Zelt zwischen den Soldaten nächtige. Harte, kurze Nächte, in denen es mir schwer fällt, den Avancen meines Königs nachzugeben, denn es ist furchtbar kalt und ungemütlich, und ich habe große Sehnsucht nach meinen Töchtern, die bei meiner Mutter auf Gut Depenau leben.
»Es geht ihnen gut und sie vermissen dich nicht mehr«,

schrieb sie mir vor ein paar Wochen, tröstlich gemeinte Worte, die mich dennoch unendlich schmerzten.
Muss eine Mutter nicht bei ihren Kindern bleiben? Gedanken, die mich in letzter Zeit immer öfter quälen. Aber ich habe keine Wahl. Ich gehöre an die Seite meines Geliebten. In guten wie in schlechten Zeiten. Und die hatten wir in den letzten Jahren mehr als genug.
Im Frühjahr 1710 fuhren wir nach Warschau, eine Stadt, die ich aus tiefstem Herzen hasse. Ein unangenehmes Volk, diese Polen – die Männer plump und aufdringlich, die Frauen geschminkt wie die Dirnen und ebenso aufdringlich. Einfach unglaublich, wie sie sich beim großen Reichstag an August herangedrängelt haben. Ständig war er umschwärmt wie ein Bienenstock.
»Hältst du sie mir bitte vom Leibe?«, flüsterte er mir ins Ohr, als sich ihm bei einem Diner eine besonders zudringliche Schönheit einfach auf den Schoß gesetzt hatte.
»Gern, mein Gebieter«, flüsterte ich zurück und stieß die unverschämte Person mit einem kräftigen Stoß von seinem Schoß.
Mit einem Schmerzensschrei landete sie zu seinen Füßen. Was haben wir gelacht! Sogar Flemming, der alte Griesgram, den August genau wie mich nicht mehr von seiner Seite lässt, hat seine säuerliche Miene etwas verzogen. Flemmings Frau ist Polin, deshalb teilt er meine abfällige Meinung über dieses Volk natürlich nicht.
»Unterschätzt die Polinnen nicht, Gnädigste«, sagte er an jenem Abend mehr als einmal. »Die wissen genau, wie sie einen Mann zähmen können.«
»Na, wie denn?«, wollte ich wissen. »Der Liebreiz ihrer Körper kann es nicht sein. Die meisten sind kurzbeinig und haben regelrechte Froschaugen. Bis auf Ihre Gemahlin natürlich«, fügte ich schnell hinzu.
»Der Liebreiz einer Frau liegt nicht nur in ihrer Schönheit«, so Flemmings weise Worte, »sondern darin, dass sie dem

Mann bestätigt, er sei noch schöner und noch stärker, als er es selbst von sich glaubt. Eine kluge Frau ist vor der Ehe ein zartes, anbetungswürdiges Weibchen und danach eine starke Frau, die ihren Mann anbetet.«

»Betet Eure Frau Euch denn auch an?« Der Satz war mir entschlüpft, und ich merkte sofort, dass ich mir mit dieser kecken Frage schwer geschadet hatte.

Flemmings Augen verengten sich, er wusste natürlich, dass ich von seinen Qualitäten als Mann nicht viel hielt. Vor vielen Jahren, noch vor meiner ersten Ehe, hatte er sich einmal zu einer zarten Andeutung eines Antrages verleiten lassen. Vermutlich war zu viel Wein im Spiel gewesen, auf jeden Fall hatte er gefragt: »Darf ich mir erlauben, Euch in Euer Schlafgemach zu begleiten, schöne Constantia? Darf ich mir erlauben, Eure Träume zu hüten?«

Ich hätte diplomatischer sein und ein plötzliches Magengrimmen vortäuschen können, doch leider hatte ich schallend gelacht. »Ihr und ich, Herr von Flemming? Darf ich das als Scherz betrachten?«

Er hatte sich stumm abgewandt und erwähnte es nie wieder, doch seine aufgesetzte Freundlichkeit in meinen ersten Jahren als königliche Mätresse hätte mich trotzdem stutzig machen müssen. Er galt als guter Freund, aber auch als ein sehr gefährlicher Gegner. Außerdem unterstützte er die Polenpläne seines Königs mit derselben Inbrunst, mit der ich sie als Augusts Geliebte ablehnte.

Habe ich ihn etwa unter- und mich überschätzt?, durchfährt es mich, als ich an jenen Abend zurückdenke. Ist er dem Mann, dem wir beide dienen, unersetzlicher, als ich meinte? Unersetzlicher als ich? Ich verdränge die Angst, so gut ich kann. August ist mir keine Hilfe, im Gegenteil, er hat andere Probleme als mein Seelenheil. Immer wieder geht es um das leidige Polen, das Land hängt mir zum Halse heraus!

»Zieh dich zurück, kümmere dich um Sachsen, du sprichst ja noch nicht mal polnisch, und katholisch bist du nur, weil es

dich gelüstet, nach der Beichte wieder zu sündigen«, überfalle ich ihn mit meinen Vorwürfen, kaum dass er unser Zelt betritt.
Aber August hat sich richtig festgebissen, wie ein Hund an seinem Knochen. »Ich gebe Polen nicht auf, nur weil ein schwaches Weib mir dazu rät«, sagt er so laut, dass seine Soldaten es hören. »Nur über meine Leiche.«
Ich bin sicher, dass seine Soldaten dasitzen und grinsen und abschätzig über mich denken. Eine Frau versteht nichts von Politik, denken sie. So ein Unsinn, ich verstehe sogar sehr viel davon, doch was nützt mir all mein Wissen? Trotzdem versuche ich immer wieder, meinem Liebsten seine polnische Obsession auszureden. Den Polen geht es ähnlich. Sie wollen die lästige Personalunion mit Sachsen endlich auflösen, August loswerden, indem er die Krone an seinen Sohn Friedrich August abtritt. Der ist schwach und beeinflussbar. Ein schlauer Schachzug, denn die Beziehung zu seinem vierzehnjährigen Sohn ist August heilig. Der Junge ist sein Erstgeborener, jedenfalls sein erstes legitimes Kind, sein ganzer Stolz und Thronerbe. Ich bin eifersüchtig auf Friedrich August, weil ich meinem König nur zwei Töchter geschenkt habe, und selbst wenn ich noch einen Sohn bekommen sollte – nie wird er König werden! Eine Wunde, die immer schmerzen wird.
Es tröstet mich nur wenig, dass August bei der Geburt seines Erstgeborenen nicht dabei war, weil er die warmen Arme der verheirateten Gräfin von Esterle aus Wien vorzog. Die Affäre hatte ein Jahr gedauert und war so heißblütig, dass er sie sogar seiner Frau vorgestellt und ihren Gatten für seine Duldung großzügig abgefunden hatte. Er hat mir nie erzählt, wie viel er seinerzeit für mich bezahlt hat. Ich hoffe, es war deutlich mehr.
Mit viel Bestechungsgeld in den richtigen Taschen und dank der Geschicklichkeit seines Lieblingsministers war es ihm auch gelungen, vom polnischen Reichstag wieder gewählt zu

werden. Sofort danach waren wir nach Danzig gereist, wo August 200 000 Taler Kontribution einforderte.
»Ist dir das nicht unangenehm?«, hatte ich ihn am ersten Abend gefragt, als wir im Hafen dieser schönen Hansestadt spazieren gingen. »Kaum hast du die Krone wieder, schon willst du Geld. Hört das denn nie auf?«
»Nein«, antwortete er, »nie.« Dabei sah er mich mit kalten, schmalen Augen an. Offenbar fühlte er sich von meiner unwichtigen Frauenmeinung belästigt.
Nach tagelangem zähem Ringen hatte er schließlich die 200 000 Taler bekommen und sie sofort in Kanonenkugeln investiert. Verfluchter Krieg!
Sinnlos, unbegreiflich, brutal. Eine schwierige, eine grausame Zeit. Was für ein heilloses Durcheinander!
Mein Liebster steckt im Augenblick bis zum Scheitel in Problemen. Aber er will es ja nicht anders. Die Seemächte sind inzwischen gegen den Nordischen Krieg, und der Papst hat verkündet, August habe sich als polnischer König verpflichtet, seinen Sohn katholisch zu erziehen. Daraufhin hatte die törichte Christiane Eberhardine natürlich nichts Eiligeres zu tun, als den Jungen blitzschnell evangelisch konfirmieren zu lassen. Ein Rieseneklat. Der Papst hat August öffentlich seinen Segen entzogen und ihn erpresst – er will dem König den Segen erst wieder erteilen, wenn sein Sohn katholisch ist. August verflucht das Kirchenoberhaupt dafür, allerdings nur in meinem Bett, wenn wir allein sind.
»Er hat mich in der Schraubzwinge, der Schurke«, schimpft er, als er nach einer unserer selten gewordenen Liebesstunden im Zelt wohlig entspannt in meinen Armen liegt.
Draußen sorgen die Schießübungen seiner Soldaten für eine erotisierende Klangkulisse.
»Was soll ich denn tun, Constantia? Sag jetzt bitte nicht, du hättest mich gewarnt, sonst …«
»Sonst was?«, necke ich ihn. »Sag, was du mit mir vorhast, los, sag es!«

Wir liegen aufeinander, und wie immer, wenn unsere Körper sich berühren, sind Worte überflüssig.
Plötzlich kracht ein Böllerschuss so dicht neben unserer Zeltwand, dass wir beide hochschrecken und völlig verschwitzt in die Kleider springen. Halb angezogen stürzen wir nach draußen.
»Falscher Alarm«, ruft August erleichtert. »Meine Kugeln sind zu schwer, ich muss neue Kugeln ausprobieren.« Er zieht mich wieder ins Zelt, aber die Lust auf eine Fortsetzung unseres Liebesspiels ist uns vergangen. Stattdessen knurren unsere Mägen. »Ich habe Hunger auf Schweinebraten«, sagt August. »Mal sehen, was der Koch heute im Topf hat.«
Als wir bei leider nur fettigem Schweinebauch und noch fettigerem Kohl im düsteren Speisezelt sitzen, während um uns herum ein Regiment von Soldaten schmatzt und rülpst, kommt mir eine Idee. Eine fatale Idee, die mir in ein paar Jahren das Genick brechen wird. Hätte ich auch nur den Schimmer einer Ahnung davon gehabt, ich hätte mir lieber die Zunge abgebissen und sie in den Kohl gelegt, aber so ziehe ich den Kopf meines Geliebten zu mir heran. »Ich weiß, wie du den Kopf aus der Schlinge ziehen könntest«, sage ich und lecke mir die Lippen, die nach ranzigem Fett schmecken. »Du schreibst dem Papst, dass diese Konfirmation gegen deinen ausdrücklichen Wunsch erfolgt ist und du deinen Sohn zur weiteren Erziehung mit nach Polen nehmen wirst. Dafür erwartest du von ihm, dass er Kaiser Joseph I. zwingt, seine Tochter Maria Josepha mit deinem Sohn zu verheiraten. Denn ihr gehört ein großer Teil des habsburgischen Schlesiens, den du als Landbrücke …«
»… von Sachsen nach Polen benutzen kannst. Du bist genial, meine Geliebte, warum sind meine Minister nicht so schlau wie du?« August lacht und küsst mich vor seinen Soldaten. »Genau so machen wir es.«
Ich lasse mich küssen und freue mich über seine Erleichterung, obwohl ich ein mulmiges Gefühl nicht loswerde. Mein

Rat ist klug und politisch von Vorteil, ohne Frage, aber ich habe ihn gegen mein Gewissen erteilt. Er ist unmoralisch. Mit seinem Glauben sollte man nicht spielen. Ich bin fest überzeugt davon, dass das polnische Volk einen polnischen König braucht und keinen Sachsen, der die Sprache im Gegensatz zu mir nur radebrechen kann und der deshalb mit seiner Starrsinnigkeit auf dem Weg ins Verderben ist.

Aber ich weiß auch, dass August auf meine Ängste nicht hören würde, dass mein Zweifel und meine Bedenken ihn irritieren und reizen. Er braucht eine starke Frau, die ihn unterstützt, keine, die an ihm zweifelt.

Ich will nach Hause.

Ich will meine Kinder wiedersehen.

Kann man einen Mann lieben, mit dem man nicht mehr glücklich ist?

Hamburg, 4. Januar 2006

Ist noch ein Restfunken von Liebe in mir, obwohl er mich so unglücklich macht?, fragte ich mich.

Diesmal war ich froh, wieder zurück in meinem Reihenhaus zu sein, obwohl mich zu Hause nur Stress erwartete. Als ich unser Schlafzimmer betrat, stand Richard vor einem leeren Koffer. Den ich ihm hingestellt hatte.

»Ich will das alles nicht«, sagte er, als er mich sah. »Bitte lass mich bleiben.«

Ich nahm einen Stapel Pullover, ja, auch den braunen aus Kaschmir, und knallte ihn hinein. »Aber du musst«, sagte ich leise und wollte ihm auf keinen Fall in die Augen sehen, weil ich sonst sofort losgeweint hätte, »die Pullover kalt waschen, sonst laufen sie ein.«

»Warum denn?«, fragte er, und an seiner Stimme hörte ich, dass es ihm genauso ging. »Liebst du mich nicht mehr?«

»Doch.« Jetzt aber stark räuspern, damit die Stimme hält, befahl ich mir stumm. Nicht heulen! »Ich mag dich noch. Aber du machst mich nicht mehr glücklich. Es war ein Fehler von mir, dir noch eine Chance zu geben.«

Wie sehr ich wünschte, dass ihm darauf eine Antwort einfiel, die alles wieder gut machte. Doch es gab keine, und da in dieser Sekunde *Elise* losklingelte, war es mir auch egal. »Geh ruhig ran«, sagte ich. »Ich packe inzwischen deine Sachen.«

Ich fragte nicht, ob er jetzt zu ihr zog, weil ich es wusste. Männer schlüpfen immer von einem warmen Nest ins andere, meiner war da keine Ausnahme.

»Also, ich geh dann mal«, sagte er und klappte den Koffer zu.

Ich fühlte gar nichts, als er die Treppe hinunterging, seinen Mantel anzog, in der Haustür noch einmal stehen blieb, wartete, sich nicht mehr umdrehte und dann einfach ging. Ich stand in der Küche und sah ihm nach, und mir graute schon jetzt vor dem Schmerz, der nach dieser Erstarrung kommen würde. Zum Glück waren die Mädchen in der Schule, ich konnte also in Ruhe weinen oder den Rest seiner Klamotten anzünden. Es war besser so. Es riss mir das Herz aus dem Leib, doch es gab keine Alternative. Ich konnte nicht mit einem Mann leben, der parallel schwängerte. Ich war Constanze und nicht Constantia, und Richard war nicht August.
Als ich Bettina eingeweiht hatte, lachte sie. »Deine Geschichte wiederholt sich, meine Süße.«
Aber sie irrte: Meine Geschichte würde sicht *nicht* wiederholen.

Das Telefon klingelte. »Graf?«
Stille. Leises Atmen oder Akustiksmog in der Leitung? Aufgelegt. Mal was ganz Neues. Langsam gewöhnte ich mich an dieses Auflegen. Ich wusste natürlich, wer es war. Frau Meyer, die sich erkundigen wollte, ob ihr neuer Untermieter schon gepackt hatte.
Ich rief Bettina an, und als sie sich meldete, sagte ich nur: »Krise. Komm. Und bring was Süßes mit. Ich brauche Nervennahrung!«
Drei Minuten später war sie da, mit Lockenwicklern im Haar und einer Packung Dickmanns in der Hand. Ich hatte nichts anderes erwartet. »Mit oder ohne?«, fragte ich.
Sie sagte: »Na, was glaubst du wohl?«
Also kippte ich einen Viertelliter Eierlikör in ihren Milchkaffee. Ich musste nüchtern bleiben, weil die Kinder in ein paar Stunden nach Hause kamen und noch keine Ahnung hatten, dass ihr geliebter Papi die Frau gewechselt hatte und es demnächst doppelten Familienzuwachs gab. Mir graute davor.

»Soll ich dir kurz einen Schwank aus meinem Leben erzählen oder willst du lieber erst mal zusammenbrechen?«, fragte Bettina.
»Kurz den Schwank bitte, dann breche ich zusammen«, entschied ich.
»Ist wirklich genau so passiert, ich schwöre. Auch wenn's klingt wie von einem schlechten Drehbuchautor ausgedacht.« Sie griff zur Eierlikörflasche und steckte einfach den Finger hinein, zog ihn wieder heraus und lutschte ihn ab. Sie durfte das. Sie durfte alles. Auch mir blöde Geschichten erzählen, die mich von meinem Elend ablenken sollten. »Also – jeden Morgen auf dem Weg zu meinem Fitnessclub komme ich an einem Hauseingang vorbei, in dem ein Obdachloser liegt. Neben ihm steht ein altes Fahrrad, auf dem sein Besitz festgebunden ist. Da er meistens schläft, wenn ich an ihm vorbeigehe, denke ich immer kurz: ›Armer Kerl, wie ungemütlich‹, aber mehr auch nicht. Heute Morgen ist er schon wach und spricht mich an. ›Haben Sie mal 'ne Zigarette für mich?‹ ›Nein‹, sage ich kurz und gehe weiter, ohne ihn näher anzusehen. ›Bettina, altes Haus, bist du es?‹, ruft er plötzlich. Ich zucke zusammen, drehe mich um und kehre zu ihm zurück. ›Kennen wir uns?‹, frage ich ihn verdattert. Er lacht und da erkenne ich ihn. Da steht doch tatsächlich Reinhard vor mir.«
Trotz meines desolaten Zustandes musste ich lachen, Bettina hatte erreicht, was sie wollte. Ich fühlte mich kurzfristig abgelenkt von meinem Ehetrübsinn. »Wer ist denn Reinhard?«, fragte ich. »Wieso weiß ich nichts von dem? Ich kenne doch sonst all deine vorehelichen Irrungen und Wirrungen?«
Sie grinste wie ein Breitmaulfrosch. »Weil diese Begegnung schon tausend Jahre her ist. Wir haben uns in der Mensa-Bar getroffen, damals die heißeste Diskothek Hamburgs. Er sah umwerfend aus: groß, braune Locken, Lederjacke und immer eine Fluppe im Mund. Wir tanzten und knutschten, ich war total verknallt, als er mich um ein Wiedersehen bat, konn-

te ich die ganze Nacht vor Aufregung nicht schlafen. Überpünktlich und aufgebrezelt stand ich vor der verabredeten U-Bahn-Station und wartete. Und wartete. Frustriert und traurig ging ich am Abend in die Mensa-Bar, wo ich einen fröhlichen Reinhard traf, der mit einer anderen tanzte, und mir auf mein wütendes ›Wo warst du?‹ allen Ernstes die folgende Antwort gegeben hat, die ich nie wieder vergessen habe: ›Ich musste den Kanarienvogel meiner Großmutter einfangen, das hat leider so lange gedauert.‹ Ich war so wütend, dass ich ihn am liebsten ungespitzt in den Boden gerammt hätte, und es hat Wochen gedauert, bis ich mich von dieser Demütigung wieder erholt hatte.«

»So ein Schwein«, sagte ich mit tiefster Inbrunst. »Und wie ging es heute Morgen weiter?«

»Er fragte mich, ob ich Lust auf einen Kaffee hätte, und eigentlich …«

»… hättest du sagen müssen, geht leider nicht, ich muss den Kanarienvogel meiner Großmutter einfangen«, vollendete ich den Satz. »Was hast du stattdessen gesagt?«

»Ich habe ihm einen Kaffee gekauft und ihm ein Scheinchen gespendet.« Nachdenklich rührte sie in ihrer Tasse herum. »Das sind so die Momente, in denen ich meinen Christoph wieder richtig doll lieb habe.«

»Hältst du es für pädagogisch wertvoll, mir diese Geschichte ausgerechnet an dem Morgen zu erzählen, an dem mein Mann zu seiner Geliebten zieht?« Ich stand auf und stellte meine Tasse in die Geschirrspülmaschine, sie folgte mir und tat es mir nach. »Frauen stellen ihr Geschirr in die Maschine, Männer stellen es darauf, ist dir das schon mal aufgefallen?«, murmelte ich, starrte aus dem Fenster und sah nichts.

Bettina legte den Arm um meine Taille und schmiegte sich an mich. Ihre Wärme tat mir gut. Man sollte nur mit Frauen leben. »Die Moral von meiner Geschichte ist doch ganz einfach«, sagte sie. »Man sieht sich im Leben immer zweimal.«

»Mein Trost an diesem trüben Tag soll also sein, dass ich Richard das nächste Mal als Penner wiedertreffe?« Ich lachte laut, erleichtert darüber, dass ich es wieder konnte. Bettina fiel ein, und so kicherten wir, bis mir die Tränen kamen.

Stralsund, 21. Oktober 1711

Ich war heilfroh, meiner neuzeitlichen Tristesse entfliehen zu können, aber jetzt ist es hier genauso ungemütlich. Ich hasse Stralsund, dieses hässliche Provinznest an der Ostsee, wo August sein Militärlager errichtet hat. Ein Wald von Zelten steht am Ufer, ständig bricht die Wasserversorgung zusammen, und da seit Anfang des Monats der frühe Winter die Straßen mit Raureif bedeckt, sind Transporte unmöglich, und unsere Lebensmittelvorräte werden allmählich knapp. Seit Tagen essen wir nur Steckrüben und Kartoffeln. Ich will endlich nach Hause! Ich will in meinem Bett im Taschenberg-Palais oder auf Schloss Pillnitz aufwachen und eine Tasse heiße Schokolade trinken. Stattdessen stehe ich hier an diesem trüben, kalten, eisgrauen Oktobermorgen fröstelnd vor unserem Zelt, durch das die ganze Nacht der Wind gepfiffen und mich um den Schlaf gebracht hat, und bin so schlechter Stimmung, dass ich den Mann, den ich eigentlich aus ganzem Herzen liebe, für meinen Todfeind halte.
»Du verrennst dich in Phantastereien und falschen Versprechungen. Langsam glaube ich dir kein Wort mehr«, schreie ich ihn an, vor seinen Soldaten. Selbst der eiskalte Blick, mit dem er mich streift, kann mich nicht bremsen. Tief in mir regt sich eine zarte Angst, dass ich zu weit gehe, eine Grenze überschreite, doch ich kann nicht mehr. Ich bin zu Tode erschöpft. »Ich will endlich nach Hause, ich will meine Töchter wiedersehen«, füge ich matt hinzu.
»Wer hindert dich daran?« August grüßt sein Regiment mit kurzem Militärgruß, bevor er sich mir wieder zuwendet. »Du kennst meine Meinung zu diesem Thema, ich habe weder

Zeit noch Lust, sie zu wiederholen. Geh, wenn dir anderes wichtiger ist, doch wundere dich nicht, wenn es mir in deiner Abwesenheit genauso ergeht.« Ein kurzes Nicken in meine Richtung, er lässt mich einfach stehen, schwingt sich auf Ovid und reitet in einer Staubwolke mit seinen Soldaten davon.

»Noch ein wenig Kartoffelsuppe, gnädigste Gräfin?« Der Leibkoch mustert mich mitleidig. Jeder im Lager weiß, dass es um mich und August nicht zum Besten steht. Jeder hört unsere nächtlichen Streitereien durch die dünnen Zeltwände, jeder sieht, wie grimmig der König morgens am Waschtrog steht, wie wir beide verbissen beim Aufbruch auf unsere Pferde steigen und nicht mehr, wie früher, Scherz- und Koseworte hin und her fliegen lassen.

Flemming, mein früherer Verbündeter und in letzter Zeit zunehmend mein Gegner, vor allem seit August ihn zum Oberkommandierenden des sächsischen Heeres ernannt hat, reibt sich insgeheim die Hände. Ich habe zufällig ein Gespräch mit August belauscht, in dem Flemming ihm die Vorzüge polnischer Frauen in den schillerndsten Farben pries. Wie unverbildet sie noch seien, im Gegensatz zu den sächsischen, wie rein und dabei viel leichter entflammbar! Auch aus politischen Gründen sei es sicher sinnvoll, wenn er sich neben seiner sächsischen Mätresse eine polnische zulegte, sonst würden sich die Polen benachteiligt fühlen. Seine Frau kenne übrigens ganz reizende, blutjunge Mädchen, die alle nur darauf warteten, dem König vorgestellt zu werden.

Ich stand stocksteif da und hörte zu, während mir von Wort zu Wort die Galle immer mehr überkochte, doch ich bezähmte mich.

Doch dann hatte er süffisant hinzugefügt: »Vielleicht wäre eine Jüngere genau das, was Ihr braucht, Majestät. Als unverbrauchte Ergänzung zur …«

Da stürzte ich aus meinem Versteck, sprang ihm im wahrsten Sinne des Wortes an die Kehle und hätte ihm fast die Gurgel

zugedrückt, wenn mich August nicht in letzter Sekunde zurückgerissen hätte. Ich war außer mir, weil Flemming mit sicherem Instinkt an meine tiefsten Ängste als Frau gerührt hatte. Die Angst vor der Jugend. Ich bin einunddreißig Jahre alt, meine Blütezeit ist vorbei.
Morgens brauche ich immer länger, um so auszusehen, dass ich stolz auf mein Gesicht bin. August kennt meine Ängste nicht, und so hatte er über meinen Auftritt gelacht.
»Wenn du dieses Temperament doch gelegentlich einmal wieder im Bett zeigen würdest, dann wäre ich ein glücklicher Mann«, sagte er, und sein Ton war leicht, seine Miene belustigt.
Trotzdem verunsicherten mich seine Worte, und zwar tiefer, als vermutlich von ihm beabsichtigt, denn er ist kein Mann, der freiwillig in eine weibliche Seele leuchtet. Es störte und verängstigte mich enorm, dass er unser Intimleben vor einem Publikum kundtat, von dem er wissen musste, wie feindlich es mir gesonnen war. Warum stellte er mich so bloß, gab mich dem Gelächter dumpfer Männer preis? Ich zweifelte nicht eine Sekunde daran, dass seine so achtlos dahingeworfenen Worte sofort unter den Soldaten die Runde machen würden, Flemming würde gewiss dafür sorgen. Noch mehr beunruhigte mich, dass er den Finger in eine ohnehin offene Wunde bohrte, denn unser Liebesleben hat in der Tat in den letzten Monaten immer mehr Schaden genommen.
»Du bist so kalt geworden, Constantia, so spröde, ich erkenne dich kaum wieder.« Vorige Nacht erst hat August dies sehr ungeduldig zu mir gesagt, weil ich einfach keine Lust auf Liebe hatte. Wie sollte ich auch, wenn es draußen kalt und stürmisch war, unser Lager schmal und hart, wenn ich die lüsternen Blicke der Soldaten durch die dünnen Zeltwände spürte?
»August, ich bin eine Frau und kein Soldat«, versuchte ich meine Lustlosigkeit zu erklären. »Seit Tagen ist das Wasser knapp, ich kann mich nicht richtig waschen, ich rieche und

fühle mich schmutzig. So mag ich nicht von dir berührt werden, und auch ich berühre dich nicht gern, wenn du mich andünstest wie eine Kuh auf dem Dunghaufen.«

»An drastischen Worten hat es dir noch nie gemangelt, mein Herz.« August war nicht beleidigt, im Gegenteil, ich amüsierte ihn. Sein Selbstbewusstsein ist wirklich unerschütterlich. »Komm, meine Kuh«, rief er, »lass mich dein Stier sein.«

Ich ließ ihn meinen Stier sein, nicht, weil ich besondere Lust darauf hatte, sondern weil ich keinen Streit wollte. Ich war einfach nur müde. Es war nicht das erste Mal, dass ich heißes Blut vortäuschte, dass mein Seufzen in seinen Armen ihm zuliebe lauter klang, dass ich ihm eine Leidenschaft vorspielte, die ich längst nicht mehr empfand. Anfangs hat mich meine Schauspielkunst noch verstört, inzwischen bin ich an sie gewöhnt. Wenn ich August in manchen Nächten nachgebe, obwohl ich lieber schlafen möchte, so kann ich manchmal selbst nicht mehr unterscheiden, was an meinen Seufzern, an meinem lustvollen Stöhnen gespielt und was echt ist.

»Noch etwas mehr Kartoffelsuppe?«

Ich schrecke aus meinen trüben Gedanken hoch und halte dem Koch meinen Blechnapf hin.

»Sehr lecker«, lobe ich ironisch. »Diesmal mit Steckrüben?«

Ich mustere die graue Tunke in meinem Napf und wundere mich selbst darüber, mit was für einem Appetit ich sie in mich hineinlöffele. Sie ist wirklich kein Festessen, viel zu fett und zerkocht, aber ich habe einen Bärenhunger. Wahrscheinlich die frische Luft, mutmaße ich. Einen anderen Verdacht will ich gar nicht erst zulassen. Außerdem bin ich viel zu alt für ein drittes Kind. Mit einunddreißig noch einmal Mutter werden? Eine peinliche Vorstellung. Ich kenne Großmütter, die jünger sind als ich. Und der lange Aufenthalt an der kalten Ostsee hat mich erschöpft und älter gemacht. Jedenfalls fühle ich mich so.

Es ist ein langer, freudloser Tag, an dem es früh dunkel wird und der irgendwann tatsächlich ein Ende nimmt. Irgend-

wann taucht das Bild einer warmen, geheizten Wohnküche in Hamburg-Osdorf vor mir auf, aber da ich weiß, dass ich die Wanderlust meiner Seele nicht beeinflussen kann, verdränge ich die Sehnsucht wieder. Ich bin mit ein paar Dienern im Zeltlager zurückgeblieben, während August und sein Heer zu einer militärischen Übung ausgeritten sind. Dass er mich nicht aufgefordert hat, ihn zu begleiten, hätte mich vielleicht beunruhigen sollen, aber ich bin eher erleichtert. Mein Bedarf am Soldatenleben, an Dreck und schmutzigen Männerwitzen, an langen Ritten auf übermüdeten Pferden ist restlos gedeckt. Außerdem langweile ich mich zu Tode, in diesem Leben ohne Musik, ohne Theater, ohne Kultur. Mein Lieblingsbuch, *Zion im Federkleide*, habe ich insgesamt viermal gelesen, weil es hier, in diesem Provinznest, natürlich weder eine Bibliothek noch eine Buchhandlung gibt.
Es gibt nichts für mich zu tun, rein gar nichts, außer da zu sein und zu warten, bis er mich braucht. Ich vermisse mein altes Leben mit einer Schmerzlichkeit, die ich nahezu körperlich spüre.
Ich liege früh in unserem Zelt, kann jedoch nicht einschlafen, weil ich tagsüber oft ruhe und abends gar nicht richtig müde bin. Plötzlich höre ich Hufgetrappel, das immer lauter wird und mir die Wiederkehr meines Herrn und Meisters ankündigt. Soll ich tiefen Schlaf vortäuschen oder die Arme ausbreiten und ihn wärmen? Ich bin unschlüssig. Beides scheint mir zu anstrengend an diesem trüben Tag, ich weiß einfach nicht, wohin mit mir und meinem bleischweren Gemüt. Ich habe weder Lust auf Schlaf noch auf Liebe. So kenne ich mich gar nicht. Also drehe ich mich zur Zeltwand und warte. Warum nur klopft mein Herz so aufdringlich? Aufregung, Angst, Freude? Ich vermag es selbst nicht zu sagen. Durch die dünne Zeltwand sehe ich eine Kerze schimmern, mein Liebster naht.
»Bist du noch wach, mein Herz?« Seine Stimme, laut und fröhlich, dringt wie aus einer anderen Welt zu mir vor. »Ja,

ich bin noch wach«, sage ich tapfer und setze mich auf. »Soll ich dich wärmen, mein Schönster?«
Er lacht. »Da hast du viel zu tun«, sagt er dann und schlüpft unter die Decke, die wir uns teilen.
Ich schreie auf, denn sein Körper ist ein riesengroßer Eiszapfen.
»Ich habe dich gewarnt«, murmelt er und umarmt mich so fest, als wolle er mich nie wieder loslassen. Vermutlich aber nur, weil ich ihm von meiner Körperwärme etwas abgeben soll. Und so liegen wir da, ineinander verschlungen, und ich fühle, wie er immer wärmer wird und ich immer kälter werde. Als ich eiskalt bin, fängt er an zu schnarchen, laut und unbekümmert.

Und dann, ohne jede Vorwarnung, verkrampft sich mein Körper, und ich spüre, wie mein Blut kommt. Ich stürze nach draußen, um August nicht zu wecken. Er braucht seinen Schlaf.
Kein drittes Kind also.

Hamburg, 14. Februar 2006

Die Welle kam als Krampf, als ich gerade die Fischköpfe für den Fischfond in einen großen Topf schüttete. Ich stellte die Schüssel ab, presste eine Hand an den Bauch und wartete, dass der Anfall vorüberging. Doch die zweite Welle kam sofort danach und trieb mich ins Bad. Als ich mich keuchend auf die Toilette setzte und wie aus weiter, weiter Ferne dieses Geräusch hörte, da wusste ich genau, was passiert war. Mein Baby war einfach weg. Es ging so schnell, dass ich wie betäubt sitzen blieb und meine Tränen erst kamen, als ich auf meinem Bett lag und mein Leben mit all dem Blut aus mir herauszufließen schien. Kein drittes Kind also. Warum war ich nur auf einmal so traurig? Es war doch wirklich kein Wunschkind gewesen. Im Gegenteil, wie oft hatte ich in den letzten Wochen mit meiner ungeplanten Schwangerschaft gehadert, hatte mehr als einmal mit dem Gedanken an eine Abtreibung gespielt. Mann weg, Geld knapp und dann ein Baby – noch unpassender konnte eine Schwangerschaft kaum sein. Außer meinen Kindern, die ich zu strengstem Stillschweigen verpflichtet hatte, wusste Bettina als Einzige davon, und auch ihre Glückwünsche hatten sehr verhalten geklungen.

»Ich bin dabei, egal, wie du dich entscheidest«, hatte sie gesagt. »Aber von glücklicher Fügung kann wirklich keine Rede sein.«

Ich stimmte ihr zu und versuchte, den kleinen Zellhaufen, der sich in mir breit machte, so gut es ging zu verdrängen. Jetzt war es mir gelungen.

Das Klingeln an der Haustür bemerkte ich erst, als es nicht

mehr aufhörte. Wer konnte das sein? Der Briefträger war schon da gewesen und hatte mir außer drei Mahnungen nichts gebracht, Bettina war beim Sport, die Kinder in der Schule. Ich wollte niemanden sehen. Das Telefon klingelte, und nachdem ich »Hallo?« in den Hörer geflüstert hatte, wollte ich am liebsten gleich wieder auflegen.

»Mäuschen, bist du es?« SEINE Stimme, besorgt klang sie und zärtlich.

Ich konnte es kaum aushalten. »Ja, ich bin es, wer denn sonst?«, flüsterte ich zurück und hoffte inbrünstig, dass er nicht merkte, wie schwer mir jedes Wort fiel. Schwach war ich, unendlich schwach.

»Warum machst du mir nicht auf? Ich stehe vor der Tür«, sagte er.

Es dauerte einen langen Moment, bis ich merkte, dass ich in der Falle saß. »Geh wieder weg«, stammelte ich. »Ich kann jetzt … gar nichts … und dich am allerwenigsten.«

Ich legte auf, sofort klingelte es wieder. Ich seufzte und schlüpfte in meinen, vielmehr seinen weißen Bademantel, den er beim Packen vergessen hatte. Nach seinem Auszug hatte ich drei Tage lang daran herumgeschnüffelt und von Richards Geruch Abschied genommen. Nach drei Waschgängen war der Mantel so geruchsneutral, dass ich ihn tragen konnte, ohne jedes Mal in Tränen auszubrechen. Wenn er gekommen ist, um das Ding abzuholen, bring ich ihn um, flüsterte ich in mich hinein, als ich den Gürtel straff zog. Meine Beine waren so schwach, dass ich mich festhalten musste, um nicht zusammenzubrechen. Mühsam öffnete ich die Schlafzimmertür und tastete mich am Treppengeländer entlang zur Haustür. Am liebsten hätte ich mich einfach hingelegt, irgendwo, und wäre eingeschlafen. Müde … so müde war ich.

»Mäuseschwänzchen, mach endlich auf.«

Was für ein alberner Kosename, dachte ich, und was für eine alberne Situation. Sollte ich es ihm verbieten? Ich bin nicht

mehr dein Mäuseschwänzchen, Richard, genauso wenig, wie du mein Hasenpfötchen bist.
Ich stand hinter der Haustür und gleichzeitig ganz weit neben mir. Alles fühlte sich an wie in dicke Watte gepackt. Ich nahm die rechte Hand hoch und merkte zu meinem Erstaunen, dass ich zu schwach war, um die Tür zu öffnen.
»Mach endlich auf, ich höre doch, dass du da bist!«
Diese laute, ärgerliche Stimme, was wollte sie von mir? Wieder hob ich die Hand und fühlte, dass sie auf dem Türgriff lag, ich drückte ihn hinunter – und dann sah ich in ein Meer von roten Rosen, und eine mir vage vertraute Männerstimme rief: »Für dich, mein Schatz, zum Valentinstag.« Danach verschwamm die Welt und ich fiel in ein warmes, gnädiges Dunkel.

»Er hat dir Rosen zum Valentinstag geschenkt? Ich fasse es nicht! Was hat sich der liebe Gott bloß dabei gedacht, als er den Mann erschuf?« Bettina saß neben mir und hielt meine Hand, als mein Gynäkologe Dr. Wornow die Reste meiner Schwangerschaft »ausschabte«, wie es so schön plastisch heißt. Er hatte mir vorher ein paar »Glückspillen« gegeben, ich schwebte also leicht gedopt auf einer Wolke. Der Absturz würde später kommen, wenn ich meine Kräfte wiederhatte. »Keine männerfeindlichen Sprüche in meiner Gegenwart«, sagte Dr. Wornow lachend. »Frauen sind auch keine Engel.«
»Sie kennen die Zusammenhänge nicht«, sagte Bettina, und ich merkte ihr an, dass sie darauf brannte, ihn aufzuklären.
»Sei still, Schätzchen«, fuhr ich ihr deshalb blitzschnell in die Parade, »Richard hat es gut gemeint.«
Hatte er das wirklich? Oder hatte Frau Dreifach-M ihn vor die Tür gesetzt? Er hatte mich aufgefangen und auf mein blutverschmiertes Bett gelegt. War er insgeheim erleichtert, dass sich zumindest die eheliche seiner diversen Schwangerschaften erledigt hatte? Wenn es so war, dann war Richard

ein hervorragender Schauspieler, denn er hatte Tränen in den Augen, als ich in seinen Armen wieder zu mir kam.

»Es tut mir so leid, so schrecklich leid«, flüsterte er immer wieder. »Wie ist das nur passiert?«

Ich blieb in seinen Armen liegen, weil ich mich zu erschöpft fühlte, aber auch, weil es trotz allem der einzige Ort der Welt war, an dem ich mich sicher und geborgen fühlte. Ja, so war es, und ich fand es richtig so. »Ich glaube, unser Kind hat eingesehen, dass es sich zum falschen Zeitpunkt angemeldet hat«, sagte ich nach längerem Nachdenken. »Vermutlich ist es klüger als wir beide.«

»Ich finde das sehr traurig«, entgegnete Richard. »Glaubst du mir das?«

»Nein«, erwiderte ich, aber meine Stimme klang nicht unfreundlich. »Warum solltest du traurig sein? Du bekommst doch noch eins.«

Stumm fuhren wir zum Arzt, stumm lieferte er mich an der Rezeption ab, stumm wollte er wieder gehen.

»Richard«, rief ich ihm nach, er drehte sich um, der Ausdruck in seinen Augen war nicht zu deuten. »Vielen Dank für die Blumen«, sagte ich. »Ich wünsche dir auch einen schönen Valentinstag.«

Was nicht der Wahrheit entsprach, aber locker und souverän klang. Danach rief ich sofort Bettina an. Ich brauchte jetzt eine Frau an meiner Seite.

Zehn Minuten später saß sie neben mir. »Ich bin bei dir und da bleibe ich, bis alles vorbei ist.«

Ich nahm ihre Hand in meine und drückte sie. »Warum bin ich nicht lesbisch?«, fragte ich. »Dann wäre ich in dich verliebt und mein Leben wäre perfekt.«

Sie lachte und erwiderte ganz sanft meinen Händedruck. »Wäre es nicht, weil ich leider kein Fitzelchen lesbisch bin.«

Als ich nach diesem viel zu langen Tag wieder nach Hause kam, saßen meine Mädchen eng aneinander gekuschelt vor dem Fernseher. Das Bild hatte Seltenheitswert, sie mussten sich unwohl fühlen. Sofort regte sich mein schlechtes Gewissen. »Wo warst du, Mami, es war nix zu essen da!« Ihre empörten Stimmen klangen zum Glück völlig normal. »Hast du nichts eingekauft?«

»Ich hatte zu tun«, wich ich aus. Später, wenn ich meine Kräfte wiedererlangt hätte, würde ich ihnen die Wahrheit sagen. Jetzt ging ich erst mal in die Küche und spähte in den großen Topf, der auf dem Herd auf mich wartete. Tote Fischköpfe starrten mich an, und irgendwie kamen sie mir symbolisch vor. Mein Leben war ein einziger toter Fischkopf. Fast hätte ich gelacht. Aber nur fast. Weil ich danach mit Sicherheit in Tränen ausgebrochen wäre.

»Mama?« Meine beiden Mädchen standen in der Tür, mit tellergroßen, sehr besorgten Augen. »Mama?«

»Kommt mal her, ihr zwei«, sagte ich, und als sie sich auf mich stürzten, schlang ich die Arme um sie.

»Mama, ich hab dich so lieb«, flüsterte Alexa. »Sag doch auch mal was, Fiete.«

»Na klar«, murmelte Fiete verlegen. »Du bist die beste Mami, die es gibt.«

Der Satz tat mir so gut, dass meine Augen auf der Stelle feucht wurden.

»Was hast du denn?«, fragte Alexa ängstlich.

»Nichts«, wehrte ich ab. »Meine Kontaktlinsen …«

»Du trägst doch gar keine Kontaktlinsen, Mami.« Fiete musterte mich kopfschüttelnd. »Bist du betrunken, oder was?«

Ihr genervter Ton konnte mich nicht täuschen, ich wusste, dass sie sich Sorgen um ihre Eltern machte. Meine armen Häschen! Ich zwang mich zu einem Grinsen, von dem ich selbst spürte, wie falsch es aussehen musste. »Weder noch, aber ich hatte heute einen richtig schlimmen Tag.«

Und dann erzählte ich ihnen, warum.

Eine Stunde später lagen wir alle drei im Ehebett und tranken heiße Schokolade mit ganz viel Schlagsahne.

»Weißt du, was ich mir zum nächsten Geburtstag und zu

Weihnachten und Ostern zusammen wünsche, Mami?«, fragte Alexa. Ich schüttelte den Kopf, obwohl ich genau wusste, was jetzt kam. »Dass ihr euch wieder vertragt, Papi und du«, sagte sie leise. »Dass alles wieder so wie früher wird. Ich will nicht, dass ihr euch scheidet.«
Fiete schnaubte, laut und wütend. »Das kannst du dir lange wünschen. Papa hat eine Freundin und die kriegt auch ein Kind von ihm. Bei der ist er jetzt.«
Als sie meinen entgeisterten Blick bemerkte, zuckte sie mit den Schultern. »Papa und ich haben uns getroffen, da hat er mir alles erzählt.«
Wie konnte er nur! »Na, dann weißt du ja Bescheid«, erwiderte ich lahm.
»Ja, und vor allem weiß ich, dass Papa gern zu uns zurückkommen möchte und dass du ihn einfach rausgeworfen hast, obwohl er sich bei dir entschuldigt hat.«
»Stimmt das, Mama?«, ertönte die kleine Stimme von Alexa, mit der richtigen Prise Vorwurf, die mich mitten ins Mutterherz traf.
»Hat er das wirklich so gesagt?«
Ich konnte es nicht glauben.
»Papa liebt uns.« Friederike stopfte sich ein Kissen in den Rücken, sie wollte das Thema ausdiskutieren.
Obwohl ich todmüde war und mir nichts sehnlicher wünschte, als mein Haupt in mein Kopfkissen zu drücken, musste ich da jetzt durch. »Euch vielleicht«, stimmte ich zu und stellte meine Tasse ab, »bei mir bin ich mir da nicht mehr so sicher.« Ein leises Aufschluchzen von Alexa, ich musste meine Worte behutsamer wählen. Nur, wie macht man das, wenn die Wahrheit leider alles andere als behutsam ist? »Fiete hat Recht. Papa hat mit einer anderen Frau Sex gehabt, und jetzt erwartet sie ein Baby. Da ihr schon groß seid und das Baby noch winzig, braucht es euren Papa mehr als ihr, also lebt Papa jetzt bei seiner anderen Frau.«
»Wieso denn? Warum macht Papa so was Blödes?«

Eine berechtigte Frage, die Alexa ihrem Erzeuger leider nicht selbst stellte, ich wäre neugierig auf die Antwort gewesen. Weil es keine gibt, die eine Kinderseele überzeugt.
»Weil Mama nicht so nett zu ihm ist wie die andere Frau.« Fietes Stimme tat mir weh, doch ich ließ sie ausreden. »Männer brauchen mehr Liebe, als Frauen manchmal glauben.« Sie grinste, selbst erstaunt über diese philosophische Erkenntnis. »Stimmt's, Mamischatz? Hab ich das nicht superintelligent ausgedrückt?«
Es würde mir immer ein Rätsel bleiben, wie nah in einer Teenagerseele Grausamkeit und Versöhnlichkeit beieinander lagen, wie blitzschnell Eiseskälte und Herzenswärme aufeinander folgten, sich teilweise sogar überlagerten.
»Die Synapsen im Gehirn sind von dreizehn bis achtzehn Jahren noch nicht richtig zusammengewachsen.« Das war Bettinas Deutung diverser Elternzeitschriften. »In dieser Zeit ticken sie schräg, danach werden sie wieder normal.«
Plötzlich spürte ich eine bleierne Müdigkeit. »Ich schlage vor, wir schlafen jetzt ganz gemütlich ein. Morgen ist schließlich auch noch ein Tag«, zitierte ich den berühmten letzten Satz aus *Vom Winde verweht*. Rhett Butler packt seine Koffer und verlässt Scarlett O'Hara, weil sie an ihrer dummen Liebe zu Ashley Wilkes festgehalten hat. Jetzt, da sie endlich erkennt, dass sie ihn liebt, ist es zu spät. Das hatte mich immer tief berührt, denn gibt es etwas Tragischeres, als die Liebe in dem Moment zu erkennen, in dem sie sich für immer verabschiedet?
Ich löschte das Licht und hielt meine Mädchen fest im Arm. Kurz vorm Einschlafen flüsterte Alexa: »Mami, schläfst du schon?«
»Noch nicht ganz, mein Spatz«, flüsterte ich zurück. »Hast du noch etwas auf dem Herzen?«
Kleine Pause. War sie eingeschlafen? »Mami, wenn du willst, dann hass ich den Papa«, sagte sie. »Aber nur, wenn du willst.«

Das Angebot rührte mich so sehr, dass meine Augen feucht wurden. Gut, dass sie mich nicht sehen konnte.
Schließlich herrschte Schweigen im Ehebett, und ich zog die Arme ganz vorsichtig rechts und links unter meinen Töchtern hervor. Ich hatte ein Kind verloren, doch ich hatte noch zwei, die ich sehr liebte. Konnte man im tiefsten Unglück auch Momente tiefsten Glücks erleben?

Schloss Pillnitz, Ende Januar 1712

Eigentlich müsste ich glücklich sein. Ich bin wieder zu Hause, die Sonne scheint von einem strahlend blauen, mit weißen Wölkchen betupften Himmel. Pillnitz hat einen gründlichen Winterputz hinter sich, der Pächter hat leider vieles schleifen lassen, doch jetzt strahlt es wie ein Märchenschloss. Zwei meiner Stuten haben gefohlt, kräftige junge Pferde, auf denen ich im nächsten Sommer mit meinen Töchtern ausreiten kann. Ein Lichtblick in ansonsten schweren Zeiten.

Wir stecken immer noch mitten im Nordischen Krieg und die schwedischen Soldaten ziehen plündernd und brandschatzend durch Sachsen. Ich fühle mich fremd mit August, ich fühle mich fremd mit mir.

Den Rückweg von Stralsund nach Dresden trat ich allein an, ein Sechstageritt durch Wind und Wetter, durch einsame Wälder und abgebrannte Dörfer, wo immer mehr zerlumpte Gestalten durch eine Geisterlandschaft huschten.

Weihnachten 1711 war ein freudloses Fest. August feierte diesmal bei seiner Frau, da die Königin kränkelte – so die offizielle Version. Ich glaube dagegen, dass sie ihn einfach mal wieder sehen und bei sich haben wollte. Sie liebt ihn schließlich noch, genau wie jede andere seiner Frauen, die er enttäuscht und verlassen hat.

Bin ich deshalb so unruhig, laufe ich deshalb nachts in den Schlossgängen auf und ab und hole mir eiskalte Füße? Warum klopft mein Herz so ängstlich, wenn ich an meinen König denke? Ich bin unruhig, sobald August nicht bei mir ist, und auch jetzt bin ich es, wenngleich er neben mir im Bett liegt. Seine Nähe gibt mir keine Ruhe mehr. Sein warmer Körper

ist keine Zuflucht mehr für meinen. Liegt es am Krieg, der auch vor unserer Liebe keinen Halt macht? Brennt es überall in Sachsen, nur nicht mehr in Augusts Herzen?
Nach einem langen, kalten Winter freue ich mich über jeden Sonnenstrahl wie ein kleines Kind und hoffe auf einen frühen, heißen Sommer. Ich möchte, dass meine Obstbäume unter der Last ihrer süßen Früchte zusammenbrechen. Ich möchte mit August im See schwimmen, nackt, nach Mitternacht, wenn keiner uns sieht. Ich möchte mit meinen Töchtern im Park picknicken, ich möchte leben und glücklich sein. Augusta Constantia hat gerade ihren vierten Geburtstag gefeiert, und Friederike Alexandrine wird bald drei, große Mädchen schon, meine beiden Lieblinge. Sie sind noch immer auf Gut Depenau, denn sie hatten die Masern und konnten nicht reisen. Doch in ihrem letzten Brief hat meine Mutter angekündigt, dass sie sich in den nächsten Wochen auf den langen Weg zu mir machen wollen. Ich kann es kaum abwarten, meine Töchter endlich wiederzusehen. Ob sie mich noch erkennen? Wie ich mich auf den Sommer freue! Da will ich endlich einmal nur Mutter sein.
Zu meiner Überraschung kommt August unerwartet zu Besuch und schenkt mir ein riesengroßes, sehr schönes Tulpenbild für meine Schlossgalerie. Ich freue mich sehr, auch wenn der Anlass mich eher trübsinnig stimmen müsste. Die Spatzen pfeifen es schon von allen Dächern Sachsens: August hat ein paar Nächte mit einer jungen Polin verbracht. Sie gilt als seine neue Favoritin. Er weiß, dass ich es weiß, aber er wünscht nicht darauf angesprochen zu werden. Er möchte vielmehr, dass wir beide so tun, als wäre alles wie immer. Ein wenig feige, doch so sind die Männer nun mal. Vermutlich werden sie auch im nächsten Jahrtausend so sein. Falls bis dahin die Welt nicht längst untergegangen ist.
Wer ist sie, die Frau, die ich am liebsten töten würde?
Ich kenne ihren Namen noch nicht, doch ich bin sicher, dass Flemming seine feisten Finger im Spiel hat, strickt er doch

schon lange daran, August endlich auch erotisch mit Polen zu verbandeln. Ich werde herausfinden, wer sie ist, und dann gnade ihr Gott! Meine Rache wird grausam sein. Allerdings bin ich eine durch Leid klug gewordene Frau und zeige August meine Gefühle nicht, als er mir das goldgerahmte Tulpenbild überreicht.
»Du bist ein Schatz, und ich liebe dich«, hauche ich, und meine Begeisterung ist nur zur Hälfte gespielt. »Wie komme ich zu dieser Ehre?«
Er lacht, hebt mich hoch und wirbelt mich durch die Luft, bevor er mich schwungvoll absetzt. »Wenn ein Mann seiner Angebeteten Tulpen schenkt, zeigt er durch die Farbe der Blume, wie sehr er für ihre Schönheit entflammt ist. Und die Tulpen auf diesem Bild sind etwas ganz Besonderes. Sie heißen Semper Augustus. Übersetz das bitte, meine Liebste.«
»Es heißt: Nur für dich, immer dein August«, sage ich und denke: Wäre es doch wirklich so. Mit einem Mal fällt mir etwas auf. »Die Tulpen sind rot-weiß gestreift«, stelle ich erstaunt fest. »Wäre Rot denn eine zu starke Farbe gewesen für deine Gefühle?« Ich lache, ein Lachen, das mir selbst zu schrill vorkommt, aber er merkt nichts. »Was mögen die weißen Streifen bedeuten? Schlägt dein Herz für eine andere? Schlägt es vielleicht für …« Ich mache eine kleine Kunstpause. »… schlägt es vielleicht für Polen?«
Er deutet auf den schwarzen Grundfleck der rot-weiß gestreiften Tulpen. »Weißt du, was dieser schwarze Fleck bedeutet, meine Schönste?« Ich verneine. »Er bedeutet, dass mein Herz aus Liebe zu dir zu Asche verbrannt ist. Wie gefällt dir das?«
Was für ein Unsinn, denke ich, aber ich lächele und zeige meine Grübchen. »Ist dein Herz verglüht, mein König?«, frage ich. »Ist unsere Liebe Asche?«
Es soll ein Scherz sein, deshalb bin ich nicht auf die Schärfe gefasst, mit der er mir antwortet. »Du wirst die Erste sein, die davon erfährt«, sagt er und wendet sich zum Gehen.

Mit einem unguten Gefühl in Herz und Bauch bleibe ich zurück. Was läuft nur immer und immer wieder falsch zwischen uns? Ich fühle, dass sein Blut, wenn nicht kalt, so doch abgekühlt ist. Seinen Beschwichtigungen, es habe sich nichts verändert, kann ich immer weniger glauben. Ich versuche, meine Zweifel zu verdrängen, will ich doch partout keine eifersüchtige Geliebte sein, die um die verblassende Gunst ihres Herrn und Meisters buhlt. Ich bin mit meinen einunddreißig Jahren zwar keine junge Frau mehr, aber ich gehöre noch lange nicht zum alten Eisen! Ich bin gesund, ich habe noch alle Zähne und keine hässlichen dunklen Löcher im Mund wie so viele Frauen am Hof, die sich nachts Nelken in die Zahnlücken legen, wenn die Schmerzen zu groß werden. Auch mein August, der alte Naschkater, der so gern Marzipan und Schokolade isst, hat längst kein vollständiges Gebiss mehr. Zwar habe ich als Frau meine besten Jahre hinter mir, trotzdem fühle ich mich noch im Besitz gewisser Reize.
Bevor ich mich abends zur Ruhe lege, Augusta und Friederike schlafen schon rechts und links in meinem breiten Barockbett, stelle ich mich nackt vor meinen großen Spiegel und mache eine kritische Bestandsaufnahme. Das Kerzenlicht und das prasselnde Kaminfeuer wärmen mich und werfen warme Schatten auf meinen bleichen Körper.
»Du bist noch immer eine sehr schöne Frau, Constantia, Gräfin Cosel«, flüstere ich ganz leise, um die Kinder nicht zu wecken. »Die schönste Frau am Hof – in seinem Herzen.«

Hamburg, 15. Februar 2006

»Weißt du, was ich mache, wenn ich mich mal wieder richtig mies finde? So richtig supermeganichtmehrzusteigernfies?« Bettina verharrte vor meinem offenen Kühlschrank und spähte naserümpfend hinein. »Ich stelle mich dann vor den Spiegel und sage zu mir: ›Was siehst du heute wieder gut aus, Bettina.‹ Das wiederhole ich so lange, bis ich es glaube. Gibt es hier irgendwo ein Joghurt ohne seit Monaten abgelaufenes Verfallsdatum?«

Ich ging zu ihr und griff mir einen Becher. »Erst seit einer Woche«, sagte ich, »stell dich nicht so an. Erzähl mir lieber, wie lange du im Durchschnitt vor dem Spiegel stehst, bevor du dich schön findest. Ich würde im Zweifelsfall davor verschimmeln.«

Bettina lachte und warf den Joghurt in hohem Bogen in den Abfalleimer. »Höchstens eine Stunde, aber da war ich dann auch richtig schön«, erwiderte sie. »Und jetzt kommst du mit und wir probieren es mal aus.«

Sie nahm meine Hand und zog mich die Treppe hoch vor meinen hohen Schlafzimmerspiegel. »Zieh dich nackt aus«, befahl sie, und ehe ich einmal zwinkern konnte, war sie splitterfasernackt. »Genierst du dich etwa vor deiner alten Freundin?« Sie sah mich auffordernd an. »Los, runter mit den Klamotten.«

Etwas verlegen ließ ich meine Hüllen fallen und stellte mich neben sie vor den Spiegel. Das helle Tageslicht warf ungünstige Schatten auf meinen winterbleichen Frauenkörper. »Ich finde mich ganz furchtbar«, murmelte ich mit abgewandtem Blick. »Kein Wunder, dass Richard woanders schläft. Ich bin eine dicke, fette Kuh mit Hängebusen und einer weichen, fiesen Schlaufe um die Taille.«

»Stimmt«, kicherte Bettina und kniff mich in meine Schlaufe. »Und ich bin eine feiste Kröte mit Schwabbelpolstern am Knie und Fettflügeln an den Oberarmen.« Wir sahen uns an und fingen an zu prusten. »Jetzt beide zusammen«, befahl Bettina. »Kreuz durchdrücken, Hängebusen raus und – eins, zwei und …«

»Wir sind schön«, riefen wir zusammen. »Wir sind schön, wir sind die schönsten Frauen der Welt.«

Wir sagten es auf wie ein Mantra, wieder und wieder, und ganz langsam kam ich in den Rhythmus. Ich bin schön, ich bin schön, ich bin schön. Mein Busen richtete sich auf, die Schlaufe verschwand, die Haut fing an zu schimmern und die Augen leuchteten. »Ich bin schön«, sagte ich laut, und es war wirklich so. Ich war schön.

»Siehst du? Es wirkt.« Bettina zog sich wieder an, während ich mich nicht vom Spiegel trennen konnte.

»Du hast Recht, ich werde immer schöner«, stellte ich fest. »Ich werde noch ein bisschen hier stehen bleiben, dann sehe ich in ein paar Tagen aus wie Julia Roberts.«

»Vorsicht. Bleibst du zu lange, wird die Sache rückläufig«, sagte Bettina. »Dann kippt sie und du wirst Inge Meysel.«

Wir sahen uns an, und ich sagte: »Ich danke dir, dass es dich für mich gibt, meine Süße.«

Sie grinste. »Da nich für, wie die Hamburgerin so nett sagt.«

Vor dem Zubettgehen – Alexa lag, wie so oft in letzter Zeit, auf Richards Betthälfte, zu meinem Erstaunen hatte sich ihre Schwester neben sie gekuschelt – stellte ich mich noch einmal vor den Wandspiegel. »Du bist schön, Constantia, Entschuldigung, Constanze«, sagte ich laut. So laut, dass Fiete aufwachte und der Anblick ihrer nackten Mutter ihr einen Schrei entlockte.

»O Gott, Mami!«, kreischte sie. »Was hast du da gerade gesagt?«
»Dass ich schön bin«, erwiderte ich, zog mein XXL-Shirt über, cremte mein Gesicht ein, bis es glänzte, und legte mich neben meine Älteste. »Alles in Ordnung, Mami?«, fragte sie besorgt.
»Nein«, erwiderte ich, »nichts ist in Ordnung, mein Schatz. Aber wir schaffen das schon, oder?«
Ich löschte das Licht und drehte mich zur Seite. Kurz vor dem Einschlafen fühlte ich, wie sich ihr warmer Körper von hinten an mich schmiegte. »Mami, schläfst du schon?«
»Hmmmm«, machte ich.
»Du bist wirklich schön, Mami«, flüsterte sie. »Glaub mir das. Aber bitte steh nie wieder nackt vor dem Spiegel herum. Das sieht schrecklich aus.« Kleine Pause, Morpheus' schläfrige Arme drückten mich bereits sanft an seine weiche Brust, da kam es: »Papa hat übrigens vorhin angerufen. Er war mit seiner neuen Tusse beim Frauenarzt.«
Es fühlte sich unangenehm an, wie schnell und stechend ich wieder hellwach wurde. »Aha«, brachte ich nur heraus und klopfte mein Kopfkissen flach, in dem ich gerade zu ersticken drohte.
»Sie haben ein Ultraschallbild gemacht«, fuhr meine Tochter fort. »Aber darauf konnte man nicht erkennen, ob es ein Mädchen oder ein Junge wird. Papa hofft, dass es ein Junge wird.« Sie klang ganz sachlich.
»Was hättest du denn lieber, Fiete?« Zum Glück würde sie nie erfahren, wie schwer mir diese Frage fiel, zum Glück war es zu dunkel, und sie sah nicht, dass ich kurz ins Kopfkissen biss, damit sie mein Schluchzen nicht hörte. Warum tat es erneut so weh? Warum wächst auf der Seele kein Schorf, so wie bei einer anderen Wunde, warum tut es immer und immer wieder genauso weh?
Gab es etwas Innigeres, als die Ultraschallbilder eines gemeinsamen Babys zu betrachten? Mir fiel jedenfalls nichts

ein. Vielleicht noch das Durchtrennen der Nabelschnur, aber das kann ich nur vermuten, denn bei unseren Töchtern hatte sich ein gewisser Richard Graf unter Vortäuschung akuter Übelkeit davor gedrückt. Als ich mit Fiete in den Wehen lag, und was für Wehen!, da krümmte er sich gerade auf der Besuchertoilette. Ein Stück Knochen von einem Hähnchenschenkel, den er sich im Imbiss um die Krankenhausecke geholt hatte, steckte ihm quer im Hals. Der Notarzt musste das Ding genau in dem glücklichen Augenblick entfernen, als unsere Erstgeborene unter Protestgeschrei das Licht der Welt erblickte.

»Wo ist denn der glückliche Vater?«, hatte die Hebamme gefragt. »War er nicht eben noch da?«

Da ich es auch nicht wusste, durchschnitt sie die Nabelschnur. Ich habe heute noch das Knipsen der chirurgischen Schere, das mich für immer von meiner Ältesten trennte, im Ohr. Bei Alexa ging es eine Woche zu früh los. Ich lag schon im Krankenhaus in den Presswehen, als ich Richard endlich in seinem Segelwochenende erreichte, im Hintergrund grölten seine Buddys, und ich täuschte mich sicher nicht, als ich sein »Jetzt schon?« nicht als Freudenschrei interpretierte. Er kam, und zwar direkt nach dem zweiten Knipsen, eine leichte Alkoholfahne umwehte ihn. Er setzte sich auf mein Krankenbett, nahm seine blutverschmierte Tochter von meinem Bauch, hielt sie hoch und sagte stolz: »Das hab ich aber gut hinbekommen, was?«

Nun zog er also in die dritte Runde, diesmal ohne mich.

»Ein kleiner Bruder wäre schon cool.« Fietes Stimme klang entschuldigend, so als beginge sie einen Vertrauensbruch, und genauso fühlte es sich für mich auch an. »Oder haben wir jetzt den totalen Krieg mit Papa?«

Ja, den haben wir, hätte ich am liebsten geschrien, das Tuch ist zerschnitten, und zwar bis in alle Ewigkeit. Aber er war ja leider treuloser Ehemann und trotz allem geliebter Vater in Personalunion, und die Kinder traf keine Schuld. »Wir haben keinen Krieg«, antwortete ich deshalb. »Du kannst Papa und seine neue Familie jederzeit sehen, ich mache dir deswegen keinen Stress, versprochen.«

»Ach, Mami!« Ihre Stimme klang so sanft, dass ich fast losweinte. »Ich finde, dass du diesen ganzen Mist hier erstaunlich gut hinkriegst. Ich hab dich richtig lieb.«

»So wie ich dich«, flüsterte ich, und als sie sich in meine Arme schmiegte und ich mein Gesicht in ihrem Haar versteckte, da durchströmte mich die Liebe zu meiner Ältesten mit einer Heftigkeit, die mich freute. Wir waren uns so nah wie seit Jahren nicht mehr. Und in all meiner Trauer war ich einen Moment lang sogar richtig glücklich.

»Bin ich jetzt vaterlos, Mami?«, fragte meine Tochter.

»Auf jeden Fall bist du nicht mutterlos«, sagte ich und küsste sie auf den Kopf. »Jetzt mache ich uns einen schönen Kakao, mit so viel Sahne drauf, dass uns beiden schlecht wird.«

Pillnitz, 17. Oktober 1712

Das Schöne an meinen beiden Leben ist, dass ich in jedem heiße Schokolade mit Sahne trinken kann.
Ich liege im Wochenbett, mein langersehnter Sohn, den ich Friedrich August genannt habe, nuckelt hungrig an meiner Brust. Es ist der erste friedliche Moment nach dieser endlos langen, schmerzhaften Geburt, die mich zu zerreißen drohte. Ich schrie so laut, dass Marie Louise, die treue Seele, mir ihren Handballen hinhielt, damit ich hineinbiss, als die Wehen am schlimmsten waren. Ihre Hand war richtig blutig, als die Hebamme meinen Sohn in die Höhe hielt.
»Gebt ihn mir, legt ihn mir auf den Bauch«, forderte ich ungeduldig. »Ich will wissen, ob nach diesem ganzen Gezerre noch alles dran ist.«
Nun liegen wir beide hier, mein drittes Kind und ich, und ich habe mich noch nie so gefühlt wie jetzt. So randvoll mit Mutterliebe. Meine beiden Töchter habe ich gleich nach ihrer Geburt in die Hände erfahrener Milchammen weitergereicht, und auch jetzt, da sie drei und vier Jahre alt sind, sehe ich sie selten. Sie sind oft bei meiner Mutter, und, ehrlich gesagt, ich vermisse sie kaum. August ist zwar großzügig, es mangelt ihnen an nichts, doch mit kleinen Mädchen kann auch er nicht viel anfangen.
»Wenn sie vierzehn, fünfzehn sind, suche ich eine gute Partie für sie«, versprach er mir erst kürzlich. »Bis dahin sorgst du dafür, dass sie mir keine Schande machen, damit ich sie später gut verheiraten kann.«
Das werde ich selbstverständlich tun. Augusta Constantia spricht bereits ein bisschen französisch, nennt mich »chère

maman«, spielt ein paar Töne auf dem Cembalo und reitet ihr kleines, dickes Pony bereits, ohne aus dem Kindersattel zu fallen. Friederike Alexandrine sagt dagegen außer »Mama, hab Hunger« nur wenig, dafür kann sie bereits unterscheiden, ob der Bohnensalat, den sie so liebt, mit Dill oder Petersilie gewürzt ist.
Sie sind niedlich, meine beiden Töchter, gesund und fröhlich, ich liebe sie, doch sie fehlen mir nicht, wenn sie nicht bei mir sind. Es beruhigt mich, wenn es ihnen gut geht, aber mein Gefühl für sie ist so wohltemperiert und ohne Anspruch, wie es meine Leidenschaft für August nie sein wird.
Bei meinem Sohn wird es anders sein, das habe ich in der Sekunde gefühlt, als sein winziger, warmer Körper auf meiner Brust lag. Ein kleiner Mann, den ich genauso lieben werde wie seinen Vater. Doch der Gedanke an August verdüstert meine Stimmung. Ich greife zu meiner Glocke und klingele, während ich dem kleinen Friedrich August mit Daumen und Zeigefinger die Öhrchen zuhalte, damit er nicht erschrickt.
»Madame wünschen?« Maria Louise steht vor meinem Bett und sieht mich fragend an. »Soll ich die Milchamme holen? Sie wartet in der Küche.«
Ich schüttele den Kopf, Puderstaub rieselt aus meinen Haaren aufs Bett. Sowie ich aufstehen kann, muss ich mir dringend die Haare waschen lassen, aber die letzten Monate meiner Schwangerschaft haben mich so geschwächt, dass es nur zum Pudern reichte. »Diesmal keine Amme, Maria«, sage ich, »ich stille selbst.« Ihre Augen werden vor Erstaunen groß wie Untertassen, doch sie sagt kein Wort. »Ich habe dich gerufen, weil ich wissen will, ob sich der König schon gemeldet hat.« Mit sinkendem Mut sehe ich die Antwort in ihren Augen, noch bevor sie den Kopf schüttelt. »Kein Brief, kein Bote?« Ich merke selbst, wie verzweifelt meine Stimme klingt.
Sie hört es auch und murmelt mitleidig: »Soll ich Euch eine Tasse Schokolade bringen, Madame?«

»Ja«, hauche ich schwach, »mit ganz viel Sahne bitte.«
Er liebt mich nicht mehr. Sein Blut ist kalt geworden. Ich ahne es mit bleischwerem Herzen, obwohl er die Worte noch nicht ausgesprochen hat. Natürlich hat er eine andere, deren Namen ich inzwischen kenne, die junge Polin Maria Magdalena von Dönhoff. Eine dumme Gans, die Affen und Papageien liebt, sich Kanarienvögel im Käfig hält und, wie der Hof in Warschau klatscht, »lieber auf einem Pferderücken liegt als auf ihrem eigenen«.
Nun, bei August hat sie offensichtlich eine Ausnahme gemacht, die Palastwände in Warschau sollen gewackelt haben, wie mir mein Erzfeind Flemming genüsslich ins Ohr flüsterte. Er hat mir noch immer nicht verziehen, dass ich nach dem Tod des wunderbaren Oberhofmarschalls Pflugk Woldemar von Löwendal als Nachfolger empfohlen hatte, einen klugen, weitsichtigen Mann, den ich für viel geeigneter ansah als den intriganten Flemming. Leider hat sich August dieses Mal nicht an meinen Rat gehalten und Flemming gewählt. Das hat mir und meiner Position bei Hofe schwer geschadet und ist vermutlich auch der Grund dafür, dass ich jetzt allein mit meinem Sohn im Wochenbett liegen muss und August nicht an meiner Seite ist, wie es bei den anderen Geburten der Fall war.
Als Augusta Constantia zur Welt kam, steckte er mir ein rubingespicktes Diadem auf meine verschwitzten Haare, »für meine über alles geliebte Königin«, nach Friederike Alexandrines Geburt legte er mir ein Halsband mit einundzwanzig Brillanten um den Hals. Doch nun, da ich ihm endlich einen Sohn schenke – nichts. Kein Schmuck, keine Blumen, kein Gruß.
Ich bin dreiunddreißig Jahre alt und der Höhepunkt meines Lebens liegt hinter mir. Von nun an wird es bergab gehen, das weiß ich.
Mein Sohn ist an meiner Brust eingeschlafen. Ich betrachte sein kleines Gesicht, seine fest zugekniffenen, wimpernlosen

Augen, ich streichele mit dem Finger über den zarten Flaum auf seinem Kopf. So klein, so beschützenswert.
So vaterlos.

Drei Wochen später

Als ich mit meinem Sohn am Kamin sitze und ihm die Brust gebe, reißt Maria Louise die Tür zu meinem Salon auf. »Der König«, ruft sie atemlos, »er ist gerade auf den Hof geritten. Schnell, schnell, macht Euch fertig, ich helfe Euch.«
Rasch schlage ich die Decke zurück, reiche ihr das Kind, das sie in die Wiege legt, springe aus dem Bett und streife mein Negligé ab. Schon hält Maria Louise mir die Schnürbrust aus rotem Leder hin, ich zwänge mich hinein, meine vollen Brüste sprengen sie fast, sie näht mich in Windeseile ein, eng, so eng.
»Ich ersticke«, rufe ich, »diese Tortur ist kein Mann auf der Welt wert.«
»Ein Mann vielleicht nicht«, sagt Maria Louise und beißt den Faden ab, »ein König schon.«
Eile tut Not, wir verzichten deshalb auf den Eisenrock, dieses Marterinstrument aus runden Stahlreifen, Fischbein und Rohr. Ich werfe nur schnell meine neueste Contouche über und richte mit einer Hand die hintere Quetschfalte, während meine Zofe mir bereits das Haar bürstet.
»Schnell, schnell, die Pomade, wo sind meine Lackkügelchen?«, rufe ich, mein Herz klopft, klopft, klopft, er kommt, er kommt, ER KOMMT!
Ich betupfe meine Lippen, ich reibe die Kügelchen über meine Wangen, ich zupfe mir eine Locke an der Schläfe zurecht. Ich bin ein Kunstwerk, ich bin die schönste Frau, die je ihrem König einen Sohn geschenkt hat. Ich bin …
»Meine Liebste«, ruft er und eilt mit großen Schritten auf mich zu. »Wie schön, dich endlich zu sehen, zauberhaft siehst

du aus.« Er steht vor mir, seine Augen leuchten, seine Lippen locken, er will mich küssen, und ich will es auch. Ich sehne mich nach diesem Mann mit jeder Faser meines Wesens, jeder Quadratmillimeter Haut strebt zu ihm, möchte von ihm berührt werden. Meine wiedererweckte schamlose Lust nach ihm ist mir unbegreiflich. Ich werfe mich einem Mann an den Hals, der mich betrogen und in meiner schwersten Stunde allein gelassen hat.
Darf Liebe so würdelos sein, so schwach und gleichzeitig so unendlich stark?
Plötzlich muss ich an den Satz von Flemming denken, den er mir vor ein paar Wochen hämisch ins Ohr geraunt hat. »Wisst Ihr nicht, Gräfin, dass der König immer zu denen am freundlichsten ist, die er demnächst aus seinem Herzen verstoßen wird? Ein letztes Auflodern der königlichen Glut, bevor sie für immer erlischt. Ihr werdet vermutlich keine Ausnahme sein, Gnädigste.«
Wie ich diesen Kerl aus tiefstem Herzen hasse! Die Erinnerung an seine bösen Sätze vergiften mein Blut. Ich winde mich aus Augusts Umarmung. »Warum bist du nicht zur Geburt gekommen, August?«, frage ich statt Kuss und drehe den Kopf zur Seite. »Ich schenke dir einen Sohn und du liegst in fremden Betten. Findest du das redlich? Verhält sich so ein Vater?«
Ein tiefer Seufzer. »Ach, Constantia«, sagt August leise, und das Bedauern, das ich in seiner Stimme höre, erschreckt mich mehr, als es seine Wut vermocht hätte. Ich fühle seinen traurigen Blick wie ein glühendes Eisen, das mich versengt.
»Zeigst du mir meinen Sohn?«, fragt er, und ich nehme das Kind aus der Wiege und lege es ihm in die Arme.
Es ist ein friedliches Bild, warum nur schießen mir auf einmal dicke Tränen aus den Augen?
»Magst du ihn denn leiden?«, schniefe ich und wische mir diskret meine tropfende Nase am Lakenzipfel trocken.
»Er ist das schönste Baby, das ich je gesehen habe«, sagt Au-

gust feierlich. »Und dass ich vergleichen kann, das weißt du ja.«
Über den Kopf unseres Sohnes hinweg treffen sich unsere Blicke, und urplötzlich ist unsere alte Vertrautheit wieder da.
»Ja, das weiß ich«, sage ich. »Ist deine neue Mätresse auch bereits schwanger?«
Er runzelt unwillig die Stirn. »Woher weißt du, dass ich eine neue Geliebte habe?«
»Der ganze Hof redet doch von nichts anderem«, erwidere ich müde. »Flemming hat sie dir zugeführt, um mir zu schaden, und du bist auf ihn hereingefallen. Wie immer.« Die falschen Worte.
August steht auf und geht mit unserem Kind zum Fenster. Ich sehe an seinem steifen Rücken, wie wütend er auf einmal ist. Nichts macht ihn ärgerlicher, als wenn jemand seine absolute Autorität anzweifelt. Er ist der Gott, um den sich alles dreht, niemand beeinflusst ihn, niemand. Zumindest nicht so, dass er es merkt. Oder dass *ich* es merke. Es doch zu bemerken kommt in seinen Augen einer Gotteslästerung gleich.
»Du hast schon immer unter einer zu aktiven Phantasie gelitten, Constantia.« Wie Eis tropfen seine Worte auf mein Haupt. »Du weißt genau, dass ich meine Entscheidungen immer allein treffe, mich nicht beeinflussen lasse. Oft genug hast du es selbst versucht und bist gescheitert.«
Ich bleibe stumm, weil mir seine Worte wehtun. Und weil sie nicht wahr sind. Er will nicht zugeben, wie oft er in den letzten Jahren meinem Rat gefolgt ist, wie oft ich ihm meine Meinung ins Ohr geflüstert habe. Und wie häufig es ein Fehler war, wenn er nicht auf mich gehört hat. Nie wäre er zum Katholizismus übergetreten, wenn er mich gefragt hätte, nie hätte er um die polnische Krone kämpfen müssen. Er wäre in Sachsen geblieben, hätte Kirchen, Theater und Schlösser gebaut, ein friedliches Leben geführt, von seinen Untertanen geachtet und geliebt. Wir hätten die Sommer in Pillnitz verbracht, die Jagdsaison auf Schloss Moritzburg und

die Winter in Dresden. Stattdessen jagte er von Schlachtfeld zu Schlachtfeld, zeugte ein Kind nach dem anderen, wurde immer rastloser, immer freudloser. Immer kränker.
Tut er mir leid? Nein, denn es steht in seiner Macht, sein Leben zu ändern. Er ist sein König, er ist sein Gott. Er ist ein freier Mann. Und ich bin nur eine Frau.
»Du hast Recht, ich bin gescheitert«, sage ich traurig. »Ich bin gescheitert an meiner Liebe zu dir.«
Er schweigt. Maria Louise holt das Kind, wir sind allein. Ich erhebe mich und gehe auf August zu, trete hinter ihn und umschlinge ihn mit beiden Armen. Er lässt es zu, auch dass ich mich an seinen breiten Rücken schmiege. Wie hart sein Körper ist! Wie hart sein Herz!
»Warum hast du aufgehört, mich zu lieben, August?« Meine Worte stehen wie Blei im Raum und die Luft ist ganz still. Wird er mir die Wahrheit sagen? Er dreht sich um, wir stehen jetzt so dicht voreinander, dass ich seinen Atem spüre und er meinen. Er ist ganz nah und doch unendlich weit von mir entfernt. »August?«, flüstere ich flehend. »Warum hast du aufgehört, mich zu lieben?«
Er sieht mich an, schweigend. »Ich habe nie aufgehört, dich zu lieben«, sagt er endlich und lässt dabei meinen Blick nicht los. »Du bist die Frau, die mir am ebenbürtigsten ist, weil du genauso klug und genauso stark bist wie ich.«
Nein, ich bin stärker als du, denke ich, weil ich ertragen muss, was du nie ertragen könntest. Weil ich meine Liebe zu dir nie verraten würde. Aber ich sage nichts, ich sehe ihn nur an.
»Komm«, sagt er heiser und nimmt meine Hand, »ich habe Sehnsucht nach dir.«
Als wir vor dem Bett stehen, zittere ich wie Espenlaub. Er hebt mich hoch, und fünf Minuten später liegen Negligé, Schnürbrust, Eisenrock und Contouche auf dem Boden. Wir sind beide nackt und heiß, und sein Körper fühlt sich an, als wäre er dafür geschaffen, mir ganz allein zu gehören. Das Gefühl, das als leichter Sommerwind in meinen Füßen an-

fängt und ganz langsam in meinem Körper hochsteigt, bis es zu einer riesigen, glutheißen Welle wird, ist so unbeschreiblich, dass es jeden Gedanken und jeden Zweifel verscheucht und ich, als wir endlich voneinander ablassen, Stunden, Tage, Ewigkeiten später, wie ausgelöscht in seinen Armen liege.
»Es ist alles wieder gut, mein Liebling.« Ich strecke mich wie eine Katze, bevor ich mich über ihn beuge, um sanft und spielerisch seine Unterlippe zwischen meine Lippen zu nehmen. Er mag es, wenn ich das tue. Er mag vieles, was ich tue, wie er mir gerade erst wieder bewiesen hat. Wir sind erneut vereint, so innig, als wären wir nie getrennt gewesen. Als gäbe es nicht eine Sekunde, in der wir uns nicht geliebt haben. Ja, ich liebe diesen Mann. Ich bin glücklich, so glücklich!

Ich muss einen Moment eingeschlafen sein, denn als ich aufwache, steht August vor meinem Bett, bereits in voller Montur – Gehrock, Mantel, sein Schwert blitzt am Gürtel.
»Was ist los, warum liegst du nicht neben mir?«, murmele ich schlaftrunken und klopfe auf sein Kopfkissen. »Komm, leg dich wieder her. Es ist so kalt ohne dich.«
Er seufzt. Seine Augen sind traurig. »Wir müssen endlich reden, Constantia«, sagt er leise.
»Rede, mein Liebling«, ich schlage einladend die Bettdecke zurück, »aber komm zu mir.«
Er erwidert nichts, sondern seufzt, räuspert sich.
Was hat er nur, denke ich besorgt, er ist doch sonst so wortgewaltig? »Nun sag schon«, fordere ich ihn auf, diesen stummen großen Mann an meiner Bettkante. »Spuck es aus, sonst erstickst du noch daran.«
»Du ahnst ja nicht, wie schwer es mir fällt, Constantia.« Seine Stimme ist belegt.
Ich spüre, wie eine Unruhe in mir hochsteigt, eine würgende Panik, die mir absurd vorkommt nach diesen Stunden voller Liebe und Wollust. »Sprich nicht weiter«, flüstere ich drängend, so als könne ich das Unheil, das mich bedroht, noch

abwenden. »Sag nichts, was du später bereuen könntest. Ich flehe dich an.«
Doch sein Gesicht ist jetzt verschlossen, Augen und Mund sind schmal, ich spüre, dass er sich innerlich wappnet gegen das, was er mir antun muss. »Ich weiß einfach nicht, wie ich es dir mitteilen soll«, fängt er an und wendet den Blick ab.
»Du willst mir sagen, dass du wieder eine Geliebte hast«, versuche ich es ihm leicht zu machen.
Er nickt, erleichtert. »Ja, du hast Recht, ich habe eine neue Geliebte. Sie heißt …«
»Ich kenne ihren Namen«, unterbreche ich ihn und kann nicht verhindern, dass meine Stimme eisig klingt. Ich bemühe mich um Nonchalance, doch es fällt mir schwer, so schwer, so furchtbar schwer. »Sie ist Polin, sie heißt Maria Magdalena von Dönhoff. Ist das nicht auch der Name der Sünderin, die Jesus die Füße gewaschen und mit ihren Haaren getrocknet hat? Wie passend.« Ich verstumme, Tränen ersticken meine Stimme, was ich hasse, aber leider nicht ändern kann.
»Du weißt, dass ich nicht treu sein kann, Constantia.« August sieht mich freundlich an, er versucht mich zu beruhigen. »Und du weißt auch, dass du einen Mann nicht teilen willst. Sind wir beide da ausnahmsweise einer Meinung?« Er zieht ein blütenweißes Taschentuch aus seinem Mantel und reicht es mir.
»Ich kann mich nicht erinnern, dass du jemals in den entscheidenden Momenten deines Lebens ein Taschentuch dabei gehabt hast.« Lautstark schniefe ich hinein. »Du willst mich also bitten, dich mit dieser Polin zu teilen. Vergiss es. Eher bringe ich sie um. Und danach dich.« Ich bin so wütend, dass ich aus dem Bett springe und – klatsch! Die Ohrfeige sitzt und färbt seine Wange blutrot.
Sofort tut es mir leid. »Warum provozierst du mich so, August?« Ich spüre die Tränen in meiner Stimme und beiße kurz in meinen rechten Handballen, um sie zu ersticken. »Ich habe dir einen Sohn geschenkt, ich habe dich nie betrogen.

Ich verdiene diese Behandlung nicht. Lass uns doch einfach nur glücklich sein.«

Die Stille, die auf meine Tirade folgt, will gar nicht enden. Ich versuche, zu schweigen, mich in Geduld zu üben, bis er seine Worte gesetzt hat, von denen ich weiß, dass sie in ihm brennen, doch ich halte es nicht länger aus. »Sag, was du mir mitzuteilen hast, August.« Meine Stimme klingt fest. »Nimm keine Rücksicht auf meinen geschwächten Zustand. Willst du, dass ich mit nach Dresden komme? Soll die Polackin hier einziehen? Sprich endlich.«

»Maria Magdalena wird nach Dresden kommen und dort mit mir leben.« Er sieht an mir vorbei. »Und den Sommer wollen wir hier verbringen. Ich bitte dich deshalb inständig, dich während ihrer Anwesenheit nicht blicken zu lassen. Tu mir den Gefallen und mach mir jetzt keine Szene.«

Auf das, was jetzt geschieht, bin ich nicht stolz, doch ich kann nicht anders. Ich schreie auf, ich stürze auf ihn zu, und besinnungslos vor Wut und Kummer zerkratze ich ihm das Gesicht. »Ich bring dich um«, kreische ich, »aber zuerst stoße ich dieser Hure mein schärfstes Küchenmesser in ihr verlogenes Herz.«

Er sagt kein Wort, verzieht keine Miene, lässt alles über sich ergehen.

Als mich die Kräfte verlassen und ich mich erschöpft von ihm abwende, stehen wir voreinander und wissen beide, dass dies unser Abschied ist. »Verlass mich nicht, mein Liebster«, flüstere ich. »Ich sterbe ohne dich.«

Er sieht mich an, seine Augen sind dunkel und unergründlich. »Ich habe dich sehr geliebt, Constantia«, sagt er. »Aber du passt nicht mehr in mein Leben.« Er geht zur Tür. Mit jedem Schritt, den er sich von mir entfernt, bricht ein Stück aus meinem Herzen, und als er sich im Türrahmen noch einmal nach mir umdreht, liegt es zu seinen Füßen.

»Bitte benimm dich klug, mein Herz.« Sein Lächeln ist traurig. »Und behalte mich in guter Erinnerung. Adieu.«

Im nächsten Moment ist er fort. Ich weiß: Der Schmerz, der sich in mir festzubeißen beginnt wie ein aggressives kleines Tier, wird mich nie wieder verlassen.

Hamburg, 14. April 2006

Eigentlich war es fast egal, in welchem Leben ich mich gerade aufhalten durfte, im Augenblick waren beide ziemlich bescheiden. Ich möchte gern ein drittes. Als Geliebte von Napoleon vielleicht? Nee, die hat er ja mit seiner eigenen Frau betrogen. Wie wär's mit Schneewittchen? Die hatte immerhin sieben, wenn auch kleinwüchsige Männer gleichzeitig.
Ich fühlte mich wie eine ausgequetschte Zitrone, doch das war inzwischen ein Gefühl, an das ich mich gewöhnt hatte. Meine »Situation« als verlassene Ehefrau und alleinerziehende Mutter hatte sich in der Nachbarschaft herumgesprochen, und ich bekam jede Menge Solidaritäts- und Mitleidsaufträge.
»Hätten Sie vielleicht Lust, uns eine schöne Gulaschsuppe zu kochen?«, fragte mich meine Nachbarin Mathilde, genannt Matzie, eine reizende alte Witwe, die seit einem Seniorentanztee vor ein paar Jahren mit Gustav zusammenlebte. »Leider nicht in Sünde, das schafft er nicht mehr«, wie sie mir augenzwinkernd verraten hatte.
»Aber Matzie«, hatte ich protestiert, »du machst doch die beste Gulaschsuppe weit und breit.«
»Meine Schwiegereltern kommen zu Besuch, ob du wohl … deinen wunderbaren Apfelkuchen …?«
Kleinvieh macht auch Mist, nach diesem Motto lebte ich sowieso, obwohl Richard wohl eher ein ausgewachsener Ochse war. Also kochte ich Suppe und backte Kuchen für meine Nachbarn, stand jeden Morgen um halb sieben auf, machte Frühstück, danach das Haus sauber, funktionierte, heulte nur, wenn ich allein war, und erweckte nach außen den Eindruck

einer Frau, die sich wieder gefasst hatte. Jeden Morgen joggte ich eine halbe Stunde in der Nachbarschaft umher, denn in meinen Fitnessclub Meridiana hatte ich seit dem Auszug eines gewissen Richard Graf keinen Fuß mehr gesetzt. Ich fühlte mich dem Anblick der dank ihm gerundeten MMM einfach noch nicht gewachsen. Trotz der Leere, die sich jedes Mal in mir ausbreitete, wenn ich abends in mein Bett stieg und auf die unbenutzte Hälfte blickte, wollte ich Richard nicht zurückhaben. Er hatte mir einfach zu viel Kummer bereitet.

An diesem Morgen hätte ich fast vergessen, dass ich schon am nächsten Tag neununddreißig wurde, wenn ich nicht in Alexas Kinderzimmer einen halb verpackten Keramikbecher entdeckt hätte. Er war krumm und schief, mit einem roten »Mami, du bist die Beste« darauf. Ich hielt ihn in der Hand, drehte ihn hin und her, als das Telefon klingelte.

»Ich bin wunschlos glücklich«, trällerte ich in den Hörer, denn ich wusste genau, wer sich auf den letzten Drücker nach meinen Geburtstagswünschen erkundigen wollte.

»Ich möchte dich zum Essen einladen«, sagte Richard, mit dieser Flüsterstimme, mit der er immer redete, wenn er mich anrief. Vermutlich machte sie im Hintergrund Stress, weil sie Angst hatte, sein Gewissen könne sich überraschend melden.

»Ich verstehe dich nicht, würdest du bitte lauter sprechen?«, forderte ich ihn auf und fand uns beide einfach nur lächerlich. Was war bloß aus uns geworden? Waren wir nicht vor noch gar nicht allzu langer Zeit ein ziemlich glücklich verheiratetes Ehepaar?

»Ich weiß nicht, was ich dir sonst schenken könnte.« Seine Stimme klang jetzt wieder normal, vermutlich war MMM in der Küche, um ihm ein leckeres Steak zu braten, oder sie hängte gerade seine nassen Socken über der Badewanne auf. »Connieschätzchen, du mu…«

»Ich muss überhaupt nichts, und dein Schätzchen bin ich

schon lange nicht mehr«, giftete ich und ärgerte mich, dass meine Stimme nicht gelassener klang. Gift bedeutete Gefühl, und genau das hätte ich gern ausgeknipst. Für immer. Ohne Liebe lebte es sich in meiner Lage einfach besser.
»Ich hol dich dann ab«, entgegnete Richard und legte einfach auf.
Ich lauschte in mich hinein, um meinen Gefühlen auf die Spur zu kommen. Was fühlte mein geschundenes, kleines, fast neununddreißig Jahre altes Herz? Im Augenblick gar nichts. Es hatte sich irgendwie müde gefühlt.
Ich ging in die Küche. Bettina wollte in einer Stunde vorbeikommen und sich ein Tablett mit Fingerfood abholen. Ihre Zwillinge waren bei der Oma und sie plante einen romantischen Abend mit Christoph. »Bisschen was Potenzförderndes bitte, damit ich nicht so viel arbeiten muss«, hatte sie gefordert. Ich hatte deshalb in meinem Kochbuch *Food for Love* herumgeblättert und das Fingerfood auf Potenzförderung abgestimmt. Selleriesticks, Austern, Eier mit Bärlauchpesto. Dabei war Christoph erst vierzig. Was brauchte er dann mit sechzig? Eimerweise Kaviar? Säckeweise Viagra?
Unwillkürlich musste ich an August denken, er war dreiundvierzig, als wir uns endgültig trennten, und von einem Nachlassen seiner Manneskraft hatte ich nie etwas gespürt, ganz im Gegenteil. Ich lächelte. Tja, die Männer im Spätbarock waren eben noch aus anderem Stoff als ihre Nachfahren.
Rein sexmäßig betrachtet, hatte ich mich im Laufe der Jahrhunderte nicht verbessert. Die Männer heutzutage waren einfach verweichlichter, die vielen Hormone im Fleisch hatten ihnen offenbar die Manneskraft geraubt. Das bisschen wenigstens, das nach der Frauenbewegung, als sie in Männergruppen schiefe Schals strickten und sich »ein Stück weit« einbrachten, noch übrig geblieben war. Ach, August, dachte ich seufzend, aber meine Wehmut hielt sich nur ein paar Sekunden, denn dann fiel mir wieder ein, wie schäbig auch er mich abserviert hatte, wie oft betrogen und belogen.

Was Männer anging, hatte ich wirklich in keiner Epoche richtig Glück. Nonne oder Notlesbe, das waren jetzt vermutlich meine Alternativen.

»Guten Morgen, meine Süße, die Welt ist schön und du bist noch nicht mal vierzig. Lass dich küssen, und wenn ich heute Abend nicht den heißesten Sex meines Lebens habe, dann reiche ich die Scheidung ein.« Bettina hatte die Haustür aufgerissen und stand jetzt vor mir. »Du siehst leider scheiße aus«, lachte sie und drückte mir einen dicken, feuchten Schmatz auf die Stirn. »Weißt du, was wir beide jetzt deshalb tun? Und zwar ohne Widerrede? Wir gehen ins Meridiana und strampeln unsere Problemzonen ein bisschen kleiner. Direkt danach gehen wir zu Luigi und essen das dickste Eis auf der Karte.«
»Du weißt genau, warum ich nicht mehr ins Meridiana gehe«, sagte ich. »Aber gut, dass du mich daran erinnerst, ich muss endlich meine Mitgliedschaft kündigen.«
»Das wirst du nicht tun«, protestierte Bettina. »Weil du kein Feigling bist. Außerdem kommt Triple M bestimmt nicht am Vormittag, weil sie nämlich arbeitet, für den Mutterschaftsurlaub ist es noch zu früh. Los, pack deine Sachen, ich warte im Auto.«
Eine halbe Stunde später standen wir beide vor einem bügeldünnen, supersüßen schwulen Trainer. »Schön ein- und ausatmen, meine kleinen Engel, Titten raus, Bauch rein, und noch einmal«, gurrte er.
Ich atmete, sah an mir herab und stellte fest, dass der kleine Bauch, den ich seit meinem sechzehnten Lebensjahr mit mir herumschleppte, zum ersten Mal in meinem Leben verschwunden war. Mein Ehestress und leider auch meine Fehlgeburt hatten mich so schlank gemacht, wie ich nie wieder sein würde. Ich fühlte mich ein bisschen belohnt in meinem Lebenselend, als hätte der liebe Gott sich gedacht: Die hat's ja wirklich nicht leicht gehabt in der letzten Zeit, da soll sie sich

wenigstens darüber freuen, dass sie ihre Schamhaare sehen kann, wenn sie an ihrem nackten Körper hinunterschaut.«
»Und jetzt will ich sehen, wie gelenkig ihr seid, ihr kleinen, süßen Fettbienen«, zwitscherte der Trainer. »Ich zeig euch mal, wozu ein menschlicher Körper fähig ist.« In Sekundenschnelle war er so verbrezelt, dass nicht mehr zu erkennen war, wo er anfing und wo er aufhörte. Sein Kopf jedenfalls steckte zwischen seinen Unterschenkeln, als er uns ein fröhliches »Nachmachen, ihr Hüftgoldköniginnen« zurief.
Die Spiegelwände, die unsere jämmerlichen Versuche reflektierten, seine Menschenbrezel auch nur ansatzweise nachzuahmen, wisperten uns ein höhnisches »Ihr seht wirklich dämlich aus« zu, aber das scherte mich nicht, obwohl sie Recht hatten. Ich sah furchtbar aus, wie ich da so mit meinen weißen Gliedern auf der Matte lag, wie eine träge Made. Zum Glück wirkte Bettina auch nicht gelenkiger.
»Warum tun wir uns das an? Christoph liebt auch meine Zellulitis«, keuchte sie, die Beine so eng angewinkelt überm Kopf, dass sie wie eine verunglückte Installation aus Wellfleisch und dicken Knochen aussah.
Ein Vergleich, den ich natürlich für mich behielt. Mein Glashaus hatte schließlich sehr dünne Wände. »Wir tun es für uns, damit wir uns besser fühlen«, erwiderte ich streng. »Was dein Mann oder in meinem Fall kein Mann dazu sagen wird, ist uns völlig egal.«
»Wer noch reden kann, macht etwas falsch«, rief die Brezel, die plötzlich neben uns stand. »Von euch zwei Plaudertaschen möchte ich deshalb noch ein paar Liegestütze sehen, der Rest kann gehen.«

Eine Viertelstunde später standen wir unter der Gemeinschaftsdusche und ließen die harten, heißen Wasserstrahlen auf unsere gequälten Frauenkörper prasseln.
»Mann, tut das gut«, seufzte Bettina. »Dafür lohnt sich diese Schinderei dann doch. Für das wunderbare Gefühl danach.«

»Stimmt«, sagte ich, »gib mir mal deinen Ladyshave, meine Beine sind der reinste Urwald.«
»Du bist so was von widerlich«, sagte sie lachend und reichte ihn mir. »Wirf ihn danach weg, ich geh schon mal vor und warte im Restaurant auf dich.«
Ich sah ihr nach. Sie war fast nackt, hatte nur das Handtuch über der Taille zusammengeknotet, eine kleine Fettwulst wölbte sich darüber. Ich liebe dich, Bettina, dachte ich, weil du mich nie verraten wirst.
Ich duschte noch eine Weile, schäumte mich ein und rasierte meinen Körper babyglatt, bevor ich mich abtrocknete. Im Umkleideraum schlüpfte ich brav in den Tanga, zu dem Fiete mich überredet hatte.
»Mensch, Mami, bei deinen knielangen Baumwollschlüpfern kriegt jeder Mann einen Hänger«, hatte sie gesagt und mir eines von diesen Teilen hingehalten, so winzig, dass ich es zwischen Daumen und Zeigefinger zusammenrollen konnte. Mehr ihr zuliebe als aus eigenem Bedürfnis zog und zerrte ich jetzt daran herum und zwängte das fadendünne Rückteil zwischen meine Pobacken – ein ekelhaftes Gefühl, das mich an das Fieberthermometer meiner Kindheit erinnerte. Ich war so beschäftigt mit meinem Unwohlsein, dass ich sie erst bemerkte, als ich ihre Stimme hörte.
»Wenn ich dich nicht noch immer so lieben würde, dann würde ich dieses ganze Chaos überhaupt nicht aushalten. Du hast mir das eingebrockt, nur du.«
Wütend, genervt und ziemlich verzweifelt klang sie, und obwohl ich ihr alles Schlechte wünschte, tat mir auf einmal der kleine Wurm leid, der in ihrem bösen Bauch schlummerte. Vorsichtig lugte ich um die Ecke und zog den Kopf sofort wieder ein. Ja, sie war es, dick und rund stand sie da, und ihre Augen blitzten, als sie wieder in das kleine Mundstück ihres Handys zischte.
»Warum hast du auch nicht aufgepasst, du Trottel? Wie findest du es, wenn dein Kind von einem anderen Mann aufgezogen

wird? Wenn die Frau, die du angeblich über alles liebst, einen Kerl am Hals hat, mit dem sie sich nur eingelassen hat, weil du dich noch immer nicht von deiner Frau trennen konntest, du Weichei. Wenn deine Jüngste eingeschult wird, redest du mit ihr, hast du gesagt, und jetzt macht sie ihr Abitur. Ich bin wirklich die dümmste Kuh, die auf dieser Welt rumläuft. Aber jetzt lösche ich endgültig deine verdammte Nummer, die ich mir zum Glück noch immer nicht gemerkt habe, weil ich dich nie wieder anrufen werde.«

Sie drückte wie wild auf den winzigen Tasten ihres Handys herum, während ihr unförmiger Körper von Heulkrämpfen geradezu geschüttelt wurde. Es war mir unklar, ob aus Wut oder Verzweiflung, es sah grotesk und gruselig zugleich aus. Nur ein Gedanke beherrschte mich, während ich mich hinter meiner Kabinentür versteckte: Richard ist nicht der Vater! Sie hatte ihm ein Kuckucksei ins Nest gelegt, sie hatte uns alle ausgetrickst. Vermutlich hatte sie ihn für einen reichen Gockel gehalten, weil sie nicht wusste, dass sein Mercedes ein Dienstwagen war und er als Pharmavertreter immer mehr Apothekerstiefel lecken musste, um seine Hämorrhoidensalben und cholesterinsenkenden Mittel loszuwerden. Die Branche war im Sinkflug, und ihr geraubter Kindesvater war kein Adler, sondern ein ziemlich gerupftes Suppenhuhn. Das hätte ich ihr gleich sagen können, aber sie hätte es mir ohnehin nicht geglaubt.

Ich zog mich an, und als ich meine Sporttasche in die Hand nahm, sah ich, dass sie auf dem Weg zur Tür zum Handy griff. »Hallo, Richard, ich bin's. Schaffst du es diesmal zum Elternyoga? Wir treffen uns dann dort. Beeil dich.«

Bettina war schon beim zweiten Milchkaffee, als ich das Restaurant betrat.

»Hast du sie gesehen?«, fragte sie aufgeregt. »Habt ihr euch die Augen ausgekratzt?«

Ich setzte mich und rief nach der Bedienung. »Von wem

sprichst du?« Ich wunderte mich selbst, wie ruhig meine Stimme klang. »Bitte eine heiße Schokolade mit ganz viel Schlagsahne.«

Die Bedienung verschwand. Bettina beugte sich zu mir herüber, ihre Augen glitzerten, sie liebte Dramen, die sie nicht selbst betrafen. »Triple-M ist eben an mir vorbeigegangen«, flüsterte sie. »Mit dem Gesicht einer verhinderten Massenmörderin. Habt ihr euch denn nun im Umkleideraum geprügelt?«

Ich überlegte. Ich könnte ihr jetzt die Wahrheit sagen. Und danach Richard anrufen. Plötzlich hatte ich das Gefühl, dass von meiner Antwort der Rest meines Lebens abhing. »Wir müssen uns verpasst haben«, sagte ich. »Wahrscheinlich sah sie so aus, weil sie sich nackt im Spiegel betrachtet hat. Die Schokolade schmeckt übrigens köstlich. Willst du einen Schluck?«

Pillnitz, 23. Dezember 1713

»Wünscht Ihr eine Schokolade, gnädigste Herrin?«, fragt Maria Louise, die gerade hereingekommen ist.
Ich habe sie gar nicht gehört, so tief bin ich in meine trüben Gedanken versunken. Ich sitze in meinem geliebten Kaminzimmer, das Feuer prasselt und vermag es trotzdem nicht, mich zu wärmen.
»Nein danke, ich habe keinen Appetit.« Ich starre in die Flammen, ohne mich umzudrehen. »Sag der Köchin, dass sie den Kindern ein Stück vom Stollen geben soll, schließlich ist morgen Weihnachten.«
»Ich würde gern etwas für Euch tun, gnädigste Herrin.« Schüchtern tritt sie näher, meine gute Maria Louise, ich spüre die Hitze ihres jungen Körpers dicht hinter mir. »Etwas, was Euch wieder fröhlich macht.«
Ich drehe mich um und sehe, dass in ihren Augen Tränen glitzern, und einen kurzen Augenblick bin ich gerührt von ihrem Mitleid. Stumm verlässt sie das Kaminzimmer. Sie sorgt sich um mich, denn sie war bei mir, an jenem düstergrauen Oktobertag im Taschenberg-Palais, als uns morgens ein dumpfes Dröhnen aus dem Schlaf schreckte. Ich war auf die Straße gestürzt und erstickte fast an einer Wolke aus Schutt- und Zementstaub, stolperte fast über den Berg von Geröll, der vor meinem Tor immer höher wurde. Ein riesiges Loch klaffte da, wo noch gestern ein Gang mein Palais mit dem Königspalast verbunden hatte.
»Was soll das?«, schrie ich den jungen Burschen an, der sich mit einem Hammer an der Gangöffnung zu schaffen machte. »Lass sofort den Hammer fallen.«

Er drehte sich um und musterte mich von oben bis unten. »Das kann ich nicht, Gräfin«, sagte er mir frech ins Gesicht, »Befehl vom König. Auch die Ehrengarde hat er abziehen lassen.« Seine Worte trafen mich wie ein Messer mitten ins Herz.

»Wenn mein König nicht länger von mir belästigt werden möchte, dann hätte er mir das auch gern etwas weniger drastisch sagen können.« Ich drehte mich um und ging ins Palais zurück, den Rücken durchgestreckt. Keiner sollte die Tränen sehen, die in meinen Augen brannten. Warum tust du das, August? Warum demütigst du mich so? Was habe ich dir getan, außer dich zu lieben bis zur Besinnungslosigkeit? Ja, ich bin eine stolze Frau, ich bin klug und gebildet, und ich stelle mein Licht vor keinem in den Schatten. Auch vor dir nicht. Ist das der Grund, warum du mich nicht mehr liebst? Warum du mir einen lapidaren Brief hast bringen lassen, mit der Aufforderung, ich möge das Palais verlassen und nach Pillnitz ziehen, wegen »dringender Umbauarbeiten«?

Was für ein erbärmlicher, feiger Lügner du geworden bist! Ich weiß, wie diese Umbauarbeiten aussehen: Sie sind noch nicht einmal zwanzig Jahre alt, haben eine schlanke Taille, einen vollen Busen, sind vergnügt, naiv, unpolitisch, sie mögen Papageien und Affen, verstehen nichts von Politik und viel weniger von der Liebe als ich. Und sie werden in mein Haus einziehen, auf meinen Sofas sitzen, in meinem Bett liegen. Neben dir, auf dir, unter dir. Ich ertrage es nicht, mein Geliebter, ich ertrage diese Bilder nicht.

Wie kannst du mich nur durch diese polnische Person ersetzen, wir beide wissen doch genau, wie schnell du ihrer überdrüssig werden wirst!

Was hast du einmal im Streit zu mir gesagt? »Ich brauche jemanden, der mir die Zweifel nimmt und sie nicht verstärkt.« Ist es das, was dir fehlt? Kritiklose Anbetung? Von einem weichen, warmen Weib, das keine Ahnung davon hat, wie sehr dich der Nordische Krieg bereits ausgeblutet hat, dass

dich die schwedische Besatzung eine Million Taler kostet, dass die polnische Königskrone mit dem Tod deines Sohnes wieder verloren gehen und all deine lebenslänglichen Mühen zunichte machen wird.
Ich habe nicht gewusst, wie tief meine Seele trauern kann. Ich habe nicht geahnt, wie schwer sich ein Herz anfühlt, das weiterliebt, obwohl es längst verstoßen wurde. Seit zwei Wochen bin ich keine Ehefrau zur Linken mehr, ein Bote hat mir einen offiziellen Brief mit Wettinersiegel von August gebracht, in dem er mich von »allen Rechten und Pflichten einer königlichen Mätresse« entband.
Großzügig, wie er trotz allem geblieben ist, hat er mir eine jährliche Pension von 15 000 Talern zugestanden, und für meinen Schmuck zahlt er mir 200 000 Taler, ein Angebot, das mich zuerst gekränkt hat, weil ich weiß, um welchen dummen, jungen Hals er mein Geschmeide legen wird, aber ich habe meinen Zorn bezähmt und sein Angebot angenommen. Denn wozu brauche ich noch seine Goldketten, Armbänder, Broschen und diamantgeschmückten Haarspangen, da ich nun quasi in der Verbannung lebe und vermutlich nie wieder bei Hof erscheinen, nie wieder einen Ball besuchen werde. Augusts Kuratoren haben eine Vermögensübersicht erstellt und mir zur Unterzeichnung vorgelegt. Ich bin eine reiche Frau – 624 934 Taler, fünf Groschen und zehn Pfennige sind in meinem Besitz. Doch was nützt mir das, wenn ich verloren habe, was mir wichtiger ist als alles Geld der Welt? Sein Herz, seine Liebe.
Ich weiß, dass unsere Liebe immer unhöfisch war, sie hat ihm keinen Nutzen gebracht, weder Land- noch Machtzuwachs. Ich habe mich zu sehr verlassen auf meine körperlichen Reize, auf die Macht meiner schneeweißen Haut, meiner blutroten Lippen, meiner vollen Brüste, meines immer liebeswilligen Körpers. Ich war so sicher, dass August auch meine Klugheit und meinen Witz liebte, dass er sich gern von mir unterhalten und in höfischen Dingen beraten ließ.

»Dein Verstand ist so messerscharf, wie dein Körper weich ist.« War es nicht erst gestern, dass er mir diese Worte nach einer Liebesnacht ins Ohr flüsterte, noch heiß und erschöpft in meinen Armen liegend?
Ich weiß nicht, wie ich dieses Weihnachtsfest überstehen soll. Die Kinder und ich haben einen Baum geschmückt, mit goldenen und silbernen Kugeln, an jeden Zweig haben wir süßes Naschwerk gehängt.
»Wird der Herr Papa auch kommen und mir einen Goldtaler schenken?«, fragt Augusta Constantia, als sie hereinkommt und mich aus meinen Gedanken reißt. Sie liebt ihren Vater, obwohl sie ihn nur selten gesehen hat und seit unserer Trennung leider gar nicht mehr.
»Ich will mit ihm ausreiten«, kräht ihre kleine Schwester Friederike Alexandrine, die hinter ihr herstapft. »Ich mag es, wenn er seine Tiere totschießt.«
Meine beiden Mädchen sind noch Kinder der Liebe, ihr kleiner Bruder Friedrich August, von dem ich so gehofft hatte, er wäre deren Krönung, ist das Kind unserer Trennung. Dreimal hat er seinen Vater gesehen, mühsam habe ich August die Legitimierung seines Sohnes abringen müssen, die bei seinen Schwestern so selbstverständlich war, heilfroh bin ich, dass ich es geschafft habe. Jetzt, da ich in Ungnade gefallen bin, muss ich höllisch aufpassen, dass ich weiterhin mit meinen Kindern in Ruhe und Frieden leben kann. Schmiede das Eisen, solange es heiß ist, mein Kind, das hat meine Mutter mir schon als junges Mädchen eingebläut, nichts ist störrischer als ein erkaltetes Männerherz. Ein guter Rat. Ich werde ihn beherzigen – müssen.
Plötzlich höre ich das Wiehern eines Pferdes auf dem Hof. Ich kenne meine Pferde, dieses ist mit fremd. Die Kinder rennen hinaus. Kurz flammt heiße Hoffnung in mir auf. August reitet oft auf neuen Hengsten.
Als es klopft und ich »Herein« rufe, macht mein Herz einen Sprung. Ich beiße mir auf die Lippen, August mag es nicht,

wenn sie so blass sind, und reiße die Tür auf. Es ist ein Bote, er verneigt sich und übergibt mir einen Brief. Ich warte, bis das Geräusch der Pferdehufe immer leiser wird, bis mein Herz so heftig hämmert, dass ich es zu hören vermeine, bevor ich das königliche Siegel zerfetze. Sofort erkenne ich Augusts Schrift, hoch und steil, und wieder kriecht es in mir hoch, dieses hartnäckige Gefühl der Hoffnung. Doch es weicht bereits bei seiner Anrede: »Gnädigste Gräfin«.

Ich lasse den Brief sinken und trete ans Fenster. Schwere, nasse Schneeflocken fallen auf die Erde, der Winter zeigt sein traurigstes Gesicht. »Gnädigste Gräfin« – wie kühl und ironisch das klingt, wie himmelweit entfernt von »Liebste, mein Herz, meine Schönste, meine Sternenfrau«, von den schriftlichen Liebkosungen, die ich alle aufbewahrt, mit einer goldenen Schleife zusammengebunden und in der untersten Kommodenschublade verwahrte habe.

»Gnädigste Gräfin«, lese ich, jedes Wort ist wie ein Nadelstich, »ich danke Euch, dass Ihr mein Palais ohne weiteren Ärger verlassen habt, und hoffe inniglich, Ihr fühlt Euch wohl auf Schloss Pillnitz. Ebenfalls hoffe ich, Ihr wisst meine Großmütigkeit zu schätzen und habt die Absicht, diese zu erwidern, indem Ihr mir schnellstmöglich unseren Ehevertrag zurückschickt. Da wir uns einvernehmlich getrennt haben, werdet Ihr ihn nicht weiter benötigen. Deshalb habt Ihr auch sicher Verständnis dafür, dass ich Euch dringend ans Herz lege, Pillnitz erst dann wieder zu verlassen, wenn ich den Vertrag in Händen halte. Betrachtet diese Bitte nur dann als Drohung, wenn Ihr Euch meinen Wünschen zu widersetzen gedenkt. Gott zum Gruße. August.«

Der Brief brennt wie Feuer in meinen Händen. Ich werfe ihn in die Flammen, er brennt wie mein Herz. Und wie meine rasende Wut.

»Nie im Leben«, flüstere ich in die Glut. »Nur über meine Leiche.«

Hamburg, 14. April 2006, abends

»Du siehst gut aus«, sagte Richard und hob sein Glas. »Wären die Umstände nicht so kompliziert, würde ich jetzt gern ganz unkompliziert mit dir ins Bett gehen.«

Ein kleiner heißer Blitz schoss mir zwischen die Beine, aber ich ignorierte ihn und hob ebenfalls mein Glas. »Was macht die Schwangerschaft?«, fragte ich unschuldig. »Habt ihr schon einen Namen? Wie wäre es mit August?«

Wir saßen in unserem gemeinsamen Lieblingsrestaurant »Drei Tageszeiten« und aßen unser gemeinsames Lieblingsgericht: Wiener Schnitzel mit Kartoffel-Gurken-Salat. Gäbe es nicht eine gewisse MMM, die – mit einem Baby im Bauch, das er irrtümlich für sein eigenes hielt – nur drei Straßen weiter auf ihn wartete, man hätte die Situation für völlig normal halten können. Ein Ehepaar um die vierzig, das sich einen kinderfreien Abend gönnte. Er legte seine Hand auf ihre, die sie nur deshalb wegzog, weil sie sich eine Zigarette anzünden wollte. Er gab ihr Feuer, sie inhalierte, und an den Nachbartischen ahnte niemand, wie viel Kraft es sie kostete, sich so entspannt zu verhalten, wie sie nach außen wirkte.

»Vermisst du mich manchmal?«, fragte er jetzt und sah mich an. »Ich vermisse dich nämlich ganz furchtbar. Nachts liege ich manchmal wach und fühle mich wie in einem schlechten Film. Wo bin ich, was mache ich hier?«

Jetzt, dachte ich, das ist der Moment. Jetzt sage ich ihm einfach die Wahrheit. »Du bist ein Fremdgänger und ein Obertrottel, aber sie bekommt nicht dein Baby.« Peng! Er wäre in seiner Eitelkeit gekränkt, doch insgeheim erleichtert. Blitz-

schnell würde er seinen Koffer packen und vor seiner Kleiderschrankhälfte in unserem Schlafzimmer wieder auspacken. Es lag in meiner Hand. Ich konnte Schicksal spielen.
»Was vermisst du eigentlich an mir?«, fragte ich, und er hatte keine Ahnung, nicht den blassesten Schimmer, dass er mit seiner Antwort über den weiteren Verlauf seines Lebens entscheiden würde.
»Alles«, antwortete er. »Ich vermisse alles an dir.«
»Das ist mir zu vage«, erwiderte ich und signalisierte dem Kellner, dass er Wein nachschenken sollte. Ohne Alkohol würde ich den Abend nicht überstehen. »Sag mir genau, warum du mich vermisst. Streng dich an.«
Wir waren beim dritten Glas, und ich wusste, dass seine Gehirnwindungen schon ein bisschen schläfrig waren. Er wollte sich jetzt nicht anstrengen, er wollte ins Bett. Er wollte gemütlichen Sex, am besten ich oben, damit er, falls er einschlief, nicht runterfiel. Aber es war mein Geburtstag, er wollte mir den Gefallen tun.
»Ich mag deine Art«, fing er an.
Ich unterbrach ihn wie eine Lehrerin. »Beispiel?« Wir sahen uns an.
Er seufzte. »Da fällt mir nur was Sexuelles ein«, sagte er schließlich.
Vorsicht, Glatteis, warnte eine kleine Stimme in meinem bereits leicht umnebelten Gehirn, ich empfehle Themawechsel!
»Spuck es aus«, forderte ich ihn auf.
»Ich mag es, wie du seufzst, ganz kurz, bevor du kommst. Ich mag es, wie du dich anfühlst, wenn ich in dir drin bin, ich …«
»Hör sofort auf«, sagte ich matt und war erstaunt, wie aufgeregt ich plötzlich war. Ich musterte ihn, den Mann, den ich besser kannte, als er sich selbst, der mir vertraut war bis in die Haarwurzeln, dessen Körper ich besser beschreiben konnte als meinen eigenen, und er war mir auf einmal ganz fremd. Fremd und gefährlich. Plötzlich hatte ich Lust auf ihn wie noch nie.

»Komm«, sagte ich nur und stand auf, »lass uns nach Hause fahren.«
Sein Handy klingelte Sturm, als wir die Haustür aufschlossen. »Willst du dich nicht lieber für ein paar Stunden bei ihr abmelden?«, fragte ich süffisant.
»Nein«, erwiderte er und stellte das Handy ab.
Das Haus war still, beide Töchter schliefen. Leise schlichen wir die Treppe hoch, keiner wollte sie wecken und Erklärungen abgeben, an die wir selbst nicht glaubten.
»Soll ich dich über die Schwelle tragen?«, flüsterte er.
Ich flüsterte zurück: »Das schaffst du nicht mehr.«
»Na, das wollen wir doch mal sehen«, sagte er und hob mich hoch, während er mit dem rechten Fuß die Schlafzimmertür aufstieß. Doch ich war zu schwer, er knickte ein, im Türrahmen fielen wir übereinander und kicherten.
»Mama?« Alexa rief aus ihrem Zimmer, ich wälzte mich unter Richard hervor und eilte zu ihr. Sie lag im Bett, schlafwarm und unschuldig. »Hast du Besuch, Mama?«, fragte sie.
Ich schüttelte den Kopf. »Nein, mein Schatz, schlaf schön.«
»Kann ich bei dir schlafen?«, fragte sie nun.
»Nein«, log ich. »Ich möchte heute allein schlafen.«
Richard lag im Bett und wartete auf mich. »Hat sie etwas gemerkt?«, fragte er verschwörerisch. Ich sagte: »Zum Glück nicht«, und schlüpfte unter seine Decke. Meine Füße waren kalt, aber der Rest war warm.
»Du hast keine Ahnung, wie sehr ich dich vermisst habe«, sagte Richard. »Keine Ahnung hast du.«
Mein Herz sagte nein, mein Körper sagte ja. Wir umarmten uns und es fühlte sich falsch und wunderbar zugleich an. Er war mir so unendlich vertraut und gleichzeitig so fremd, denn auf seiner Haut, die ich berührte, lag ein Geruch, den ich nicht mehr kannte. Ich küsste ihn wie einen Fremden, ein aufregendes Gefühl, aber auch ein trauriges. Warum tat ich mir das noch einmal an? Hatte ich nichts aus meinen Leben gelernt?

Plötzlich fühlte ich die letzte Nacht mit August wieder, so nah, so intensiv, dass mich die Erinnerung wie eine heiße Welle durchzitterte. Ich glühte, ich schwitzte, ich spürte ihn so innig wie vor knapp dreihundert Jahren, auf, neben, unter und in mir. Sein königlicher Siegelring, der sich am nächsten Morgen als Zahnpastatubendeckel entpuppen würde, drückte sich in meine rechte Pobacke, ich schrie auf, vor Schmerz, vor Lust, vor Wahnsinn.

In dieser Nacht verabschiedete ich mich von Richard. Ich küsste ihn und wusste, es war unser letzter Kuss. Ich berührte ihn und wusste, es war die letzte Berührung. Ich verschmolz noch einmal mit ihm, um mich danach für immer von ihm zu lösen. In mir war eine große Zärtlichkeit und eine noch größere Trauer. Ich war gern seine Frau, und wenn er mich nicht betrogen hätte, wäre ich es noch immer. Genauso wie Constanze gern die Geliebte ihres Königs geblieben wäre, wenn er sie nicht verstoßen hätte.

Ich wollte nicht so enden, wie ich schon einmal geendet hatte. Von allen verlassen, von niemandem mehr geliebt.

In dieser Nacht begann der Rest meines Lebens.

»Schläfst du schon, mein Schatz?« Richards Stimme klang zufrieden und schläfrig.

Ich würde ihm ein paar Stunden gönnen, bevor ich ihn vor dem Kinderwecken hinauswarf. »Träum was Schönes.« Ich beugte mich über ihn und küsste ihn sanft. Jetzt, wo in mir Klarheit herrschte, war ich ganz ruhig.

Er war eingeschlafen, ich saß neben ihm und bewachte seine Träume. Als ein paar Stunden später sein Handy klingelte, griff ich danach. »Hallo?« Meine Stimme war sanft und freundlich.

»Wo steckt der Scheißkerl?« Ihre Stimme dagegen war laut und panisch.

»In meinem Bett«, sagte ich. Durch die Vorhänge blinzelte das Morgenlicht, die Vögel fingen an zu zwitschern. »Darf ich etwas ausrichten?«

»Ja«, schrie sie. »Es geht los. Das Baby kommt.«
Ich weckte ihn, und dann war ich allein.

Pillnitz, 23. Januar 1714

So allein.
Ein kalter, trüber Wintertag. Es ist schwer, das Schloss zu heizen, August hat mein Brennholz rationiert, und ich geize nun mit jedem Scheit.
Maria Louise hat mir erzählt, dass er vom Pferd gestürzt ist und sich den Zeh gebrochen hat. »Er liegt im Bett und schikaniert den ganzen Hof.« Meine Zofe hat einen jungen Galan, der als Küchenhilfe im Schloss arbeitet, und ist deshalb immer gut informiert. »Außerdem hat er schon wieder eine neue Geliebte.«
»Wer ist sie?«, frage ich. »Wieder eine Polin, die ihm die Krone sichern soll?« Ich ärgere mich über meine Neugierde. Warum interessiert es mich, dass sie Sofia von Dieskau heißt und er sie während eines Besuchs auf der Leipziger Messe kennen gelernt hat? Dass sie brünett, hübsch und üppig ist, aber den Verstand eines Kanarienvogels hat?
Warum tut es mir noch immer weh? Wie gern würde ich meine Liebe auspusten wie eine Kerze, wie gern wäre ich wieder frei und ungebunden. Doch ich bin es nicht, mein Herz ist hartnäckig, es liebt, obwohl es gekränkt wird, es hält fest, obwohl es zurückgestoßen wird. Dummes, dummes Herz!
Nachmittags macht mir der alte, grämliche Baron Woldemar von Löwendahl mit seiner mottenzerfressenen Lockenperücke seine Aufwartung, es ist die vierte in diesem Monat. Dieser Mann ist wirklich hartnäckig, aber ich bin es genauso.
»Ihr wisst, warum ich gekommen bin.« Ohne Höflichkeit, ohne die noch immer korrekte Anrede »Gräfin«, ohne Hand-

kuss steht er vor mir. Eine Frechheit, die er sich früher, als ich mich noch in der Gunst des Königs sonnte, als ich die umschwärmte und gefürchtete Gattin zu Augusts Linken war, nie gestattet hätte.
Jetzt bin ich vogelfrei, zum Abschuss freigegeben.
»Ihr wollt die Urkunde.« Auch ich verzichte auf den »Baron«. »Aber meine Bedingungen haben sich nicht geändert. Wenn der König sie will, soll er sie persönlich abholen. Ich verhandele nur mit ihm, nicht mit seinen Höflingen.«
Löwendahl sieht mich an, mit diesen leicht vorquellenden Augen, die ihm den Ausdruck eines beleidigten Frosches geben, und ich weiß, dass er überlegt, mit welchen Drohungen er mich wohl endlich gefügig machen kann. »Der König besteht darauf«, beginnt er, und einen Moment lang fürchte ich, seine Augen könnten aus den Höhlen rutschen. »Warum seid Ihr so hartnäckig? Ihr macht Euch und ihn nur unglücklich, wenn Ihr das Dokument nicht endlich herausrückt.«
»Wissen Sie, was mein einziges Unglück ist?«, frage ich zurück. »Dass ich keinen König mehr habe, der mich vor Menschen wie Ihnen schützt.«
Manchmal bin ich erstaunt über die Dummheit der Männer. Kann es sein, dass wir das klügere Geschlecht sind? Der Ehevertrag, der sich im Übrigen im Familienarchiv meines Vetters Wilhelm Adolph Rantzau befindet, ist meine einzige und letzte Sicherheit. Eine hochbrisante Sicherheit, denn wenn der Inhalt öffentlich würde, wäre August das Gespött des ganzen Volkes. Schließlich hat er mir im Falle des Todes seiner Frau die Ehe versprochen, eine höchst unchristliche Geste, die ihn ganz besonders bei den erzkatholischen Polen sehr unbeliebt machen würde. Natürlich ist er hinter dem Geheimdokument her wie der Teufel hinter der armen Seele. Doch die arme Seele will dieses Pfand nicht aus der Hand geben.
»Der König ist aufs äußerste erzürnt«, warnt mich der Baron. »Lange werdet Ihr ihn nicht mehr hinhalten können.«

»Dann lassen Sie mich mit ihm sprechen«, rufe ich erbost. »Ich will ihm in die Augen sehen und ihn fragen, warum er mich so behandelt.«
Er weigert sich. Verbarrikadiert sich hinter seinen Palastmauern, will mich nicht sehen. Seine Wachposten, die er vom Taschenberg-Palais abgezogen hat, stehen jetzt vor Schloss Pillnitz, zwei grimmige junge Soldaten, an denen mein Charme abprallt wie eine stumpfe Klinge.
Vor einer Woche bin ich nachts nach Dresden geritten, fünf Stunden über Stock und Stein auf meiner Stute, und habe so lange wütend ans Schlosstor geklopft, bis meine Fingernägel abbrachen. Ich habe hysterisch geschluchzt, ja, ich gebe zu, ich habe mich sogar auf die Straße geworfen, ein Spektakel aus mir gemacht, es hat mir alles nichts genützt.
»Fragt Ihr das im Ernst, Gnädigste?« Löwendahls mokante Stimme macht mich so böse, dass ich einen schnellen Schritt auf ihn zugehe und ihm ins Gesicht geschlagen hätte, wäre er nicht geistesgegenwärtig zur Seite getreten. So fährt meine Hand ins Leere. »Genau das ist der Grund, warum der König Euch nicht sehen will«, sagt er nur. »Genau deswegen kann ich Euch nicht erlauben, ihn zu sehen. Ihr seid gemeingefährlich, Gräfin.«
Auf einmal bin ich zu Tode erschöpft. Ich weiß, dass es keinen Zweck hat, den arroganten Baron darauf hinzuweisen, dass ich es gewesen bin, die sich Flemming zum Feind gemacht hat, weil ich ihn und nicht seinen Konkurrenten Wackerbarth beim König als neuen Oberhofmarschall durchgesetzt hatte. »Das ist also Ihr Dank für meinen Einsatz«, bricht es trotzdem aus mir hervor. »Schämen Sie sich, Baron. Sie werden mein Schloss leider ohne Urkunde verlassen müssen.«
Er verzieht keine Miene, als er sich seinen Mantel wieder zuknöpft. »Ihr begeht einen großen Fehler, Gräfin«, sagt er. »Ich weise Euch noch einmal darauf hin, dass Ihr Euch dem König nicht nähern dürft. Er will Euch nicht mehr sehen.«
Ich spüre, wie seine kühlen Worte mir das Blut heiß kochen,

wie eine Woge von Wut und Hass mir jeden Gedanken aus dem Hirn schwemmt. »Sehen Sie ganz genau hin«, zische ich, während ich aus der obersten Kommodenschublade den diamantverzierten Dolch ziehe, den mir August zu meinem einunddreißigsten Geburtstag geschenkt hat. »Mit diesem Dolch werde ich erst ihn, dann seine polnische Hure und schließlich mich selbst töten. Ich habe nichts mehr zu verlieren. Und jetzt gehen Sie. Adieu.«

Ich bleibe am Fenster stehen, bis er vom Hof geritten ist. Mein Herz jagt, ich fühle mich unruhig und unschlüssig. Was soll ich tun? Nachgeben und August die Eheurkunde aushändigen, in der schwachen Hoffnung, er werde dieses Pfand nicht gegen mich verwenden? Wenn er von meinen Racheplänen erfährt, bin ich in höchster Gefahr, eine Morddrohung wird August nicht ignorieren können. Ich ahne, dass ich der Beschwichtigung seines schlechten Gewissens damit geradezu in die Hände gespielt habe. Ich habe mich aus gutem Grund von ihr getrennt, wird er denken, oder es wird ihm von mir feindlich gesonnenen Hofschranzen eingeflüstert: Sie ist eine Hexe, sie ist eine Gefahr für mein Leben.

Ich bereue meine unüberlegten Worte, zumal ich weiß, was für ein Hasenfuß seine Polin ist, vor jedem lauten Pferdewiehern zuckt sie angeblich hysterisch zusammen. Mir ist ein Rätsel, wie radikal sich Augusts Frauengeschmack ins Gegenteil verkehrt hat, es kränkt mich unendlich, dass er mir ein Weib vorzieht, das zwar jünger ist als ich, mir aber ansonsten nicht das Wasser reichen kann. Wie gern hätte ich sie mit meinem bloßen Anblick zu Tode erschreckt.

Ich bin jetzt dreiunddreißig Jahre alt und fühle mich wie eine alte Frau. Gestern ist mir ein Schneidezahn herausgefallen, einfach so, jetzt klafft eine Lücke in meinem Mund und macht mich hässlich. Ich bin so allein. Die Kinder sind bei meiner Mutter auf Gut Depenau, es ist zu gefährlich, sie hier auf Schloss Pillnitz zu behalten, August könnte seine Soldaten schicken und sie mir wegnehmen. Da er meine Apanage

drastisch gekürzt hat, habe ich nur noch wenige treue Diener. Von meinen früheren Freunden und Verehrern bei Hofe besucht mich niemand mehr, ich werde geächtet, als hätte ich eine ansteckende, tödliche Krankheit.
Plötzlich weiß ich, dass ich nicht eine Sekunde länger bleiben kann. Ich muss hier weg, sofort, noch in dieser Nacht. Ich greife zur Klingel.
»Schokolade mit Sahne?« Maria Louise braucht nie länger als eine Minute, wenn ich sie rufe, egal in welchem Teil des Schlosses sie sich aufhält. Es ist ein Phänomen, über das wir beide schon so manches Mal gelacht haben.
»Ja, einen großen Becher«, sage ich. »Und pack bitte einen Koffer. Den größten.«

Hamburg, 16. April 2006

Diesmal war ich heilfroh, wieder hier zu sein, denn langsam wurde es mir zu ungemütlich im Spätbarock.
Das Krankenhaus roch, wie alle Krankenhäuser riechen, nach scharfen Reinigungsmitteln und ungelüfteten Körpern, doch ich nahm diesen Geruch nicht wahr, weil ich zu sehr mit mir selbst beschäftigt war.
Die Wöchnerinnenstation befand sich im zweiten Stock. Frau Meyer lag in Zimmer 234, ich wusste, dass sie allein war, weil ich beim Einparken gesehen hatte, dass Richard in sein Auto stieg und davonfuhr. Er wirkte gestresst.
Die Tür stand offen, ich hielt inne und holte tief Luft. Mein Herz hämmerte so stark, dass ich unwillkürlich die Hand davorhielt, weil ich Angst hatte, es würde einfach aus mir heraushüpfen. Ich dachte kurz an meinen Lieblingssatz von Goethe: »Handeln enthält Anmut, Magie und Kraft.« Ich hatte in meinen Leben noch nie gekniffen, wenn es schwierig wurde.
MMM lag im Bett und sah aus dem Fenster, als ich eintrat. Neben ihr stand ein kleines Kinderbett. Es war leer.
»Herzlichen Glückwunsch, Frau Meyer«, sagte ich.
Sie zuckte zusammen und drehte den Kopf. Müde sah sie aus, erschöpft, aber ihre Augen waren sanft und zärtlich. »Sie?«, rief sie, stemmte sich hoch und stopfte sich das Kissen hinter dem Rücken zurecht. »Damit habe ich ehrlich gesagt nicht gerechnet.«
»Ich ehrlich gesagt auch nicht«, erwiderte ich wahrheitsgemäß.
Wir musterten uns wortlos. Gefiel ihr, was sie sah? Ich hatte

mich ein bisschen herausgeputzt für diesen Besuch, mich extra in meine neue, bewusst ein wenig zu eng gekaufte Frühlingsbluse gezwängt, ich wollte nicht den Anschein einer vernachlässigten Ehefrau erwecken. Gefiel mir überhaupt, was ich sah? »Sie haben den Kuhblick, wie alle jungen Mütter«, rutschte es mir heraus. »Das ist ein gutes Zeichen«, setzte ich schnell hinzu.

Sie lächelte. »Ich bin nicht beleidigt«, sagte sie, »ganz im Gegenteil.«

Die Tür ging auf und eine junge türkische Krankenschwester mit Kopftuch brachte das Baby herein. Unwillkürlich streckte ich die Arme aus und fragte: »Darf ich?« Die junge Mutter nickte, und als das federleichte Bündel auf meinen linken Arm sank, wusste ich plötzlich mit aller Klarheit, dass nicht nur für dieses winzige, nach Puder und Baby duftende Wesen ein neues Leben begonnen hatte, sondern auch für mich. Ich konnte noch nicht sagen, welches, ich spürte nur, dass ich nie wieder in diese Ehe und zu diesem Mann zurückkehren würde.

»Wie werden Sie ihn nennen?«, fragte ich und legte ihn in ihre Arme, weil er anfing, wie am Spieß zu brüllen.

»Ich hätte ihn gern Konstantin genannt, nach meinem Großvater«, sagte sie. »Aber Richard war dagegen. Weil … Bitte entschuldigen Sie, er hat schon wieder Hunger.« Sie schob das Nachthemd zur Seite, klappte die eine Hälfte ihres Still-BHs nach unten, legte eine imponierend große Mutterbrust frei, deren Brustwarze sie in sein hungriges Mäulchen stopfte.

Sofort war Ruhe. Wie gut ich mich noch an die Magie meiner eigenen Milchpumpe erinnern konnte, an die roten, wütenden, zahnlosen Gesichter meiner Töchter, beide sehr feste, fast schmerzhafte Säugetierchen, die sich festbissen, mich blitzschnell leer tranken, um dann an meiner Brust satt und friedlich einzuschlafen. Dieses zutiefst körperliche Glück, für mich war es vorbei, für sie fing es gerade erst an.

Schweigend sahen wir zu, wie dieses winzige Mündchen

saugte und schmatzte, dann sagte ich: »Ich finde, Konstantin passt ganz großartig zu ihm.« Sie schwieg, und als ich merkte, dass aus ihren Augen Tränen rannen und über ihre Wangen auf den Flaum ihres Babys rollten, holte ich ein Taschentuch aus meiner Handtasche und tupfte ganz vorsichtig ihr Gesicht wieder trocken.
»Es tut mir so schrecklich leid«, flüsterte sie. »Aber ich liebe ihn so.«
»Das weiß ich«, flüsterte ich zurück. »Und wissen Sie was? Für Liebe kann man nichts. Liebe passiert einfach.« Dass sie nicht ahnte, dass ich alles wusste, war irgendwie egal.
Sie streckte die Hand aus und ich griff danach. So saßen wir beide da, und ab und zu drückte eine von uns ein bisschen zu.
»Ich heiße Constanze«, sagte ich endlich.
»Und ich heiße Maria Magdalena, aber alle nennen mich nur Marie«, erwiderte sie. »Du bist mir also wirklich nicht böse, dass ich dir deinen Mann wegnehme?«
Das hast du doch schon mal gemacht, du polnische Schlampe, hätte ich fast gesagt, vor 294 Jahren, erinnerst du dich denn nicht mehr? Ich hätte dir am liebsten das Herz aus der Brust gerissen, so sehr habe ich dich damals gehasst. »Magst du eigentlich Kanarienvögel?«, fragte ich stattdessen.
Sie lachte. »Ich liebe Kanarienvögel. Als Kind hatte ich einen Riesenkäfig mit drei Männchen. Wieso fragst du das?«
Ich stand auf und griff nach meiner Jacke. »Nur so«, murmelte ich, küsste sie zum Abschied und ging zur Tür. Dort drehte ich mich noch einmal um, und unsere Blicke trafen sich. Sollte ich oder sollte ich nicht?
»Du wirst Richard irgendwann einmal betrügen«, sagte ich. »Und zwar mit einem Mann, der August heißt. Mit diesem Mann wirst du den besten Sex deines Lebens haben, aber er wird dich verlassen. Mach's gut, Marie.«
Ich warf ihr einen Luftkuss zu und sah noch, wie sie kopfschüttelnd in ihre Kissen zurücksank.
Lächelnd verließ ich das Krankenhaus, fuhr nach Hause,

kochte uns Nudeln mit Tomatensoße und ganz viel Knoblauch, ich musste ja im Moment nicht küssen, legte mich zwischen meine Mädchen aufs Ehebett und schob den Film in den DVD-Spieler, der mich durch alle Lebenskrisen begleitete: *Vom Winde verweht.* Ich trank eine Flasche Wein, bis Rhett zum Schluss seine Koffer packt, während Scarlett ihm ihre Liebe gesteht und er mit den Worten »Ehrlich gesagt, es ist mir völlig gleichgültig« den Koffer zudrückt und das Haus verlässt. Ich nahm den letzten Schluck, als sie in Tränen aufgelöst, aber nicht besiegt, über den Scherben ihrer großen Liebe zusammenbricht und sagt: »Morgen ist auch noch ein Tag.«

Wie Recht sie hat, dachte ich schläfrig und kuschelte mich zwischen Fiete und Alexa, deshalb werde ich morgen nach Dresden fahren. Irgendwo klingelte mein Telefon. Irgendwo war Richard und wollte mich nicht loslassen.

Nicht mehr mein Problem …

Auf der Flucht, 16. Dezember 1715

Das Lachen ist mir vergangen. Meine Reisen werden immer hektischer, meine Seele keucht und sehnt sich nach einer Atempause.
Ich sitze in einer kleinen Pension, deren Namen ich zu meiner Sicherheit nicht nennen darf, irgendwo in Sachsen in einem winzigen, kalten Zimmer bei Kerzenlicht. Meine Finger sind steif vor Kälte und mein Herz ist schwer vor Kummer. Ich bin auf der Flucht vor dem Mann, den ich noch immer liebe. Ich werde gejagt, verfolgt und schikaniert, ich sehne mich nur noch nach Ruhe und Frieden. Am 1. Dezember hat August ein Dekret erlassen, in dem er mir erlaubt, mich überall dort aufzuhalten, wo er nicht ist. Meine Pension von 15 000 Talern wird mir gezahlt, solange ich mich nicht wieder verheirate und in Sachsen bleibe. Pillnitz muss ich zurückgeben, dafür bekomme ich 200 000 Taler, zahlbar in zehn jährlichen Raten à 20 000 Taler, allerdings nur, wenn ich meinem Sohn die Gesamtsumme vererbe. Und wenn ich meinen Ehevertrag ausliefere.
So erschöpft war ich, so verzweifelt, dass ich widerstandslos unterschrieben habe. Doch seit meiner Unterschrift bin ich heimatlos, die Kinder sind wieder bei meinen Eltern, ich irre von Gasthof zu Gasthof, an jedem Stadttor muss ich mich anmelden, und wenn August oder seine Polin in der Stadt weilen, reite ich weiter. Schon seit Wochen weiß ich morgens nicht, wo ich abends mein todmüdes Haupt betten werde, seit Tagen habe ich mich nicht waschen können und das Haar klebt mir am Kopf wie Filz. Ich bin dünn wie eine ausgemergelte Ziege und hässlich wie die Nacht. Die Sorge frisst mich

auf, denn meine Lage wird immer verzweifelter. Der Vertrag ist bei meinem Vetter Rantzau, der auf meine dringlichen Bitten lange nicht geantwortet hat. Was ist bloß los mit ihm? Ich will nicht, dass die Sache ein Ende hat.
Erschöpft kehre ich in Spandau in einem Gasthof ein. Lustlos bestelle ich für mich und meine treue Zofe eine Gemüsesuppe, am Nebentisch sitzen ein paar Soldaten, trinken Bier und spielen Karten.
»So dumm kann auch nur ein Mann sein«, lacht die junge, dralle Kellnerin und stellt die Bierkrüge mit Schwung auf den Tisch. »Falls das Wort Mann in diesem Fall noch zutrifft.«
Die Soldaten grölen so laut, dass ich entnervt hinüberblicke. »Darf man fragen, was die Herren so amüsiert?«, rufe ich. Das Grölen wird lauter. Ich stehe auf und setze mich an ihren Tisch. »Ich höre, meine Herren«, verlange ich. »Damit ich mitlachen kann.«
Drei Minuten später springe ich hoch und beiße mir in die Hand, um den Aufschrei des Entsetzens zu unterdrücken, der mir heiß die Kehle hochsteigt.
Das hat mir gerade noch gefehlt! Als wenn ich nicht schon Probleme genug hätte. Mein werter Vetter sitzt im Gefängnis von Spandau, weil einer seiner Jäger behauptet hat, er habe ihm tausend Taler für ein unehrenhaftes Verhältnis unter Männern geboten. Mein Vetter ist homosexuell, und keiner aus der Familie hat es geahnt!
Ich reite sofort zu ihm und klopfe so lange ans Gefängnistor, bis mir geöffnet wird. Als ich ihn dann in seiner Zelle besuche, erschrecke ich bei seinem Anblick. Seine Wangen sind bleich und eingefallen, seine Miene ist wirr.
»Gott sei Dank, dass du gekommen bist, Constantia«, ruft er und wirft sich mir an den Hals. Er riecht so streng, dass mir fast schlecht wird, obwohl ich leider auch nicht mehr wie eine Rose dufte.
»Was machst du denn für Dummheiten«, schelte ich ihn.

»Ausgerechnet mit einem Jäger. Wo ich beim König so für deine Grafschaft gekämpft habe.«
Es wird ein unerfreuliches Gespräch, auch nachdem ich mich für meine harschen Worte bei ihm entschuldigt habe.
»Der preußische König verlangt 15000 Taler für meine Freilassung, du musst mich auslösen, Constantia«, fleht er. »Erst dann werde ich dir sagen, wo ich dein Eheversprechen versteckt halte.«
Ich verlasse das Gefängnis wie vom Donner gerührt. Mein Geld ist in Sachsen fest angelegt. Meine Mutter hat bereits mehrfach Unterhalt für meine Töchter angemahnt, auch sie musste ich vertrösten. Meine Spione bei Hof, die wenigen, die ich noch habe, berichten mir, August sei äußerst ungehalten, weil ich ihn mit meiner Weigerung, seinem Willen zu folgen, in aller Öffentlichkeit blamiere. Druck, Druck, Druck! Ich werde erpresst, meine Ehre ist ruiniert, weil mich jeder für eine Lügnerin hält. Erschöpft bin ich, zu Tode erschöpft, schließlich bin ich inzwischen in einem Alter, in dem sich andere Frauen längst aufs Altenteil zurückgezogen haben.
Die nächsten Tage verbringe ich damit, einen Boten an alle meine Gläubiger zu schicken, um meine Schulden einzutreiben, und zehn Tage später habe ich tatsächlich 8000 Taler zusammen.
Ich nehme mir eine kleine Wohnung in Berlin, um mir das restliche Geld zu beschaffen. Die Briefe, die mir nachgeschickt werden, sind geöffnet, ich weiß also, dass August sie liest. Warum traut er mir nicht mehr? Ich habe ihn noch nie belogen! Ich habe immer alles getan, was er von mir wollte. Nur seine Geschenke, einige goldgerahmte Spiegel, Porzellan und Schmuck aus dem Grünen Gewölbe, habe ich in Kisten packen und zu einer Hamburger Bank meines Vertrauens schaffen lassen.
Ich bin jetzt vogelfrei. Bin ich damit etwa auch zum Abschuss freigegeben?
Am 6. Juli dieses Jahres, einem schwülheißen Sommertag,

war ich trotz königlichen Verbotes, mich frei zu bewegen, im Schloss erschienen und hatte all meine Schlüssel ausgehändigt. Ich war stolz und würdevoll, obwohl mir das Herz in Stücke sprang.
Was hatten sie in meiner Abwesenheit aus meinem wunderschönen Taschenberg-Palais, aus meinem Schloss Pillnitz gemacht? Die Polin hatte nach einer kurzen Stippvisite ein so großes Chaos angerichtet, weil ihre Affen und Vögel überall frei herumliefen, dass August jetzt seinen Sohn Friedrich August mit Gattin in meinen ehemaligen Gemächern hausen lässt. Dass diese dicken, bleichen Menschen mit so viel Geschmack, dass er gut in einen Fingerhut passt, gesegnet mit einer hässlichen Brut, die sich jedes Jahr um ein noch hässlicheres Exemplar vermehrt, in meinem Palais wohnen dürfen, versetzte mir einen Nadelstich ins Herz.
Aber auch in Berlin finde ich keine Ruhe. Die Gerüchteküche kocht. August hat wieder große Probleme mit Polen, seine Minister fürchten, ich könne in Berlin bei Hofe aus Rache peinliche Geheimnisse ausplaudern. Den Inhalt meines Ehedokumentes zum Beispiel. Die Situation zwischen Polen und Sachsen ist sehr angespannt, weil August seine Soldaten in Warschau nicht bezahlen kann, die Hochzeit seines Sohnes aber zwei Millionen Taler gekostet hat.
Das polnische Volk rebelliert, August ist wieder dicht davor, die Krone zu verlieren. Rebellen drohen, in Sachsen einzufallen. In dieser Situation ist es für August überlebenswichtig, den sittenstrengen Friedrich Wilhelm von Preußen an seiner Seite zu wissen.
August lässt mich nicht in Frieden. Dabei will ich inzwischen nur mein Geld und dann endlich meine Ruhe. Soll er doch selig werden mit seinem gebrochenen Eheversprechen, er muss schließlich leben mit dem, was er mir angetan hat. Ich werde mich in die Sächsische Schweiz zurückziehen, mir einen Weinberg kaufen, ein paar Kühe und Pferde, meine Kinder an den Hof schicken, damit ihr Vater sie gut verheiratet, und

in Frieden alt werden. August war der wichtigste Mann in meinem Leben und er wird der letzte sein.
Morgen werde ich nach Halle reisen, dort wohnt einer meiner Gläubiger, der mir noch 69 000 Taler schuldet, plus Zinseszins – alles wird gut.

Dresden, 17. April 2006

Ja, alles wird gut, dachte ich.
Wie schön es war, wieder in Dresden zu sein! Die Sonne glitzerte an einem makellos frühlingsblauen Himmel und spiegelte sich in der Kuppel der Frauenkirche, als ich im Taxi zum Taschenberg-Palais fuhr. Ich flirtete mit dem Taxifahrer, ich war jung und schön, und mein Leben fühlte sich wie neu an. Ich würde mir eine Wohnung in Dresden nehmen, in der Neustadt, mit Blick auf den Goldenen Reiter, oder ein Haus im Stadtteil Weißer Hirsch. Ich würde ein Restaurant direkt am Elbufer eröffnen und es »Chez Auguste« nennen oder »Beim starken August«. Fiete und Alexa würden im Sommer in der Elbe baden und im Winter im Elbsandsteingebirge Langlaufski fahren.
Ich nahm mir ein Zimmer im Taschenberg-Palais, weil ich glaubte, dass ich jetzt am Ende meiner Reise angekommen war. Der Kreis hatte sich geschlossen. Ich war wieder frei. Alles war wieder möglich. War ich deshalb so unruhig? War ich etwa doch noch nicht ganz am Ziel? Wohin führte mich mein Herz?
Ich lieh mir ein Auto und fuhr einfach drauflos. Vielleicht kam ich zufällig an meinem Traumhaus mit Garten und einem Schild »Zu verkaufen« vorbei? Die B6 führte mich bis zum Fischbacher Kreuz, und dann sah ich plötzlich ein Schild: »Burg Stolpen«. Mein Herz klopfte heftig, weil ich instinktiv wusste, dass meine Reise bald vorbei sein würde. Ein Ende mit Schrecken oder ein Schrecken ohne Ende?

Burg Stolpen, 19. Mai 1719

Seit über drei Jahren bin ich jetzt an diesem dunklen, abstoßenden und unheimlichen Ort. Augusts Soldaten haben mich in Halle festgenommen, der Landesflucht bezichtigt und auf diese düstere Burg verschleppt. Unterwegs haben die widerlichen Kerle mich vergewaltigt, weswegen ich einen Schlaganfall erlitten habe, »das böse Wesen«, wie man sagt: Zuckungen, Krämpfe und rasende Kopfschmerzen. Wenn das Unglück mich schwanger macht, werde ich das Kind für den Messias ausgeben. Grausame Worte, aber mein Unglück hat mich zynisch gemacht.

Weihnachten 1716, in meinem Leben passiert alles Schlechte am Tag des Herrn, ist die Karosse mit mir, der halb toten Gräfin Cosel, in die Festung Stolpen gerollt. Ende Januar des neuen Jahres war ich so einsam und verzweifelt, dass ich meinem Liebsten einen Brief schrieb: »Ich bin so unglücklich ohne dich, mir ist schlecht in Kopf, Magen und Beinen. Was habe ich dir nur getan, dass du mich so leiden lässt?«

Keine Antwort. Auch nicht auf meinen zweiten: »Lass mich bitte fortgehen von diesem Ort, wo ich verfaule. Ich möchte nur Brot, Friede, Gnade, lass mich hier doch nicht verschimmeln.«

Ich bin sicher, dass meine Briefe abgefangen werden und ihn nie erreichen. Denn wenn sie es täten, würde sich mein Liebster sofort aufs Pferd schwingen und mich befreien. Sicher denkt er, dass es mir gut geht.

Jeden Morgen, wenn ich aufwache, durchzuckt mich als Erstes der Gedanke: Heute wird August kommen und mich von hier wegholen.

Sofort springe ich aus dem Bett und tauche mein Gesicht in die Waschschüssel. Danach ziehe ich mich an, gehe in den kleinen Hof und lasse mir von meinem Kammermädchen das Spinnrad bringen. Dann spinne ich und warte. Seit drei Jahren warte ich, seit ich weiß, dass August endlich den Ehevertrag in Händen hält, warte ich auf ihn.
Die Hoffnung stirbt zuletzt.

Burg Stolpen, im Herbst 1721

Ich bin noch immer hier. Noch immer eingesperrt. Noch immer ohne ein Zeichen von ihm. Ich hoffe nicht mehr, ich bemühe mich stattdessen, nicht zu verzweifeln. Ich bin stark erkältet, aber ich weigere mich, Medizin einzunehmen, die nicht vor meinen Augen zubereitet wurde. Den Zeitpunkt meines Todes werde ich immer noch selbst bestimmen. Sie wollen an mein Geld, eine ganze Kommission hat August geschickt, doch ich sage nichts. Mein Vermögen gehört mir und meinen Kindern, ich habe es nicht gerettet, damit er seine Soldaten damit bezahlt oder eine neue Mätresse.
Trübe Zeiten, am Himmel und in meinem Herzen. Ich bin krank, an Körper und Seele. Der Arzt hat mir ein Lavament verordnet, man rief einen Bader aus Stolpen, damit er die Waschung und Einreibung vornehme. Doch er wurde nicht vorgelassen, aus Angst. Angst wovor? Dass er mir zur Flucht verhilft, mir konspirative Briefe zusteckt, geheime Zauberpraktiken vornimmt? Das Ganze ist an Lächerlichkeit nicht zu überbieten.

Fünfeinhalb Jahre später

Ich bin vor einer Woche ins untere Turmzimmer gezogen, in die Küche mit der offenen Herdstelle, wenn meine Beine es schaffen, schlafe ich oben in einem hölzernen Bett ohne Vorhang. Ich sitze auf einem Stuhl ohne Lehne, auf zwei zerschlissenen Federkissen, mein Rücken ist dem Ofen zugekehrt. Ich habe nur noch fünf Bedienstete, ein Kammer-

mädchen, eine Küchenmagd, einen Koch, einen Tafeldecker und einen Stubenheizer.
Ich behandele sie gut, weil es fast unmöglich ist, anständiges Personal zu bekommen. Vor zwei Jahren hat der Kommandant meinen Leuten untersagt, die Stadt zu betreten, seitdem dürfen sie die Festung nicht verlassen. Sogar in der Kirche müssen sie separat sitzen, weil, wie mir gesagt wurde, die Gefahr einer »Briefbesorgung« besteht.
Da ist mir der Kragen geplatzt. Wer darf denn überhaupt noch für mich arbeiten? Nur noch Kreaturen, die von allen fünf Sinnen gerade mal ein Viertel besitzen? Ich habe mich danach gerichtet. Mein Stubenheizer gleicht einem Schäferhund, mein Koch ist ein einfältiger Tropf. Die traurige Wahrheit ist: Wer für mich tätig ist, wird von anderen gemieden. Niemand darf mich besuchen. Wenn meine Dienerschaft mit mir reden will, müssen jedes Mal ein Major und ein Hauptmann anwesend sein. Die Offiziere dürfen nicht mit mir essen. Meine einsamen Mahlzeiten sind so freudlos, dass ich nur noch Haut und Knochen bin. Vor meinem Schlafzimmer stehen Soldaten.
Bin ich etwa Rapunzel, die sich an ihrem Haar vom Turm hinablässt?

Burg Stolpen, 17. April 2006

Ich hatte die Burg nicht so gruselig in Erinnerung, und die Vorstellung, dass ich hier, in einem anderen Leben, fast fünfzig Jahre verbracht hatte, ließ mich bis ins Mark frösteln. Nur wenige Besucher gingen durch die Burganlage, ich schloss mich ihnen an. Jeder Stein schien mich zu grüßen. Langsam kam die Erinnerung zurück und mit ihr die Wut über das, was August mir damals angetan hatte. Ohne Anklage, ohne Prozess, ohne Gnade hatte er mich hier langsam verrotten lassen.

Ich stieg die modrigen, düsteren Türme hinauf und blickte über die liebliche ostelbische Landschaft nach Stolpen, einem kleinen Provinznest, das ich in meinem anderen Leben nie gesehen hatte. Der Turm war schmal und hoch, ich schlenderte durch die kleinen, geduckten Räume, in denen ich meine letzten neunundvierzig Jahre als Gräfin Cosel verbracht hatte. In einem Regal standen die Bücher, die ich damals gelesen hatte: *Zion im Federkleide* von Karl Gottlob Dietmann, *Vernünftige Gedanken zu Gott, Lausitzische Merkwürdigkeiten* von Grosser. Mein Gott, was für eine anspruchsvolle Lektüre!

Heute dagegen schlief ich oft schon nach einem Kapitel eines seichten Frauenromans ein. Aber damals hatte ich ja auch bis zum bitteren Ende geliebt, während ich heute schon vorher ausstieg. Man durfte also in meinem Fall durchaus von einer gewissen seelischen Weiterentwicklung sprechen. Nie wieder würde ich mich von einem Mann schlecht behandeln lassen, das war so sicher wie diese Festung.

Ich trat ans Turmfenster und bemerkte eine Inschrift, die ich sofort wiedererkannte. Worte voll ohnmächtiger Wut und Verzweiflung, die ich ganz leise vor mich hin flüsterte:

»Voll Bedeutung schaut aus blauen Lüften
In des Thales frohbelebte Triften
Stolpens Zinne schwermutsvoll hinab,
wo gedankenvoll in sich versunken
die verlassene Liebe schauertrunken …«

Burg Stolpen, 22. Juli 1727

»... einem Könige flucht und sich ins Grab.« Meine Hand zittert, als ich diese Worte schreibe, denn es hat den ganzen Juli geregnet und die feuchten Mauern haben das Rheuma in meinen Fingern fast unerträglich gemacht. Mein Körper, auf den ich einst so stolz gewesen bin, lässt mich immer mehr im Stich, er wird langsamer, schwerfälliger, gebückter, nur mein Gesicht bleibt aus einer wundersamen Laune der Natur heraus jung und faltenfrei. Wenn ich mich in meinem halb blinden Spiegel betrachte, erblicke ich noch immer die schöne Gräfin von einst, die von ihrem König geliebt worden ist.
Ich lege den Briefbogen zur Seite und trinke einen Schluck des Kräutertees, den ich mir gebrüht habe, die Brennnesseln und der Sauerampfer wachsen wild im Hof, der Kommandant hat mir erlaubt, sie zu pflücken und zu trocknen. Seitdem meine treue Maria Louise vor einem Jahr an einer Lungenentzündung gestorben ist, versorge ich mich selbst, weil ich keine Nachfolgerin finde, die mein trauriges Leben hinter Festungsmauern mit mir geteilt hätte. Trotzdem bin ich gut informiert, denn mein Sprechverbot ist gelockert worden, außerdem habe ich noch eine Geldreserve, und einer meiner Bewacher, ein junger Bursche namens Philipp aus Stolpen, erzählt mir für einen Taler im Monat alles, was ich erfahren will.
Daher weiß ich auch, dass die kurfürstliche Libido zwar nachgelassen hat, aber eine gewisse Henriette von Osterhausen, die der folgsame Junge mir als »dicke Henne mit dunklem Kraushaar« beschrieb, durfte in den letzten Jahren Augusts Bett in Moritzburg wärmen. Ich weiß, dass die zweite Zehe

seines linken Fußes immer schwärzer wird und sein Leibbarbier Johann Friedrich Weiß sie am liebsten amputieren würde. Was er zu Silvester auch tun wird, nachdem er seinem König ein opiumhaltiges Mittel verabreicht haben und dieser in einen tiefen Schlaf gefallen sein wird. Am nächsten Morgen wird er ihm seinen Zeh überreichen, den August in eine goldene Tabaksdose stecken und ihm mit den Worten »Behalt sie als dein königliches Angedenken« zurückgeben wird.

Ach, August, denke ich zärtlich, was bist du nur für ein Kindskopf!

So sehr bin ich in meine Gedanken versunken, dass ich Philipp erst bemerke, als er vor mir steht.

»Ich habe gute Nachrichten«, strahlt er. »Der König hat seinen Besuch angekündigt, morgen früh wird er kommen.«

Mir fehlen die Worte, um zu beschreiben, wie groß die Freude ist, die mir ins Herz schießt. »Ganz sicher?«, frage ich nach, weil ich weiß, ich würde es nicht ertragen, noch einmal enttäuscht zu werden.

Er nickt. »Um sechs Uhr wird er hier sein.«

Ja, jubiliere ich, er wird kommen, der Mann, den ich noch immer liebe, der Vater meiner Kinder, die ich seit elf Jahren nicht gesehen habe. Er wird auf den Hof reiten, ich werde trotz meines Rheumas zu ihm aufs Pferd steigen, er wird mich zurück an seine Seite holen. Er hat mich vermisst, er liebt mich noch. ER LIEBT MICH IMMER NOCH!

Burg Stolpen, 17. April 2006

Liebe konnte wirklich bescheuert sein. Was hatte sie bloß aus mir gemacht?
Mit jedem Schritt, den ich den Turm hochstieg, wurde meine Beklemmung größer. So hatte ich gehaust? Das hatte ich ertragen? Und immer, immer hatte ich ihn geliebt, diesen Mann, der mich betrogen, verlassen und unglücklich gemacht hatte. Ich betrachtete den Stopfpilz, die Garnrolle, den Fingerhut und das Bandmaß und erinnerte mich daran, wie geschickt ich früher mit den Händen gewesen war.
Die Kupfertöpfe und Pfannen in meiner Küche waren blank geputzt, Holzscheite lagen säuberlich gestapelt auf dem Herd, viele Wintertage hatte ich hier verbracht und mir auf diesem Holzstuhl meine müden, alten Knochen gewärmt.
Ich stand vor meinem alten Bett, es schien mir, als wäre es erst gestern gewesen! Wie viele schlaflose Nächte hatte ich hier verbracht, wie verzweifelt hatte ich mich oft nach August gesehnt! Unvorstellbar, wie wahnsinnig ich damals geliebt hatte.
Hatte ich August mehr geliebt als Richard? Hatte mich August mehr geliebt als Richard? Betrogen und verlassen hatten sie mich beide. Aber August war eindeutig der bessere Liebhaber. Ein spätbarocker Macho, ohne Frage, doch was für ein Körper! Was für zärtliche Hände! Was für weiche Lippen! Der Gedanke, dass ich, wenn meine Seelenwanderung zu Ende war, darauf verzichten musste, machte mich ganz trübsinnig.
Hinter mir standen zwei ältere Frauen mit Wanderschuhen und Rucksack.

»Warum hat er das getan?«, fragte die eine. »Wie kann man eine Frau so behandeln, die man einmal geliebt hat?«
»Sie hat zu sehr geliebt«, sagte die andere. »Insofern also eine ganz moderne Frau.«
Sie lachten, ich wurde nachdenklich. Eine Frau, die zu sehr liebt.
War ich das, bin ich das immer noch? Kann man überhaupt zu sehr lieben?, überlegte ich.
Auf einmal glaubte ich, es nicht eine Sekunde länger in diesem feuchten, düsteren Turm aushalten zu können.
Luft, ich brauchte frische Luft. Der Turm wurde mir zu eng. Während ich die Treppe wieder hinunterstieg und im Hof erst einmal tief Luft holte, fiel mir der 23. Juli 1727 wieder ein. Ein Tag, den ich jahrhundertelang verdrängt hatte. Ein sonniger Morgen, die Vögel hatten um die Wette gezwitschert, ich war um vier Uhr aufgestanden und hatte auf August gewartet. Ich hatte mich schön gemacht für ihn, die ganze Nacht hatte ich die Mottenlöcher in meinem roten Kleid gestopft, dem einzigen, das ich außer den grauen Kitteln noch besaß, die ich normalerweise trug.
Es wurde halb fünf, es wurde fünf, mein wild klopfendes Herz hatte sich beruhigt, in mir waren nur noch Freude und Frieden. Mein Liebster war auf dem Weg zu mir, alles würde gut. Ich musste kurz eingenickt sein, denn ich schreckte hoch durch ein Geräusch, dass ich zuerst nicht erkannte. Doch dann wusste ich – es war Hufgetrappel, August kam näher und näher, in wenigen Minuten würde er bei mir sein! Ich lief zur Burgmauer und spähte durch den kleinen Spalt nach draußen.
Eine Sekunde später brach die Welt um mich herum zusammen. Ein ohrenbetäubendes Dröhnen ließ mich erzittern. Was war passiert? Krieg? Ein Kanonenhagel prasselte an die Festungsmauer. Er kündigt sich mit Böllerschüssen an, dachte ich gerührt, er will, dass alle von unserer Versöhnung erfahren.

Ich biss mir auf die blassen Lippen, ich schlug mir rechts und links ins übernächtigte Gesicht, August sollte mich mit roten Wangen und roten Lippen wiedersehen.
So stand ich da, mit leuchtenden Augen und erwartungsvoll, als der Donner plötzlich aufhörte, das Hufgetrappel leiser wurde und hinter mir der Kommandant sagte: »Der König hat die Schlagkraft seiner neuen Kanonen an der Basaltmauer ausprobiert. Ich hoffe, es hat Euch nicht gestört, Gnädigste.«
Ich sagte kein Wort, ging zur Mauer und sah durch den Spalt, dass er davonritt. Der Mann, den ich mehr liebte als mein Leben.
Ich würde ihn nie wiedersehen. Als er am 1. Februar 1733 starb, malte ich um jeden Briefbogen einen schwarzen Trauerrand. Ich war seine Witwe, bis auch ich verschied. Er hatte mir alles angetan, was ein Mann einer Frau nur antun konnte. Ich würde ihn trotzdem nie vergessen.
Und ich würde nie aufhören, ihn zu lieben.
So war ich nun einmal.
Und ich bereute nichts.

Achtundvierzig Stunden später

Ich saß an der Bar des Taschenberg-Palais. Ganz allein und sehr zufrieden mit mir. Ein paar Stunden zuvor hatte ich ein Haus gekauft, hundert Meter vom Elbstrand und zehn Minuten von der Frauenkirche entfernt. Morgen würde ich nach Hamburg zurückfahren und Alexa und Fiete davon erzählen.
»Bitte noch eine Weinschorle«, bestellte ich. Der Barkeeper nickte, und ich griff zu der glimmenden Zigarette im Aschenbecher, obwohl ich mir das Rauchen eigentlich längst abgewöhnt hatte, und inhalierte. Wie frei und stark es sich ohne Mann lebt, dachte ich, und wie gut ohne Liebe. Ein völlig ungewohntes, aber sehr schönes Gefühl.

Als mein Glas leer war, stieg ich in den Fahrstuhl. Die Tür ging langsam zu, da rief jemand von draußen: »Bitte warten Sie.« Er schob die Tür wieder auseinander und trat ein. »Nett von Ihnen, dass Sie gewartet haben«, sagte eine tiefe Stimme, und ich blickte hoch in zwei braune Männeraugen, die unter zwei buschigen, dunklen Augenbrauen lagen.
»Keine Ursache«, erwiderte ich, während eine wohlvertraute Wärme in mir hochstieg, bis mein Gesicht glühte und die mich auf eine Weise schwach und willig machte, von der ich wusste, dass sie gefährlich war. Zu gefährlich.
»Endlich sehen wir uns wieder«, sagte er und lächelte dieses Lächeln, in dem ich versinken und nie wieder auftauchen wollte. »Die Zeit ist mir endlos vorgekommen ohne dich.«
Der Fahrstuhl hielt. Ich stieg aus und drehte mich nicht um, weil ich wusste, dass er mir folgen würde. Vor meiner Tür blieb ich stehen. Ich spürte seinen heißen Atem an meinem Nacken.
»Mein Herz«, flüsterte er. »Ich weiß, dass ich mich einfach unmöglich benommen habe. Kannst du mir trotzdem verzeihen?«
Verzeihen? »Sprichst du von all den Jahren, die ich in dem düsteren, feuchten Kerker verbracht habe, abgeschnitten von aller Welt, vergessen, ungeliebt ...«
»Das warst du nie«, unterbrach er mich. »Ich habe dich immer geliebt.«
»Eine sehr seltsame Art, Liebe zu zeigen«, erwiderte ich spitz. »Tausend Briefe hab ich dir geschrieben, keinen hast du beantwortet.«
»Ich habe keinen bekommen«, beteuerte er.
»Selbst als du gestorben bist, hat mich dein dummer Sohn nicht freigelassen ...«
»Er hatte Angst vor dir, mein Liebling, du warst eine sehr gefährliche Frau.« Er grinste mich an. »Das bist du natürlich immer noch.«

War ich das? War ich eine gefährliche Frau? Ein amüsanter Gedanke.
Ich schloss meine Zimmertür auf und ließ ihn hinter mir eintreten. Das Bett sah sehr einladend aus, aber ich war noch nicht so weit. Ich musste noch etwas loswerden. »Die Zeiten haben sich geändert, mein lieber August«, sagte ich. »Teurer Schmuck und Wahnsinnssex reichen mir nicht mehr. Beim ersten Seitensprung fliegst du – in die Zeiten von Pest und Cholera.«
»Ich verspreche es«, sagte er, »in diesem Leben werde ich keine andere Frau mehr ansehen.«
»Falls ich tatsächlich so dumm sein sollte, mich noch einmal mit dir einzulassen, dann …«
»Dann?«, fragte er lächelnd, und ich sah ihn an und … NEIN!
»Dann nur, wenn ich der Boss bin.«
»Du bist der Boss«, flüsterte er.
Ich holte tief Luft. »Dann küss mich endlich«, forderte ich. »Schließlich habe ich dreihundert Jahre darauf gewartet.«
Zwei Stunden später sank ich erschöpft und glücklich in die Kissen und betrachtete den schlafenden Mann neben mir. »Du bist wieder da«, flüsterte ich. »Aber diesmal werden wir uns glücklich machen. Dafür werde ich sorgen.«
Mein Handy klingelte. Es war Bettina, bis zum Haaransatz voll mit Ehefrust. »Sag mal ehrlich, Connie, ist es normal, wenn eine junge Referendarin dreimal täglich bei uns anruft, weil sie mit den Unterrichtsvorbereitungen nicht alleine klarkommt?«
Ich hörte ihr zu, ich beruhigte sie, und als ich das Handy wieder wegsteckte, wusste ich, dass meine Reise beendet war. Und dass ich noch eine Sache erledigen musste. Ich streifte den Armreif von meinem linken Handgelenk und holte mir das Hotelbriefpapier.
»Liebe Bettina«, schrieb ich. »Der Armreif gehört jetzt dir. Du musst ihn am linken Handgelenk tragen. Ich weiß, dass

du nicht an Seelenwanderung glaubst. Ich wünsche dir trotzdem eine wunderbare Reise. Deine Constantia.«

Neben mir schnarchte August. Mein Starker. Und dass ihm ein paar Zehen fehlten, störte mich überhaupt nicht.

Wer mehr über August und Constantia erfahren möchte, dem empfehle ich folgende Bücher:

Czok, Karl, *August der Starke und seine Zeit*, Edition Leipzig 2004

Hoffmann, Gabriele, *Constantia von Cosel und August der Starke*, Bastei Lübbe 1984

Kraszewski, Jozef Ignacy, *Gräfin Cosel*, Aufbau Verlag 2004

Kraszewski, Jozef Ignacy, *König August der Starke*, Aufbau Verlag 2004

Schreiber, Hermann, *August der Starke*, Paul List Verlag 1981